Nicole Gozdek
Inspired

PIPER

Zu diesem Buch

Die 18-jährige Muse Niliana träumt davon, eine erfolgreiche Buchautorin zu sein. Während die anderen Musen in Tressina City Bündnisse mit Menschen, Elfen oder anderen Völkern eingehen und ihre kreative Energie so ihren Ehepartnern schenken, möchte Niliana die magischen Kräfte lieber nutzen, um ihren eigenen Traum zu verwirklichen. Doch eine Muse kann ihre gesamte Magie erst entfalten, nachdem sie ihre Bündniszeremonie mit einem Partner absolviert hat. Als die Musengöttin die hübsche Niliana mit dem zwielichtigen Menschen Jay zusammenführt, ahnen die beiden nicht, welche weitreichenden Auswirkungen das Knistern haben wird, das ihre Begegnung auslöst …

In Buxtehude, wo sich Hase und Igel gute Nacht sagen, nahm Nicole Gozdeks Leidenschaft für phantastische Geschichten ihren Anfang. Nach dem Germanistik- und Romanistikstudium mit Schwerpunkt auf Literatur und einem Abstecher in die Buchbranche arbeitet sie heute als Online Marketing Managerin. Mit ihrem All-Age-Fantasyroman »Die Magie der Namen« gewann sie 2015 den ersten #erzählesuns-Award des Piper Verlags und 2017 den Deutschen Phantastik Preis für das beste Romandebüt.

Nicole Gozdek

INSPIRED

MAGIE DER MUSE

PIPER

Entdecke die Welt der Piper Fantasy:
Piper Fantasy.de

Von Nicole Gozdek liegen im Piper Verlag vor:
Die Magie der Namen
Die Magie der Lüge
Prophezeiungen für Jedermann
Inspired. Magie der Muse

FSC www.fsc.org MIX Papier aus verantwortungsvollen Quellen FSC® C083411

Originalausgabe
Dezember 2020
ISBN 978-3-492-28222-2

Umschlaggestaltung: zero-media.net, München
Umschlagabbildung: Gettyimages / © CoffeeAndMil; FinePic®, München
Satz: Satz für Satz, Wangen im Allgäu
Gesetzt aus der Adobe Jenson Pro
Druck und Bindung: CPI books GmbH, Leck
Printed in the EU

1

Als ein Krampf im Unterschenkel seine Position unbequem machte, erhob sich Jay von den niedrigen Stufen vor dem Springbrunnen in der Mitte des berühmten *Place de la Créativité*. Er streckte sich wie eine Raubkatze nach langem Dösen in der warmen Sommersonne. Seine Muskeln zitterten. Etwas strich wie ein kühler Hauch über seine bloßen Unterarme und seinen Nacken, den das Basecap nicht bedeckte. Beinahe wäre er zusammengezuckt. Dann erkannte er, dass er nicht die sanfte Berührung des Tastzaubers eines menschlichen Magiers der Musenpolizei oder eines Elfen spürte, sondern lediglich ein paar kühle Tropfen aus dem Götterbrunnen direkt hinter ihm. Er musste sich zusammenreißen. Das Warten zerrte an seinen Nerven, auch wenn es nicht zu vermeiden war. Jay musterte die bunte Menge um sich herum.

Der übliche Mittagsansturm auf das Musenviertel von Tressina City war bereits vorbei und der Marktplatz leerte sich allmählich, sodass er jetzt erstmals Lücken in den Besucherströmen erkennen konnte. Trotzdem hielten sich immer noch zahlreiche Touristen im Zentrum auf. Zu viele.

Drei Elfenkinder jagten an ihm vorbei. Er hörte sie lachen und rufen, während ihre Mutter ihnen nachsetzte, aber die Kleinen bewegten sich flink wie wendige Tiere. Ein zartes Elfenmädchen kletterte innerhalb von zwei Atemzügen auf den Brunnenrand und von dort auf den gebeugten Rücken des bronzenen Satyrs, hielt sich strahlend am ausgestreckten Arm der Musengöttin fest und nutzte ihre magischen Kräfte, um das Wasser, das aus den Handflächen und Hörnern der Götterstatuen sprudelte, in einem wackligen weiten Bogen auf ihre Geschwister zu lenken. Die kleinen Elfen quietschten und ein paar unbeteiligte Zuschauer protestierten erschrocken, als sie ebenfalls von dem Strahl getroffen wurden.

Jay wandte sich ab. Keinesfalls durfte er in die Situation kommen, dass man ihn ansprach oder gar um Hilfe bat, also tat er so, als hätte er nichts gesehen. Er schlenderte ein Stück weiter, scheinbar uninteressiert, den Blick zu Boden gerichtet. Trotzdem entging ihm nichts, was um ihn herum geschah.

Er sah auf, als eine Gruppe Trolle sich unmittelbar vor ihm durch die Besuchermassen schob. Sie bildeten eine lebende Mauer von etwa acht oder neun Fuß Höhe um die Musen in ihrer Mitte und schirmten sie wirkungsvoll von den Touristen ab. Jay stand da und beobachtete den Trupp aufmerksam. Die eleganten Bewegungen der Musen waren hinter den grobschlächtigen Leibern ihrer Bewacher kaum auszumachen, trotzdem versuchte er, wie jeder hier, zwischen den Trollen hindurchzuspähen. Wie beiläufig rückte er näher heran. Ein Blick aus goldfarbenen Augen streifte Jay, dann schloss sich die Lücke wieder und er kassierte einen Stoß, der ihn kurz taumeln ließ, und der verantwortliche Troll sah ihn an und schnüffelte misstrauisch. Jay erstarrte und versuchte ruhig zu atmen. Kleine, schwarze Augen in einem riesigen Gesicht. Ein drohendes Grollen löste sich aus der Kehle des Wesens und Jay fragte sich, was das hochsensible Riechorgan des Trolls an ihm wahrnahm. Aufregung? Angst?

Jay wich scheinbar respektvoll zwei Schritte zurück und der Troll schien sich damit zufriedenzugeben, zumal seine Kameraden weiterzogen und er den Anschluss nicht verlieren durfte. Die Gruppe verschwand in der Touristenmenge und Jay schaute ihnen nach. Den Musen, die sich wie in einem lebenden Bunker über den Platz bewegten. Unerreichbar.

Ich muss vorsichtiger sein, dachte er und schlängelte sich weiter durch das Gewusel in Richtung Hauptstraße. Er kam sich vor wie bei einem Hindernisparcours im Sportunterricht, dabei mied er bereits die schmalen Gänge und das größere Gedränge zwischen den Marktständen auf der nördlichen Seite des Platzes, wo die Händler jetzt lautstark ihre Rabatte zu Feierabend verkündeten.

Endlich näherte er sich dem Rand des *Place de la Créativité*. Sein Blick huschte achtlos über die schicken 5-Sterne-Restaurants zu seiner Linken, die er nur von Promi-Hochzeiten aus den Hochglanzmagazinen seiner Mutter und aus den Realityshows im Fernsehen kannte. Die Angestellten begannen bereits die Tische im Außenbereich abzuräumen und die Möbel zusammenzuschieben und Jay warf einen Blick auf seine Uhr, aber er hatte noch etwa fünfundzwanzig Minuten, bis die offizielle Besuchszeit für Touristen endete und die Ausreisezeit begann. Jay streckte die Beine und schritt ein wenig schneller aus.

Er schob sich den Schirm seiner Mütze weiter ins Gesicht, während er an den Glasfronten der Restaurants und Cafés vorbeiging und seinen Blick im Schutz seines Basecaps über das Treiben auf dem Wochenendmarkt wandern ließ und versuchte, dabei nicht zu lange auf den hellblauen Uniformen der allgegenwärtigen Beamten der Musenpolizei zu verweilen. Für einen Moment streifte er den Blick eines Trolls, der mit einem drei Fuß langen Schlagstock bewaffnet war und mit großen Schritten auf seine Straßenseite zueilte. Jays Herz pochte schneller.

Kontrolliert atmete er ein und aus, bevor er stehenblieb und betont ruhig den Rucksack von seinem Rücken nahm, um ihn zu seinen Füßen abzustellen, ohne jedoch die potenzielle Gefahr aus den Augen zu lassen. Während er seine Wasserflasche herausholte und aufschraubte, verfolgte er erleichtert, wie der Troll in einigen Fuß Abstand an ihm vorbei und mit Sieben-Meilen-Schritten auf das Juweliergeschäft zwei Läden weiter an der Straßenecke zulief. Erst jetzt bemerkte er die Gruppe aus menschlichen High-Society-Ladys und selbstbewusst auftretenden Geschäftsmännern in maßgeschneiderten Anzügen und edlen Lederschuhen, die sich vor dem Eingang zusammengerottet hatten. Zwei Elfen in grünen Uniformen standen mit ausgebreiteten Armen unmittelbar vor den Glastüren und versperrten ihnen den Weg.

»Unerhört!«, empörte sich eine Frau von vielleicht Mitte oder Ende dreißig in einem mit Edelsteinen besetzten Designerkleid und ausladenden Hut mit Pfauenfedern daran, während die anderen Menschen um sie herum durcheinandersprachen und der Troll von der Musenpolizei sich zwischen die Elfen und die aufgebrachten Luxus-Touristen schob.

»Was ist hier los?« Die massige Gestalt überragte die Gruppe und bildete einen scharfen Kontrast zu den vergleichsweise zierlichen Menschen, die sich jetzt etwas eingeschüchtert ein Stück zurückzogen.

Jay nahm einen gierigen Schluck aus seiner Wasserflasche – er hatte nicht bemerkt, wie durstig ihn die Hitze der vergangenen Stunden gemacht hatte. Sein Mund fühlte sich bereits wieder wie ausgedörrt an, kaum dass die Flüssigkeit seine Kehle hinabgeronnen war.

Eine männliche Muse in einem weißen Sommeranzug trat in einer geschmeidigen Bewegung an dem Troll vorbei vor die Touristen. Der Mann trug feinen Goldschmuck an den Handgelenken, sogar an den Ohren und um den Hals. Die Nachmittagssonne ließ das Gold aufleuchten, wenn er sich bewegte.

»Herrschaften, Sie haben das Schild über unserem Eingang gesehen. Bitte halten Sie sich an die Regeln und ersparen Sie uns weitere Auseinandersetzungen.« Der Mann nickte seinen elfischen Türhütern kurz zu und verschwand wieder in seinem Laden.

Das Schild mit dem goldenen Auge hing tatsächlich gut sichtbar über der Tür, aber die Gruppe schien das immer noch nicht akzeptieren zu wollen.

»Sie wissen nicht, mit wem Sie hier reden!«, rief einer der Männer dem Ladeninhaber nach. »Sie wissen nicht, wer ich bin! Ich habe eine Sondergenehmigung, ich …«

»Keine Ausnahmen. Gehen Sie weiter«, sagte der Troll und schob sich zwei Schritte auf den Mann zu. Die Frauen wichen weiter zurück.

»Komm, wir gehen«, sagte eine von ihnen und berührte den Mann am Arm.

»Das ist lachhaft. Ich werde mich über diesen Laden beschweren!«

»Tun Sie das. Und jetzt gehen Sie. Das ist die letzte Verwarnung.«

Die beiden Elfen stellten sich rechts und links neben den Troll.

Jay unterdrückte ein Kopfschütteln, steckte seine Wasserflasche zurück in den Rucksack, schwang ihn sich auf den Rücken und ging weiter. Solche und ähnliche Szenen hatte er heute mehrfach beobachtet, wenn Menschen versuchten, die den Musen vorbehaltenen Geschäfte zu betreten. Er wusste, dass die begehrten Waren aus diesen Läden gern mal in den Seitengassen zu horrenden Preisen vertickt wurden. Natürlich war über die Hälfte von dem Zeug gefälscht.

Jay musste auf die Straße ausweichen, um an der Gruppe vorbeizukommen.

»Andere Juweliere würden sich darum reißen, wenn ich ihre Schmuckstücke auf einem Ball oder Empfang präsentieren würde!« Der Mann hatte immer noch nicht aufgegeben. Jay vermutete, dass er den Damen versprochen hatte, sie in ein Musengeschäft einzuschleusen und jetzt mit seiner Aufschneiderei dumm dastand.

Der Troll richtete nun seinen Schlagstock steil nach oben, drückte einen Knopf am unteren Ende und ließ magische rote Funken weit sichtbar in die Höhe schießen, um Verstärkung von seinen Kollegen auf dem Platz anzufordern. Höchste Zeit für Jay zu verschwinden.

»Das *Quartier des Muses* schließt in fünfzehn Minuten für Besucher. Es wird Zeit für Sie alle, zu gehen«, erinnerte unterdessen einer der Elfen die Touristen.

Arrogantes Musenpack und ihre elitären Freunde! Jay schnaubte unwillkürlich, dann konzentrierte er sich wieder bewusst auf seine Mission. Auch ihm blieb nur noch wenig Zeit, um zu seinem Auto zurückzugelangen und die Aufbruchstimmung der halbstündigen Ausreisezeit nach Geschäftsschluss für sich zu nutzen. Vermutlich hätte er nicht so früh im Musenviertel sein müssen, aber er hatte die Vorbereitungszeit eingeplant, um sich gründlich umzusehen, die allgemeinen Abläufe und das Verhalten der Musen und anderen Bewohner des *Quartier des Muses* zu studieren und sein Vorhaben an die tatsächlichen Gegebenheiten anzupassen.

Mit großen Schritten eilte Jay voran. Zunächst einmal wollte er möglichst weit weg sein, bevor weitere Beamte der Musenpolizei am Schauplatz des Aufruhrs eintrafen und er womöglich mit der Gruppe in Verbindung gebracht wurde.

Er wusste im Grunde, dass seine Sorgen unsinnig waren und

von seiner Anspannung herrührten. Doch erst als er die Gruppe ein paar hundert Schritte hinter sich gelassen hatte und in eine Seitenstraße eingebogen war, gestattete er sich, etwas langsamer zu gehen. Sein Auto stand nicht weit entfernt. Er hatte es auf den Namen Michael Turner gemietet. Vor einem kleinen Schaufenster blieb er kurz stehen. Aus der spiegelnden Scheibe schaute ihm ein unauffälliger Typ entgegen, ein Student mit Band-T-Shirt und Stonewashedjeans. Seine Haarfarbe wirkte echt und er trug Kontaktlinsen. Jay zog die billige Sonnenbrille hervor und setzte sie auf. Dann ging er weiter.

Der Wagen stand in einer schmalen Seitengasse mit hohen Mauern, die dem Fußweg auf der Linken und der Fahrbahn auf der Rechten das Licht nahmen. Hinter den Mauern ragten zu beiden Seiten der Einbahnstraße luxuriöse Stadtvillen empor. Lediglich durch die vergitterten Eingangstore konnte man einen Blick auf die großen Grundstücke und prächtigen Gebäude erhaschen. Hecken und Bäume entlang der Auffahrt schützten die Privatsphäre der Musen zusätzlich vor der Neugier der Touristen, die von Montag bis Samstag während der offiziellen Besuchszeiten durch das Viertel strömten. Jay kam der Wunsch der Musen nach Abgeschiedenheit nun zugute. Von den Häusern aus würde ihn niemand sehen und sofern er sich von den Eingangstoren fernhielt, würde er auch nicht in den Sichtbereich der Kameras geraten.

Ein paar hundert Schritte von seinem Wagen entfernt hielt Jay inne und wartete am Eingang der Gasse. Lässig lehnte er sich mit dem Rücken an die Wand und beobachtete die Musen und Menschen, die an ihm vorbeischlenderten. Die Geschäfte sowie die Kunstschulen der Musen schlossen in diesen Minuten, sodass ab jetzt mit einem Strom von Menschen und heimkehrenden Musen zu rechnen war. Die meisten Touristen strebten zu den beiden Parkhäusern am nördlichen Stadtrand, doch immer wieder bogen auch vereinzelte Touristenfamilien oder kleine Grüppchen in seine Gasse ein und stiegen dort in ihre wartenden Wagen.

Jay warf einen Blick auf seine Armbanduhr. Doch trotz des knappen Zeitfensters von einer halben Stunde war er zuversichtlich. Er würde es schaffen! Er *musste* es schaffen!

Die Nervosität war zurück und er verfluchte seine Hände dafür, dass sie zitterten, während er den Rucksack zu seinen Füßen einen Spalt öffnete und sich vergewisserte, dass sein Werkzeug noch da war.

Seine Blicke huschten unter dem Mützenschirm hin und her. Er stand am Übergang vom Geschäftsviertel zum Wohnviertel. Menschen wanderten schwatzend und lachend in Richtung der Parkplätze. Sie waren immer noch aufgedreht vom Besuch in einem der berühmten Musenviertel des Landes. Vom Glamour, der Genialität und der Attraktivität der Musen geblendet, fühlten sie sich wahrscheinlich, als wären sie kurzzeitig selbst ein Teil dieser glitzernden Scheinwelt. Dabei würden sie niemals dazugehören. Egal wie sehr sie sich anstrengten, wie sehr sie lächelten oder wie viel Geld sie besaßen.

Als eine Gruppe von jungen Musen an ihm vorbeischlenderte, musterte er sie intensiv. Zwei der Musen waren Männer, groß und kräftig. Eine ganze Ecke größer als Jay. Die beiden schieden als Opfer schon einmal aus. Doch die anderen vier Musen waren vielversprechend. Eine von ihnen war ein Traum in Gold: Locken, Augen, ein raffiniertes Kleid und Pumps, alles in der Farbe, die viele – und auch Jay selbst – mit den Musen und mit Reichtum verbanden. Goldlöckchen zog eine regelrechte Wolke von Selbstbewusstsein und Macht hinter sich her. Jays Blick wurde unwillkürlich von ihr angezogen und verharrte einen Augenblick lang auf ihr. Die Muse war unglaublich attraktiv und auch wenn es ihm in den Fingern juckte, ihr das eingebildete Lächeln von ihrem perfekten Gesicht zu wischen, so warnte ihn doch eine innere Stimme davor.

Die drei anderen Mädchen erschienen ihm gewöhnlicher. Goldlöckchens Freundinnen waren eine hübsche Brünette mit einer kunstvollen Flechtfrisur und Blumen in den Haaren, eine Rothaarige mit langer Mähne und einem lauten Lachen, das sie jedes Mal ausstieß, wenn ihre Anführerin etwas sagte, und ein schweigsames, zierliches Mädchen. Jay hatte zuerst gedacht, dass die Muse mit den weißblonden Haaren und dem schlichten Kleid allein unterwegs war, weil sie sich nicht am Gespräch der anderen beteiligte. Doch als die anderen an der Kreuzung stehen blieben, hielt auch sie an.

Die Musen waren keine zehn Schritte von Jay entfernt und bemerkten ihn wie erwartet nicht, während er sein Opfer auswählte. Die Brünette wirkte mächtig, ebenso wie die Rothaarige, die es jedoch gewohnt zu sein schien, sich ihrer Anführerin unterzuordnen. Die Dritte war ungewöhnlich unauffällig für eine Muse und hätte Jay nicht kurz einen Blick auf ihre goldenen Augen erhascht, hätte er sie für einen Menschen gehalten. Vermutlich waren ihre Musenkräfte nicht besonders stark, wenn sie so wenig Macht und Selbstbewusstsein ausstrahlte. Nein, seine Entscheidung stand fest: Die Rothaarige oder, falls das nicht ging, die Brünette.

Kurz darauf musste er einen Fluch unterdrücken. Er hatte gehofft, dass die Gruppe sich trennen, er eine von ihnen allein erwischen würde und mit einem Trick zu seinem Auto locken konnte. Doch ausgerechnet diese beiden gingen zusammen in die entgegengesetzte Seitengasse, während Goldlöckchen und die männlichen Musen weiter auf der Hauptstraße entlangmarschierten. Jay starrte den beiden Musenmädchen hinterher, doch es sah nicht so aus, als würden sie sich demnächst voneinander verabschieden. Im Gegenteil, sie schienen in ein lebhaftes Gespräch vertieft. So ein Pech!

Und nun? Sollte er an einem anderen Tag zurückkommen?

Jay dachte kurz daran, die Umsetzung seines Plans zu verschieben, doch dann erinnerte er sich, dass ihm in zweifacher Hinsicht die Zeit knapp wurde. Er musste es riskieren!

Ein Insekt flog mit einem lauten Summen haarscharf an seinem Gesicht vorbei, riss ihn aus seinen Gedanken und er drehte den Kopf, um dem Tier hinterherzuschauen. Dann erst bemerkte er, dass die weißblonde Muse an ihm vorbei in seine Straße gegangen war. Sie war so unscheinbar, dass er sie glatt übersehen hatte. Er unterdrückte ein Seufzen. Es war nicht ideal, aber er konnte nicht unbestimmte Zeit auf die nächste Gruppe warten, um sich die perfekte Muse für seine Zwecke auszusuchen. Jetzt galt's. Entweder diese oder keine.

Leise folgte er dem Mädchen. Vielleicht wohnte sie in einer der schicken Villen, die hinter den hohen Mauern aufragten. Die Muse mit den weißblonden Haaren wurde kurz langsamer, als sie sich zwischen Jays Wagen und der Mauer entlangschlängelte. Jay hatte absichtlich so weit auf dem Fußgängerweg geparkt, dass nur wenig Platz blieb. Das war sein Moment, seine Chance. Er wartete, bis das Musenmädchen das Auto fast passiert hatte, dann trat er aus dem Schatten der Mauer hinter sein Opfer.

»He! Pass doch auf! Du hast mein Auto zerkratzt!«

Wie geplant drehte das Mädchen den Kopf zu ihm um, die Augen groß vor Überraschung. Sie öffnete den Mund, um ihm zu widersprechen – und Jay drückte ihr das vorbereitete Tuch mit Chloroform aufs Gesicht, das er im Gehen aus seinem Rucksack geholt hatte. Geistesgegenwärtig streckte er auch die andere Hand aus, als sie taumelte.

Er hatte damit gerechnet, dass sie recht schnell erschlaffen würde, aber anscheinend wirkte das Zeug bei Musen weniger stark als bei Menschen. Sie wand sich und er versuchte sie zu halten, nicht aus seinem Griff zu entlassen.

Etwas traf ihn in die Seite, etwas Hartes, das leise knisterte, aber bevor er sich dazu Gedanken machen konnte, schoss ein Schmerz durch seinen Körper wie ein Schock. Jay stieß einen Fluch aus, sah aus dem Augenwinkel Funken aufblitzen, als die Muse ihn erneut angriff. Auch der zweite Stromstoß hinterließ eine Spur aus Schmerzen und verkrampfenden Muskeln. Er biss sich auf die Lippe, um nicht zu schreien. Unwillkürlich ließ er nach dem Überraschungsangriff das Tuch mit dem Chloroform fallen und packte mit der anderen Hand wieder nach der Muse, die aufschrie, als auch sie die elektrischen Funken abbekam. Jede Bewegung war eine Agonie, als er gegen die Muse kämpfte, die sich jetzt in eine kleine Wildkatze zu verwandeln schien, die sich mit aller Kraft wehrte.

Jay gelang es, ihre Hand mit der Stabwaffe zu packen, sie herumzudrehen und ihre Finger aufzubiegen. Der Schocker fiel mit einem letzten Funkenausstoß zu Boden und das Mädchen erschlaffte. Jay wimmerte, während er sich verzweifelt bemühte, nicht selbst ohnmächtig zu werden.

Die Muse war rücklings gegen ihn gesunken. Er hielt sie mit einem Arm an seine Brust gedrückt, atmete keuchend ein und aus. Wertvolle Sekunden vergingen. Noch war die Gasse bis auf ihn und das bewusstlose Musenmädchen leer, aber von der Hauptstraße konnte jederzeit jemand kommen. Er durfte nicht hier verharren, egal welche Anstrengung es ihn kostete.

Er ging ein paar Schritte zurück, öffnete die Tür zur Rückbank und schob das Mädchen vorsichtig hinein, bis er sie auf der anderen Seite gegen die Tür gelehnt hatte. Es sah aus, als würde sie schlafen, und ihr eher normales Äußeres entpuppte sich als Vorteil. So würde sie niemand für eine Muse halten.

Jay setzte sich ans Steuer, schloss für einen kurzen Moment die Augen und atmete gegen die Schmerzen an, bevor er sie entschlossen öffnete, den Autoschlüssel ins Zündschloss steckte und den Motor startete.

Langsam fuhr er in Richtung seiner Ausfahrt und warf dabei einen Blick auf die Uhr in der Mittelkonsole. Es war zehn vor vier, er hatte die Hauptausreisezeit genau abgepasst.

Am nördlichen Rand des Musenviertels, der zugleich auch die Stadtgrenze von Tressina City darstellte, reihte er sich in die lange Autoschlange ein, die sich vor den Toren gebildet hatte. Die Musenpolizei war bereits dort und wartete auf ihren Einsatz, während die Parkwächter die Besucherautos eins nach dem anderen vorwärts winkten.

Jay hielt am Kassenhäuschen, ließ die getönte Scheibe ein Stück herunter, aber nicht zu viel, und hielt dem Kassierer sein Ticket hin. Es war ein Elf, zum Glück, denn die waren anders als die Trolle nicht für ihren guten Geruchssinn bekannt, und der Mann konnte daher seinen Angstschweiß nicht wahrnehmen. Der Elf las sein Ticket und meinte: »Das macht dann vierundzwanzig Dollar.«

Vierundzwanzig Dollar? Für *vier Stunden?*

Jay unterdrückte seine Empörung über diesen Wucher schnell. Stattdessen zwang er sich zu einem schmalen Lächeln, während er sein mühsam erspartes Geld hinüberreichte und es in den gleichgültigen Händen des Kassierers verschwand.

Der Elf nickte ihm kurz zu und drückte auf den Knopf. Der Schlagbaum vor ihm hob sich, er durfte weiterfahren. Ganz einfach. Jay atmete durch.

Das Musenviertel lag hinter ihm und ein Lächeln breitete sich auf seinen Lippen aus, als er über den Rückspiegel einen Blick auf seine Beute warf.

2

Sanfte Wellenbewegungen wiegten sie und Niliana fühlte sich wohlig-matt. Sie wollte die Augen nicht öffnen und in die Sonne schauen, sondern lieber weiter so tun, als würde sie schlafen, um in Ruhe den Ferientag auf der Jacht zu genießen und von ihrer Karriere als erfolgreiche Buchautorin zu träumen, bevor sie später wieder fleißig Schreibratgeber studierte, an ihren Plots und Charakteren feilte und ihrem Ziel mit harter Arbeit statt mithilfe eines Bündnispartners und der Inspiration durch die Schöpferin näherkam. Es würde nicht mehr lange dauern, bis ihre Brüder Hafius und Ben laut tobend über das Deck jagen und irgendein Spiel spielen würden, das nur die beiden verstanden.

Niliana liebte die Jungen abgöttisch – nur nicht den Wettstreit, den sie daraus machten, wer von ihnen sie und ihre Eltern schneller in den Wahnsinn treiben oder den höheren Dezibel-Wert produzieren konnte.

Bereits jetzt pochte ihr Kopf nur beim Gedanken daran und die wohlige Mattigkeit verwandelte sich abrupt in einen dumpfen Schmerz. Panisch wollte sie die Augen aufschlagen, als sie feststellte, dass sie das nicht konnte. Ihre Lider fühlten sich verklebt an, als wäre sie noch ein Kind, dem das Sandmännchen Traumstaub in die Augen gestreut hatte.

Auch erlebte man einen Traum des Sandmännchens nicht so seltsam unbehaglich, als wäre die Welt plötzlich aus ihren Fugen geraten. Die Träume, die sie sonst von ihm kannte, waren süß, fantastisch.

Ihre Lider hoben sich wie in Zeitlupe, flatterten in ihrer Panik jedoch gefühlt wie Schmetterlingsflügel. Sie erkannte nach und nach Schemen. Ihre Herzkette glänzte im Sonnenlicht und blendete sie kurzzeitig, während sie versuchte, ihre Umgebung zu erfassen. Schuhe tanzten vor ihr. Keine Ballerinas oder schicken Herrenschuhe aus echtem Leder, sondern alte Sneakers, die Farbe bereits ausgeblichen, das Material so lange eingelaufen, dass es keinerlei Geräusche mehr beim Kontakt mit dem Pflaster verursachte.

Ja, Pflaster.

Sie blinzelte verwirrt und war plötzlich hellwach. Die Füße hielten an und mit ihnen stoppte auch ihre Bewegung, die sie vorhin noch für Wellen gehalten hatte. Sie erkannte, dass jemand sie trug, dass sie ohnmächtig gewesen sein musste und nun kopfüber auf jemandes Schulter lag.

Was war geschehen?

In ihrem Kopf herrschte Leere – nicht die der schöpferischen Ruhe und Muße, die sonst einem Anflug der Kreativität voranging und die sie stets willkommen hieß –, eher ein drückendes, stummes und kaltes Nichts. Ein Vakuum, das nicht nur ihre Erinnerungen an die Momente vor der Bewusstlosigkeit verschlungen hatte, sondern sich nun ausbreiten wollte.

Sie hielten für einen Augenblick. Kurz hatte sie das Gefühl zu rutschen, als sich die Schulter unter ihr bewegte. Dann öffnete sich eine Tür mit einem Knirschen, das nach Rost oder doch zumindest nach fehlendem Öl klang, und eine Hand verhinderte, dass sie zu Boden glitt. Niliana begann zu schwitzen, ihr Herzschlag raste plötzlich, als sie begriff, dass derjenige, der sie trug, bestimmt kein menschlicher Heilmagier und auch kein magisch begabter Elf oder ein Assistenztroll aus dem Sanitätskorps war. Dass die Sneakers, auf die sie herabsah, sie nicht über einen gepflegten Krankenhausboden trugen, auch nicht mehr über Pflaster, sondern sie blanke Betonstufen hinabführten, die sich in der Mitte abgesenkt hatten. Das Treppenhaus, in dem sie sich befand, gehörte mit Sicherheit nicht zu einem Gebäude aus ihrem *Quartier*, denn überall starrte es vor Dreck, Staub und Spinnenweben.

Bei der verfluchten Leere, wo war sie?

Niliana wollte etwas sagen, nein, schreien! Doch es kam nur ein Krächzen über ihre Lippen und im nächsten Moment hörte sie eine schwere Tür hinter sich zuschlagen und das Treppenhaus wurde in Dunkelheit getaucht.

»Sei still, dann passiert dir nichts!«, ertönte unerwartet eine Stimme in der beklemmenden Stille. Sie gehörte ihrem Träger … ihrem *Entführer*!

Bei der großen Schöpferin! Jemand hatte sie entführt!

Ihr wurde schwindelig vor Schreck. Es mochte aber auch an der Tatsache liegen, dass sie wer weiß wie lange schon wie ein Sack Mehl über der Schulter des Mannes hing, die Kette ihr die Luft abschnürte und sich das Blut in ihrem Schädel angesammelt hatte.

Ihre Eltern hatten sie zwar auf diese Möglichkeit vorbereitet, nicht umsonst trug sie ihren Funkenstab stets griffbereit bei sich, dennoch fiel ihr jetzt kein einziger Ratschlag für eine solche Situation ein.

Sie waren fast am Fuß der Treppe angekommen. Zwielicht herrschte im Treppenhaus, nun, da sich ihre Augen an das Dunkel gewöhnt hatten. Anscheinend hatte sich ihr Entführer nicht die Mühe machen wollen, das Licht einzuschalten, oder aber es funktionierte nicht.

Was konnte sie … ihr Stab! Natürlich! Sie hatte doch eine Waffe!

Der Mann schien zu wissen, wohin er wollte. Das wusste Niliana jetzt auch. Sie musste nur langsam … vorsichtig … ganz unauffällig ihre Hand in Richtung ihres Gürtels schieben, während der Entführer sich auf die Kellertür konzentrierte und nichts mitbekam …

»Deinen Elektroschocker kannst du lange suchen, Kätzchen! Der ist weg.«

Merde! Er hatte recht. Ihre Hand ertastete nur Leere, dort wo sonst immer ihre Waffe zur Abschreckung von aufdringlichen Verehrern steckte. Sie hätte nie gedacht, dass sie sie je einsetzen würde, geschweige denn *musste*.

Doch halt! Sie *hatte* den Funkenstab eingesetzt!

Jetzt erinnerte sie sich wieder, wie jemand sie auf dem Weg nach Hause angesprochen hatte, an die dreiste Unterstellung, sie hätte das Touristenauto beschädigt. Doch als sie hatte protestieren wollen, hatte derjenige sie angegriffen. Sie hatte sein Gesicht nicht sehen können, bevor ihr schwarz vor Augen geworden war. Aber sie wusste noch, dass sie instinktiv nach ihrer Waffe gegriffen und sich verteidigt hatte. Nur genützt hatte es ihr anscheinend wenig.

Warte mal …!

»Wen nennst du hier *Kätzchen?*«

»Na, dich! Kratzbürstig genug bist du dafür ja und du kämpfst auch wie eines.«

Sein Lachen hallte durch den Gang und die Demütigung drückte schwer auf ihr Gemüt.

»Zeig mir gefälligst ein bisschen Respekt!«, zischte sie drohend. »Sonst …«

»Sonst was?«

Das hatte sie sich auch gerade gefragt. Schlimm genug, dass

sie sich hilflos und schwach fühlte – die Wirkung des Betäubungsmittels ließ nur langsam nach, ihre Glieder schienen immer noch mit Blei gefüllt zu sein –, doch dann verlor sie auch noch das Wortduell gegen diesen Verbrecher! Welch eine Schmach für eine Muse der Literatur!

»Wenn du nicht willst, dass ich dich Kätzchen nenne, dann verrate mir deinen Namen!«, forderte der Mann, nachdem er es endlich geschafft hatte, die schwere Eisentür am Ende des Kellergangs aufzuschließen und aufzustemmen. Bei der Anstrengung drohte sie erneut von seiner Schulter zu gleiten, doch er packte gerade noch rechtzeitig wieder zu und trug sie über die Schwelle in einen kleinen Raum.

»Das weißt du nicht?«, fragte sie fassungslos.

Sie hatte gedacht, dass man sie gezielt ausgesucht hatte wegen der Stellung ihrer Eltern, ihres Vermögens und ihres Rufs – und dann war sie ein Gelegenheitsopfer! Hatte sie auf ihren arroganten Entführer etwa wie leichte Beute gewirkt, oder was?

Nun kochte Wut in ihr hoch und sie stemmte sich ohne nachzudenken ab, hob den Kopf, rutschte seinen Rücken herunter – und saß schneller auf dem Allerwertesten, als sie blinzeln konnte.

»Vorsicht!«, rief der Mann erschrocken und drehte sich zu ihr um. Zum ersten Mal konnte sie ihn im Licht der Glühbirnen hinter ihnen betrachten.

Er war jünger, als sie vermutet hatte. Vielleicht Anfang zwanzig, also nur wenige Jahre älter als sie. Auch war er ihr riesig und sehr stark vorgekommen, weil er sie scheinbar mühelos durch die Gegend geschleppt hatte, doch das hatte getäuscht. Sein Gesicht war schweißnass, er wirkte erschöpft. Vom Boden aus konnte sie jetzt seine Züge sehen, obwohl er versucht hatte, sie unter seiner lächerlichen Mütze zu verstecken. Sie starrte ihn einen langen Moment an, bis sie sicher war, dass sie mühelos eine Zeichnung würde anfertigen können. Mit der würde es der Polizei gelingen, ihren Entführer zu schnappen, wenn die Lösegeldübergabe erst einmal erfolgt und dieser Albtraum beendet war.

Doch hatte er überhaupt vor, sie wieder freizulassen, wenn sie sein Gesicht gesehen hatte?

Der Gedanke lähmte sie und so konnte sie nicht verhindern, dass ihr Entführer sich zu ihr herabbeugte, sie hochhob und auf ein altes Bett setzte. Die Federn drückten ihr unangenehm in den Hintern, der noch von ihrem Sturz schmerzte.

»Wie heißt du?«, fragte er noch einmal.

»Was hast du mit mir vor?«

Sie rutschte etwas von ihm weg. Plötzlich war sie sich bewusst, dass sie sich mit einem wildfremden Mann allein in irgendeinem Keller befand, auf einem *Bett* saß und ihre einzige Waffe fort war. Wollte er sie etwa vergewaltigen?

Anscheinend sah er ihr ihre Angst an, denn er lächelte. Es sollte wohl beruhigend wirken, verfehlte aber seinen Zweck völlig. Der Bastard sah höchst zufrieden mit sich aus und seine Augen glänzten gefährlich.

»Keine Sorge, wenn du kooperierst, passiert dir nichts. Ich habe nicht die Absicht, dir wehzutun. Es sei denn, du zwingst mich dazu.«

Sie glaubte ihm kein Wort.

»Und was willst du dann?« Ihr Mund war plötzlich staubtrocken. Sie hatte Durst, sie hatte Angst, und sie wollte nur noch nach Hause. »Meine Eltern haben Geld, wenn es das ist, was du willst.«

Er lachte. »Geld! Das ist das Einzige, was für euch zählt, nicht wahr? Ihr Musen glaubt wohl, ihr könnt alle Probleme der Welt ganz einfach verschwinden lassen, wenn ihr nur mit dem Scheckheft wedelt!«

Verachtung lag in seiner Stimme. Nun war sein Blick kalt und berechnend. Seine Stimmung war so unerwartet von scheinbar freundlich zu offen feindlich gekippt, dass Niliana wieder bewusst wurde, dass sie mit allem rechnen musste.

Trotzdem fragte sie nicht weiter. Sie würde diesen Menschen nicht um Informationen anbetteln. Also schwieg sie und hielt seinem Blick stand. Die meisten Menschen konnten einer Muse nicht lange in die Augen sehen und wandten schnell den Blick ab.

Bei ihrem jungen Entführer funktionierte dies leider nicht. Im Gegenteil, er schien in ihren Goldaugen zu versinken, als suchte er dort nach etwas Bestimmtem. Dann grinste er plötzlich. Was war los mit diesem Mann?

»Was starrst du so?«, fragte sie.

»Du starrst doch auch«, gab er zurück und Niliana fühlte, dass ihr langsam der Geduldsfaden riss. Es war lächerlich, sich mit einem Verbrecher auf Diskussionen einzulassen. Verbrecher waren doch alle gleich. Auch wenn er sich jetzt noch gab, als würde es ihm um etwas Besonderes gehen, am Ende lief es doch auf ein saftiges Lösegeld hinaus.

»Also gut, Schluss mit dem Theater.« Sie strich sich die Haare zurück und ignorierte dabei die aufkommende Übelkeit. Sobald sie hier heraus war, konnte der Kerl was erleben. »Hör auf rumzudrucksen und sag, was du willst. Geld? Ewige Jugend? Superkräfte? Die Weltherrschaft?« Sie machte ein betont gelangweiltes Gesicht dabei. Der Mann richtete sich auf. Das freche Grinsen verschwand.

»Nicht schlecht geraten, Weißhaar, bist verdammt nah dran. Ich habe etwas Einzigartiges vor, das die Welt noch nicht gesehen hat.« Er beugte sich fast vertraulich zu ihr vor. »Und dabei wirst du mir helfen, *Kätzchen*.«

3

Nachdem er den Schlüssel zum Kellerraum und provisorischen Musengefängnis mit einem leisen Klacken herumgedreht und das alte Stück Eisen in die Hosentasche gesteckt hatte, erlaubte Jay sich ein erschöpftes, aber zufriedenes Lächeln. Der erste Schritt seines Plans war geschafft!

Er nahm die Basecap ab und hängte sie über einen rostigen Nagel in der Wand. Dann strich er sich durch die schweißnassen, braunen Haare. Es war anstrengend gewesen, die zierliche Muse vom Parkplatz um die Ecke durch die Hitze zu schleppen und dabei möglichst schnell zu sein, um niemandem aufzufallen. Zum ersten Mal in seinem Leben wünschte er sich, etwas mehr Muskeln und Körperkraft zu besitzen. Doch der Gedanke verpuffte rasch, als er sich erinnerte, dass ein dummer Muskelprotz wohl bereits vor dem Verlassen des Musenviertels einen Fehler gemacht hätte und von der Polizei geschnappt worden wäre. Er schüttelte sich unwillkürlich, als ein Schauer der Furcht ihn überkam und die feinen Härchen auf seinen bloßen Unterarmen sich aufrichteten. Dann doch lieber keine Bodybuildermaße und dafür in Freiheit.

»Phase zwei«, murmelte er und joggte leise durch den Keller, die alte Treppe hinauf, deren unebene Stufen er auch im Halbdunkeln ganz genau vor sich sehen konnte, wie die Runzeln und Falten eines ihm vertrauten Gesichts, und zurück zum gepflegten, dellenlosen Mietauto, das in seiner Nachbarschaft nicht weniger auffiel als eine Muse unter Bettlern. Es war gefährlich, es dort zu lange stehen zu lassen. Im Getto gab es immer jemanden, der lange Finger machte, und auch wenn er das Fahrzeug an einem abgelegenen Ort geparkt und ein älteres Modell ausgewählt hatte, hieß das nicht, dass nicht in Kürze ein Fixer, ein Alki oder eine Gruppe Drogendealer sich dorthin verirrte und das Auto auseinandernahm.

Er erreichte den Mietwagen und stieß einen Seufzer der Erleichterung aus, als er erkannte, dass es weder in der Zwischenzeit aufgebrochen, noch in Flammen gesetzt oder die Reifen oder andere Teile abmontiert worden waren. Alles in Ordnung, zum Glück! Rasch stieg er ein und machte sich auf den Weg Richtung Stadtzentrum.

Etliche Minuten später steuerte er in der Nähe seines Ziels die nächste Tankstelle an, eine weitere Hürde in seinem Plan, und zitterte stark genug, dass der Griff des Tankschlauchs ihm beim Herausnehmen aus der Säule beinahe aus den Fingern gerutscht wäre und ihm einen Herzinfarkt verpasst hätte. Betont langsam atmete er ein und zählte in Gedanken, bevor er die Luft wieder aus seinem Körper entließ. *Einundzwanzig, zweiundzwanzig, dreiundzwanzig* … Es erschien ihm wie eine Ewigkeit, bis seine Hände nicht mehr bebten und er mit dem Befüllen des Benzinbehälters im Heck fortfahren konnte.

Als er zum Bezahlen ging und sich unwillkürlich durch die Haare fuhr, musste er einen derben Fluch unterdrücken. Tankstellen hatten Kameras! Wie hatte er nur so bescheuert sein können, die Basecap zu vergessen?

Es half alles nichts. Trotz seiner plötzlichen Übelkeit und Angst, dass ihn dieser Fehler verraten könnte, bemühte er sich, weiterhin gelassen zu wirken. Noch wusste niemand von seiner Tat. Es gab weder Suchmeldungen noch Fahndungsfotos vom Musenmädchen oder ihm. Und solange dies nicht der Fall war, musste er sich nur unauffällig verhalten, damit die Leute ihn schnell wieder vergaßen.

Daher bezahlte er mit einem leicht gelangweilten Gesichtsausdruck, ohne Konversation mit dem jungen Tankwart zu machen, ging zum Auto und brachte es danach zurück zum Mietwagenverleih von Tressina City in der Nähe des Hauptbahnhofs. Ganz bewusst hatte er sich für den renommiertesten Verleih entschieden. Er hatte nicht nur die größte Auswahl an Automodellen, sondern auch eine so hohe Anzahl von Mietern jeden Tag, dass der Anbieter jederzeit mit seinem großen Fuhrpark für einen Ansturm gerüstet und Jay auch ohne Voranmeldung an einen für seine Zwecke passenden Wagen gelangt war.

Doch das größte Plus war die Anonymität in der Menge der Touristen und anderen Kunden. Auch jetzt, kurz vor Feierabend, stand wieder eine lange Schlange von gewöhnlichen Menschen, Elfen und Zauberern beider Rassen vor dem Ausgabetresen und wartete geduldig. Sogar ein Troll war unter den Wartenden. Jay musste sich an ihm vorbeischlängeln, weil er mit seiner massigen Gestalt den Weg zum Abgabeschalter blockierte.

»Entschuldigung!«

Der Troll grunzte kurz, ließ ihn aber schließlich doch vorbei. Jay legte den Schlüssel vor dem menschlichen Mitarbeiter, der immer wieder auf die Uhr an der Wand linste und erkennbar den Feierabend herbeisehnte, auf den Tresen.

»Vollgetankt?«, wollte der Mann wissen.

»Selbstverständlich.«

»Parkplatz?«

»Zwölf.«

Der Mitarbeiter warf einen Blick auf die Nummer am Schlüsselbund, dann aus dem Fenster nach draußen, wo die Firmenwagen des Verleihs ihre Parkplätze hatten, ließ ihn kurz zu Stellplatz zwölf gleiten und brummte zufrieden.

»Ich wünsche Ihnen einen schönen Abend«, rang er sich noch ab, gab etwas in seinen Computer ein und verzichtete darauf, nach draußen zu gehen und das Fahrzeug zu kontrollieren. Vielleicht war das ja auch nicht üblich, Jay wusste es nicht, schließlich war dies das erste Mal gewesen, dass er ein Auto gemietet hatte.

Kurz darauf war er wieder draußen und atmete erleichtert tief ein und aus. Vom Verleih zur Bushaltestelle, zur U-Bahn und von dort nach Hause brauchte er etwas länger als eine Stunde. Es war schon nach halb sieben, als er dort ankam und die Wohnungstür aufschloss. Er lag gut im Zeitplan und bislang hatten Phase eins und Phase zwei überwiegend reibungslos funktioniert.

Wie immer kontrollierte er die Tür sorgfältig auf Einbruchsspuren. Auch wenn er in einem alten, baufälligen und kaum bewohnten Haus im Tressinaer Getto lebte, bedeutete das nicht, dass nicht irgendjemand verzweifelt genug war, trotzdem bei ihm einzubrechen und das Wenige, das er besaß, zu stehlen. Dennoch sparte sich Jay den Kauf eines neuen und besseren Türschlosses. Genauso gut hätte er auch ein Schild vor das Haus stellen können: *In Wohnung 3A gibt es etwas zu holen. Kommt und besucht mich, wenn ich unterwegs bin!*

Er hasste die Stille in der Wohnung, ja – im ganzen Haus. Aber der alte Miller, dem es gehörte, hatte nicht mehr die Kraft, es zu renovieren oder neue Mieter zu suchen, deshalb wurden es von Jahr zu Jahr weniger Leute, die ebenfalls hier wohnten. Früher hatte er mit seiner Mutter und seinem Adoptivvater hier gelebt, seit ein paar Tagen jedoch waren es nur noch der alte Miller und er und eine düstere Wolke der Einsamkeit schien über dem gesamten Haus zu liegen. Doch zum ersten Mal empfand er das als etwas Gutes. Der alte Miller würde kaum die steile und für seine spröden Knochen lebensgefährliche Kellertreppe hinuntergehen, um von dort etwas zu holen. Auch die eventuellen Hilfeschreie von Jays Gefangener würde der schwerhörige Alte wohl nicht mitbekommen.

Erleichtert, dass Phase zwei seines Plans geschafft war, schlüpfte er aus seinen verschwitzten Klamotten und duschte. Die braune Haartönung verschwand mit dem Wasser im Abfluss. Morgen würde er die Kleidung entsorgen, damit niemand sie mit ihm in Verbindung bringen konnte, sicher war sicher.

Während seine Haare an der Luft trockneten und wieder ihr gewöhnliches Dunkelblond zeigten, machte er sich schnell ein Sandwich. Im Hintergrund lief parallel der altersschwache, kleine Fernseher.

Er lauschte mit einem Ohr dem Programm, als die Sendung plötzlich unterbrochen wurde und jemand eine dringende Sondermeldung ankündigte. Jay verzog das Gesicht, als der Gouverneur von Tressina auf dem Bildschirm erschien. Der Kerl ließ keine Gelegenheit aus, vor die Kamera zu treten, seinen Reichtum in Form von maßgeschneiderten Anzügen, teuren Uhren und eleganten Schuhen zur Schau zu stellen und sich als wohlmeinender, väterlicher Politiker zu präsentieren. Seine frühere Schauspielkarriere kam ihm jetzt eindeutig zugute. Und zwar nicht nur in Bezug auf einen vermeintlichen Promistatus. Er spielte ihnen was vor und wurde bejubelt, doch Jay wusste, dass der Großkotz und Lügner seinen Ruhm auch nur der hübschen blonden Musenfrau verdankte, die sich auch jetzt wieder im Hintergrund hielt, während Benjamin Whitecomb-Noir sich den Fragen der Journalisten stellte.

Jay war kurz davor, den Kanal zu wechseln, als sein Finger

plötzlich unmittelbar vor der Taste innehielt. Sah Gouverneur Whitecomb-Noir nicht ungewöhnlich blass und besorgt aus? Konnte er tatsächlich so gut schauspielern, dass sich seine Gesichtsfarbe veränderte? Oder war dieses Mal wirklich etwas Schlimmes passiert?

Neugierig stellte er den Ton lauter, um zu lauschen.

»… ich bitte Sie alle, liebe Bürger von Tressina City, um Ihre Mithilfe. Kurz vor sechzehn Uhr kam es im Musenviertel zu einem abscheulichen Verbrechen. Ein Verbrechen wider die Nächstenliebe und den Anstand, wider unsere Gesellschaft und die Musen in unserer Mitte, die unseres Schutzes bedürfen. Eine von ihnen wurde heute entführt, ihrer Familie grausam entrissen, von einem Monster, dem nichts in unserer Gesellschaft heilig ist und das sich nicht darum schert, dass die Eltern, Familie und Freunde eines jungen Mädchens nun vor Sorge vergehen. Sehen Sie sie an, meine lieben Freunde. Das ist Niliana, achtzehn Jahre alt, ein liebes, nettes Mädchen, das keinem Glühwürmchen und keiner Fliege etwas zuleide tun könnte. Ein Mädchen, dem in einer gerechten Welt niemand auch nur ein Haar krümmen würde!«

Der Gouverneur hatte sich ereifert. Rote Flecken hatten sich auf seinem Gesicht gebildet und seine Hand zitterte, als er nun ein Foto vom Musenmädchen hochhielt. Sie sah auf dem Bild tatsächlich aus wie die Unschuld vom Lande und nicht wie ein wildes Kätzchen, das ihm Elektroschocker in die Seite rammte.

»Niliana heißt du also!«

Doch sein Triumph, ihren Namen erfahren zu haben, verflog, als jetzt erneut das Gesicht von Gouverneur Whitecomb-Noir eingeblendet wurde. Er schien sichtlich unter Stress zu stehen, Niliana möglichst schnell unversehrt wiederzufinden, wie die Blässe, sein schweißnasses Antlitz und die leicht zittrige

Stimme vermuten ließen. So als würden die Musen ordentlich Druck auf ihn ausüben und ihm gedroht haben, ihm ihre Unterstützung zu entziehen. Er musste wahrscheinlich Angst haben, nicht nur sein politisches Amt, sondern auch sein nobles Haus im Musenviertel und sein Ansehen im ganzen Land zu verlieren.

Allein um ihm eins auszuwischen, hätte Jay seinen Plan beinahe noch einmal überdacht, doch am Ende zählte sein Erfolg mehr, als Niliana nur möglichst schnell und unversehrt wieder loszuwerden oder den aufgeblasenen Wichtigtuer zu ärgern.

»Bitte, helfen Sie mir!«, flehte der Gouverneur nun und schien den Tränen nahe zu sein. Jay kicherte bei dem Anblick. »Helfen Sie mir, Niliana schnell zu finden und den oder die verantwortlichen Verbrecher zu stellen! Helfen Sie Niliana, damit sie schnell wieder zu ihrer Familie zurückkehren kann!«

Die blonde Muse war neben den Gouverneur getreten. Tränen standen in ihren goldenen Augen, als sie nun die Hand des mächtigen Politikers ergriff, der immer stärker zitterte und keine Worte mehr über die Lippen brachte. Sie schmiegte sich an ihn und nahm ihm das Mikro ab.

»Bitte helfen Sie uns, unsere Tochter wohlbehalten zurückzubekommen! Ich wende mich jetzt an Nilianas Entführer: Geben Sie sie uns bitte zurück, noch heute Abend! Nicht nur wir, ihre Eltern, machen uns große Sorgen um sie, sondern auch ihre Brüder. Bitte krümmen Sie ihr kein Haar! Denn wenn Sie das tun, das schwöre ich bei allen Mächten und Göttern, dann werden wir Sie bis ans Ende dieser Welt jagen! Wir werden niemals Ruhe geben und all unsere Macht und unseren Einfluss nutzen, um Sie aufzuspüren, ganz gleich, wo Sie sich auch verstecken! Sie werden nie wieder Frieden finden und bitterlich bereuen, was Sie Niliana und unserer Familie angetan haben! Und wenn wir Sie erst einmal gefunden haben, dann werden wir dafür sorgen, dass Sie Ihre verdiente Strafe bekommen und bis zu Ihrem Tod im Gefängnis schmoren!«

Zu seinem großen Entsetzen wurde nun auch noch ein Bild seines Mietwagens eingeblendet. Es musste von einer der Sicherheitskameras auf der gegenüberliegenden Straßenseite aufgenommen worden sein, als er vom Entführungsort weggefahren war. Man konnte das bewusstlose Musenmädchen auf der Rückbank gut erkennen, während sein Gesicht durch das Visier und die Schirmmütze zur Hälfte verdeckt wurde und vermutlich nur von jemandem zu identifizieren war, der ihn gut kannte. Sein Herz klopfte wie verrückt, als er sich wieder zu beruhigen versuchte.

Keine Panik, Jay, sie werden dich über den Mietwagenverleih nicht finden. Und das Nummernschild, mit dem sie das Fahrzeug identifizieren könnten, war aus dieser Kameraperspektive nicht zu sehen. Kein Grund zur Sorge also.

Doch dann wurde Nilianas Mutter wieder eingeblendet. Die goldenen Augen der schlanken Muse blitzten und schienen ihn direkt anzustarren und zu verurteilen. Jay schluckte erschrocken.

»Verdammt!«, murmelte er. Er wusste, er hätte doch die Rothaarige oder die Brünette nehmen sollen! Ausgerechnet die Tochter des Arschloch-Gouverneurs und der Psycho-Muse zu entführen!

Er war schon auf dem Weg in den Keller, bevor er richtig wusste, was er eigentlich tat. Seinen ursprünglichen Plan konnte er vergessen. Er hatte keine achtundvierzig Stunden, um alles durchzuziehen. Der Gouverneur und seine Frau würden Himmel und Hölle in Bewegung setzen, um ihre Tochter zu finden. Sein Vorhaben, zusätzlich zur Umsetzung von Phase drei eine Million Dollar Lösegeld zu fordern und so zwei Fliegen mit einer Klappe zu schlagen, war damit hinfällig. Nachdem jetzt die

Öffentlichkeit von der Entführung wusste und ein Bild von ihm in der Presse kursierte, würde die Übergabe niemals klappen.

Aber zum Glück hatte er ja noch Plan B in der Hinterhand, für den Fall, dass die Entführung zu schnell öffentlich gemacht wurde. Noch war also nichts verloren.

Er öffnete die Kellertür, stürmte auf die Zelle zu, hielt kurz inne, um sich die Basecap zu schnappen – *Noch mal mache ich nicht denselben Fehler!* – und aufzusetzen, und atmete einmal tief durch, um sich zu beruhigen. Dann öffnete er den Kellerraum, in dem Niliana gefangen war und …

Sie war fort!

Jay fluchte.

4

Die Tür fiel hinter ihm ins Schloss. Für einen Moment starrte sie noch auf die Stelle, wo der Mann verschwunden war. Sie wartete, lauschte, seine Schritte entfernten sich und ihr wurde bewusst, dass sie so flach geatmet hatte, dass ihr schon schwindelig wurde.

Ein, aus, ein, aus.

Sie hatte für diesen Fall trainiert, und während sie die Atemübungen machte, beruhigten sich ihre Gedanken ein wenig. Er war fort, zumindest für den Moment. Das Eingesperrtsein war für sie weniger schlimm als das Gefühl, mit ihm in einem Raum zu sein. Sie musste jetzt einfach die Nerven bewahren.

Ulpirri und Qrok hatten jahrelang mit ihr und ihren Brüdern für diesen Fall geübt.

Verschaffe dir einen Überblick über deine Umgebung!, lautete eine ihrer ersten Lektionen und das tat Niliana nun. Wie ihr erster Eindruck vermuten ließ, befand sich der Kellerraum anscheinend in einem alten Gebäude, denn der Putz war abgeblättert und Oberflächenrisse zierten die Mauern wie die Furchen und Runzeln eines in die Jahre gekommenen Gesichts. Sie klopfte gegen eine der Wände und lauschte. Trotz ihres Alters war das Mauerwerk stabil und dicker als in neueren Häusern.

Aber selbst wenn es dünn gewesen wäre, hätte sie erst einmal einen Hammer oder Ähnliches haben müssen, um es einzuschlagen, oder ein anderes Werkzeug, mit dem sie den Mörtel lösen und die Ziegel der Zwischenwand herausbrechen konnte, die vermutlich nachträglich eingezogen worden war, um aus einem Abstellraum zwei zu machen. Durch die Wand war schon mal kein Entkommen.

Sie rüttelte einmal am Türgriff. Nichts bewegte sich. Die massive Tür hatte kein Spiel, saß felsenfest im Rahmen und stand damit zwischen ihr und der Freiheit. Sie bückte sich und spähte in das Schloss. Der Schließmechanismus schien ihr recht simpel zu sein, sie hatte schon viel kompliziertere Schlösser im Unterricht bei Ulpirri geknackt. Mit einem Satz Dietriche war das ein Klacks. Dummerweise hatte sie heute Morgen nicht damit gerechnet, in der Kunstschule in eine Situation zu geraten, in der sie eine Tür aufbrechen musste, und so hatte sie jetzt keine dabei. Und natürlich hatte ihr Entführer auch keine in ihrer Zelle herumliegen lassen, um es ihr einfach zu machen. Sie fluchte.

Warum hatte sie nicht welche von diesen Dingern, die sie letzten Monat in diesem Spionagefilm gesehen hatte? Die Haarstäbe, die die Agentin getragen hatte, waren getarnte Dietriche gewesen. Zu dem Zeitpunkt hatte sie über das ungewöhnliche Einbruchswerkzeug gestaunt und es als unrealistisch empfunden. Jetzt wünschte sie sich, sie hätte nach dem Kino gegoogelt, ob es so etwas wirklich gab. Hätte, wäre, wenn … am besten nicht darüber nachdenken, was sie *nicht* hatte. Was stand ihr denn zur Verfügung?

Immerhin, etwas Ausrüstung hatte sie ja. Schließlich trug sie ihre Gürteltasche. Vielleicht konnte sie improvisieren und eine ihrer Haarspangen oder -klammern darin zu einem Dietrich umfunktionieren?

Sie griff sich an den Gürtel und ertastete Leere, bevor ihr

Blick ihrer Bewegung folgte und das Ergebnis ihrer vergeblichen Suche bestätigte. Ihre Tasche war weg!

»Das kann doch nicht wahr sein!«

Er musste ihr die Gürteltasche abgenommen haben, nachdem er erkannt hatte, dass sie daraus den Funkenstab hervorgezogen hatte. Darum also hatte er gesagt, sie solle nicht nach ihrer Waffe suchen.

Für einen kurzen Moment wurde ihr schlecht, als ihr ein schrecklicher Gedanke kam. Was hatte er noch alles getan, als sie bewusstlos gewesen war? Hatte er sie etwa abgetastet und betatscht, als sie sich nicht dagegen hatte wehren können? Hatte er sie nur auf weitere potenzielle Waffen untersucht oder auch andere Dinge getan, die sie sich nicht vorstellen wollte? Sie schüttelte sich und versuchte ihre panischen Gedanken zu zügeln wie ein von Furcht erfülltes Pferd, damit es nicht kopflos in die falsche Richtung davonpreschen konnte.

Stattdessen konzentrierte sie sich wieder auf das Wesentliche: ihre Flucht. Sie würde ihm entkommen, auch ohne den Funkenstab und ihre Haarklammern!

Zeit für eine Bestandsaufnahme. Nun gut, das hatte ihre Ausrüstung beträchtlich reduziert. Damit besaß sie nur noch den Gürtel selbst, der sich dank eines versteckten Gummizugs auf der Innenseite möglicherweise auch als Werkzeug eignete, von den Modemachern dazu aber sicher nicht gedacht gewesen war. Dazu kamen noch das Notfallgeld im Versteck in ihren Schuhsohlen, ihr Training und ihre Musenkräfte.

Aber mehr brauchte sie auch nicht. Alles, was sie sonst noch benötigte, befand sich mit ihr in diesem Raum.

Sie betrachtete den kleinen Tisch, auf den ihr Entführer vorausschauend eine gefüllte Wasserflasche aus Plastik gestellt hatte. Theoretisch konnte sie die Flasche als Keule benutzen.

Neben dem Tisch und einem Holzstuhl gab es nur noch das

alte, knarzende Bett, auf dem sie gerade gesessen hatte. Ansonsten war der Raum kahl. Keine Nägel in den Wänden, noch nicht einmal Fußbodenleisten konnte sie entdecken. Hatte er die Zelle etwa von möglichen Fluchtwerkzeugen oder Waffen gesäubert? Das zeugte von mehr Voraussicht und Planung, als sie ihm zugetraut hatte.

Doch nicht von Erfahrung, denn dann hätte er gewusst, dass der einzige fluchtsichere Raum der ohne Fenster, Türen oder Ausstattung war. Man konnte aus jeder Zelle ausbrechen!

Und dieser Kellerraum hatte ein gekipptes Holzfenster direkt unterhalb der Decke, durch das Licht von draußen fiel. Frische Luft strömte durch die kleine Öffnung herein, doch ein Fliegengitter verhinderte, dass Insekten, Mäuse oder andere Tiere hinein- oder herausgelangten. Es war zwar nicht groß, aber Niliana war schlank, sie war zuversichtlich, dass sie hindurchpassen würde. *Jackpot!*

Doch zunächst einmal musste sie es komplett öffnen und das Gitter herausbrechen. Und der Griff befand sich in etwa zehn Fuß Höhe. So lange Arme hatte sie natürlich nicht. Auch nicht wenn sie sich auf das Bett stellte. Oder den Tisch auf dem Bett platzierte, dann darauf stieg und sich auf die Zehenspitzen stellte.

Ihre Glieder zitterten, als sie sich so weit wie möglich ausstreckte und auf das kleine Fenster zur Freiheit starrte, das schon zum Greifen nahe schien und doch unerreichbar war. Wenn sie nur ein Stück größer gewesen wäre, und sei es nur eine Handbreit! Aber immerhin, es fehlten ihr nur noch wenige Zoll bis zum Ziel.

Dummerweise knackte jetzt der Tisch laut und sie bekam einen Riesenschreck, als er plötzlich unter ihr zusammenbrach und sie mit einem Ächzen auf der Matratze voller fieser Sprungfedern aufkam.

Und es lag nicht an ihrem Gewicht!

»Schlechte Qualität!« Sie rappelte sich wieder auf, rieb sich den schmerzenden Po und seufzte. Aber was hatte sie erwartet?

Das stellte sie leider vor ein kleines Problem. Sie glaubte nicht, dass der Stuhl besser zum Daraufsteigen geeignet war, und ihr fehlte die Höhe. Selbst wenn sie auf das Kopfteil des Bettes kletterte und dann sprang, so war der Griff so ungünstig an der Oberseite angebracht, dass sie ihn nicht unbedingt erwischen konnte, um das Fenster zu öffnen.

Seufzend setzte sie sich aufs Bett und dachte nach. Es musste eine Lösung geben!

Es gibt immer einen Fluchtweg und wenn du alle Gegner niederschlägst, die zwischen dir und deiner Freiheit stehen!, hatte Qrok ihr eingebläut. Aber Qrok war ein Troll von acht Fuß Körpergröße und mit gewaltigen Muskeln. Klar, dass diese Methode bei ihm funktionierte. Nur bei ihren knappen fünf Fuß wurde das etwas schwierig.

Langsam bekam sie Durst und so nahm sie einen Schluck aus der Wasserflasche, obwohl das die Schlagkraft ihrer improvisierten Waffe schwächte.

Während sie grübelte, fragte sie sich, wie viel Zeit vergangen war. Das Licht, das von oben in ihre Zelle fiel, nahm immer mehr ab. Es war also nicht mehr Nachmittag, sondern schon Abend.

»Licht!«, murmelte sie und sah sich um. Seltsamerweise gab es im Kellerraum weder einen Lichtschalter noch eine Lampe. Nun fiel ihr zum ersten Mal auf, dass auch Steckdosen fehlten. Dieser Raum mochte früher einmal als Vorrats- oder Lagerraum gedient haben, mehr aber auch nicht.

Bald würde es dunkel sein und für die Flucht brauchte sie Helligkeit! Genervt räumte sie nun endlich die Holztrümmer des Tischs vom Bett und schob sie darunter.

Moment mal! Drunterschieben, aber natürlich!

Das Bett mochte vielleicht zu niedrig sein, aber nur in seiner aktuellen Position!

Es dauerte keine fünf Minuten, bis sie sich ihren Fluchtweg gebaut hatte. Das Bett stand nun auf dem Kopfteil und ragte die gesamte Länge in die Höhe. Die Trümmer des Holztisches hatte sie so verkeilt, dass das Bett einen möglichst stabilen Stand hatte. Dennoch würde ihre Konstruktion nicht lange halten, auch wenn sie nun entschlossen auch noch den Stuhl davorstellte. Vorsichtshalber hatte sie die Matratze vor das Bett geschoben, damit sie nicht ganz so hart fiel und sich alle Knochen brach, sollte es nicht klappen.

Sie atmete einmal tief ein und aus, bevor sie ihren Gürtel löste und den versteckten Gummizug hervorholte. Im Notfall würde der Gummizug sie retten, falls das Bett zu früh unter ihr zusammenbrach und sie sich mit ihm am Fenstergriff festhalten musste. Sie zog kräftig, das Material dehnte sich und die Nähte rissen eine nach der anderen. Rasch hatte sie eine Armlänge befreit und Erleichterung überkam sie, als sie sah, dass ihr Plan funktionierte. Im nächsten Moment knallte es hörbar, etwas peitschte durch die Luft und hinterließ eine brennende Spur des Schmerzes auf ihrem Unterarm und ihrer rechten Hand. Dann flog auch schon der Gürtel aus ihrer Linken und klatschte laut gegen die Wand. Niliana zuckte erschrocken zusammen.

»Das darf doch nicht wahr sein!«

Frustriert ballte sie die Hände zu Fäusten, atmete einmal tief ein und aus, bevor sie zwei Schritte vor ging, um die Überreste ihres Gürtels aufzuheben und zu betrachten. Leider war das Stretchmaterial zwar schick und praktisch, wenn man bei einem Festgelage einmal zu viel gegessen hatte und sich der Bauch unangenehm spannte, aber den Belastungstest hatte es nicht bestanden und sie ärgerte sich, dass sie keinen Ledergürtel getragen hatte. Jener wäre bestimmt stabiler und nützlicher gewesen.

Und jetzt? Sie setzte sich auf die Matratze auf dem Boden, um nachzudenken, und verzog erneut das Gesicht vor Schmerz, als ihr eine Metallspirale in den Hintern pikte.

»Autsch!«

Sie sprang auf und starrte auf die verflixte Unterlage. Das war die Lösung! Erleichtert lachte sie auf und schlug sich im nächsten Augenblick die Hand vor den Mund. Hatte er sie gehört?

Niliana lauschte mehrere Sekunden angestrengt, doch sie konnte weder Stimmen noch Schritte hören. Gut so! Anscheinend befand sich ihr Entführer nicht in der Nähe.

Dann jedoch erlaubte sie sich keine weiteren Zweifel, sondern löste eins der abgebrochenen Tischbeine aus der Unterkonstruktion, stieg dann auf den Stuhl und von dort zog sie sich rasch auf das Fußteil des Bettes, das bedenklich unter ihrem Gewicht knarrte. Sie musste schnell sein, ohne das Gleichgewicht zu verlieren, daher konzentrierte sie sich auf das Oberlicht, das jetzt in ihrer Reichweite war. Der Griff bewegte sich schwerfällig, das Holzfenster war wohl schon lange nicht mehr geöffnet oder geölt worden. Aber er ließ sich drehen, das Fenster klappte nach unten und so trennte sie nur noch ein dünnes Fliegengitter von der Freiheit.

Aber dafür hatte sie ja das Tischbein. Sie setzte es am Rahmen an, um das Gitter kraftvoll herauszuhebeln.

Zu ihrer größten Überraschung sprang der Rahmen augenblicklich heraus, das Werkzeug glitt durch ihren Schwung aus ihren Händen, rutschte ein kleines Stück zur Seite weg und durchstieß mit Leichtigkeit die Gaze. Vermutlich hätte sie das Tischbein noch nicht einmal gebraucht, um sich aus ihrer Zelle zu befreien. Doch damit war ihre Bewegung noch nicht zu Ende. Durch den Stoß schoss ihr Oberkörper nach vorn, die Unterkante des Fensters presste sich in ihre Brust. Plötzlich war ihr Kopf draußen und sie strampelte unwillkürlich mit den Füßen, während sie sich verzweifelt bemühte, sich am Fensterrahmen festzuhalten.

Das jedoch war ein Fehler. Sie spürte noch, wie ihre Zehen gegen das Bettgestell kamen, es fortstießen und dann brach die Konstruktion unter ihren Füßen zusammen.

»Argh!«

Sie hätte nicht schreien dürfen, das wusste sie, doch falls der Lärm oben zu hören war, dann hätte der Entführer auch das Getöse des umstürzenden Bettes gehört. Eile war angesagt!

Sie zog sich weiter durch das geöffnete Fenster, löste ihren verkrampften Griff vom Rahmen, anschließend schob sie sich mit letzter Kraft mit dem Oberkörper durch die schmale Öffnung, dann war sie draußen und blieb für mehrere keuchende Atemzüge liegen, bevor sie sich aufrappelte. Erleichtert wischte sie sich den Schweiß von der Stirn und dann die feuchten Hände am Kleid ab.

Das war knapper gewesen, als sie zugeben wollte. Und nun drängte die Zeit. Es würde nicht lange dauern, bis ihr Entführer ihre Flucht bemerkte, wenn er nicht jetzt in diesem Moment schon auf dem Weg zu ihrer Zelle war.

Sie setzte sich ohne weiter zu zaudern in Bewegung. Es musste irgendwann geregnet haben, denn der Gehweg neben dem Haus war immer noch feucht und sie musste aufpassen, dass sie auf den wackligen und gesprungenen Steinen nicht ausglitt oder umknickte. Pfützen hatten sich neben dem Weg gebildet und ihr wurde nach ein paar Sekunden klar, dass sie sich zu sehr auf den Boden zu ihren Füßen konzentrierte.

Sie gönnte sich einen Moment, um sich umzusehen. Sie stand neben einem baufälligen, mehrstöckigen Haus, von dem auch von außen der Putz abbröckelte, mit alten Holzfenstern und einem kleinen Garten, der schon seit Jahren nicht mehr die Hände eines Gärtners gesehen hatte. Irgendwo in der Nähe hörte sie das leise Summen eines Insekts. Die Büsche und Bäume schirmten sie größtenteils vor den Blicken aus den Nachbarhäusern ab, die ebenfalls nach heruntergekommenen Mehrfamilienhäusern aussahen. Einige wirkten unbewohnt. Bei einem Gebäude waren die Fensterscheiben eingeschlagen, ein anderes war nur noch eine verrußte Ruine, als wäre es irgendwann abgebrannt und niemand hatte sich seitdem die Mühe gemacht, es vollständig abzureißen und den Schutt vom Grundstück zu entfernen.

Sie fühlte sich wie in einer anderen Welt. Nichts erinnerte sie an ihr Zuhause und die Hässlichkeit ihrer Umgebung trieb ihr die Tränen in die Augen. Niliana war froh, dass sie keine geschärfte Sehkraft und keinen ausgeprägten Geruchssinn hatte, sondern nur ein verstärktes Gehör. So konnte sie jetzt die Schritte im Keller und das Geräusch eines sich herumdrehenden Schlüssels wahrnehmen, litt aber nicht übermäßig unter dem Gestank und der ästhetischen Verwahrlosung.

Sie musste sich beeilen!

Irgendwo zu ihrer Rechten hörte sie fremde Stimmen, es klang nach einer größeren Gruppe Männer, und instinktiv lief sie in diese Richtung. Der Gehweg führte sie auf einen öffentlichen Fußweg zu, der jedoch von einer rostigen Pforte blockiert war, die sie ein paar wertvolle Sekunden kostete. Vermutlich befand sich ihr Entführer schon auf dem Weg zur Treppe, um sie aufzuhalten.

Niliana rannte los. Sie nahm keine Rücksicht auf die Pfützen, die ihre Schuhe und Kleidung weiter beschmutzten, sondern konzentrierte sich darauf, schnellstmöglich zu den Stimmen zu kommen. Vielleicht konnte sie ihren Verfolger abschütteln, indem sie in der Gruppe untertauchte, oder aber einer der Anwohner würde ihr helfen, wenn sie ihm erklärte, dass sie gekidnappt worden und nun auf der Flucht war. Hinter sich hörte sie bereits, wie die Haustür ihres kurzzeitigen Gefängnisses geöffnet wurde und dann geräuschvoll ins Schloss fiel.

Schneller!

»He! Warte!«, brüllte nun jemand. Ihr Entführer hatte die Verfolgung aufgenommen. Beinahe hätte sie angesichts seiner absurden Forderung gelacht.

Also rannte sie durch die Straßen einer heruntergekommenen Stadt und begann nach ein paar Minuten zu keuchen. Langsam wurde ihr mulmig zumute. Es sah überall nicht besser aus als bei dem Haus, in dem sie gefangen gewesen war. Sie hatte solche Bilder höchstens mal im Fernsehen gesehen, an Kriegsschauplätzen und Anschlagsorten. Ausgebrannte und schrottreife Autos und Fahrräder säumten ihren Weg. Müll lag auf den Straßen und Gehwegen, die voller Schlaglöcher waren. Sie hörte weinende Kinder, sah zerlumpte Gestalten, die auf Treppen herumlungerten und in die Gegend stierten.

Wo war sie hier nur gelandet? Sie hatte gedacht, dass sie nicht lange bewusstlos gewesen war, aber all dies hier erinnerte sie an ein fernes Land oder die Hölle.

»Bitte warte! Lauf nicht dorthin!«, flehte ihr Entführer nun, als sie Anstalten machte, abzubiegen und in eine Querstraße zu rennen.

Sie kräuselte die Lippen zu einem verächtlichen Lächeln, das abrupt verblasste, als sie sich einer Bande von tätowierten, muskulösen Typen gegenübersah. Es musste ihr niemand erklären, dass sie eine Gang bei ihrer Unterhaltung oder Pause gestört hatte.

»He, Kleine!«, rief ihr jemand hämisch zu und pfiff. Sofort wandten ihr alle die Aufmerksamkeit zu. »Haste dich verlaufen? Willste mit den großen Jungs spielen?«

Sie hatte nicht bemerkt, dass sie innegehalten hatte. Doch ihr Schreck musste ihrem Verfolger die Gelegenheit gegeben haben aufzuholen, denn nun packte jemand sie fest am Arm.

»Entschuldigt, Jungs. Wir wollten euch nicht stören und verschwinden sofort wieder.«

Der Entführer griff nach ihrer Hand und zog sie mit sich.

»Lauf!«, zischte er ihr zu und riss sie beinahe von den Füßen, als er losrannte, als wäre ein Teufel oder Höllenhund hinter ihm her.

Oder eine ganze Gang. Denn schwere Schritte, grölende Schreie und Gelächter ertönten nun hinter ihnen. Die Meute schien sich einen Spaß daraus zu machen, sie wie die Hasen zu jagen, und Niliana mochte sich nicht vorstellen, was passieren würde, wenn sie gestellt wurden.

Zum Glück schien sich ihr Entführer auszukennen und genau zu wissen, wohin er wollte. Schon bald wurde das Geräusch der Schritte leiser und die Rufe verklangen. Sie hängten sie ab!

Niliana wurde sich ihrer Umgebung plötzlich wieder bewusst. Die Sonne war hinter den abziehenden Regenwolken hervorgekommen und zauberte nun einen Regenbogen und rosafarbene Schönwetterwölkchen an den Himmel. Ein kleines bisschen Schönheit in diesem tristen Wohnviertel. Der Anblick wirkte wie Magie.

Ein paar Sekunden später erreichten sie eine weitere Querstraße und mit ihr ein verlassenes Gewerbegebiet am Stadtrand. Der junge Mann zerrte sie weiter, ohne dass sie noch länger Hoffnungen hegte, dass irgendjemand hier ihr half. Sie hatte auf ihrer Flucht ängstliche Gesichter bei den Passanten gesehen, die rasch das Weite gesucht hatten, als sie die Gang hinter ihnen bemerkten. Abgerissene Gestalten verschiedenen Alters, Geschlechts und unterschiedlicher Rassen hatten in Hauseingängen, Einfahrten oder direkt auf dem Gehweg gelungert, ihnen nur einen kurzen Blick zugeworfen, bevor sie sich rasch wieder abgewandt und so getan hatten, als hätten sie nichts Ungewöhnliches bemerkt. Andere schienen die Welt überhaupt nicht richtig wahrzunehmen, als wären sie im Drogenrausch. Sie hatten sich jammernd vor und zurück gewiegt, stöhnend oder auch reglos auf dem Boden gelegen. Niemand schien es zu kümmern, dass sie von brutal aussehenden Männern durch die Straßen gejagt wurden.

Sie warf einen misstrauischen Blick auf ihren Entführer, der seine Mütze irgendwo verloren haben musste, denn sie konnte nun sein dunkelblondes Haar sehen, das der Wind zerzauste. Hin und wieder warf der junge Mann einen gehetzten Blick zurück und sie konnte die Sorge auf seinem Gesicht erkennen. Und das machte ihr noch mehr Angst.

»Hier rein, schnell!«

Inzwischen hatten sie das offensichtlich stillgelegte Gewerbegebiet erreicht, denn sie konnte keine einzige Person sehen und das ganze Gelände wirkte wie eine umfunktionierte Müllhalde. Überall lagen alte Plastiksäcke, ausrangierte Elektrogeräte sowie Dosen und Flaschen von alkoholischen Getränken. Er drängte sie in eine schmale Gasse zwischen zwei großen Werkhallen und gleich darauf in die nächste. Ein paar Schritte weiter befand sich eine Tür, die er, ohne zu zögern, ansteuerte und öffnete. Er schob sie durch den Eingang in einen dunklen Raum, zog die Tür leise hinter sich ins Schloss und legte dann von innen einen Riegel vor.

»Jetzt sollten wir vorerst sicher sein«, erklärte er und schenkte ihr ein kurzes Lächeln, bevor sich seine Miene verfinsterte. »Echt super! Hast ja bei den *Cursed Knives* gleich eine Reihe neuer Freunde und Verehrer gefunden, nicht wahr?«

»Die *Cursed Knives*?«

»So nennt sich die Gang selbst. Es sind Kriminelle, Mörder,

Drogendealer, der Abschaum der Straße. Warum hast du nicht auf mich gehört, als ich dich gewarnt habe, dort hinzugehen? Besonders clever war das nicht.«

»So wie es nicht besonders clever von mir war zu fliehen, oder was?«

Niliana war plötzlich auf hundertachtzig. Was erlaubte sich dieser Typ eigentlich? Sie so von oben herab zu behandeln, als wäre sie sein Eigentum?

»Ja«, sagte er und sie war kurz davor, ihm eine zu scheuern, als sich ihre Augen langsam ans Halbdunkel gewöhnten.

»Wo sind wir hier?« Sie sah sich staunend um.

Staub flirrte durch die Luft und ein leichtes Summen lag über der Szene. Dahinter erkannte sie Werkbänke, Holz und …

»Sind das Musikinstrumente?«

»Hier drin hatte früher ein Instrumentenbauer seine Werkstatt«, erklärte ihr Entführer, während sie die halb fertiggestellten Gitarren und Geigen bewunderte, die auf den Werkbänken lagen oder an den Wänden und der Decke hingen. Das Geschäft musste sehr plötzlich aufgegeben worden sein.

»Wir sollten zurückgehen«, meinte der junge Mann schließlich, nachdem er ihr die Zeit gegeben hatte, sich in Ruhe umzusehen. »Ich denke, die Gang ist fort und es ist jetzt sicher. Mach so eine Dummheit am besten nicht noch einmal! Kooperiere einfach, dann kannst du in wenigen Tagen wieder nach Hause zu deiner Familie, Niliana.«

Anscheinend hatte er in der Zwischenzeit herausgefunden, wer sie war.

»Das heißt, ich soll im Keller schmoren, bis meine Familie das Lösegeld bezahlt hat?«

Sie wies ihn nicht darauf hin, dass sein Plan einen großen Haken hatte: Immerhin kannte sie sein Gesicht.

»Ich habe dir doch schon gesagt, dass es mir nicht ums Geld

geht! Typisch verzogene Göre, nie zuhören! Dieses Mal kannst du dich nicht einfach mit ein paar Moneten herauskaufen!«, erklärte er nun jedoch überraschend. »Warum denkst du, habe ich ausgerechnet eine Muse unter der Nase der Musenpolizei entführt? Wenn ich nur Geld gewollt hätte, hätte ich mir ein leichteres Ziel gesucht und mir nicht all die Scherereien mit dir ans Bein gebunden.«

»Was?«

Sie starrte ihn für einen langen Moment an, während ein Insekt hinter seinem Kopf vorbeiflog, dann begriff sie, was er damit andeuten wollte. »Du hast mich wegen meiner Musenmagie entführt?«

Bei der Schöpferin, war er verrückt? Das war sein Plan gewesen? Sie sollte ihre Magie für ihn einsetzen? Wofür? Und dann hatte er einfach irgendeine Muse entführt, als wären sie alle gleich?

Sie konnte es nicht fassen und prustete, bis ihr der Bauch wehtat und ihr die Tränen kamen.

»Hör auf damit!« Er packte sie am Arm. Es tat weh und sie hörte auf zu lachen.

Wusste er denn nicht, wie die Musenkräfte funktionierten?

»Hör zu«, sagte sie beschwichtigend, während ihre Gedanken rasten. Mit Sicherheit würde er wütend werden, wenn sie ihm erklärt hatte, warum sein Plan nicht funktionieren konnte. »Ich weiß nicht, wozu du meine Kräfte benötigst, aber es wird nicht klappen. So wirken unsere Kräfte nicht. Jede Muse hat eine spezielle Begabung, also zum Beispiel Poesie, Literatur, Musik, Kochen, Schauspiel. Einige wenige Musen haben sogar zwei Spezialitäten, aber immer dienen sie dazu, die Künste zu fördern. Immer! Es gibt keine Muse für Verbrechen!«

»Das ist auch nicht nötig«, erwiderte er erstaunlich ruhig. »Nicht jeder, der von euren Kräften profitiert, ist ein Künstler.

Oder muss ich dich an deinen Vater erinnern? Er ist ein Politiker! Schluss mit den Ausreden!«

»Warum sollte ich dir helfen? Du bist mein Entführer!«, konterte sie spitz. Nerven hatte dieser Typ!

Sie atmete tief ein, um sich zu beruhigen. Es war keine gute Idee, einen unberechenbaren Kriminellen zu reizen.

»Ich weiß, dass du mir nicht glaubst, aber auch Rhetorik ist eine Kunst. Die Spezialitäten meiner Mutter sind Schauspiel und Rhetorik, also die Kunst des Vortrags. Darum konnte mein Vater vom Schauspiel in die Politik wechseln. Aber ich bin eine Muse der Literatur. Ich habe keine Ahnung, wie ich dir helfen soll, ein Verbrechen zu begehen.«

»Dann findest du das am besten schleunigst heraus, denn heute Nacht ist unser erster gemeinsamer großer Coup!«

»Was?«

Sie starrte ihn an, doch er schien es völlig ernst zu meinen. Er wollte sie zwingen, zur Gesetzesbrecherin zu werden.

Aber nicht mit ihr!

Es war keine bewusste Entscheidung. Ihr Arm schien sich wie von selbst zu bewegen, auszuholen, die Hand zur Faust zu ballen und sie ihm gegen die Schläfe zu donnern. Es war befriedigend zu beobachten, wie sich seine Augen geschockt weiteten und dann vor Schmerz verschleierten.

Sie wartete nicht darauf, dass er zu Boden ging, sondern drehte sich um. Doch noch bevor sie den ersten Schritt machen konnte, schoss das Insekt – War das ein Glühwürmchen? – unmittelbar vor ihrem Gesicht vorbei, sie zögerte unwillkürlich und dann spürte sie, wie seine Hand sie von hinten berührte und zupacken wollte.

Sie riss sich los, fühlte einen kurzen Druck am Hals, bevor ihre Herzkette riss, die er zu fassen bekommen hatte.

Dann machte sie einen schnellen Schritt vor, dann noch einen und nun rannte sie auf die Tür zu. Ein Blick zurück verriet ihr, dass er in die Knie gegangen war, in der rechten Hand hielt er ihre Kette fest umklammert, die ein Geschenk von ihrer Mutter gewesen war, während er der Ohnmacht nahe schien.

Doch das war jetzt unwichtig. Nur eins zählte: Sie war frei!

Sie erreichte die Tür, legte den Riegel zurück und stolperte nach draußen, wobei ihr unerwartet schwindelig wurde.

Ihre Sinne spielten verrückt. Ihr Gehör war plötzlich überscharf und der Lärm ihres Atems, der Insekten in den Hallen vor und neben ihr, sowie der Mäuse und Ratten im Brachland hinter ihr drohte ihr den Verstand zu rauben. Ihr war warm, sie fühlte sich wohlig zufrieden und glücklich. Als wäre sie nach langer Abwesenheit zu Hause angekommen. Als hätte sie gehungert und gedurstet, ohne es zu wissen, und wäre jetzt zum ersten Mal richtig satt.

Und dann erwachten ihre Kräfte, entfalteten sich in ihr und sie erkannte mit größtem Entsetzen, was geschah.

»NEIN!«

Das konnte nicht wahr sein!

»Große Schöpferin, warum bestraft Ihr mich so? Was habe ich Euch getan?«

Doch nur Stille antwortete ihr, während der sensorische Angriff endlich aufhörte und sie weinend in die Knie ging.

5

Das Kätzchen hatte keine Krallen, es hatte Fäuste.

Doch die Erkenntnis kam für Jay zu spät, als Nilianas geballte Faust seinen Kopf traf. Schmerzen explodierten an seiner Schläfe und breiteten sich in seinem Körper aus. Seine Sicht verschwamm, als ihm Tränen in die Augen schossen.

Es war purer Reflex, der ihn nach dem Musenmädchen greifen ließ – und Angst, dass seine einzige Chance, für die er alles riskiert hatte, ihm aussichtslos zwischen den Fingern zerrinnen würde. Er bekam sie zu fassen, doch seine Hand glitt durch die seidenweichen Haare, verhakte sich hinter etwas und hielt instinktiv daran fest.

Aber er konnte sie nicht stoppen. Er hörte das Mädchen noch davonlaufen, während ihm langsam schwarz vor Augen wurde und er in die Knie ging. Ihre Schritte hallten durch den großen Raum, der Riegel gab ein vertrautes Scharren von sich, als sie die Tür öffnete – und dann war sie fort.

Jay ergab sich der näherkommenden Bewusstlosigkeit.

Niliana unterdrückte einen letzten Schluchzer, als sie sich aufrappelte. Wie viele Sekunden oder Minuten sie vor der Halle mit den Musikinstrumenten gekniet hatte, wusste sie nicht.

Doch auch wenn ihr Entführer ihr bislang nicht nach draußen gefolgt war, so hieß das nicht, dass er nicht gleich hinter ihr auftauchen konnte, sobald er sich von ihrem Schlag erholt hatte.

Sie wollte nur noch eins: Nach Hause!

All die schrecklichen Ereignisse des Tages hatten ihre Spuren hinterlassen, und das unerwartete Erwachen ihrer vollen Musenkräfte war wie ein Schlag ins Gesicht gewesen. Wie hatte das nur passieren können? Wie konnte ihr die Schöpferin das nur antun? Ausgerechnet *er*?

Sie wischte sich die Tränen aus den Augen. Qrok hätte sie ausgeschimpft, wenn er sie so gesehen hätte. Für den Troll waren Tränen eine Schwäche, während sie nach Ulpirris Ansicht manchmal auch eine nützliche Waffe darstellten. Nur halfen sie ihr in diesem Moment nicht weiter.

Mit einem letzten Schniefen sah sie sich um und lauschte. Es war jetzt still um sie herum, nachdem ihr hypersensitives Gehör nachgelassen hatte. Anscheinend hatte ihr Entführer recht gehabt und sie hatten die Gang abgehängt.

Vorsichtig schlich sie zwischen den heruntergekommenen Werkhallen entlang, unsicher, in welche Richtung sie gehen sollte und ob sich nicht doch jemand in der Nähe aufhielt. Beim kleinsten Geräusch zuckte sie zusammen, jede Bewegung in ihrem Augenwinkel ließ sie in die Schatten huschen und noch nicht einmal die Erkenntnis, dass es nur ein Vogel, ein Insekt oder irgendein Flattern im Wind gewesen war, sorgte dafür, dass ihre Wachsamkeit nachließ. Sie pirschte sich weiter vorwärts. Das Gewerbegebiet wirkte verlassen, was nicht nur an der Tatsache lag, dass es Samstagabend war und langsam die Sonne unterging. Hier arbeitete schon lange niemand mehr. Hier würde ihr niemand helfen, sie niemand hören, falls jemand sie überfiel oder wieder verschleppte.

Ihr Herz pochte laut, während sie am Rand des Gewerbegebiets entlang huschte und darauf achtete, außer Sicht der dahinterliegenden Häuser zu bleiben. Obwohl sie vorsichtig war und so tat, als befände sie sich in einem Kriegsgebiet, in dem ihr jeder feindlich gesinnt war, konnte sie nicht verhindern, staunend stehen zu bleiben, als ihr Blick auf die Wiesen und Felder zu ihrer Rechten fiel, die von der untergehenden Sonne in rotes Licht getaucht wurden. Glühwürmchen stiegen zu Hunderten aus ihnen empor und tankten das Licht der Sonne, bis die magischen Kreaturen in denselben Rottönen erstrahlten.

Es war wunderschön.

Sie vergaß, dass nur wenige Schritte zu ihrer Linken ein heruntergekommenes Stadtviertel und schreckliche Gestalten darauf warteten, dass sie einen Fehler machte. Stattdessen kamen ihr die Tränen, als sie den Anblick in sich aufnahm. Es war, als hätte ihr die große Schöpferin eine Botschaft geschickt, als hätte sie ihr gesagt, dass sie nicht aufgeben dürfe, dass die Welt trotz der unerwarteten Dunkelheit auch noch Licht und Schönheit für sie bereithielte.

Ein Glühwürmchen flog aus dem Schwarm auf sie zu. Je näher es ihr kam, desto heller schien es zu werden und bald nahm das satte Rot seines Strahlenkranzes einen leuchtenden Goldton an. Es ahnte wohl, wie verloren sich Niliana fühlte, denn das kleine Wesen, das gerade mal die Größe eines Fingernagels hatte, dehnte den Lichtkranz um sich herum aus, bis er sie erreichte und wärmte, und summte dabei beruhigend.

Ihre Lehrer hatten ihr erzählt, dass die Menschen Glühwürmchen für Tiere hielten, doch Niliana wusste es besser. Sie konnte das kaum wahrnehmbare Wispern hören, mit dem das fantastische Lichtwesen jetzt mit ihr sprach und sie tröstete. Auch wenn nur Musen mit geschärftem Gehör in der Lage waren, ihre Stimmen zu vernehmen, so hatten sich die Glühwürmchen nicht nur in Musenkreisen den Ruf erworben, göttliche Boten zu sein.

Daher hatte Niliana auch keine Zweifel, dass sie ihm folgen sollte, als das winzige geflügelte Lichtwesen nun auf einen Feldweg abbog. Das Glühwürmchen würde sie an einen sicheren Ort bringen, so wie es versprochen hatte.

Stellenweise musste sie noch Pfützen und spitzen Steinen auf dem unebenen Weg ausweichen, was schwieriger wurde, als das Licht abnahm. Doch schon bald kamen der Mond und die ersten Sterne hervor, das Glühwürmchen nahm einen silbernen Schein an und wurde heller, sodass sie wieder besser vorankam.

Inzwischen plagte sie der Durst, die Anstrengung des Tages steckte ihr in den Knochen und die Füße taten ihr weh, dennoch wagte sie nicht, das magische Wesen, das seine Energie vom Himmelslicht bezog und daher keine Müdigkeit zu kennen schien, um eine Pause zu bitten. Sie mussten schon eine oder zwei Stunden unterwegs sein und Niliana hatte nicht länger Angst, dass ihr Entführer oder die Gang sie finden würden, als vor ihr unvermittelt eine Hütte auftauchte.

»Hier bist du in Sicherheit. Ruh dich aus«, flüsterte das Glühwürmchen und sie nickte erschöpft.

»Danke«, murmelte sie, während ihr freundlicher Helfer zum Abschied noch einmal golden aufleuchtete und dann davonflog.

Sie fragte nicht, wer in der Hütte wohnte, sondern klopfte. Als sie keine Antwort erhielt, probierte sie versuchshalber die Türklinke, die sich herunterdrücken ließ, und trat ein.

»Hallo?«, fragte sie.

Sie wusste nicht warum, aber die Hütte war beleuchtet, obwohl sie momentan verlassen zu sein schien. Sie war zu müde, um sich darüber zu wundern, daher legte sie sich einfach hin, als sie das gemütliche Sofa in dem kleinen Wohnzimmer entdeckte, und schloss die Augen. Sofort war sie eingeschlafen.

Als er langsam wieder zu sich kam, hatte ein Gefühl der Wärme und der Zufriedenheit die Kälte der Ohnmacht vertrieben und ließ seinen Körper kribbeln. Klänge drangen an sein Ohr, Stimmen, die ihm etwas zuzurufen schienen, murmelten, lachten, Stimmen, die etwas fragten, forderten oder ängstlich wisperten. Eine Menge an Stimmen, die nah und gleichzeitig weit entfernt waren. Er konnte nicht alles genau verstehen, was sie sagten, aber einiges klang vertraut, als hätte er diese Gespräche bereits einmal geführt oder gehört, als wären es Erinnerungen oder Déjàvus. Anderes berührte ihn auf überraschende Weise, riss ihn mit, obwohl es manchmal nur wenige Worte oder bestimmte Klänge waren. Doch sie trafen seinen Nerv und sein Herz.

Wer war es, der mit ihm sprach?

Dieser Gedanke mischte sich in sein staunendes Wohlbehagen, ließ ihn die Augen aufschlagen und endgültig zu sich kommen. Er hatte gedacht, er wäre von unzähligen Menschen umgeben, vielleicht in einem Krankenhaus oder auf der Straße, doch er erkannte jetzt, dass er sich geirrt hatte.

Traurigkeit erfüllte ihn, während das Kribbeln seines Körpers nachließ. Die plötzliche Stille der aufgegebenen Werkstatt lastete schwer auf seiner Seele. Er konnte sich noch zu gut daran erinnern, wie häufig er hier früher das Lachen seines Vaters und der anderen Instrumentenbauer, die vertrauten Gespräche und Neckereien unter Kollegen, die ernsten Verhandlungen mit Kunden oder die zaghaften ersten Klänge der neu erschaffenen Instrumente gehört hatte. Durch seine Erinnerungen schien das längst Vergangene plötzlich wieder erst gestern gewesen zu sein und er vermisste die Zeit, in der seine Welt noch in Ordnung gewesen war, nun umso schmerzlicher.

Er seufzte, während er überlegte, was schiefgelaufen war. Wie hatte das passieren können? Er hatte doch alles genauestens durchdacht gehabt. Es hätte funktionieren müssen!

Die Entführung war reibungslos verlaufen, die Beseitigung des Fluchtfahrzeugs hatte genau im Zeitplan gelegen, *und dann war das Musenmädchen einfach getürmt*!

Jay konnte es immer noch nicht fassen. Er fühlte sich wie ein gerade eben noch überglücklicher Besitzer eines entzückenden, schnurrenden Katzenbabys, das überraschend im nächsten Moment die scharfen Krallen aufblitzen ließ und ihm eine schwere Verletzung verpasste.

Wenn er daran dachte, dass er sich kurz zuvor noch Sorgen um das Mädchen gemacht hatte, weil es direkt auf den Treffpunkt der gefährlichsten Gang des Gettos zugesteuert war! Und er hatte sie gerettet, nur um dann zum Dank bewusstlos geschlagen zu werden.

Alles tat ihm weh, doch er wusste, dass es gefährlich war, noch länger auf dem Boden liegen zu bleiben. Er hatte keine Ahnung, wie lange er bewusstlos gewesen war, aber inzwischen war es dunkel in der Halle und nur der Mond, den er durch eins der schmutzigen Dachfenster sehen konnte, spendete ein wenig Licht. Es mussten Stunden seit Nilianas Flucht vergangen sein.

Aussichtslos, sie noch einholen zu wollen.

Und überaus dumm, hier zu verweilen. Wenn er Pech hatte, dann war Niliana die Flucht aus dem Getto gelungen und sie hatte inzwischen die Polizei informiert. Vermutlich würde es nicht lange dauern, bis die Zauberer oder Schnüffler der Musenpolizei ihren Weg bis hierher zurückverfolgt hatten. Er sollte sich beeilen und fliehen.

Stöhnend stemmte er sich vom Boden hoch und verharrte einen Augenblick überrascht, als ihm etwas in die Handfläche schnitt. Er hatte vergessen, dass er ihr aus Versehen etwas entrissen hatte, als er sie an ihrer Flucht hatte hindern wollen. Doch er konnte den etwa fingerlangen Gegenstand in der Dunkelheit nicht erkennen, deshalb schob er sich ihn – War es eine Kette, ein Amulett, ein verzaubertes Medaillon oder etwas ganz anderes? – in die Hosentasche und taumelte gleichzeitig auf den Ausgang zu.

Angst, dass die Gang ihm auflauern könnte, musste er keine haben. Nachts waren die *Cursed Knives* auf Beutezug in anderen Teilen der Stadt unterwegs und in den Straßen des Gettos herrschte dann stets ein trügerisches Gefühl der Sicherheit.

Dieses Mal war er sich dieses Irrtums nur zu sehr bewusst, während er so schnell wie möglich durch die dunklen Gassen hastete. Die meisten Laternen funktionierten nicht und nur wenige Häuser waren noch beleuchtet, daher musste er sich mithilfe seiner Erinnerungen und des Mondscheins orientieren. Hin und wieder stolperte er über Blechdosen und Getränkeflaschen oder anderen Müll, doch die meisten Hindernisse waren ihm vertraut, sodass er einigermaßen gut vorankam und zehn Minuten später aus einer Nebenstraße heraus vorsichtig um die Ecke auf sein Wohnhaus starrte.

Die Nachbarn stritten mal wieder lautstark, er hörte ein Baby weinen, Hunde bellen und Katzen fauchen, aber nicht das Geräusch, auf das er gewartet hatte. Bedeutete das, dass er es wagen konnte?

Er verharrte dennoch vorsichtshalber noch ein paar wertvolle Minuten verborgen hinter dem Wohnhaus an der Kreuzung, bevor er strammen Schrittes losging und auf sein Haus zusteuerte. Jeden Moment rechnete er damit, von aufflammenden Lichtern geblendet zu werden oder eine Stimme zu hören, die ihm befahl, sofort stehen zu bleiben, die Hände zu heben und sich zu ergeben. Doch nichts von alledem geschah.

Er lehnte sich erschöpft gegen die Haustür, während er nach

dem Schlüssel suchte – und fluchte, als diese unerwartet nachgab und sich öffnete. Waren sie etwa schon da und warteten drinnen auf ihn?

Sein Herz raste kurz wie nach einem Sprint, bis er begriff, dass niemand eingebrochen war oder ihm auflauerte. Er selbst hatte vergessen abzuschließen, als er Niliana gefolgt war.

Erleichterung durchströmte ihn, als er in den dunklen Flur huschte und die alte Treppe zu seiner Wohnung im dritten Stock hinaufeilte. Er brauchte kein Licht, um sich zu orientieren, er kannte jede Unebenheit und jeden Winkel.

»Uff!«, machte er, als er wenige Sekunden später überraschend auf ein großes Hindernis traf.

»Auch endlich da?«

Licht flammte auf und blendete ihn. Doch er musste nichts sehen, um zu wissen, wem die Stimme gehörte.

Er blickte in das wütende Gesicht eines grauhaarigen Mannes von etwa fünfzig Jahren, das flankiert wurde von dem runden Antlitz eines schwarzhaarigen, dicken Mannes von Mitte dreißig und den scharfkantigen Zügen eines Hünen von Ende zwanzig. Herkules, Walze und Eisenbiss hatten erkennbar schlechte Laune, sie hatten die Lippen zusammengepresst und die Augen leicht zusammengekniffen. Und schlechte Laune war in seinem Viertel die Vorstufe zur Gewalt, sodass sich Jay unwillkürlich anspannte.

»Was wollt ihr hier?«

Die Frage konnte er sich dennoch nicht verkneifen, denn die drei waren im Treppenhaus vor seiner Wohnung genauso fehl am Platz wie er im *Quartier des Muses*. Dass dem alten Mann die Frage – oder vielleicht auch nur sein Tonfall – nicht gefiel, das konnte er sofort sehen. Herkules' Brauen zogen sich zusammen, als sich seine Augen weiter verengten.

Eisenbiss und Walze reagierten auf dieses Zeichen seines Unmuts und packten Jay. Im nächsten Moment wurde er rückwärts gegen die Wand geknallt und in seinem Körper explodierte zum zweiten Mal an diesem Tag der Schmerz und ließ ihn beinahe erneut ohnmächtig werden. Stimmen ertönten wieder in seinen Ohren, doch er ignorierte sie. Keuchend bemühte er sich, bei Bewusstsein zu bleiben. Er durfte keine Schwäche zeigen!

»Na, na!«, tadelte der Anführer seine beiden Schläger. »Hatte ich etwa den Befehl dazu gegeben?«

»Sorry, Boss!«

Geknickt klang es nicht. Warum, wurde Jay im nächsten Moment klar. Denn ihr Boss sagte jetzt: »Du solltest deine Gäste stets mit Respekt behandeln, Junge!«

Sofort drückten ihn die Hände, die ihn immer noch gepackt hielten, auf die Knie, bis er auf allen vieren vor Herkules hockte. Hass kochte in ihm angesichts dieser Demütigung hoch. Dennoch sagte er nichts. Den Kopf von Hartley & Sons, einem der großen Namen im organisierten Verbrechen, reizte man nicht, wenn er schlecht gelaunt war.

»Ich habe *gewartet*!«, fuhr ihn Herkules nun an.

»Entschuldigung. Ich wusste nicht, dass wir für heute Abend verabredet sind.«

Was zur Hölle wollte er mit seinen Schlägern hier?

»Es ist unhöflich, auf dem Flur zu verharren. Warum erzählst du uns nicht drinnen von deinen Fortschritten, Junge?«

»Ich heiße Jay«, erwiderte er unwillkürlich und fing sich dafür eine Ohrfeige ein.

»Das Recht auf einen Namen musst du dir erst noch verdienen«, fuhr ihn der Dicke an, der selbst den wenig schmeichelhaften Namen Walze trug. Doch der Name seines riesigen Schlägerkumpans war auch nicht besser und lautete Eisenbiss. Falls sie ihm ebenfalls einen Schurkennamen verpassen wollten, konnte er gut darauf verzichten.

Er wurde mit Nachdruck daran erinnert, dass der Boss sich setzen und reden wollte, denn seine Nase machte unangenehme Bekanntschaft mit seiner Wohnungstür, als er von den beiden Rowdys dagegen gedrückt wurde und nicht schnell genug den Schlüssel hervorkramen und aufschließen konnte. Warum die drei die Tür nicht bereits lange aufgebrochen oder eingetreten hatten, war ihm ein Rätsel. Hatte es etwas mit dem Respekt zu tun, den Herkules ihm immer predigte? Gab es tatsächlich so etwas wie Ehre unter Ganoven?

Ihm war nicht wohl dabei, als er den Schlüssel herumdrehte und kurz darauf die Tür aufschwang. Nur zu gut erinnerte er sich daran, was bei ihrer letzten Begegnung geschehen war.

»Wie ist es dir in der Zwischenzeit ergangen, Junge?«, fragte der Boss, als er sich unaufgefordert auf Jays altes Sofa setzte und Walze Jay in den Sessel neben ihn drückte. Das vergessene Hochglanzmagazin raschelte unter seinem Hintern und Jay biss sich auf die Unterlippe, während er sich innerlich auf das bevorstehende Verhör und die Drohungen vorbereitete und hoffte, dass sie nicht herausgefunden hatten, was er in den letzten Tagen getan hatte. Der harmlosen Frage und der fast schon väterlichen Art des Alten traute er nicht über den Weg. Außerdem war Eisenbiss irgendwo in der Wohnung verschwunden, und dass er ihn nicht sehen konnte, ließ ihn Schlimmes erahnen. Suchte er etwas? Oder wollte er sich vergewissern, dass niemand anders in der Wohnung war und sie belauschen konnte?

»Es ist erst eine Woche vergangen!«, protestierte Jay. »Ich habe einen Monat Zeit!«

»Du kennst doch den Spruch, Zeit ist Geld, nicht? Oder sollte ich die Weisheit sagen? Du hast Glück, dass ich so großzügig bin. Nicht jeder ist so geduldig wie ich, besonders wenn es um Geld geht. Eine Bank verlangt schließlich auch Sicherheiten und regelmäßige Beweise für vorbildliches Zahlungsverhalten in Form von Ratenzahlungen, wenn sie Kredite vergibt. Wir wollen doch nicht, dass du in Schwierigkeiten gerätst und am Ende noch *Zinsen* zahlen musst, oder, Junge?«

Jay musste sich auf die Lippe beißen, um nicht vor Wut mit den Zähnen zu knirschen. Als hätte er ihn um einen Kredit gebeten!

»Hast du überhaupt schon etwas erreicht, außer sie auszuquartieren?« Jay zuckte zusammen und Herkules runzelte missbilligend die Stirn. »Du kennst mich schlecht, wenn du denkst, dass ich deine Fortschritte oder ihr Fehlen nicht genau beobachten würde. Wie willst du deine Schulden bezahlen, wenn du nur deinen Job machst oder dich mit deinem Kumpel triffst? Nur mit Fleiß und harter Arbeit kommst du in dieser Welt zu etwas, Junge! Sieh mich an, ich habe meine Schulden immer so schnell wie möglich abbezahlt und bin jetzt ein erfolgreicher und respektierter Geschäftsmann! Der Name Hartley & Sons hat Bedeutung. Das willst du doch auch, oder?«

Dass er nicht lachte! Jay ballte die Fäuste. Wie konnte er es wagen? Er tat doch schon alles, um dem gierigen Bastard sein Geld zu verschaffen! Der sollte nur abwarten, bald wäre er derjenige, der nach Jays Pfeife tanzte und nicht umgekehrt, sobald Jay seinen Plan umgesetzt und ihm sein geliebtes Unternehmen weggenommen hatte!

Doch da er sich diese rebellischen Gedanken und seinen Zorn nicht ansehen lassen durfte, senkte er schnell den Kopf. Der Alte ahnte nicht, was Jay plante, und so sollte es auch bleiben, bis es zu spät war. Nur dass sein Plan dank Nilianas Flucht jetzt einen herben Rückschlag erlitten hatte.

»Ich beschaffe das Geld rechtzeitig, keine Sorge!«, versprach er. »Ich habe einen Plan, den ich in Kürze umsetzen werde.«

»Gut! Ich verlasse mich auf dich, mein Junge«, sagte sein leiblicher Vater zufrieden und schien nicht zu bemerken, wie sehr Jay es hasste, dass er ihn so nannte. »Gehen wir, Männer!«

Walze und der Boss verließen sein Wohnzimmer, während Eisenbiss ihnen zur Wohnungstür folgte. Mühsam entwich ihm der Atem, als die Tür hinter den dreien ins Schloss fiel.

Jay wartete einen Moment, dann sprang er auf, raste zur Wohnungstür und drehte den Schlüssel herum. Auch wenn er wusste, dass das einen mächtigen Gangsterboss wie Herkules – die Namenslogik in seiner Organisation erschloss sich ihm nicht, denn der alte Mann war nur knapp sechs Fuß groß und auch kein Muskelprotz – nicht aufhalten würde. Aber ihm selbst gab dieser Moment des Trotzes eine ungeheure Befriedigung. Er konnte es nicht erwarten, bis er den verhassten Alten und seine beiden Handlanger ein für alle Mal los war.

Doch ihr Besuch hatte ihn wieder einmal daran erinnert, dass ihm die Zeit knapp wurde. Sein Vorhaben, Herkules möglichst schnell fürs Erste zufriedenzustellen, indem er Lösegeld für das Mädchen erpresste und sich dazu mit einem aufsehenerregenden Verbrechen einen Ruf bei den Hartley & Sons machte, konnte er vergessen. Und sein Coup, den er ursprünglich für heute Nacht geplant hatte, hatte einen Haken: Er brauchte dafür die Hilfe einer Muse wie Niliana. Doch Niliana war fort, eine weitere Entführung war zu riskant, jetzt, da die Musen auf der Hut waren. Er brauchte einen neuen Plan!

Doch zunächst suchte er gründlich seine Wohnung ab. Was hatte Eisenbiss in der Zwischenzeit getan, als Jay sich mit Herkules und Walze im Wohnzimmer aufgehalten hatte?

Er entdeckte einige Schranktüren und Schubladen in den beiden Schlafzimmern, die nicht richtig geschlossen waren und von denen er sich sicher war, dass er sie nicht so hinterlassen hatte.

Sein Gefühl hatte ihn also nicht getäuscht. Eisenbiss hatte

von Herkules den Auftrag gehabt, seine Sachen zu durchsuchen. Doch warum? Was bezweckte Herkules damit?

Er verbrachte bestimmt eine halbe Stunde damit, alles sorgfältig zu durchkämmen, jeden Gegenstand hochzuheben, jede Zeitschrift umzudrehen. Doch es fehlte nichts. Nicht dass er viel gehabt hätte, was sich zu stehlen lohnte.

Fast wäre er beruhigt gewesen, bevor ihm die Idee kam, dass Eisenbiss vielleicht gar nichts *mitgenommen* hatte, sondern etwas bei ihm *versteckt* hatte. Misstraute ihm Herkules so sehr, dass er ihn ständig kontrollieren musste? Dieser Besuch, eine Woche, nachdem er Jay das Ultimatum gegeben hatte, sprach jedenfalls für diese These. Hatte er Eisenbiss deshalb beauftragt, heimlich Wanzen oder Videokameras in seiner Wohnung zu verstecken?

Nach einer weiteren Stunde intensiver Suche musste sich Jay geschlagen geben. Er hatte nirgends Spionagezubehör entdecken können, nichts wirkte fehl am Platz. Er hatte sogar eine Leiter geholt, um jeden Zoll der Decke zu inspizieren, weil Eisenbiss aufgrund seiner Größe mit Leichtigkeit dort etwas hätte platzieren können.

Es war ein Rätsel, das er nicht lösen konnte. Zumal jetzt die Anspannung des Tages nachließ und die Müdigkeit über ihn hereinbrach. Er ließ sich aufs Bett fallen, legte sich auf die Seite und … etwas drückte unangenehm in sein Fleisch.

»Mist!«

Plötzlich war er wieder hellwach. Er setzte sich auf und griff sich in die Hosentasche. Wie hatte er sich nur so sehr von Herkules und seinen Schergen ablenken lassen können? Er hatte vergessen, dass ihm noch eine weitere Gefahr drohte, nämlich durch Nilianas Flucht!

Und noch immer befand sich der Gegenstand, den er an sich genommen hatte, in seiner Hosentasche. Was war es?

Gespannt griff er hinein, doch seine Neugier verwandelte sich schnell in Staunen, als er im Licht der Lampen nun zum ersten Mal den Gegenstand genauer betrachten konnte.

Es war eine Kette aus zarten Goldgliedern. Sie war so dünn und der Verschluss so klein, dass es ihn nicht verwunderte, dass sie gerissen war, als er sie gepackt hatte. Es war erkennbar eine Mädchenkette. Jay war sich sicher, dass sie aus echtem Gold sein musste und daher bestimmt eine Menge wert war. Doch sein Blick huschte schnell zu dem fingerlangen, etwa einen Zoll dicken Anhänger in Herz-Form, der zwar perfekt in seine Handfläche passte, aber fast zu groß und zu schwer für die filigrane Kette erschien, und verharrte auf ihm.

Es war ... ja, was? So etwas hatte er noch nie gesehen. Es war kein Diamant, Rubin oder anderes Juwel, das er hätte benennen können. Es glich eher einem durchsichtigen Kristall, doch der goldene Funke in seiner Mitte, der zu leuchten schien, passte nicht dazu. Auch war das Herz nicht scharfkantig, sondern schmiegte sich beinahe in seine Handfläche. Er verstand nicht, wie er sich beim Aufstehen die Hand daran hatte aufschürfen können. Doch das Erstaunlichste war, dass der seltsame Kristall warm war, als wäre er magisch.

»Was ist das bloß?«

Der vernünftige Teil seines Verstandes schrie ihm zu, dass er gleich am nächsten Morgen zu einem Hehler gehen und den Anhänger und die Kette schätzen lassen sollte, weil sie ihm bestimmt eine Menge Geld bringen würden. Doch ein anderer Teil in ihm sträubte sich gegen den Gedanken, die Herzkette zu verkaufen. Sie faszinierte ihn und je länger er sie anstarrte, desto mehr reifte in ihm der Entschluss, sie zu behalten.

Außerdem würde der Verkauf nur die Musenpolizei auf seine Spur lenken und mal abgesehen davon würde es nicht mehr als ein Glas Wasser von dem ganzen Fass sein, das Herkules verlangte. Sein Vater hatte deutlich gemacht, dass er die komplette Summe innerhalb eines Monats haben wollte, und er war kein Mann, mit dem man nachverhandeln konnte.

Mit Mühe riss sich Jay schließlich vom Anblick los und ließ die Kette wieder in seine Hosentasche gleiten. Sein Blick fiel auf die Uhr: Es war drei Uhr nachts. Es musste also etwa ein Uhr gewesen sein, als er nach Hause zurückgekehrt war. Und wieder fragte er sich, wie lange Herkules und seine Männer vor der Tür auf ihn gewartet hatten. Und ob seine Leute ihn immer noch beobachteten.

Doch darauf konnte er jetzt keine Rücksicht nehmen. Es wurde Zeit zu packen, zu verschwinden und dann einen neuen Plan zu schmieden.

Rasch hatte er ein paar Klamotten, etwas zu trinken und zu essen in seinen Rucksack gestopft. Doch als er nach seinem alten Laptop griff und ihn einpacken wollte, verharrte er unwillkürlich.

Wie von selbst öffnete er ihn, steckte das Kabel in die Steckdose und schaltete ihn an. Eine Stimme in ihm rief danach, sich noch einmal den Plan anzusehen, den er in einer Datei festgehalten hatte. Er ignorierte die warnende Stimme der Vernunft, die ihm riet, alles zu löschen: »Das sind Beweise, du Idiot!« Stattdessen las er sich noch einmal alles durch.

Plötzlich erkannte er, wie schwach das war, was dort stand. Statt eines ausgeklügelten Vorgehens für den Einbruch, den er mithilfe von Nilianas Musenmagie hatte detailliert ausarbeiten und durchführen wollen, stand dort bislang lediglich: *Ins Museum der Moderne einbrechen und die wertvollsten Stücke stehlen.* Kein Wort davon, wie sie ins Gebäude hineingelangen, die Sicherheitsmaßnahmen überwinden und mit ihrer Beute unerkannt wieder verschwinden sollten. Wie von selbst begannen seine Finger zu tippen und einen neuen Plan zu formulieren.

Einen Plan, bei dem jemand beschloss, einen Gangsterboss, der ihn drangsalierte, herauszufordern, einen großen Coup zu entwickeln, der ihm zu Reichtum und Respekt in der Unterwelt verhelfen sollte, um anschließend selbst zum Anführer der Verbrecherorganisation aufzusteigen und die Bedrohung durch das alte Oberhaupt ein für alle Mal auszuschalten. Und die Idee war so genial, dass sie ihm die Tränen der Euphorie in die Augen trieb, seine Finger vor aufgestauter Energie kribbelten und er nicht aufhören konnte, alles aufzuschreiben.

Nach etwa fünf Seiten bemerkte er erstmals, dass seine Kehle auszutrocknen begann. Er befeuchtete seine Lippen und drängte das Durstgefühl zurück.

Noch eine Seite! Dann packe ich zu Ende und mache mich auf den Weg. Vor dem Morgengrauen wird sich die Musenpolizei eh nicht ins Getto trauen. Etwas Zeit habe ich noch, sagte er sich, während er kurz einen Blick aus dem Fenster in Richtung Mond warf.

Doch der Anblick brachte ihn auf eine neue Idee für ein Verbrechen in mondheller Nacht, die verräterische Taschenlampen überflüssig machte, und für eine Intrige, die bei Neumond am besten funktionieren würde.

Nur noch diese beiden Ideen, damit ich sie nicht vergesse.

Drei Seiten später war das Wichtigste zu den beiden Vorhaben notiert und das Kratzen in seinem Hals hatte sich zu einem Husten verstärkt, der ihm die Tränen in die Augen trieb und ihm die Sicht auf seinen Bildschirm erschwerte. Er riss sich von der Datei los, holte rasch eine Flasche Wasser aus der Küche, nahm einen tiefen Schluck und kehrte dann zum Schreibtisch zurück. Eigentlich hatte er nur die Datei speichern, schließen und den Laptop herunterfahren wollen, doch als sein Blick auf das Geschriebene fiel, nahm er wie automatisch wieder auf dem Stuhl Platz und ertappte sich dabei, dass er »nur noch eine Kleinigkeit« ergänzen wollte.

Ein Gefühl der Zufriedenheit und der inneren Ruhe durchströmte ihn, als er sah, wie sich die Wörter scheinbar von selbst zu vermehren begannen und die einzelnen Ideen sich wie ein Puzzlestück nach dem anderen langsam zu einem größeren Ganzen und einem raffinierten Plan zusammenfügten. Zum allerersten Mal verspürte er nicht mehr den Druck, dem er in den letzten Tagen durch Herkules' Ultimatum ausgesetzt gewesen war, oder die Angst, gleich geschnappt und verhaftet zu werden. Sein Herz schlug gleichmäßig und er atmete ruhig, während Glücksgefühle ihn durchflossen.

Er musste los! Jetzt sofort. Was tat er hier eigentlich? Das war verrückt, unvernünftig ... und er hatte schreckliche Angst, diese geniale Idee zu vergessen, die in diesem Moment durch seinen Geist strich.

»Okay, nur noch eine Seite!«, murmelte er, als er speicherte, mit der anderen Hand nach der Wasserflasche griff, gierig trank und dann weiterschrieb.

Er vergaß alles um sich herum, während sich der Plan zunächst in seinem Kopf und dann auf dem Bildschirm vor ihm nach und nach entfaltete. Neue Fragen, mögliche Gefahren und Probleme tauchten auf, wurden notiert und dann genauso schnell mit potenziellen Lösungen wie Werkzeugen, Verbündeten und Strategien gekontert.

Er konnte es schaffen! Wenn er das *so* machte und dafür sorgte, dass sein Gegner *das* machte, dann würde es funktionieren. Am besten schnell alles festhalten, bevor er ein wichtiges Detail vergaß. Sein Blick fixierte den Bildschirm und seine Finger flogen über die Tasten. Er war wie im Schreibrausch, doch die Warnglocken in seinem Inneren fühlten sich genauso unwichtig und schwach an wie die Sinneseindrücke, die von seiner Umgebung auf ihn einströmten.

Die Sonne ging auf und er tippte und tippte. Die Kirchenglocken riefen zum sonntäglichen Gottesdienst, der Geruch nach Essen streifte seine Nase, die Mittagshitze wich einer Abkühlung, als ein Gewitter über den Abendhimmel tobte – nichts davon schaffte es, seine Aufmerksamkeit zu erlangen. Stattdessen konnte er nicht aufhören, auf die Tasten seines altersschwachen Computers zu hauen.

Es war kurz vor Sonnenuntergang, als der Zwang zu schreiben abebbte und er sich die schmerzenden Finger rieb. Staunend erkannte er, dass er die Nacht und den Tag ohne Pause durchgeschrieben hatte. Über hundert Seiten umfasste der Plan inzwischen, ohne dass er sich an mehr als ein paar Einzelheiten erinnern konnte.

Was hatte er hier bloß geschrieben?

Verwirrt begann er zu lesen. Es dauerte ein paar Minuten, bis er begriff, dass er hier zwar einen Plan vor sich hatte, aber es war nicht *sein* Plan, sondern der Plan eines jungen Mannes in einem Krimi, der sich in den ersten Kapiteln entfaltete, Spannung aufbaute und den Leser mehr als einmal in die Irre führte.

Es war der Beginn eines Buches! Wie hatte er nicht bemerken können, dass er dabei war, einen Roman zu schreiben? Was war mit ihm geschehen? Es war, als hätte er unter einem magischen Bann oder unter Drogen gestanden. Er hatte in seinem Rausch keinen klaren Gedanken fassen und das einzig Vernünftige tun können: nämlich abzuhauen und sich irgendwo zu verstecken.

Hatten Herkules und seine Männer ihm etwas ins Wasser gespritzt? Hatten sie ein berauschendes Gas in seiner Wohnung freigesetzt? Oder hatte *sie* das etwa bewirkt? Hatte Niliana vielleicht so verhindern wollen, dass er ihr folgte? Aber natürlich!

Plötzlich klopfte ihm das Herz bis zum Hals und sein Mund verzog sich zu einem Lächeln. Er würde einen Weg finden, die kreative Energie der Musen für seine Zwecke zu verwenden! Dessen war er sich jetzt gewiss.

Sein Plan hatte zwar eine unerwartete Wende genommen, doch sein Ziel war plötzlich wieder in greifbare Nähe gerückt. Er musste nur noch eine Muse finden, die ihm ihre Magie dauerhaft übertrug. Wie unglaublich sich das auswirkte, wozu er fähig war unter dem Einfluss dieser fantastischen Inspiration, das hatte er jetzt eindrucksvoll erleben dürfen. Er hatte den Anfang eines Romans geschrieben, einer Geschichte, er hatte einen überragenden Plan entworfen für das perfekte Verbrechen, die Gedanken waren einfach zu ihm gekommen.

Jay gestand sich ein, dass er die Möglichkeiten bei Weitem unterschätzt hatte. Was hatte er sich vorgestellt, wie es sein würde, wenn die Muse ihm half? Nichts Konkretes, wenn er ehrlich war. Er wusste nur, dass es funktionierte, aber das Gefühl … dieses herrliche Gefühl der reinen Inspiration, es glich einem strömenden Fluss, der ihn mit sich trug, ihn jede Welle nehmen ließ, ohne unterzugehen. Ja, das brauchte er, die Magie einer weiteren Muse. Mit Niliana hatte es zwar nicht geklappt, aber sie hatte ihm eine Vorstellung verschafft, was möglich war, sodass er jetzt ganz anders planen konnte.

Herkules hatte sich mit dem Falschen angelegt – nur wusste er es noch nicht.

6

»Niliana. Hör zu!«, schien ihr eine Stimme zuzuflüstern. Doch als sie gehorchen wollte, schrie eine andere Stimme lautstark um ihre Aufmerksamkeit und übertönte die erste.

Laut und leise drangen sie nun von allen Seiten auf sie ein. Sie konnte nicht allen folgen, als die Stimmen ihr nun Geschichten erzählten. Geschichten für Krimis, für Liebesromane, für Fantasybücher ... – Geschichten über Geschichten prasselten auf sie ein.

Es war nicht gerecht! Früher hatten nie so viele Ideen um ihre Aufmerksamkeit gebuhlt, früher hatte sie um den Zustand der Muße kämpfen müssen, der sie offen für die göttliche Inspiration machte. Und jetzt? Jetzt geschah es mühelos, einfach im Schlaf, ohne dass sie es forciert oder gewollt hatte.

Hatte er dies geplant? Hatte er es darauf angelegt, ihre volle Musenmagie zu aktivieren?

Sie hatte ihn für dumm gehalten, weil er nicht zu wissen schien, wie die Musenkräfte funktionierten, doch nun hatte sie den Verdacht, dass er sie mit seiner Ahnungslosigkeit nur hatte täuschen und in Sicherheit wiegen wollen, damit sie nicht bemerkte, dass er alles tat, um die nötigen Schritte einzuleiten, die es ihm erlauben würden, ihr ihre Kräfte zu stehlen.

Wie hatte sie nur so unvorsichtig sein können? Das Musenbündnis, bei dem die Magie einer Muse sich zum ersten Mal voll entfaltete, galt als heilig, als von der großen Schöpferin gesegnet. Sie hatte gedacht, das würde bedeuten, dass man eine offizielle Zeremonie abhalten musste, eine Priesterin den Bund bestätigte und dass man sie nicht dazu zwingen konnte, ein Bündnis einzugehen. Doch das entpuppte sich nun als Irrtum.

Wussten ihre Eltern und Lehrer darüber Bescheid? Hatten sie ihr die Wahrheit verschwiegen, aus welchem Grund auch immer?

Niliana hasste auf einmal nicht nur die Stimmen der Ideen, sondern auch die Verlogenheit der Erwachsenen. Sie war achtzehn, sie hatte ein Recht darauf, die Wahrheit zu erfahren und ihre eigenen Entscheidungen zu treffen!

Während sie sich der Inspiration gegenüber verschloss, öffnete sie die Augen. Sie fühlte sich ungewöhnlich wach, obwohl es gerade einmal Sonnenaufgang war und sie dementsprechend nicht lange geschlafen hatte.

Die Hütte kam ihr immer noch verlassen vor, doch irgendjemand war in der Zwischenzeit im Wohnzimmer gewesen, denn ein Glas Wasser stand auf dem Tisch vor ihr. Jemand hatte nach ihr gesehen, während sie schlief. Doch wer?

Für eine Sekunde jagte ihr der Gedanke Angst ein, doch dann erinnerte sie sich daran, dass das Glühwürmchen gesagt hatte, dass sie hier in Sicherheit wäre. Wer auch immer in dieser abgelegenen Hütte wohnte und welche Gründe derjenige auch hatte, sich ihr nicht zu offenbaren, das Glühwürmchen betrachtete ihn oder sie als Verbündeten und das sollte ihr genügen.

»Danke«, meinte sie, auch wenn sie sich sicher war, dass ihr abwesender Gastgeber sie nicht hörte.

Sie trank das Wasser, das ihren ärgsten Durst stillte, und stand dann auf. Weil sie die Privatsphäre ihres Gastgebers nicht verletzen wollte, unterdrückte Niliana ihren Wunsch, sich in der Hütte umzusehen. Sie hoffte, dass sie irgendwann erfahren würde, wer ihr hier einen Unterschlupf für die Nacht geboten hatte, damit sie sich bei ihm oder ihr bedanken konnte.

Doch nun wurde es Zeit, dass sie aufbrach. Ihre Eltern mussten sich inzwischen große Sorgen um sie machen. Sie war noch nie ohne eine Nachricht über Nacht weggeblieben und falls ihr Entführer ihnen eine Lösegeldforderung geschickt hatte, dann malten sie sich bestimmt seit Stunden das Schlimmste aus.

Entschlossen öffnete sie die Haustür und ging hinaus. Im Licht der aufgehenden Sonne konnte sie sehen, dass die Hütte tatsächlich so abgelegen war, wie sie vermutet hatte. Meilenweit erstreckten sich die Wiesen und Felder vor ihr. Sie konnte das heruntergekommene Stadtviertel, aus dem sie geflohen war, noch nicht einmal am Horizont erkennen, nur der am Haus vorbeiführende Pfad, an den sie sich noch gut erinnerte, deutete an, dass es kein Albtraum gewesen war.

Da sie dorthin auf keinen Fall zurückkehren und ihrem Entführer oder der Gang in die Arme laufen wollte, folgte sie dem Weg in die entgegengesetzte Richtung um das Haus herum und sah in der Ferne Gebäude vor sich aufragen.

Zwar hatte sie ein mulmiges Gefühl im Bauch, aber es musste dort doch jemanden geben, der ihr helfen würde, oder? Vielleicht konnte sie sich das Handy von jemandem leihen oder sie traf einen Polizisten, der ihre Eltern darüber verständigen konnte, wo sie war und dass es ihr gut ging.

Mit neuer Hoffnung ging sie auf die Stadt zu und sah aus dem Augenwinkel eine Bewegung. Jemand war aus dem großen Schuppen hinter dem Haus durch die Hintertür gehuscht – ihr Gastgeber schien sehr scheu zu sein.

»Danke!«, rief sie dem Unbekannten zu. Wie erwartet antwortete er ihr nicht.

Sie marschierte weiter. Nach vielleicht einer halben Stunde fragte sie sich erstmals, wie lange sie wohl noch bis zur Stadtgrenze brauchen würde. Aus der anfänglich von ihr geschätzten Meile waren inzwischen zwei bis drei geworden, und noch immer schienen ihr die Wolkenkratzer weit entfernt zu sein. Langsam bekam sie nicht nur wunde Füße – ihren Sneakers schien die Rennerei über die kaputten Straßen und den nassen Feldweg mit den kleinen scharfkantigen Steinen nicht bekommen zu sein, denn sie drückten unangenehm und auch ein, zwei Löcher in den Sohlen machten ihr zu schaffen –, sondern sie bekam auch großen Hunger. Kurz fragte sie sich, ob das Geld in ihrem Geheimversteck in den Sohlen überhaupt noch zu gebrauchen oder bereits zu Papiermatsch geworden war, dann knurrte ihr wieder der Magen und sie ging entschlossen weiter.

Leider hatte sie sich so sehr auf ihre körperlichen Wehwehchen konzentriert, dass sie ihre Umgebung ganz vernachlässigt hatte. Dass das ein Fehler gewesen war und sie sich nicht darauf hätte verlassen dürfen, dass zu dieser frühen Stunde noch niemand anders unterwegs war, wurde ihr erst bewusst, als eine Gestalt vor ihr auf den Weg sprang.

Ihr Herzschlag raste vor plötzlicher Furcht, als sie die Gefahr endlich bemerkte.

Die Kreatur vor ihr hätte einem Horrorfilm entsprungen sein können. Von pechschwarzer Gestalt erweckte sie den Eindruck, das Sonnenlicht zu schlucken und einen unnatürlichen Nebel um sich herum zu verbreiten. Sie erhob sich zwar nur knapp fünf Fuß vor ihr in die Höhe, doch aus dem Kopf traten noch zwei spitze Hörner aus, sodass sie insgesamt größer als Niliana war. Geifer lief ihr über die langen Reißzähne, die ihr aus dem leicht geöffneten Maul ragten, und ein bedrohlich klingendes Knurren ertönte.

Niliana sah die schwarzen Augen des Dämonenwesens kurz

rötlich funkeln und dann ihre normale Farbe annehmen, was bedeutete, dass der Höllenhund sein Ziel gesucht und gefunden hatte: sie.

»Brutus!«

Voller Freude fiel sie ihrem pelzigen Dämonenfreund um den Hals. Wenn Brutus hätte reden können, hätte er ihr vermutlich gesagt, welche Sorgen er sich um sie gemacht hatte. So aber knurrte er sie nur an, wovon sie sich aber schon seit Jahren keine Angst mehr machen ließ.

»Ich habe dich auch lieb, du alter Brummbär!«

Nun kläffte er. Diesen Kosenamen mochte er gar nicht.

Niliana lachte überglücklich. Nun verflog auch ihr letztes bisschen Angst. Mit Brutus an ihrer Seite würde sich jede Gang zweimal überlegen, ob sie sie angriff, und auch ihr Entführer würde keine Chance gegen ihren dämonischen Beschützer haben.

»Bitte bring mich nach Hause«, flüsterte sie, als ihre Freude nun wieder der Erschöpfung Platz machte. Die Entführung war zwar erst fünfzehn Stunden her, für sie aber fühlten sie sich jetzt wie fünfzehn Tage an.

Brutus nickte. Diese Angewohnheit hatte er von seinen humanoiden Freunden in der Musenpolizei übernommen.

Es dauerte noch etwa eine halbe Stunde, bis sie den Stadtrand erreicht hatten, und weitere fünfzehn Minuten, bis Brutus sie auf eine U-Bahn-Haltestelle aufmerksam machte.

Es waren zwar noch nicht viele Leute – überwiegend Menschen, aber auch ein paar Elfen und Trolle – an diesem Sonntagmorgen auf den Straßen unterwegs, aber sie alle stutzten, als sie Brutus sahen, und wichen furchtsam vor ihnen zurück. Niliana hätte sich gerne etwas zu trinken und zu essen gekauft, aber als sie sich dem Bahnhofskiosk näherte, schloss der Mann dort drinnen rasch die Tür und hängte das »Geschlossen«-Schild an den Griff, obwohl es bereits kurz nach sechs Uhr war und er somit seit ein paar Minuten geöffnet hatte.

Brutus brummte zufrieden, während Niliana seufzte. Sie hatte nicht bedacht, dass die Leute Angst vor ihrem Freund haben würden.

»Lass uns gehen. Okay?«

Sie achtete absichtlich nicht darauf, wie die Leute am Bahnsteig ängstlich vor ihr zurückwichen und ihr im U-Bahn-Wagen Platz machten. Viele Leute stiegen sogar wieder aus, als sie den Höllenhund entdeckten. Ein ungepflegter junger Mann mit langen Haaren, der hinter einer Gruppe frühmorgendlicher Pendler herumlungerte und sich verdächtig nach allen Seiten umsah, bevor er auf die Jugendlichen zuging, verlor sogar die Kontrolle über seine Blase, als er den Höllenhund erblickte, und rannte dann davon. Hatte er womöglich etwas angestellt, wofür er von einem Sondereinsatzkommando verhaftet werden konnte?

Trotz Brutus' Gesellschaft war es plötzlich eine sehr einsame Fahrt und sie hätte zu gerne ein freundliches Gesicht gesehen, das sie anlächelte, oder mit jemandem gesprochen, der ihr nichts Böses wollte.

Sanft stupste Brutus sie an. Er wollte sie trösten, aber das gelang ihm nicht ganz.

»Sie kennen dich nicht«, meinte sie zu ihm, doch sie wusste nicht, wem sie damit wirklich Mut zusprechen wollte, ihm oder sich selbst.

Als die Ansage »*Quartier des Muses*« verlauten ließ – sie hatten zweimal umsteigen müssen, woran Brutus sie erinnert hatte, denn sie wäre einfach weitergefahren –, fiel die Last der vergangenen Stunden von ihr ab. Der Bahnhof wimmelte bereits von Beamten der Musenpolizei, die die Besucher kontrollierten und befragten, bevor sie sie abwiesen oder passieren ließen. Ein

Troll, der sie zuerst bemerkt hatte, geleitete sie von der Tür des Wagens zum bewachten Ausgang, wo die elfischen und menschlichen Zauberer sie mit großen Augen ansahen.

»Miss Whitecomb-Noir!«

»Gib Meldung, Steve! Sie ist zurück!«

»Sind Sie wohlauf?«

Die aufgeregten Männer und Frauen redeten auf sie ein, wollten wissen, was passiert war, und schienen nicht zu erkennen, dass Niliana plötzlich erstarrt war.

Was sollte sie nur ihren Eltern erzählen? Sie konnte ihnen doch nicht von dem erzwungenen Musenbündnis berichten, oder? Das wäre eine ganz schlechte Idee. Nicht auszudenken, wie ihre Eltern darauf reagieren würden, dass ein dahergelaufener Kleinkrimineller ihre vollen Musenkräfte aktiviert hatte!

»Ich habe Ihre Eltern verständigt, Miss«, brummte der Troll neben ihr, der anscheinend den Namen Steve trug. Er hatte wie aufgetragen zum Telefon gegriffen und beendete nun das Gespräch. »Ich soll Sie zum Ausgang geleiten. Dort werden sie Sie in Kürze abholen. Wenn Sie es wünschen, warte ich dort mit Ihnen.«

»Danke, Steve. Ich denke, das wird nicht nötig sein. Brutus passt auf mich auf.«

Sie rang sich ein Lächeln für den hilfsbereiten Sicherheitsbeamten ab und obwohl er anhand ihres Geruchs erkennen konnte, dass sie sich nicht wohlfühlte, setzte er sie nicht unter Druck oder offenbarte ihre Gefühle seinen Kollegen.

Die Wartezeit vor dem U-Bahnhof kam ihr wie eine Ewigkeit vor, auch wenn es vermutlich keine fünf Minuten dauerte, bis der Wagen ihrer Eltern mit quietschenden Reifen vor ihr hielt und die beiden heraussprangen. Ihre Eltern waren trotz der frühen sonntäglichen Stunde vollständig angezogen, wenn auch in der zerknitterten Kleidung des Vortags, und hatten dunkle Ringe unter den Augen. Niliana vermutete, dass sie die ganze Nacht nicht zu Bett gegangen waren und auf eine Nachricht von ihr gewartet hatten.

»Mom! Dad!«, schluchzte sie. Sie warf sich ihnen in die Arme und fühlte sich plötzlich wieder wie ein kleines Kind, als die Anspannung der letzten Stunden endlich von ihr abfiel.

»Niliana! Der großen Schöpferin sei Dank!«

Ihrer Mutter Entrissa liefen die Tränen vor Erleichterung herunter und sie wirkte erschöpft, während ihr Vater einen Schluchzer unterdrücken musste und kein Wort herausbrachte.

»Geht's dir gut? Haben dir die Entführer etwas getan? Wir waren so in Sorge! Als Hafius deinen Funkenstab auf dem Gehweg gefunden hat und die Thompsons dich dann auf ihren Sicherheitskameras bewusstlos in diesem Wagen davonfahren sahen, wussten wir, dass etwas Schlimmes passiert sein muss. Wir haben sofort alle verständigt, um dich zu suchen. Oh, Brutus, danke, dass du sie uns heil und gesund zurückgebracht hast!«

Ihre Mutter umarmte ihren dämonischen Freund, der zufrieden brummte, ihr kurz über das Gesicht leckte und sich dann mit einem Bellen von Niliana und ihren Eltern verabschiedete.

»Du konntest entkommen?«, fragte nun ihr Vater, der sich inzwischen etwas gefangen hatte.

»Ja. Ulpirri und Qrok haben mich gut unterrichtet. Sonst hätte ich es vermutlich nicht geschafft.«

»Die beiden verdienen eine Gehaltserhöhung«, meinte ihr Vater kurz zufrieden, bevor sein besorgter Tonfall zurückkehrte. »Du wurdest doch nicht durch deine Entführer verletzt, oder?«

Als sie den Kopf schüttelte, umarmte er sie erneut und sie spürte, wie die Spannung langsam aus seinem Körper wich. Danach schien ihm ein neuer Gedanke zu kommen, denn sein Gesicht verfinsterte sich. »Und die Entführer? War es mehr als einer? Konntest du sie erkennen?«

»Ja, …«, begann sie und zögerte dann. Was sollte sie ihnen nur erzählen? Sie wollte zwar, dass ihr Entführer bestraft wurde, doch was war, wenn herauskam, was er getan hatte?

»Es war einer«, sagte sie daher nur.

»Lass Niliana doch erst einmal zur Ruhe kommen, Benjamin!«, mischte sich nun ihre Mutter ein und warf ihrem Vater einen tadelnden Blick zu. »Dafür ist später noch Zeit!«

»Und wenn der Kidnapper die Zeit nutzt, um außer Landes zu fliehen und zu entkommen? Hast du daran schon gedacht?«

»Ist es nicht wichtiger, dass es unserer Tochter gut geht? Ich will genauso wie du, dass dieser Mistkerl bestraft wird, doch siehst du nicht, wie erschöpft sie ist? Sie …«

Ihre Mutter verstummte plötzlich, als sie Niliana genauer musterte. »Du wirkst anders als sonst«, murmelte Entrissa geistesabwesend, während sie Nilianas Kinn anhob, um ihr in die Augen zu schauen. »Bei der großen Schöpferin! Du hast ein Musenbündnis geschlossen!«

»Was?!«

Für einen langen Moment erstarrte ihr Vater. Dann wanderte sein Blick langsam von ihrer Mutter zu ihr und verharrte auf ihrem Gesicht, als konnte er nicht glauben, was seine Augen ihm zeigten. Er wurde von Sekunde zu Sekunde blasser, bis sein Teint die Farbe eines Leinentuchs angenommen hatte. Er schwankte leicht und Niliana hatte Angst, dass er jeden Moment in Ohnmacht fallen könnte.

»Sag mir, dass das nicht wahr ist, Niliana! Sag mir, dass du in den Stunden kein Musenbündnis eingegangen bist!«, flehte er.

»Es tut mir leid. Das kann ich nicht«, flüsterte sie und fühlte sich elend. Sie wünschte sich verzweifelt, sie wäre ihrem Entführer nie begegnet, dass sie sich schneller befreit hätte und nie auf seine Tricks hereingefallen wäre. Am liebsten hätte sie das Musenbündnis geleugnet und ihre Eltern angelogen, aber wie konnte sie das, wenn ihre Eltern die Wahrheit in ihrem Gesicht lesen konnten?

»Was?« Die Stimme ihres Vaters schallte über den Platz, sodass sich die Köpfe fast aller Leute zu ihnen umdrehten. »Die ganze Geschichte von der Entführung war also nur eine Täuschung? Wie konntest du nur, Niliana?«

Er hatte ihre Antwort missverstanden und sie fühlte sich nun noch elender, als er sie anschrie. Sein Gesicht war vor Zorn und Enttäuschung hochrot angelaufen, die Lippen hatte er zu einem schmalen Strich zusammengepresst und die Hände zu Fäusten geballt, während er auf ihre Rechtfertigung wartete und sie nicht wusste, was sie sagen sollte.

»Einfach so durchzubrennen! Weißt du nicht, dass wir die Polizei und das Fernsehen informiert haben, weil wir vor Sorgen beinahe durchgedreht wären?«

»Sch!«, machte ihre Mutter nachdenklich. »Es *war* eine Entführung, oder?«

»Ich wollte das nicht!«, beteuerte sie, während sie gegen die aufsteigenden Tränen kämpfte. »Das war alles nicht geplant.«

»So etwas kommt vor, Liebes. Ich weiß, das muss dich überrumpelt haben. Aber ein Musenbündnis ist etwas Wundervolles! Die große Schöpferin hätte diesen Bund nicht gesegnet, wenn ihr nicht vorherbestimmte Bündnispartner wärt und in eurer Kreativität zusammenpassen würdet.«

»Aber …«

»Entrissa, er ist ein dahergelaufener Krimineller, ohne Schulbildung und womöglich noch drogensüchtig!«

»Papperlapapp! Der Bündnispartner unserer Tochter kann kein unredlicher Mensch sein, das würde die große Schöpferin nicht zulassen. Hab ein wenig Vertrauen!«

Ihre Mutter schmetterte ihrer beider Einwände mit einer wedelnden Handbewegung und einem Lächeln ab. Nilianas

Magen sackte ihr in die Kniekehlen, als sich nun ihre schlimmsten Befürchtungen bestätigten. Natürlich hatte ihre Mutter sofort erkannt, was geschehen war, auch wenn sie anscheinend dachte, dass es sich bei ihrem Bündnispartner um einen heimlichen Freund handelte.

Sie hatte das Gefühl, dass die Welt sich wie ein irres Karussell um sie drehte, als ihre Mutter nun fragte: »Und? Wann werden wir deinen Bündnispartner denn endlich mal kennenlernen?«

Als Niliana ihr Zimmer betrat, schloss sie für einen Moment die Augen und stöhnte. Sie fühlte sich wie erschlagen, nachdem ihre Eltern sie die ganze letzte Stunde mit Fragen gelöchert hatten, die sie nicht beantworten konnte oder wollte. Woher bitte schön sollte sie denn wissen, wie ihr Entführer hieß oder wie er auf sie aufmerksam geworden war?

Sie bereute inzwischen, dass sie ihnen gesagt hatte, dass sie sein Gesicht gesehen hatte, denn nun erwarteten ihre Eltern von ihr, dass sie eine Zeichnung von ihrem Entführer anfertigte, damit sie ihn identifizieren und herbringen lassen konnten. Sie wollte ihn nicht wiedersehen, geschweige denn als ihren Bündnispartner! Ein echter Albtraum!

Sie schnaubte zornig, als sie die Augen öffnete und die Hände zu Fäusten ballte. Wenn sie an den Mann nur dachte, überkam sie unbändiger Zorn.

Am Ende hatte sie sich damit herausreden können, dass sie erschöpft war und Ruhe brauchte, damit ihre Eltern sie endlich in Frieden ließen. Auf dem Weg zu ihrem Zimmer war Niliana kurz ihren Brüdern Hafius und Ben begegnet, doch die beiden Jungen verhielten sich, als hätten sie schon fast wieder vergessen, dass sie entführt worden war. Stattdessen hatten sie sie gefragt, ob sie mit ihnen etwas spielen wollte, und prompt hatte

Nilianas Kopf wie verrückt gepocht. Ein bisschen Abstand von ihrer chaotischen Familie war schleunigst angezeigt gewesen, daher hatte sie sich ohne lange Erklärung auf ihr Zimmer zurückgezogen und hinter sich abgeschlossen.

Am liebsten hätte sie sich ins Bett gepackt, das Kissen über den Kopf gezogen und ihr Zimmer nicht wieder verlassen, bevor sie aus diesem Albtraum erwacht war. Doch sie wusste, das brachte nichts. Außerdem hatte eine innere Unruhe sie gepackt, sie konnte jetzt nicht still sein. Und die Stimmen in ihrem Kopf wurden immer stärker, doch sie weigerte sich, ihnen zuzuhören. Von anderen Musen wusste sie, dass der Drang, den Ideen nachzugeben, kurz nach der Bündnisschließung am stärksten und hartnäckigsten war, und dass es eine Weile dauerte, den kreativen Hunger zu beherrschen. Doch sie fühlte sich so elend, so verzweifelt über ihr eigenes Musenbündnis, dass es ihr leicht fiel, nicht zu schreiben, auch wenn sie die Stimmen nicht abschalten oder kontrollieren konnte.

Sie kam sich schmutzig vor, nicht nur wegen der Schlieren von Schmutz und Erde auf ihrem Kleid und wegen des Schweißes vom Vortag. Ein Fremder hatte sie gegen ihren Willen berührt, überwältigt und entführt. Sie war bewusstlos gewesen, in einem Kellerloch gefangen, dann auf der Flucht vor Gangstern und ihrem Entführer. Das Musenbündnis war ihr aufgezwungen worden. Ihr ganzes Leben schien außer Kontrolle geraten zu sein und sie fühlte sich besudelt.

Plötzlich ertrug sie den verschmutzten Stoff auf ihrer Haut nicht mehr. Sie riss sich das Kleid vom Leib, schleuderte die Sneakers und die Socken voller Zorn quer durchs Zimmer. Am liebsten hätte sie sie mit einem Gedanken in Brand gesetzt, dann hätte sie nichts davon je wiedersehen müssen.

Stattdessen stürmte sie mit großen Schritten ins Bad, warf die Tür mit einem befriedigenden Knall hinter sich zu, der sogar ihre Inspiration für einen Moment zu schockieren schien, denn für einen kostbaren Augenblick herrschte Stille. Dann betrat sie die Dusche, stellte das Wasser auf Warm, gegen die Kälte in ihrem Inneren, und schloss die Augen, während sie versuchte, den Schmutz und all den anderen negativen Ballast der letzten vierundzwanzig Stunden in den Abfluss zu spülen.

Doch natürlich wurde sie weder ihren Bündnispartner noch die Auswirkungen des Bundes so schnell wieder los. Schon hörte sie sie wieder wispern, leise locken und Versprechen ausstoßen, während sich ihre Tränen mit dem Duschwasser mischten und sie krampfhaft ein Schluchzen unterdrückte.

Es war absurd, wie sehr sie sich früher dieses Stimmengewirr gewünscht hatte, wie sehr sie sich danach gesehnt hatte, den Zustand der Inspiration und kreativen Muße zu erreichen und einfach den Stift in die Hand zu nehmen, drauflloszuschreiben und mühelos ein literarisches Meisterwerk zu erschaffen. Stattdessen hatte sie sich stets abgekämpft, hatte um jede geniale Idee gerungen, Spannungsbögen von Bestsellerromanen untersucht, um ihre eigenen Geschichten zu verbessern, und auf das gewisse Quäntchen Genialität gehofft, das ihren durchschnittlichen Roman in einen überwältigenden Erfolg verwandeln würde.

Ein Erfolg, der ihr jedoch nach dem Willen der anderen Musen und der großen Schöpferin für immer verwehrt bleiben sollte.

Es war so unfair!

Warum durften nur die Partner der Musen von ihren Kräften profitieren und den Ruhm und Erfolg für etwas ernten, das sie ohne ihre Bündnisgefährten und ohne deren schöpferische Verbindung zur göttlichen Inspiration niemals geschafft hätten? Warum erkannten die anderen Musen nicht, wie ungerecht ihre gesamte Existenz war, dass sie stets von jemand anderem abhängig blieben, egal was sie auch taten? Stattdessen sprachen sie von *symbiotischen Beziehungen, gegenseitiger Befruchtung von Ideen*, einer *kreativen Einheit*, einer *gesegneten Partnerschaft* und was ihnen noch alles einfiel, um zu überspielen, dass sie immer doch nur die namenlosen Musen von bekannten Künstlern bleiben würden. Kaum jemand kannte die Namen der Musen, die den Erfolg der Schauspieler, Maler, Köche, Bildhauer, Designer oder Musiker oder vieler anderer Berühmtheiten erst ermöglicht hatten.

Aber sie selbst, sie wollte keine dieser namenlosen Musen sein. Hatte nicht glauben wollen, dass die anderen recht hatten, als sie ihr erzählten, dass sie ohne einen Bündnispartner keinen vollen Zugriff auf ihre Musenkräfte haben würde. Und daher hatte sie geübt und geübt, bis ihr die Meditation und der Zustand der kreativen Muße immer leichter gefallen waren. Doch nie hatte es gereicht, viel zu häufig waren ihr die Ideen wieder entglitten, als sie sich auf sie konzentriert hatte, und nur Bruchstücke der genialen Perfektion, die sie gehört und erblickt hatte, hatten es am Ende in ihre Notizbücher geschafft.

Wieder überkam sie der Zorn, als sie daran dachte. Mit einem Ruck stellte sie das Wasser ab, öffnete dann die Dusche so heftig, dass die Tür ihr fast aus der Hand geflogen und zersprungen wäre, schnappte sich ein Handtuch vom Halter und begann sich kraftvoll trockenzurubbeln. Nackt ging sie ins angrenzende Schlafzimmer zurück, marschierte zum Schreibtisch, wo all ihre Notizbücher lagen, und pfefferte den Stapel mit Schwung in den Mülleimer daneben, wobei sie laut brüllte.

Sie starrte ein paar Herzschläge auf all ihre harte Arbeit der letzten Jahre, verfluchte den Mann, der ihr das angetan hatte, und die Musengöttin, die es nicht verhindert hatte, bevor sie spürte, wie ihr wieder die Tränen kamen.

Langsam sank sie in die Knie, fischte ihre wertvollen Texte

und Ideen wieder aus dem Papierkorb und presste die Notizbücher an ihre Brust. Auch wenn die Ideen und Geschichten nicht perfekt waren, es waren *ihre*, ihre allein! Sie ließ sich ihre Kreativität nicht wegnehmen!

Es wurmte sie außerordentlich, dass die anderen Musen dies so widerstandslos hinnehmen konnten. Ja, natürlich hatten sie nicht Unrecht, sie waren von der Göttin genauso geschaffen worden – doch sie schien die Einzige zu sein, die die Göttin dafür kritisierte und sich auflehnte.

Wie häufig sie ihren Freundinnen erzählt hatte, dass sie es auch ohne einen Bündnispartner und den Segen der Göttin schaffen würde, dass sie keinen Partner wollte, der sie und ihre Gaben als selbstverständlich ansah und nur für sich selbst nutzte! Sie hatte geschworen, nie ein Bündnis einzugehen – und nun war sie die Erste aus ihrer Freundesgruppe, die in einem magischen Gefängnis, das sich Musenbündnis schimpfte, eingesperrt war. Nun endlich hörte sie die lang ersehnten Ideen überdeutlich, doch jetzt wollte sie sie nicht mehr, jedenfalls nicht auf diese Weise, nicht zu diesem Preis.

Ihre Freundinnen würden lachen, so lächerlich und bizarr war das Ganze.

Nun ja, nicht alle. Mumilla und Hirissa würden lachen, aber Dentmea war viel zu gutmütig, um jemanden auszulachen, egal wie absurd die Ironie des Schicksals und der Götter war. Beinahe wünschte sie sich, ihrer besten Freundin das Herz ausschütten zu können, aber Dentmea und ihre Familie hatten am Vorabend in den Sommerurlaub aufbrechen wollen und sie saßen jetzt entweder noch immer im Flieger oder schliefen sich nach der anstrengenden Reise erst einmal aus. Niliana vermisste sie jetzt schon.

Daher war sie sehr verwundert, als kurze Zeit später – inzwischen hatte sie sich bequeme Trainingsklamotten angezogen, ihre Notizen weggelegt und sich niedergeschlagen aufs Bett fallen lassen – ihr Handy klingelte, das sie am Vortag auf dem Nachttisch vergessen hatte, und als Anrufer ihre beste Freundin angezeigt wurde.

»Mea?«, fragte sie überrascht, als sie das Gespräch angenommen hatte.

»Geht es dir gut? Der Göttin sei Dank! Ich habe mir schon das Schlimmste ausgemalt, als ich gehört habe, dass du entführt wurdest. Ich habe gebetet, dass es dir gut geht. Und als deine Mutter uns gerade informiert hat, dass du wieder da bist, da musste ich dich sofort anrufen und mich selbst vergewissern, wie es dir geht.«

Dentmea stieß die Worte so schnell hervor, dass Niliana Mühe hatte ihr zu folgen. Doch die erwartungsvolle Stille jetzt, die verstand sie dafür umso besser.

»Ich bin unverletzt«, antwortete sie schließlich. »Doch ob es mir gut geht, steht auf einem ganz anderen Blatt.«

»Warte, ich komme gleich zu dir rüber!«, rief Mea.

»Wie? Ich dachte, ihr seid unterwegs in den Urlaub?«

»Als ob ich in den Urlaub fliegen würde, wenn meine beste Freundin vermisst wird! Bin sofort bei dir!«, schnaubte Mea noch ins Telefon, bevor sie auflegte.

Zehn lange Minuten später klopfte es endlich an ihrer Zimmertür und sie hörte Meas Stimme. Erleichtert sprang Niliana auf, flitzte zur Tür und schloss auf. Sie umarmten sich und beide sahen dabei großzügig darüber hinweg, dass der anderen ebenfalls die Tränen in den Augen standen.

Doch was Niliana nicht übersehen konnte, war, dass ihre Freundin ihre langen brünetten Haare offen trug – ein Anblick, der selten geworden war, seit sich bei ihr im Alter von sechs Jahren die Musenkräfte offenbart hatten und Mea ihre Begabung für Blumen-Kompositionen entdeckt hatte. Seitdem trug sie nur noch kunstvolle Flechtfrisuren, in die sie je nach Jahreszeit und Laune die unterschiedlichsten Blumen eingebunden hatte. Sie jetzt ganz ohne ihren Haarschmuck zu sehen, sagte Niliana deutlicher als alles andere, wie groß Meas Sorge um sie gewesen war.

Auch Mea starrte sie einen langen Moment einfach nur an. »Dann ist es also wahr«, hauchte sie schließlich. »Deine Augen leuchten von innen heraus wie die von Tante Losanna. Du bist gebunden.«

»Gefangen und verdammt trifft es wohl eher.« Seufzend setzte sie sich wieder aufs Bett, während sich ihre Freundin den Schreibtischstuhl heranzog und ebenfalls Platz nahm.

»Ist er so schrecklich? Deine Mutter meinte nur, dass dein Partner ein Mann sei und dich auf traditionelle Weise entführt hätte.«

Schnaubend versuchte Niliana, ihre Wut zu unterdrücken. Traditionelle Entführung! Dass sie nicht lachte! Ihre Mutter schien die Realität unbedingt romantisch verklären zu wollen, weil sie nicht glaubte, dass die große Schöpferin einen Fehler machen oder sich manipulieren lassen könnte! Doch die Wirklichkeit war um einiges hässlicher.

»Es war eine echte Entführung, ich kannte den Mann vorher nicht und da ich für ihn nur ein Zufallsopfer war und er es nur auf meine Kräfte abgesehen hatte, kann ich romantische Absichten auf seiner Seite auch ausschließen«, erklärte sie ihrer besten Freundin, die begierig an ihren Lippen hing und sie besorgt anschaute.

»Dann ist er ein richtiger Krimineller?« Mea erschauderte. »Wie schrecklich! Ich könnte mir nicht vorstellen, an einen brutalen, plumpen und einfältigen Ganoven gebunden zu sein. Egal, wie der Mann aussieht. Apropos, wie sieht er denn aus? Ist er wenigstens hübsch? Oder genauso hässlich wie sein Charakter?«

»Äh.«

Damit hatte sie sich vorher nie beschäftigt. Wenn sie an den Mann gedacht hatte, dann immer nur als ihren Entführer, als den Verbrecher, der ihre Musenkräfte und Lebensträume gestohlen hatte. Doch nun kam ihr sein Gesicht wieder in den Sinn. Wie erschöpft er ausgesehen hatte, als er sie in den Kellerraum gebracht hatte. Seine Sorge, als sie gemeinsam vor der Gang geflüchtet waren. Und seine verletzte Fassungslosigkeit, als sie ihn niedergeschlagen hatte, um zu fliehen.

»Lia?«

»Okay, er ist nicht hässlich. Es ist nicht so, dass man ihm seinen verdorbenen Charakter auf den ersten Blick ansehen würde, wenn man ihm auf der Straße begegnet.«

»Beschreib ihn mir! Oh, bitte, Lia! Ich muss wissen, wie er aussieht, sonst sterbe ich vor Neugier!«

»Dunkelblonde Haare, blaue Augen, jung und vermutlich könnte man ihn attraktiv nennen«, gab sie widerwillig zu.

Aber für sie war das Äußere nicht so wichtig, da unterschied sie sich nicht von den meisten anderen Musen. Ihnen kam es eher auf die inneren Gaben an, auf die Stärke und Schönheit der Fantasie, auf die Fähigkeit zu träumen und Träume wahr werden zu lassen, auf den Hunger nach Kreativität. Und davon hatte sie bei ihrem Entführer nichts bemerken können.

»Hm.«

»Warte, ich wollte ihn eh zeichnen«, sagte Niliana. Auf ihre Mutter konnte sie sich in dieser Hinsicht zwar nicht verlassen, aber ihr Vater schien den Mann genauso sehr hinter Gitter bringen zu wollen wie sie. Daher hatte sie beschlossen, doch ein Porträt von ihrem Entführer anzufertigen. Das würde die Suche der Polizei erleichtern. Sie musste nur dafür sorgen, dass ihre Mutter nicht mitbekam, wie sie ihrem Vater die Zeichnung überreichte. Doch das sollte ein Klacks sein.

Mit geübten Strichen und flinken Bewegungen huschte ihre Hand über den Skizzenblock, den sie aus dem Nachttisch gefischt hatte. Da ihr manchmal zusammen mit den Ideen für neue Geschichten auch neue fantastische Kreaturen oder Pflanzen einfielen, hatte sie immer auch einen Zeichenblock und Bleistifte griffbereit.

»Das ist er«, verkündete sie ein paar Minuten später und reichte Mea nun endlich den Block.

»Oha, dass der ein Ganove ist, hätte ich auf den ersten Blick nie vermutet. Gut sieht er aus! Ähm, bist du dir sicher, dass du ihn nicht doch insgeheim magst? Vielleicht nur ein kleines bisschen?«

Bei Meas Unterstellung wich sie geschockt zurück. »Wie kommst du darauf?«

Dentmea zuckte zusammen. »Sorry, ich dachte nur, weil das Bild ihn so vorteilhaft getroffen hat, Licht und Schatten schmeicheln seinen Zügen. Aber das war eine doofe Idee. Bitte entschuldige.«

Sie war so kleinlaut, dass Niliana ihr nicht lange böse sein konnte. Stattdessen reagierte sie ihre Wut am Block ab und riss das Blatt heraus. Um sich das Bild nicht länger ansehen zu müssen, faltete sie es langsam und sorgfältig.

»Und was hast du jetzt vor?« Mea drehte nervös eine Haarsträhne um ihren Finger, während sie sie musterte und dabei auf ihrer Unterlippe kaute.

Niliana sprang energisch auf. »Ich werde einen Weg finden, das Bündnis wieder aufzuheben.«

Sie hatte genug Trübsal geblasen! Wenn sie nicht wollte, dass ihre Zukunft den Bach herunterging, dann musste sie das Problem selbst angehen. Ihr Vater konnte als Gouverneur zwar dafür sorgen, dass sie ihren Entführer nie wieder sehen musste, aber das reichte ihr nicht. Er würde dennoch für immer ihr

Bündnispartner sein und die Tatsache, dass sie ohne ihn, ohne seine regelmäßige Berührung, noch nicht einmal das kleinste Fitzelchen ihrer Kräfte nutzen konnte, war mehr, als sie ertragen konnte. Sie wollte ihre Kreativität und ihre Freiheit zurück!

Mea zog die Stirn kraus. »Aber wie willst du das anstellen? Ich habe noch nie von einem Bündnis gehört, das wieder aufgelöst worden wäre.«

»Ja, stimmt, das haben *wir* nicht. Aber wenn die Priesterinnen nicht wollen, dass wir die Heiligkeit des Bündnisses anzweifeln, dann werden sie es wohl kaum an die große Glocke hängen, dass man es wieder brechen kann, oder?« Das klang so vernünftig, dass es ihr neuen Mut verlieh. Vielleicht gab es wirklich noch eine Chance. »Lass uns deine Tante Losanna aufsuchen!«

Meas Tante war eine Priesterin der großen Schöpferin und wenn jemand ihr helfen konnte, das Bündnis zu brechen, dann ja wohl sie!

»Lass mich eben kurz die Kleidung wechseln, dann können wir los.«

Ihr war soeben erst aufgefallen, dass sie mit ihrer Trainingskleidung nicht auf die Straße gehen konnte, ohne ein weiteres Mal bei den Bewohnern des Musenviertels für Gesprächsstoff zu sorgen. Bestimmt tratschten sie jetzt schon über sie und ihr graute vor all den Mitleidsbekundungen und Fragen, die ihr auf dem Weg zu Tante Lo mit Sicherheit nicht erspart bleiben würden.

Während Mea auf dem Flur wartete, schlüpfte sie schnell in einen Rock und in ein Top, schnappte sich ein paar bequeme Ballerinas, während sie ihr altes Kleid und die schmutzigen Schuhe vom Boden aufhob und in den Mülleimer stopfte. Wie der Vortag versprach auch der Sonntag warm und sonnig zu werden.

»Wir können los«, meinte sie dann zu Mea, die geduldig auf sie gewartet hatte und nun ihr Handy wegsteckte.

»Ich habe gerade mit Tante Losanna gesprochen. Sie hat ihre erste Zeremonie heute um zwölf Uhr. Wenn wir uns beeilen, können wir vorher mit ihr sprechen, ansonsten müssen wir bis zum Abschluss der Bündniszeremonie warten.«

»Dann los!«

Doch so einfach, wie Niliana sich das vorgestellt hatte, war es nicht. Kaum waren die beiden Mädchen die Treppe hinuntergegangen, wurden sie auch schon von ihrer strahlenden Mutter abgefangen. Niliana hatte gehofft, ihren Vater allein anzutreffen, um ihm das Porträt zu geben, das sie angefertigt und in ihre Tasche gesteckt hatte, doch ihr Vater war nirgendwo zu sehen. Dafür quoll das Erdgeschoss über von lachenden Besuchern, die ihr zujubelten, sobald sie sie sahen. Musen, Elfen, Trolle und Menschen drängten sich sofort um sie.

»Da ist sie ja!«

»Schön, dass du wieder zurück bist, Niliana!«

»Herzlichen Glückwunsch!«

»Wir freuen uns ja so für dich und deinen Partner!«

»Unseren Segen zum Bündnis!«

Jeder wollte Niliana umarmen und niemand schien zu bemerken, dass sie alles andere wollte, nur keine Gratulationen. Stattdessen wurde sie von einem Gratulanten zum nächsten gereicht, umarmt und auf die Wange geküsst, während alle fröhlich auf sie einredeten.

Hilfe!

»Und wann lernen wir den Glücklichen denn endlich mal kennen?«, lautete die häufigste Frage, die Niliana mit den Zähnen knirschen ließ. Wohlmeinende Einladungen zum Dinner, zu Lesungen, Theateraufführungen, Konzerten und vielen Ereignissen mehr prasselten auf sie ein, während sie kaum zu Wort kam.

»Und schau mal, Liebes, all die Geschenke, die unsere Freunde für dich mitgebracht haben!«, sagte ihre Mutter schließlich und deutete auf den großen Esszimmertisch, der sich unter einem Berg an Päckchen und Paketen zu biegen schien. »Ist das nicht lieb?«

»Mir reicht's!«, entfuhr es ihr nun, als sie mit ihrer Geduld für die ahnungslosen Besucher und ihre Scheuklappen tragende Mutter endgültig am Ende war. Der Wahnsinn musste ein Ende haben!

»Entschuldige, Entrissa.« Mea lächelte ihre Mutter an. »Niliana ist überwältigt von alledem. Wir hatten nicht mit Besuch gerechnet, sondern wollten eigentlich die Priesterinnen aufsuchen, um in Ruhe zu meditieren. Das ist ein bisschen viel auf einmal.«

»Natürlich.«

»Das verstehen wir.«

»Die Schöpferin sei mit dir!«

Die guten Wünsche ignorierend zog Mea Niliana lächelnd und winkend aus dem Haus. Draußen atmete Niliana tief durch.

»Ich fasse es nicht! Was hat sie in den letzten beiden Stunden getan? Jeden angerufen, den wir kennen?«

Mea schien ihre Fassungslosigkeit zu teilen, denn sie schüttelte den Kopf. »Es reicht, wenn sie die größten Klatschtanten des Viertels angerufen hat. Aber sie hätte es besser wissen müssen! Wie kommt sie auf den Gedanken, du würdest dich über die Glückwünsche und Geschenke freuen, wenn du das Musenbündnis nicht willst?«

Normalerweise war ihre Mutter aufmerksam, nicht so unsensibel und Niliana suchte vergeblich nach einer Erklärung für dieses Verhalten.

»Komm!«, meinte Mea. »Vielleicht weiß Tante Losanna ja einen Rat.«

Doch sie kamen nicht weit, ohne erneut aufgehalten zu werden. Dieses Mal war es Brutus, der hinter dem Eingangstor auf sie wartete und Wache zu halten schien. Niliana war gerührt.

»Danke, Brutus!«

Hechelnd folgte er ihnen durch die leeren Straßen. Kein einziges fremdes Gesicht begegnete ihr. Und sie hatte genau hingeschaut, auch wenn sie mit niemandem sprechen wollte. Es würde lange dauern, bis sie sich wieder gelassen durch die Straßen bewegen konnte, bis sie nicht mehr jeden, der ihr entgegenkam oder der plötzlich hinter ihr lief, zwanghaft als Freund oder Feind kategorisierte.

»Sie haben das Viertel für Besucher gesperrt«, erklärte Mea leise, der ihr suchender Blick aus zusammengekniffenen Augen wohl nicht entgangen war. »Du musst keine Angst haben. Dein Vater und die Polizei werden dafür sorgen, dass dies nie wieder passieren kann.«

Danach entspannte sie sich etwas, doch die Unruhe konnte sie nicht ablegen. Dafür hing zu viel von ihrem Besuch bei Meas Tante und deren Antworten ab.

Tante Losanna empfing sie und Mea in ihrem großen Haus, das zugleich als Kirche und als Wohnhaus diente. Nur Brutus hatte draußen bleiben müssen. Die Priesterin hatte ihre langen, braunen Haare zu einem schlichten Zopf zusammengebunden. Ihre goldenen Augen funkelten warm und wissend, als sie die beiden Mädchen hereinbat. Drinnen war Anna damit beschäftigt, die letzten Handgriffe für das Ritual vorzubereiten.

»Geh schon, Schatz«, meinte Anna und lächelte. »Ich schaffe das hier auch ohne dich. Sei nur pünktlich zurück. Ich glaube, die Hochzeitsgesellschaft würde es nicht so gut aufnehmen, wenn ich deine Vertretung beim Ritual übernehmen würde.«

Losanna lachte leise und sah ihre Ehefrau liebevoll an. Die beiden waren seit fast dreißig Jahren Bündnispartnerinnen, doch noch nicht einmal die Tatsache, dass die beiden so verliebt schienen wie am ersten Tag, ähnlich wie ihre eigenen Eltern, hatte in Niliana je den Wunsch geweckt, ebenfalls einen Bund einzugehen. Sie wollte nur eines: so schnell wie möglich wieder ungebunden sein.

»Lass dich ansehen, Lia!«, bat Losanna, nachdem sie die Freundinnen in ihre privaten Gemächer geführt hatte. »Ah, da ist er ja, der göttliche Segensfunke in deinen Augen. Er leuchtet stark.«

Nicht das, was sie hatte hören wollen.

»Kannst du mir helfen, Tante Lo? Gibt es eine Möglichkeit, das Bündnis wieder aufzulösen? Ich weiß, dass ihr nicht wollt, dass das Wissen allgemein bekannt wird, aber wenn es ein Ritual gibt, ein Bündnis zu erschaffen, dann muss es doch auch eines geben, um es wieder zu lösen, oder? Das Ganze ist ein Albtraum! Ich weiß noch nicht einmal, wie das geschehen konnte! Heißt es nicht, dass die Zeremonie durch eine Priesterin durchgeführt und von der Göttin gesegnet werden muss? Wie kann das Bündnis einfach so aktiviert werden?«

»Schhh, Lia.« Die Priesterin nahm sie sanft in die Arme, während Niliana die Tränen kamen.

»Ich werde versuchen, dir zu helfen, falls es mir möglich ist. Aber dafür muss ich erst einmal verstehen, was passiert ist.«

»Dann gibt es eine Möglichkeit?« Wieder keimte die Hoffnung in ihr auf und sie klammerte sich an dem Gedanken fest.

Losanna seufzte. »Das kommt darauf an, wie das Bündnis geschlossen wurde und wie stark es ist. Du weißt ja, dass die Zeremonie eine rituelle Übertragung, also eine bestimmte Reihenfolge von Schritten ist. Nicht das Ritual an sich ist entscheidend, sondern die Schritte hin zum Musenbündnis. Seid ihr in der Schule die Geschichte der Bündnisse durchgegangen?«

Mea und Niliana sahen sich unbehaglich an. Natürlich hatten sie davon als junge Mädchen gehört, aber das war lange her.

»Ich erinnere mich nicht mehr so gut«, gestand Niliana beschämt.

»Das macht nichts. Dann fasse ich es kurz für euch zusammen. Bestimmt erinnert ihr euch, dass früher die Bündnisse eher zufällig entstanden. Als die ersten Musen hinter das Geheimnis kamen, entwickelten sie die ursprünglichen Bündniszeremonien, um auch anderen Musen die Chance zu geben, einen Partner zu finden, mit dem sie in Inspiration und Kreativität – und möglichst auch Liebe – verbunden sind.«

»Heißt das, ich muss ihn nicht heiraten, wenn Liebe keine Voraussetzung ist?«, wollte Niliana wissen. Sie kannte nur verheiratete Bündnispartner. Von anderen Musenbündnissen hörte sie ihres Wissens zum ersten Mal.

Die Priesterin zögerte. »Ja«, gab sie schließlich zu. »Ich kenne allerdings keine Bündnispartner, die nicht irgendwann einmal verliebt gewesen sind.«

»Doch wie kam es nun zum Bündnis?«, unterbrach sie Mea, die sich anscheinend vor Neugier kaum ruhig verhalten konnte.

Und auch Losanna sah sie gespannt an, sodass Niliana jetzt erzählte, was am Vortag vorgefallen war. Jede noch so kleine Einzelheit wollte Meas Tante wissen und schließlich verstummte Niliana erschöpft.

Losanna warf einen Blick auf die Uhr. »Okay, es bleibt leider nicht mehr viel Zeit bis zur Zeremonie, daher muss ich mich beeilen. Anhand deiner Erzählung, Lia, konnte ich die sechs entscheidenden Schritte identifizieren. Erstens das Knistern, als ihr euch zum ersten Mal berührt habt. Das war der Funkenstab, der euch beiden einen Schlag versetzt hat. Anschließend hat er dich in sein Haus getragen. Das waren die Schritte zwei und drei des Rituals: Es hat dir den Boden unter den Füßen weggerissen und du wurdest über die Schwelle getragen. Beides Dinge, die in der Zeremonie symbolisch praktiziert werden, hier aber im wörtlichen Sinne geschahen.«

»So einfach geht das?« Niliana war entsetzt. Sie hatte die Zeremonie der Bündnisschließung immer als etwas Heiliges angesehen und nun wirkte auf einmal alles so profan.

»Warum, glaubst du, schotten wir euch ungebundenen Musen so ab? Wir wollen verhindern, dass ihr euch bindet, bevor ihr dazu bereit seid«, erklärte Losanna mit einer solchen Selbstverständlichkeit, dass Niliana und Dentmea sich verdutzt anschauten. Anscheinend hatte ihre Freundin das ebenfalls nicht gewusst.

»Später hast du einen Regenbogen und rosafarbene Wolken am Himmel gesehen, das romantische Umfeld war Schritt vier. Und dann hattest du sogar wörtlich einen Himmel voller Geigen, oder besser gesagt, eine Werkhalle voller Geigen, womit der vorletzte Schritt vollbracht war. Und als er dir die Herzkette vom Hals gerissen, dir also im übertragenen Sinne das Herz gestohlen hat, wurde das Bündnis besiegelt.«

»Und wie kann ich das Bündnis wieder rückgängig machen?«

»Gar nicht.«

»Was?«

Niliana war, als würde Meas Tante ihr den Boden unter den Füßen wegziehen.

»Normalerweise reichen vier Schritte in der richtigen Reihenfolge aus, um das Bündnis zu besiegeln«, setzte Losanna rasch hinzu und nahm ein Gesangsbuch und Blumen vom Tisch. »Aber du hast *sechs* Schritte absolviert, bevor sich das Bündnis aktiviert hat. Je mehr Schritte, desto stärker ist es. Bei vier hätte ich vielleicht etwas tun können, um mit meiner Magie einen der Schritte zu untergraben. Aber dafür müsstet ihr beide anwesend sein und mithelfen. Bei eurem starken Bündnis sehe ich dafür jedoch keine Chance. Ich fürchte, nur die große Schöpferin könnte den Bund noch aufheben. Doch da sie ihn erst gestern besiegelt hat, denke ich nicht, dass sie ihre Meinung so schnell ändern wird. Es tut mir leid, Lia.«

»Aber …«

Niliana war sprachlos. Tante Losanna sah sie bedauernd an, nahm dann ihre Sachen und ging nach nebenan in den großen Saal. Die beiden Mädchen hörten das Gelächter und die fröhlichen Stimmen der Hochzeitsgesellschaft, bevor die Tür hinter ihr ins Schloss fiel.

Dann hielt es Niliana nicht mehr aus. Sie ertrug es nicht, in einem Gebäude zu sein, in dem gleich eine weitere Muse voller Freude ihre magische Fessel entgegennehmen würde. Sie musste hier raus!

In Panik eilte sie zum Hintereingang und stieß die Tür zum Garten auf. Auch hier war alles feierlich geschmückt und Niliana hätte am liebsten die Blumen und die festliche Dekoration heruntergerissen und wäre auf ihnen herumgetrampelt.

»Warte, Lia!«, rief Mea, doch sie hörte nicht auf sie, sondern kämpfte stattdessen gegen den Kloß in ihrer Kehle an, während sie das Gartentor zur Straße aufstieß, wo Brutus ruhig sitzend auf sie gewartet hatte. Als er ihren Gesichtsausdruck sah und bemerkte, wie aufgelöst Niliana war, sprang er augenblicklich auf die Beine, sah sich um, fixierte einen Punkt hinter ihr und knurrte.

Tränen verschleierten ihre Sicht und sie blieb keuchend stehen, als sie über etwas stolperte und sich nur mit Mühe fing. Langsam richtete sie sich auf und schlang die Arme um sich selbst, während ein Schluchzen ihre Kehle emporkroch. Mea gab hinter ihr ein seltsames Geräusch von sich, aber Niliana fehlte die Kraft, sich jetzt umzuschauen. Brutus knurrte weiter.

»Äh, Lia. Kannst du Brutus bitte sagen, dass es nicht meine Schuld ist?«, drang irgendwann Meas leise Stimme zu ihr durch.

Erst jetzt hörte sie das tiefe Grollen des Höllenhundes sowie die leisen Stimmen von der Zeremonie hinter ihnen und spürte, wie die Sonne ihre helle Haut verbrannte, weil sie zu lange im Licht gestanden hatte. Sie wischte sich die Tränen aus den Augen, drehte sich um und erwischte Brutus dabei, wie er drohend über Mea stand, nachdem er sie anscheinend zu Boden geworfen hatte.

»Brutus, nein! Mea hat mich nicht zum Weinen gebracht. Es ist nur diese verfluchte Situation. Kannst du bitte von ihr runtergehen?«

Der Höllenhund gehorchte, ging ein paar Schritte zurück und ließ dabei den Kopf hängen, als täte ihm sein Fehler leid. Sofort stand ihre Freundin auf und anschließend klopfte sich Mea den Dreck von ihrer Kleidung. Sie hatten wohl alle drei heute nicht ihren besten Tag.

»Und wenn wir zu einer anderen Priesterin gehen?«, fragte Mea nach einigen Sekunden des Schweigens. Der Vorschlag fiel ihr sichtlich schwer und der Blick zurück zum Tempel ihrer Tante war vermutlich voller Schuldgefühle.

»Und was soll das bringen?«

Mutlosigkeit hatte Niliana wieder erfasst. Doch das wollte Mea nicht gelten lassen. Ihr Optimismus und ihre Energie schienen unerschöpflich zu sein, als sie Niliana an die Hand nahm und hinter sich her zur nächsten Priesterin der Musengöttin zerrte.

Auch diese führte am heutigen Tag eine Bündniszeremonie durch und Niliana musste sich zwingen, bei dem Anblick des feierlichen geschmückten Raumes und des glücklich strahlenden Paares nicht auf dem Absatz kehrtzumachen und weinend nach Hause zu rennen, um sich bis an ihr Lebensende in ihrem

Zimmer zu verkriechen. Stattdessen wartete sie erneut zusammen mit Mea in einem kleinen Vorraum auf eine Vertreterin ihrer verhassten Göttin. Als das Ritual endlich vorbei war, hatte sie schon fast Löcher in den Teppich gelaufen und befürchtete, dass sie losschreien würde, sobald sie den Mund aufmachte.

Mea schien ihr ihre Stimmung anzusehen, denn als die Priesterin den Vorraum betrat und sie lächelnd begrüßte, ergriff sie sofort das Wort. Während Mea bei Plätzchen und Eistee das Problem schilderte und zusammenfasste, was ihre Tante gesagt hatte, rutschte Niliana unruhig in ihrem Stuhl hin und her, schlug immer wieder die Beine übereinander, wippte mit den Füßen und musste sich bremsen, um Mea nicht anzublaffen, schneller zu reden. Dann überkam sie wieder das schlechte Gewissen, das hatte ihre Freundin nicht verdient, und sie hielt für ein paar Minuten still und wartete gespannt.

»Es tut mir leid«, sagte die Priesterin schließlich. Sie ergriff Nilianas unruhige Hände, hielt sie fest und der Ausdruck in ihren Augen war voller Mitleid, als sie nun ihre Hoffnungen zerstörte. »Losanna hat recht. Dir zu helfen liegt leider nicht in unserer Macht.«

Niliana entzog der Priesterin ihre Hände und wandte den Blick ab, damit die Frau ihre Tränen nicht sah. Geschockt folgte sie Mea anschließend nach draußen.

»Gib nicht auf, Lia! Was weiß die schon! Na komm! Wir fragen die nächste. Irgendjemand weiß bestimmt einen Rat!«

In den nächsten Stunden schleppte Mea sie von Priesterin zu Priesterin. Ratlosigkeit oder ein Nein ließ sie nicht gelten. »Irgendwer muss eine Idee haben, wie wir dir helfen können«, lautete ihr Mutmachspruch, den sie nach jedem Besuch erneut von sich gab.

Zwischendurch drängte sie Niliana zum Essen und Trinken.

Und erst als sie am späten Nachmittag mit jeder einzelnen Musen-Priesterin aus ihrem Viertel gesprochen und sich sogar den Rat von zwei Elfen-Priestern und einigen Zauberern eingeholt hatten, schien auch sie langsam der Mut zu verlassen. Aber sie gab nach wie vor nicht auf, noch nicht einmal, als ein Gewitter über sie hereinbrach, sie bis auf die Knochen durchnässte und ihnen langsam die Ideen ausgingen, wen sie noch um Hilfe bitten könnten. Nilianas Eltern hatten sie schon mehrfach angerufen und gefragt, wann sie wieder nach Hause kommen würde, doch sie hatte sie vertrösten können.

Erst als die Sonne ganz untergegangen war und Niliana erkannte, dass die Stimmen verstummt waren, gab sie auf.

»Es reicht, Mea«, flüsterte sie. »Die Priester können mir nicht helfen. Und die Ideen sind versiegt. Du weißt, was das bedeutet.«

»Die vierundzwanzig Stunden, seitdem ihr euch zuletzt berührt habt, sind um.«

Niliana nickte. Ab sofort würde ihr noch nicht einmal ihre Musenmagie noch helfen können – mal abgesehen davon, dass sie den ganzen Tag nicht hilfreich gewesen war. Doch jetzt war der Punkt erreicht, an dem sie ihre Kräfte endgültig verloren hatte und die Verzweiflung sie überwältigte.

Schweigend gingen sie Seite an Seite zurück, immer noch gefolgt von Brutus, der von ihrer Stimmung angesteckt worden zu sein schien, denn er knurrte noch nicht einmal die Passanten an, die ihnen zu nahe kamen, sondern ließ ebenfalls den Kopf hängen.

»Ich überlege mir was, okay?«, versprach Mea, als sie sich an Nilianas Haustür voneinander verabschiedeten. Niliana rang sich ein Lächeln für ihre Freundin und Brutus ab, auch wenn sie innerlich keine Hoffnung mehr aufbringen konnte.

Drinnen erwartete sie schon ihre Mutter, doch die Aussicht,

ihre besorgten und verständnislosen Fragen beantworten zu müssen, erschien ihr unerträglich. Daher hob sie die Hand.

»Nicht jetzt bitte. Können wir das Gespräch auf morgen verschieben?«

Ihre Mutter wirkte verwirrt, aber sie nickte. »Möchtest du etwas essen?«

Niliana schüttelte den Kopf und wandte sich ab. Sie hörte, wie ihre Mutter ins Wohnzimmer zurückkehrte und sich mit ihrem Vater unterhielt. Das erinnerte sie an die Zeichnung ihres Entführers, die sie ihm hatte geben wollen. Doch das konnte sie nicht vor ihrer Mutter, daher hielt sie auf dem Weg zu ihrem Zimmer bei Ulpirris an, klopfte an die Tür und drückte dem verdutzten Elfen wortlos das Bild in die Hand. Er würde schon wissen, was zu tun war.

In dieser Nacht wälzte sie sich ruhelos im Bett herum und irgendwann verwandelten sich ihr Frust und ihre Wut in Hoffnungslosigkeit und abgrundtiefe Verzweiflung. Sie stand auf, machte das Licht an, ging zum Schreibtisch und wischte ihren Laptop zu Boden. Dann warf sie ihre Notizbücher mit einem Schrei an die Wand und sah sich schnaufend um, bis ihr Blick wieder auf die Arbeitsfläche fiel. Während ihre Mutter, die mit ihrem geschärften Gehör den Lärm von ihrem Schlafzimmer aus vernommen haben musste, besorgt an die Tür klopfte und fragte, ob alles mit ihr in Ordnung war, zerbrach sie jeden einzelnen Stift, den sie in ihrem Zimmer finden konnte, und ignorierte sie, bis ihre Mutter schließlich aufgab. Mehrere Stapel Papier wanderten ebenfalls in den Papierkorb, sie mochte ihre alten Geschichten nicht mehr sehen. Und mal abgesehen davon, was sollte das bringen, wenn sie versuchte, sie zu überarbeiten? Sie hatte jegliche Begabung fürs Schreiben verloren. Dank *ihm*!

7

»Geh weg!«, brummte er und zog sich die Bettdecke über den Kopf.

Jay fühlte sich wie gerädert. Sein Schädel pochte hartnäckig, als hätte er die ganze Nacht durchgesoffen. Kopfschmerzen und ein Gefühl der Leere und des Ausgebranntseins plagten ihn. Es dauerte einen Moment, bis er sich erinnerte, was geschehen war.

Dies waren nicht, wie zuerst vermutet, die Folgen einer zu ausgelassenen Party, sondern seines fast eintägigen Schreibmarathons Samstagnacht und Sonntag. Ging das den Partnern der Musen auch so, dass nach der Euphorie der Kater folgte? Oder war er einfach nicht an Magie gewöhnt?

Langsam begriff er, dass das Brummen, das ihm so ausdauernd in den Ohren lag und auf die Nerven ging, nicht von seinem Wecker stammte und auch nicht von seinem alten Handy. Was war das?

Er blinzelte und sofort schossen ihm angesichts der Helligkeit die Tränen in die Augen. Die Sonne schien unangenehm grell in sein Schlafzimmer und durch das gekippte Fenster drang die Sommerhitze zu ihm herein. Die Bettdecke klebte auf seiner Haut. Doch zu allem Überfluss schwirrte nur wenige Zoll über ihm auch noch ein leuchtendes Insekt herum, das ihn zusätzlich blendete und eine überraschende Hitze abgab, als handelte es sich um eine Minisonne und nicht um ein Tier. Träumte er immer noch?

Das rötliche Licht des Insekts – War das ein Glühwürmchen? – erinnerte ihn an ein Feuer und beinahe panisch begann er zu schnüffeln, ob er Rauch riechen konnte.

»Oh, nein!«

Entsetzt sprang er aus dem Bett, blickte auf die Uhr seines Weckers und fluchte. Es war elf Uhr vormittags und Montag. Er kam zu spät zur Arbeit!

Hastig eilte er ins Bad, um sich zu waschen und anzuziehen. Dann griff er zum Telefon und beschloss direkt anzurufen, statt seine Mailbox zu kontrollieren.

Es klingelte lange, bevor am anderen Ende endlich jemand ranging. »Jay?«

»Hi, Umkius. Sorry, hab verschlafen. Kannst du schon mal dem Chef Bescheid geben, dass ich mich für heute krank melde?«

»Alles in Ordnung?«, wollte sein Freund nun wissen.

»Ja. Ich erzähl's dir nachher, okay? Muss mich beeilen.«

Jay wollte schon auflegen, als er noch Umkius' leises »Warte!« hörte.

»Ja?«

»Hast du vergessen, dass du dir freigenommen hast?«

Jay stöhnte, als sich der Nebel in seinem Kopf langsam lichtete und er begriff, wie sehr er neben der Spur war. Das hatte er in der Tat vergessen. Wegen der Entführung hatte er spontan für diese Woche Urlaub eingereicht.

»Ist wirklich alles in Ordnung? Bist du hacke? Oder stoned?«

»Nein, 'türlich nicht! Bin nur gerade erst wach geworden. Danke für die Erinnerung, Mann!«

Was für ein Start in die neue Woche!

Er beendete das Gespräch und atmete tief durch. In der plötzlichen Stille hörte er wieder das Summen des Glühwürmchens, das um ihn herum flog. Irgendwie hatte sich das Insekt in seine Wohnung verirrt und fand jetzt nicht mehr hinaus.

»Warte, ich helfe dir.«

Er öffnete das Schlafzimmerfenster ganz und trieb das Insekt mit ein paar ausholenden, vorsichtigen Armbewegungen vor sich her. Dann jedoch wich es ihm aus und verschwand wieder im Zimmer.

»Dummes Tier! Ich will dir doch nur helfen!«

Vielleicht war aber auch nur er dämlich, denn eigentlich hatte er Dringenderes zu tun, als Glühwürmchen zu retten und seine kostbare Zeit zu verschwenden. Nilianas Flucht war anderthalb Tage her und er hatte noch nichts getan, um sich in Sicherheit zu bringen, geschweige denn einen neuen Plan entwickelt, wie er Herkules vor Ablauf des Monats das Geld beschaffen konnte. Es wunderte ihn mehr als ein bisschen, dass die Musenpolizei noch nicht vor seiner Tür stand. Hatte Niliana ihnen keine Anhaltspunkte geliefert, wo er zu finden war?

Irritiert schaltete er den Computer an und ging ins Internet. Noch immer war die Entführung des Musenmädchens die Top-Story auf allen Nachrichten-Seiten. Doch Jays Magen machte einen Sturzflug, als er außer wilden Theorien und Vermutungen der Journalisten keine anderen Neuigkeiten las.

Nirgends stand, dass Niliana wohlbehalten wieder zu Hause angekommen war.

»Oh, verdammt!«

Hatte die Gang sie etwa doch noch erwischt? Oder hatten Herkules' Schergen sie geschnappt, während sie durch das Getto geirrt war? Wenn Herkules' Leute ihn tatsächlich beobachtet hatten, dann wussten sie auch von der Entführung und hatten gesehen, wie er seine Gefangene ins Haus getragen hatte. Hatten sie ihm deshalb Samstagnacht aufgelauert, um mehr über seine Pläne und Niliana zu erfahren?

Plötzlich war ihm übel. Wenn ihr etwas passiert war, dann war das seine Schuld! Egal, wie man es drehte und wendete, wenn er das Mädchen nicht entführt hätte, würde es sich jetzt im Musenviertel in Sicherheit befinden und vermutlich nicht in der Gewalt der schlimmsten Verbrecher von Tressina City!

Das Summen und Leuchten des Glühwürmchens, das jetzt immer greller wurde, nahm er nur am Rande wahr. Noch immer starrte er entsetzt auf den Bildschirm und fragte sich, was er jetzt tun sollte. Wie konnte er herausfinden, wo sich das Mädchen befand?

Als sich plötzlich zwei schwere Hände auf seine Schultern legten und ihn vom Stuhl und in die Höhe rissen, bekam er einen Riesenschreck. Seine Arme wurden nach hinten gezogen und Fesseln erschienen wie durch Magie an seinen überkreuzten Händen.

Jay starrte in die wütenden Gesichter von zwei Männern. Der eine war ein Troll, der gerade so in seine Wohnung passte und ihn nun mit seiner imposanten acht Fuß großen Gestalt scheinbar mühelos in die Höhe hielt. Sein Gesichtsausdruck war grimmig und seine Nase zuckte, während er Jay beschnüffelte. Dieser war viel zu überrumpelt, um Angst zu haben, sonst hätte der Troll dies nun überdeutlich gerochen.

Der andere Mann hatte bronzefarbene Haut, leuchtend grüne Augen und spitze Ohren. Ganz klar ein Elf. Eine Aura aus Macht umgab ihn, anscheinend war er der Magier, der ihm die Fesseln angelegt hatte.

»Irgendwie hatte ich ihn mir anders vorgestellt. Was denkst du, Qrok?«, fragte der Elf seinen Kumpel.

»Kleiner Wicht«, brummte dieser verächtlich. »Den könnte ich mit einer Hand zerquetschen!«

Qrok lächelte ihn an und entblößte dabei seine riesigen, grauen Zähne. War das etwa Vorfreude, die in seinen Augen lag?

»Das dürft ihr nicht!«, entfuhr es Jay, als er die Abzeichen auf den Schultern der Männer entdeckte. Sowohl der Troll als auch der Elf trugen schwarz-weiße Uniformen. Gehörten sie zu einer Spezialtruppe der Musenpolizei? Anscheinend hatten sie die Spur doch irgendwie zu ihm zurückverfolgen können. Irgendwo hatte er einen – haha! – Fehler gemacht.

Dummerweise verhielten sie sich jedoch nicht wie Polizisten. Weder hatten sie ihm erklärt, dass er verhaftet war, noch hatten sie ihren Vorgesetzten oder Kollegen Bericht erstattet, dass sie ihn geschnappt hatten. Arbeiteten die beiden etwa auf eigene Faust oder für den Gouverneur?

»Hörst du das, Ulpirri? *Das dürfen wir nicht*!«, wiederholte Qrok der Troll verächtlich. Er lachte.

»Überraschend, wie gut er weiß, was erlaubt ist und was nicht. Das hätte ich von einem Entführer nicht erwartet«, erwiderte Ulpirri.

Der Elf sah sich aufmerksam um und kniff die Augen zusammen, als er das Glühwürmchen entdeckte. »Qrok, siehst du es?«

»Ja. Was macht es hier?«

»Es ist rot und das am helllichten Tag. Anscheinend will es uns warnen. Doch wovor?«

»Sorry, ich versteh die kleinen Dinger nicht«, brummte Qrok beinahe entschuldigend. »Und riechen tun sie immer nur wie die Sonne.«

Jay fand ihr Verhalten mehr als bizarr. Hatten der Muskelprotz und Mister Magier etwa Schiss vor einem kleinen Insekt? Es schien beinahe so, denn nun trug der Troll ihn ohne ein weiteres Wort zu seiner Wohnungstür, die offen stand, aber nicht aufgebrochen war. Wie es aussah, hatte der Elf seine magischen Kräfte benutzt, um unbemerkt bei ihm einzubrechen.

Doch sie waren noch nicht weit gekommen, als schwere Schritte die Treppe heraufpolterten und Männer mit Pistolen auf sie zielten.

»Polizei! Stehen bleiben!«

»Nur die Ruhe, Leute. Wir gehören zu euch«, meinte der Elf.

»Ist er das?«, fragte ein bulliger Polizist um die vierzig.

»Das ist er«, bestätigte Qrok und hielt Jay zufrieden noch ein Stückchen höher. Inzwischen taten Jay die Schultern weh von seinem festen Griff.

»Dann bringt ihn raus!«

Der Polizist machte eine auffordernde Geste und der Elf und der Troll gehorchten. Sie polterten allesamt die Treppe hinunter und anscheinend waren die Erschütterungen so stark, dass auch Mister Miller, Jays schwerhöriger Vermieter, das ganze Theater mitbekam.

Der alte Miller stand in der Tür zu seiner Wohnung im Erdgeschoss und sah die Beamten mit großen Augen an. Als er erkannte, dass Jay verhaftet worden war, wurde sein runzliges Gesicht rot vor Empörung.

»Das hätte ich dir nie zugetraut, Junge! Wie konntest du nur? Hast du auch mal an deine Mutter gedacht? Ihr solche Schande zu bereiten? Verhaftet wie einer von diesen asozialen Ganoven von den *Cursed Knives*! Als hätte deine Mutter nicht schon genug Kummer und Sorgen!«

Jay schluckte schwer. Der alte Mann traf einen wunden Punkt. Mit einem mulmigen Gefühl dachte er an seine Mutter, die ihr Leben lang geschuftet hatte, um ihm ein gutes Leben zu ermöglichen. Und wie dankte er es ihr? Sie wäre furchtbar enttäuscht, wenn sie hörte, dass er wegen Entführung verhaftet worden war.

Ihm lag eine Verteidigung auf den Lippen, doch er schluckte sie runter. Er würde vor der Polizei jetzt nicht anfangen, über seine Mutter zu sprechen. Das ging sie nichts an!

»Ich will, dass du deine Sachen packst und verschwindest!«, ereiferte sich sein Vermieter nun. »Ich dulde keine Verbrecher in meinem Haus!«

Das war Jay klar gewesen und auch wenn er gewusst hatte, dass er nicht in dem Haus wohnen bleiben konnte, in dem er groß geworden war, tat der Rauswurf doch weh. Der alte Miller hatte ihn aufwachsen sehen, ihn wie seinen eigenen Enkel behandelt, und jetzt fühlte er sich wie der Lieblingsenkel, der überraschend aus dem Testament gestrichen worden war.

»Schäm dich, Junge! Den alten Mann und seine Gutmütigkeit so auszunutzen!«, zischte ihn der Elf leise an.

Die beiden drängten ihn durch die Haustür und Jay schluckte, als er das Aufgebot vor dem Haus sah. Ein Dutzend Polizeiautos und sogar zwei Panzer blockierten die Straße. Seine Nachbarn hingen aus den Fenstern und starrten zu ihnen herüber.

Im Augenwinkel bemerkte Jay eine Bewegung und als er den Kopf drehte, glaubte er, Eisenbiss hinter einem ausgebrannten Transporter verschwinden zu sehen.

Na, klasse! Dann würde Herkules auch bald wissen, was passiert war. Das durfte nicht geschehen!

Jays Gedanken rasten. Doch seinen ersten Einfall, die Polizei auf Eisenbiss zu hetzen und ihn als Komplizen zu beschuldigen, verwarf er sofort wieder. Im Gefängnis hatten sie doch einen Anruf frei, oder? So würde er nicht verhindern können, dass Herkules von seiner Verhaftung erfuhr, sondern es höchstens verzögern. Und er mochte sich nicht ausmalen, wozu Herkules imstande war, wenn er richtig wütend war.

Das war eine Katastrophe! Und das Schlimmste war, dass er

keine Idee hatte, wie er aus diesem Schlamassel wieder herauskommen sollte. Der Monat würde verstreichen und Jay würde es nicht schaffen, dem Alten das Geld zu bringen. Würde Herkules ihn verprügeln oder ihn umbringen, wenn er nicht zahlte? Oder würde er …

Nein, daran mochte er nicht denken.

Er bekam kaum mit, wie er in einen Wagen gedrängt wurde. Erst als der Elf sich neben ihn setzte und mit dem Polizisten vorn sprach, wurde ihm seine Umgebung wieder bewusst. Er saß in Fesseln in einem Polizeiauto und hatte keine Ahnung, was nun geschehen würde. Irgendwie hatte er diese Situation nicht vorausgesehen.

Nicht nur die Polizisten vorne, sondern auch der Elf schwiegen, während sie durch das Getto und dann durch die vornehmeren Straßen von Tressina City fuhren. Jay hing seinen Gedanken nach und war froh, dass sie ihn in Ruhe ließen. Es konnte nicht lange dauern, bis sie den Justizkomplex von Tressina City erreichten und Jay blieb nicht viel Zeit, um sich auf seine neue Lage einzustellen und zu überlegen, wie er dort schnellstmöglich wieder herauskam.

Und wenn er Herkules um Hilfe bat?

Seine Verzweiflung musste größer sein, als er dachte, wenn er auf so bescheuerte Ideen kam!

Er hob den Kopf, wütend auf sich selbst, und starrte überrascht nach draußen, als der Wagen nun hielt. Das große Gebäude vor ihnen musste das Hauptquartier der Musenpolizei sein, denn überall sah er Elfen, Trolle, Menschen – die meisten in hellblauen Uniformen –, Musen und sogar Höllenhunde geschäftig herumeilen.

»Aussteigen!« Ein Polizist hatte ihm die Tür geöffnet.

»Ab hier übernehme ich, Leute«, mischte sich jetzt jedoch überraschend der Elf ein.

»Du hast keine Befehlsgewalt über uns!«, erwiderte der Polizist verärgert, packte Jay am Arm und riss ihn vorwärts, weil es ihm anscheinend zu lange dauerte, wie er sich abmühte, mit gefesselten Händen auszusteigen. Jay ächzte.

»Ich nicht«, sagte der Elf gelassen, der nun auf Jays Seite des Wagens trat. »Aber *er* schon.«

Hinter ihm tauchte jetzt nicht nur der Troll, sondern auch der Gouverneur auf.

Oh, Scheiße!

8

Benjamin Whitecomb-Noir wirkte nicht, als würde er sich auf eine Diskussion mit den Polizisten einlassen wollen. Stattdessen starrte er Jay mit finsterem Blick an. Jay mochte sich nicht vorstellen, was in dem Mann vorging, dessen Tochter er entführt hatte. Wollte er das Gesetz etwa in die eigenen Hände nehmen?

Er schluckte mühsam, als nun sowohl der Elf als auch der Troll erwartungsfroh lächelten. Wieder wurde er von Qrok gepackt und durch die Gegend geschleppt, als wäre er ein Fliegengewicht. Sie betraten das Polizeigebäude, brachten ihn jedoch nicht in eine Zelle oder einen Verhörraum, sondern in ein Büro.

Keine Kameras.

Der Gedanke sickerte langsam in Jays Bewusstsein. Inzwischen hatte er Angst und der Troll, der dies natürlich roch, kicherte.

Der Gouverneur legte eine Akte auf den Schreibtisch und setzte sich, während seine beiden Untergebenen stehen blieben und Jay weiter in der Luft baumelte.

»Du bist also Jay Fischer, zweiundzwanzig Jahre alt«, meinte der Gouverneur, den Blick fest auf die Akte gerichtet. »Gott, was läuft nur mit der heutigen Jugend falsch!«

Das hätte Jay ihm sagen können, doch er glaubte nicht, dass der Mann seine ehrlichen Worte vertragen hätte. Denn wenn jemand die Schuld an der ganzen Misere hatte, die sich *Jays Leben* schimpfte, dann ja wohl der Gouverneur!

»Also, Jay.« Whitecomb-Noir sah ihn zum ersten Mal wieder an. »Was hast du mit meiner Tochter gemacht?«

»Nichts.«

»Nichts? Willst du mich verarschen?«

»Ich meinte, ich habe ihr kein Haar gekrümmt. Als ich sie zuletzt gesehen habe, ging es ihr gut. Ich weiß nicht, wo sie jetzt ist.«

»Wenn du meinst, dass es ein gutes Licht auf dich wirft, dass sie wohlbehalten nach Hause zurückgekehrt ist …«, sagte der Gouverneur und ahnte nicht, dass Jay in diesem Moment ein Stein vom Herzen fiel. Ihr ging es gut! Sie war nicht in der Gewalt von Herkules oder den *Cursed Knives*! Welch ein Glück!

»… was in keiner Weise dein Verdienst ist«, fuhr der Mann fort, »dann denk noch einmal scharf nach, Junge! Weißt du überhaupt, was du getan hast, als du eine Muse entführt hast?«

Jay unterdrückte ein Seufzen. Hielt der Mann ihn für völlig verblödet? Natürlich wusste er, dass er ein Verbrechen begangen hatte!

Doch er sagte nur: »Ja.«

Der Gouverneur war nicht erfreut über seine ruhige Antwort. Eine Ader pochte an seinem Hals und Jay ahnte, dass es selten vorkam, dass der beherrschte Mann seine Gefühle nicht verbergen konnte. Seine Zähne mahlten stumm und er warf wieder einen Blick in die Akte, auch wenn es Jay schleierhaft war, wieso er überhaupt eine hatte.

Der Gouverneur schnaubte. »Und in diese Bruchbude hast du meine Tochter gebracht? Denkst du wirklich, das ist ein passender Ort für sie?«

Anscheinend lagen in der Akte auch Fotos von seinem Wohnhaus.

»Ich bitte um Entschuldigung, dass es keine Nobelhotels im Getto gibt, sonst hätte ich sie natürlich standesgemäß dort untergebracht«, erwiderte Jay und biss sich anschließend auf die Zähne. Inzwischen taten ihm nicht nur seine Schultern an den Punkten weh, wo Qrok ihn in die Höhe hielt, sondern der gesamte Oberkörper einschließlich der nach hinten gedrehten Arme und gefesselten Hände. Seine Finger wurden langsam taub und fast bekam er Angst, dass sie ihm unbemerkt abfallen könnten.

»Unfassbar! Verdient sogar noch zwei Dollar unter dem Mindestlohn!«, murmelte der Gouverneur, der Jays freche Antwort anscheinend noch nicht einmal gehört hatte.

Seine herablassende Art ging ihm inzwischen mächtig auf die Nerven. Dann war er eben arm! Und? Immerhin hatte er einen Job und ließ sich nicht von der Sozialhilfe durchfüttern!

Was ging es sie überhaupt an, wie viel er verdiente?

»Sie hat was Besseres verdient«, meinte Whitecomb-Noir kopfschüttelnd.

Was sollte das denn jetzt schon wieder heißen? War er als Entführer etwa nicht gut genug? Hätte er einen Anzug vom Nobeldesigner und eine Rolex tragen müssen, um dem elitären Bild des Gouverneurs zu entsprechen, oder was? Diese Arroganz war unfassbar!

Es zischte plötzlich und ein heller Lichtstrahl schoss ins Zimmer. Es war ein Glühwürmchen, das anscheinend durch das Schlüsselloch geflogen war und nun um Jay herumtanzte.

»Aua!«, rief der Troll überrascht.

Der Geruch von verbrannten Haaren drang in seine Nase und Jay plumpste unerwartet nach unten, als Qrok ihn losließ. Er kam unglücklich auf dem Boden auf, konnte sein Gleichgewicht nicht halten und ging in die Knie. Jay konnte ein Stöhnen nicht unterdrücken.

»Das ist dasselbe Glühwürmchen wie bei ihm zu Hause. Kann es sein, dass es *ihn* warnen wollte und nicht uns?«, fragte der Elf verwirrt.

Wovon redete der Magier nur zur Hölle?

»Es hat meine Hände angekokelt!«, beschwerte sich der Troll, als in diesem Moment die Tür aufgerissen wurde und Nilianas Mutter ins Büro stürmte.

Ihr Blick fiel auf Jay und ihre goldenen Augen leuchteten auf. »Ist er das?«, rief sie und Jay machte sich auf einen Angriff gefasst.

Gleich würde sie ihm vermutlich mit den Fingernägeln durchs Gesicht fahren. Oder vielleicht würde sie den beiden Leibwächtern befehlen, ihn zu verprügeln oder zu foltern. Immerhin konnte er sich noch zu gut erinnern, wie sie ihm während des Fernsehinterviews gedroht hatte.

Der Gouverneur, der auf einmal nicht mehr die größte Gefahr in diesem Raum für ihn darstellte, seufzte schwer.

»Ja.«

Die blonde Muse kam auf ihn zu und Jay versuchte vergeblich, auf den Knien vor ihr zurückzuweichen, kam jedoch nicht weit. Er rechnete mit allem, doch nicht damit, dass sie ihn plötzlich anstrahlte und rief: »Ich freue mich, dich kennenzulernen! Du bist Jay?«

Was hatte sie gesagt? Sie *freute* sich? Hatte sie den Verstand verloren? Oder wusste sie nicht, dass er ihre Tochter entführt hatte?

Doch dann wurde es noch verrückter, denn die Miene der Muse verdüsterte sich, als sie sich ihrem Mann und seinen Leuten zuwandte.

»Warum bei der verfluchten Leere ist er gefesselt? Benjamin, was soll das? So kannst du den armen Jungen doch nicht behandeln! Wolltest du ihm Angst einjagen, oder was?«

Sie sah Ulpirri an, der sofort Haltung annahm. »Nehmt ihm die Fesseln ab!«

»Sehr wohl!«

Jay verfolgte ungläubig, wie der Elf umgehend gehorchte. Einen Augenblick später spürte er, wie die magischen Fesseln von ihm abfielen. Steif bewegte er seine Arme. Sie schmerzten.

»Uff!«, machte er, als sie ihm nun auf die Füße half und ihn dann fest umarmte.

Jay fühlte sich wie in einem von diesen verrückten Träumen, in denen Dinge ganz selbstverständlich geschahen, ohne Sinn und ohne richtigen Grund. Und genau wie in diesen Träumen akzeptierte er wortlos, was hier passierte. Hätte ihm nicht alles wehgetan, hätte er sogar glauben können, dass dies hier nicht real war und dass er gleich in seiner Wohnung erwachte – neben seinem Laptop im Standbymodus.

»Du bleibst doch zum Essen, nicht wahr? Ich habe zur Feier des Tages gekocht«, sagte sie dann und strahlte ihn an.

Anscheinend ging der Traum weiter. Spätestens jetzt hatte er einen handfesten Beweis, dass er noch schlief. Alles andere war ausgeschlossen. Jay tat einen tiefen Atemzug, spürte die Luft ein- und ausströmen, aber dann wurde ihm bewusst, dass dies kein richtiger Test war, denn auch im Schlaf würde er atmen. Er überlegte, ob er versuchsweise aus seiner Akte ein Schiffchen falten und dem Troll aufsetzen sollte, einfach nur um zu sehen, wie die Traumgestalten um ihn reagierten.

Er sah in die goldenen Augen der Muse, in denen das reine Glück stand, und beschloss, dieses Theater mitzuspielen. Hauptsache, er kam erst mal hier raus.

Als die Nobelkarosse des Gouverneurs langsam an der Stelle vorbeifuhr, an der er vor gerade einmal zwei Tagen gestanden und sich sein Opfer ausgesucht hatte, machte sein Magen einen Sturzflug. Nicht zum ersten Mal während der Fahrt, doch er hatte auch allen Grund zur Sorge. Immerhin saß er mit den Eltern seines Entführungsopfers, dem Fahrer, zwei Sicherheitsbeamten und einem merkwürdigen Glühwürmchen im selben Wagen und entfernte sich immer mehr von der relativen Sicherheit des Untersuchungsgefängnisses. Gleich würden sie das Grundstück des Gouverneurs erreichen und wenn er erst einmal im Haus war, konnte ihm niemand garantieren, dass er es wieder verlassen würde – und in welchem Zustand. Wusste überhaupt jemand von der Musenpolizei, wo er sich aufhielt? Und wie hatten sie es nur zulassen können, dass der Gouverneur und die Psycho-Muse ihn einfach mitnahmen?

Erneut huschte sein Blick voller Unbehagen über die anderen Wageninsassen. Er wagte nicht zu fragen, was sie mit ihm vorhatten. Immer wieder linste er zur Wagentür – er hätte sich sogar aus dem fahrenden Auto geworfen, doch zwischen ihm und der Freiheit hockte ein schlecht gelaunter Qrok. Zähnefletschend musterte ihn der Troll, der auf dem Boden sitzen musste, weil er sonst nicht in den Wagen gepasst hätte, und auch der Elf ließ ihn die ganze Zeit nicht aus den Augen. Die beiden wussten zum Glück nicht, was ihm durch den Kopf gegangen war, doch auch so hatte ihr Misstrauen nicht ein Jota nachgelassen, seitdem sie von Entrissa den Befehl bekommen hatten, ihn freizugeben. Stattdessen warteten die Sicherheitsbeauftragten anscheinend darauf, dass er eine Dummheit machte und sie ihn postwendend ins Gefängnis zurückbringen konnten.

Jay hätte eine Zelle mit Stahlwaschbecken und harter Pritsche der Einladung zum Essen vorgezogen. Ohne zu zögern. So jedoch musste er die überschwängliche Fröhlichkeit der Muse ertragen.

Nenn mich Entrissa, mein Lieber! Schließlich sind wir jetzt Freunde, hatte sie direkt nach der Umarmung und der angeblichen Essenseinladung zu ihm gesagt, doch er dachte gar nicht daran. Die Verrückte, die Wahnsinnige, die Psychopathin ... die Bezeichnungen, die er in seinen Gedanken für sie verwendete, hatten nichts mit Freundschaft oder Sympathie zu tun. Warum sollte er so bescheuert sein, die Muse als seine Freundin anzusehen, wenn ihr Mann und seine Leute ihm mit jedem Blick und jeder Geste deutlich machten, dass sie der Frau zwar jetzt einen Gefallen taten, aber es nicht abwarten konnten, ihn endlich hinter Gitter zu bringen und zu bestrafen? Und zwar möglichst qualvoll?

Da!

Dort war es gewesen. Hier hatte sein Auto geparkt, hier hatte er Niliana betäubt.

Wenn er vor zwei Tagen gewusst hätte, was ihm das Ganze einbringen würde, dann hätte er alles anders gemacht. Oder zumindest wäre er abgehauen und hätte sich nicht von den Wahnsinnigen schnappen lassen. Im Nachhinein konnte er es nicht fassen, dass er einfach in seiner Wohnung geblieben war und dort weitergeschrieben hatte, als wäre er besessen. Hätte er die Willenskraft nicht aufbringen und fliehen können? Schließlich hatte ihn niemand zum Schreiben gezwungen, er hatte es selbst gewollt. Es war seine verdammte Schuld, seine Dummheit gewesen. Oder?

»Und hier ist nun unser Haus.« Entrissa deutete auf ein zweistöckiges, ausladendes Gebäude in hellem Gelb, das mit Türmchen an den Ecken ausgestattet war und ihn an ein Postkarten-Bild erinnerte. Der Garten stand trotz der Juli-Hitze in voller Blüte und begeisterte seine Besucher mit sattem Grün und bunten Farben. Es war so surreal, dass Jay sich kneifen und erinnern musste, dass dies zwar ein Fiebertraum hätte sein können, es aber nicht war. Nein, das alles geschah wirklich, das wusste er jetzt. Das Leben war verrückt geworden und spielte mit ihm wie ein Hundewelpe mit einem Ball.

Der Wagen rollte durch das Tor, das nun vollständig geöffnet war und sich kurz nach ihrer Durchfahrt langsam wieder schloss. Kaum war das Auto zum Stillstand gekommen und der Fahrer hatte die Tür für sie geöffnet, schoss das Glühwürmchen heraus und verschwand im Garten. Jay ertappte sich dabei, wie er dem Insekt verzweifelt hinterherschaute. Es war das einzige Geschöpf gewesen, das ihm normal vorgekommen war. Das Einzige, das ihm freundlich gesinnt war.

Eine schwere Hand fiel auf seine Schulter, packte grob zu und riss ihn aus dem Wagen. Schmerzerfüllt jaulte er auf, als er wieder an seinen physischen Zustand erinnert wurde. Sein Körper war ein einziges Bündel verkrampfter Muskeln und Schmerzen.

»Qrok!«

»Entschuldige, Entrissa!«

Der Troll ließ ihn so schnell los, als hätte er sich erneut an einem Glühwürmchen verbrannt. Er wand sich unter dem tadelnden Blick der drei Fuß kleineren Musenfrau. Als hätte er Angst vor ihr.

Oh, verdammt! Die Verrückte hatte hier tatsächlich das Sagen!

»Doch nicht bei mir! Entschuldige dich beim armen Jay!«

Eine dicke Ader pochte am Hals des Trolls. »Entschuldige, Jay.«

Warum die Muse ihn jetzt anstarrte, wusste er nicht. Es war, als würden sie eine Komödie oder ein Psychodrama aufführen und alle wussten, was sie zu sagen hatten, nur er hatte das Skript nicht bekommen, tappte im Dunkeln und musste jetzt improvisieren. Und das auch noch, obwohl er gar nicht mitspielen wollte.

»Geht es dir gut, mein Lieber?« Entrissas goldene Augen blickten ihn besorgt an. Verrückt! Als wäre er ihr Lieblingsneffe! Und ausgerechnet diese Sorge ließ sein Misstrauen noch einmal anwachsen. Der Alten fehlten doch Zahnräder im Getriebe! Warum bemerkten die anderen das nicht?

Mit wachsender Angst vor dem Kommenden sah er sich um. Wie alle Häuser im Musenviertel war auch dieses von hohen Mauern umgeben und der Garten war dicht bewachsen. Sollten sie ihn knebeln und anschließend foltern, würden die anderen ach so ehrwürdigen Musen in der Nachbarschaft nichts davon mitbekommen.

Was hatten sie nur mit ihm vor? Warum hatten sie ihn nur hierhergebracht? Bestimmt nicht für ein Mittagessen! Niemand lud den Entführer seiner Tochter zum Essen ein, wenn er ihn stattdessen ins Gefängnis bringen konnte. Okay, niemand bei klarem Verstand zumindest und davon konnte man hier beim besten Willen nicht mehr ausgehen.

»Kommst du, Jay? Ich zeige dir gerne unser Haus.«

Die Muse lächelte ihn wieder mit diesem unheimlichen Gesichtsausdruck an, bei dem sich ihm die Nackenhaare aufstellten, als in diesem Moment zwei Kinder mit großem Gebrüll um die Ecke gerannt kamen und vor ihnen stehen blieben.

»Ist er das?«, wollte der ältere Junge wissen.

Er hatte ebenfalls hellblondes Haar und goldene Augen wie Niliana, und niemand musste Jay sagen, dass der Junge, den er auf etwa zehn oder elf Jahre schätzte, ihr Bruder war. Neugier lag im Blick des Jungen – und eine riesige Portion Feindseligkeit.

»Hafius, sei nett zu ihm!«, ermahnte ihn die Mutter. »Das ist

Jay. Und ich habe ihn eingeladen, damit wir uns alle besser kennenlernen können. Behandle ihn wie einen Gast und reiß dich heute mal zusammen! Ansonsten weißt du, was dich erwartet!«

»Hmpf!«, machte Hafius unbeeindruckt.

»Ich mag ihn aber nicht, Mom!«, meinte der jüngere Junge, der bislang stumm daneben gestanden hatte. Er war etwa acht Jahre alt, hatte braune Haare, braune Augen und wirkte so menschlich, wie es nur ging. Hatten sie den Jungen adoptiert oder wieso nannte er die Verrückte Mom?

Anscheinend war ihm seine Verwirrung anzusehen, denn Entrissa erklärte lächelnd: »Und das ist Ben, unser Nesthäkchen. Er kommt nach seinem Vater und ist daher ein Mensch.«

Hafius und Ben schnaubten verächtlich. »Der Typ hat doch von nichts 'ne Ahnung! Schaut aus wie ein Nilpferd! Und dumm wie Brot ist er ebenfalls!«

»Hafius!«

»Ich habe doch recht! Er weiß noch nicht einmal, dass die Kinder von Musen entweder zu einhundert Prozent Musen sind oder zur Rasse des anderen Elternteils gehören. Das lernt doch jedes Kind in der Schule, dass es keine Musenmischlinge gibt!«

Und da war sie wieder, die typische Arroganz der Musen! Sie musste ihnen in den Genen stecken, wenn bereits ein Zehnjähriger ihn mit solcher Verachtung anstarren und behandeln konnte.

»Du hast für den Rest des Tages Zimmerarrest, Freundchen!«

Was ging hier nur vor sich? Warum tat Entrissa so, als wäre er ein gern gesehener Gast? Oder spielte sie den Kindern und ihm nur eins vor, bis sie später ihr wahres Gesicht zeigte? Jay sah sich kurz in einem Kellerverlies irgendwo unter der Erde, wo er vor sich hin vegetierte. Dann konnten sie allen erzählen, dass er leider geflohen war. Niemand würde ihn suchen. Und außer Umkius und seiner Mutter würde ihn wohl auch niemand vermissen.

Dann erinnerte er sich daran, dass er genau das mit Niliana gemacht hatte. Er hatte sie in einen Keller gesperrt. Doch nun wusste er, wie sie sich dabei gefühlt haben musste, und er verspürte überraschend einen Anflug von schlechtem Gewissen.

Verdammt. Warum hatte er nicht um sich getreten und laut geschrien, als sie bei der Zentrale der Musenpolizei gewesen waren? War es jetzt zu spät, um nach Hilfe zu rufen?

»Beweg dich!«, zischte ihm der Elf leise zu und erst jetzt bemerkte Jay, dass die Muse, der Gouverneur und die beiden Jungen bereits das Haus betreten hatten und nur er selbst wie festgewachsen am selben Fleck zu kleben schien. Doch falls er beabsichtigt hätte zu fliehen, so machten der elfische Magier und der Troll ihm jetzt wieder einmal klar, dass sie ihm diese Chance niemals geben würden. Die beiden blieben an seiner Seite und nur die Tatsache, dass Entrissa in diesem Augenblick verwirrt zu ihnen zurücksah, bewahrte ihn wohl vor einer erneuten groben Behandlung.

Seine Füße bewegten sich gezwungenermaßen langsam vorwärts, während sein Blick zu allen Seiten huschte. Aber Fluchtmöglichkeiten fielen ihm keine ein, überhaupt fühlte sich sein Kopf leer und müde an. Litt er etwa immer noch an dem Kater nach dem Schreibrausch? Oder warum fühlte er sich in manchen Momenten, so wie diesem, beinahe wie ein Zombie?

Er übertrat die Schwelle und das Zufallen der Eingangstür hörte sich wie der Hammer eines Richters an. Doch bisher hatte ihm niemand erklärt, wie sein Urteil lautete, und die Ungewissheit, was nun geschehen würde, erschien ihm wie Folter.

Entrissa und der Gouverneur führten ihn durchs Haus. Die Jungen waren verschwunden, doch Qrok und Ulpirri wurde er leider nicht genauso schnell wieder los. Wenn er nicht so ein seltsames Gefühl gehabt hätte, hätte er sich wohl staunend umgesehen, denn das Haus war mit seinen hohen Räumen, breiten Gängen und Türen – alles trollgerecht – sowie seinen großen Fensterfronten hell und geräumig. Stube, Esszimmer und Küche gingen ineinander über, daneben gab es einen Filmraum. Ihr Heimkino, wie Entrissa ihn stolz aufklärte, aber andererseits war ihr Mann ja auch lange Zeit ein berühmter Schauspieler gewesen. Was hatte er erwartet?

Dennoch fehlte der Prunk. Er entdeckte zwar schicke Holzmöbel und bequeme Polstermöbel in jedem Raum, doch abgesehen von der Größe der Zimmer und der Menge der Sitzmöglichkeiten hätte ihm nichts verraten, dass er sich im Haus einer reichen Berühmtheit befand. Er sah kein Gold, kein Silber, keine Juwelen, keinen Prunk oder riesige Ölbilder, die den Gouverneur zeigten und ihn von jeder Wand angrinsten. Die einzigen Bilder, die er im Wohnbereich entdecken konnte, waren kleine gerahmte Fotos von der gesamten Familie. Niliana lächelte ihn von einem Bild an. Sie mochte darauf vielleicht vierzehn oder fünfzehn Jahre alt sein und wirkte glücklich und unbeschwert.

Ihr Vater war unbemerkt neben ihn getreten. »Wenn du Schuld bist, dass sie nie wieder so glücklich sein wird, dann wirst du dir wünschen, dass ich dich nie in die Hände bekommen hätte!«, zischte er leise.

»Schon klar«, erwiderte Jay. Irgendwie erleichterte ihn die Drohung. Da wusste er wenigstens, was er zu erwarten hatte. Entrissa hingegen war unberechenbar. Aus Vorsicht, um sie nicht zu einem Wutanfall oder Ähnlichem zu provozieren, schwieg er lieber in ihrer Gegenwart, in der Hoffnung, dass sie bald das Interesse an ihm verlieren würde und er dann mit einer Person mit Verstand sprechen konnte.

Er riss sich von dem Foto los und folgte der Muse, die ihm nun die Bibliothek und die Trainingsräume zeigen wollte, widerwillig auf den Gang, als sich am anderen Ende des Flurs plötzlich eine Tür öffnete und Niliana aus dem Zimmer trat.

Unwillkürlich blieb er stehen und starrte sie an. Er hatte sie als süßes, harmloses Mädchen im Kleid kennengelernt, als Kätzchen mit überraschend scharfen Krallen. Gerade eben hatte er sie auf dem Foto als junges Mädchen voller Lebensfreude und Unschuld gesehen, doch die junge Frau, die nun auf den Flur trat, hatte nichts von alldem an sich.

Ihr eng anliegendes Sportoutfit bestand aus einer kurzen, schwarzen Leggings und einem roten Top; ihre Haut glänzte vor Schweiß, während ihr Pferdeschwanz dynamisch über ihren Rücken schwang, das Blond dunkler als sonst. Sie pellte die Sporthandschuhe von ihren Händen und zog dabei grimmig die Augenbrauen zusammen.

Sie wirkte wie eine Amazone oder eine moderne Videospiel-Kämpferin und Jay konnte nicht aufhören, sie anzustarren. Nicht nur, dass sie eine Kraft ausstrahlte, die er am vergangenen Samstag nicht so deutlich an ihr wahrgenommen hatte, sie erschien ihm auch wunderschön. Gefährlich, das auch, aber schön.

»Kätzchen«, murmelte er unwillkürlich und wunderte sich, wie er sie jemals für harmlos hatte halten können. Sie war kein Kätzchen, höchstens eine ausgewachsene Raubkatze.

Nun sah sie auf. Ihr Blick fiel sofort auf ihn und sie holte zischend Luft.

»Du!«

Und dann stürzte sie sich auf ihn.

Dass der Vergleich mit einer Wildkatze gar nicht verkehrt gewesen war, wurde ihm bewusst, als er schmerzhaft zu Boden geworfen wurde, Niliana sich mit vor Zorn blitzenden goldenen

Augen über ihn beugte, ihm ein Knie in den Magen drückte und ihm dann die Faust ins Gesicht schlug.

Sein ganzer Körper schien plötzlich in Flammen zu stehen, während sich die Pein von verschiedenen Stellen aus in Wellen in ihm ausbreitete.

»Niliana!«, kreischte ihre Mutter entsetzt. Dann setzte Jays Gehör wieder ein und die unnatürliche Stille, die ihn und Niliana wie ein Kokon umgeben hatte, zerriss unter der Aufregung ihrer Eltern, der offenen Schadenfreude der beiden Leibwächter und dem Fauchen von Niliana, die immer wieder brüllte, wie sehr sie ihn hasste.

Das hatte er wohl verdient. Doch warum tat es dann so unerwartet weh? Niliana war ihm egal, es sollte ihn nicht kümmern, was sie dachte! Und doch ... Der Schmerz ging über das Körperliche hinaus und er konnte nicht mal sagen, was er genau empfand, aber es war ein niederdrückendes Gefühl, das ihn noch mehr belastete als die Angst vor dem, was kommen würde.

Irgendwann musste sich sein Bild von ihr still und heimlich gewandelt haben, von einem leichten Opfer und Mittel zum Zweck zu einer realen Person. Einer Person, um die er sich sogar Sorgen gemacht hatte. Wie hatte er nur so unprofessionell sein können? Was hatte er erwartet, was passieren würde?

Dennoch war er immer noch verwirrt, was mit ihm los war, denn Niliana landete noch ein paar Treffer, ohne dass er sich wehrte, bevor der lachende Troll und der breit grinsende Elf auf Aufforderung der völlig aufgelösten Mutter das Mädchen von ihm herunterholten, das sich jedoch sträubte und wild um sich schlug.

»Lass mich sofort runter, Qrok! Das verzeihe ich dir nie, Ulpirri!«, schrie sie, als der Magier sie mit seinen Kräften ruhig stellte, sodass sie sich nicht mehr bewegen konnte.

»Ich entschuldige mich vielmals für das unmögliche Benehmen meiner Tochter …«, begann Entrissa.

»Nun ist es aber verdammt noch mal genug!« Der Gouverneur war so rot angelaufen, dass Jay empfohlen hätte, jetzt sofort einen Arzt zu rufen – wenn der Mann ihm ansatzweise etwas bedeutet hätte. »Der Kerl hat bekommen, was er verdient hat, wenn du mich fragst! Und meiner Meinung nach noch nicht genug davon! Oder hast du etwa vergessen, welche Ängste wir alle – wir beide, Niliana und alle anderen – seinetwegen ausgestanden haben? Ich will ihn leiden sehen. Und zwar nicht nur so, wie wir gelitten haben, sondern zehnfach, hundertfach!«

»Genau!«, pflichtete der Troll ihm bei, der sich beruhigt hatte und nun nicht mehr schadenfroh, sondern zornerfüllt aussah.

»Aber …«, sagte Entrissa entsetzt und schüttelte dann den Kopf. »Ich erkenne euch gar nicht wieder. Wie könnt ihr nur so voller Hass sein? Habt ihr vergessen, dass es nicht seine Schuld ist? *Niemand* hat Schuld an der ganzen Situation und euer Groll wird euch nicht helfen, mit der Lage umzugehen. Die Göttin hätte uns nicht zusammengeführt, wenn dies nicht alles hätte passieren sollen. Wo ist euer Vertrauen in die Schöpferin? Ihr benehmt euch wie die Barbaren! Jay, es tut mir schrecklich leid!«

Sie drängte die anderen beiseite und kniete neben ihm nieder. Tränen standen ihr in den Augen.

»Ihr seid doch alle verrückt!«, entfuhr es Jay. »Wenn ihr hören wollt, dass es mir leid tut, schön! Es tut mir leid! Ich wünschte wirklich, ich hätte es nicht getan! Dann wäre ich nämlich nie in diesem Irrenhaus gelandet und müsste mich nicht mit euch Verrückten abgeben!«

Nilianas Mutter seufzte und half ihm, sich aufzurichten. Jay wollte ihr ausweichen, doch sie ließ ihn nicht entkommen.

»Bringt mich ins Gefängnis, na los!«, forderte er entnervt. »Das wollt ihr doch! Hauptsache, ich muss euch alle nie wiedersehen!«

»Schön!«, entgegnete Niliana. Anscheinend hielt der Elf sie nicht mehr mit seiner Magie fest und Jay beobachtete sie voller Vorsicht, bereit für ihren nächsten Angriff. »Da gehörst du meiner Meinung nach auch hin! Ich fasse es nicht, dass ihr ihn hierhergebracht habt! Als wäre er …«

Sie verstummte plötzlich und wurde blass. Woran auch immer sie gedacht hatte, es schien ihr nicht zu gefallen.

»Nun beruhigen wir uns alle erst einmal«, bestimmte Entrissa. »Jay, ich lasse dich auf ein Gästezimmer bringen. Dort kannst du dich etwas ausruhen und frisch machen. Okay? Und nachher essen wir alle gemeinsam.« Sie warf ihrer Tochter und ihrem Mann wütende Blicke zu. »Und zwar wie zivilisierte Leute!«

Sie wandte sich dann an den Elfen. »Bring ihn bitte aufs Gästezimmer im Turm. Ich denke, das könnte ihm gefallen.«

»Zu Befehl«, sagte Ulpirri steif. Im Gegensatz zu seinem Kumpel Qrok machte er seine Abneigung ihm gegenüber nicht ganz so deutlich.

Doch das hieß nicht, dass er ihn nicht auf andere Weise demütigen konnte. Nun packte er Jay nämlich mit seiner Magie, hüllte ihn in eine Kugel aus Energie, in der sich Jay nicht bewegen konnte, und ließ ihn durch den Gang und die Treppe hinauf schweben, bis sie am Ende des oberen Flurs angekommen waren. Dort öffnete er mit einer Hand die Tür und ließ Jays magisches Gefängnis über die Schwelle gleiten, bevor es platzte und er unsanft auf dem Boden landete. Dann fiel die Tür hinter ihm ins Schloss und Jay hörte, wie sie sich verriegelte.

Von wegen Gästezimmer! Gefängniszelle traf es wohl eher!

Obwohl …

Staunend sah er sich um. Für eine Zelle war es hier erstaunlich komfortabel.

Der Raum war fast kreisrund und besaß hohe Fenster aus Buntglas, in denen märchenhafte Szenen dargestellt waren. In der Mitte des Raumes thronte ein großes Himmelbett, das bestimmt tausendmal bequemer war als ein hartes Gefängnisbett. Daneben hatte man einen kleinen Nachttisch platziert und ein Stückchen weiter, zwischen zwei Fenstern, stand ein hoher Kleiderschrank.

Auf der anderen Seite des Bettes führte eine Wendeltreppe nach oben. Im Stockwerk darüber entdeckte er nicht nur ein gemütlich aussehendes Wohnzimmer mit Sofa, Couchtisch und einem großen Flachbildfernseher an dem fensterlosen Abschnitt, an dem sich im unteren Stockwerk die Tür befand. Zu seiner Überraschung führte die Treppe auch noch weiter hinauf in ein Badezimmer.

Vermutlich hätte man hier einen schönen Ausblick über das Musenviertel gehabt, wenn die Fenster nicht aus Milchglas bestanden hätten. So jedenfalls konnte niemand von den Nachbarhäusern hereinsehen, wenn jemand sich entschied, ein Bad in der großen Badewanne in der Mitte des Raumes zu nehmen.

Jay war nun endgültig verwirrt. Was sollte das? Welches kranke Spiel trieben sie mit ihm?

Als er leises Geschnatter hörte, das die Treppe heraufkam, war er dementsprechend sofort in Habachtstellung und sah sich rasch um. Doch abgesehen von den vielen Shampoo-Flaschen fiel ihm nichts ins Auge und die ließen sich nun wirklich nicht als Waffe verwenden.

Dann riss er überrascht die Augen auf, als er das Dutzend Kreaturen erkannte, die jetzt neugierig zu ihm emporsahen. Wichtel!

Gerade mal an die drei Fuß groß, waren die Wesen nicht im Geringsten furchteinflößend. Zumal sie ihn mit ihren großen Kulleraugen neugierig anstarrten und mit dichtem Fell in Braun- und Grüntönen bedeckt waren. Kaum zu glauben, dass die Wichtel ursprünglich mal reine Waldwesen gewesen waren.

Doch was machten sie hier?

Dass er die Antwort gar nicht wissen wollte, entschied er ein paar Sekunden später, als die flauschigen Geschöpfe sich geschlossen auf ihn stürzten, an seinen Beinen hochkletterten und ihn zu Fall brachten. Er wurde überschwemmt von pelzigen kleinen Leibern und schrie, als er plötzlich von dem Dutzend bedeckt wurde.

Seine Panik wuchs, als er von einem Moment zum nächsten keine Luft mehr bekam und seine rechte Hand den Wichtel abschüttelte, der auf ihr stand, und dann versuchte, die anderen von seinem Körper zu stoßen.

Das Geschnatter, das er immer noch nicht verstehen konnte, wurde tadelnd. Im nächsten Moment drückte ihn eine erstaunliche Kraft zu Boden. Im ersten Augenblick dachte er, dass der Troll oder der Elf zurückgekehrt war und den Wichteln zu Hilfe gekommen sein musste, doch dann erkannte er, dass er sich geirrt hatte.

Er war allein mit einer Horde wild gewordener Haushaltswichtel in einem luxuriösen Badezimmer und hatte mehr Angst als jemals zuvor in seinem Leben.

Dann benutzten die Wichtel ihre Magie, um ihn über dem Boden schweben zu lassen, und schnatterten, als sie an seinen Klamotten zerrten.

»He!«, keuchte er.

Noch immer bekam er kaum Luft, obwohl die Wichtel jetzt nicht mehr über ihn kletterten und wuselten, sondern an jeder Ecke seines Körpers zu zerren schienen. Es machte überraschend ein paarmal *Ratsch*, als seine Kleidung unter dem Ansturm nachgab und er plötzlich nackt in der Luft schwebte.

Ein Wichtel hatte unbemerkt die Hähne der Badewanne geöffnet und füllte sie mit Wasser und Seifenschaum, während Jay von den anderen Wichteln höher gehoben wurde und Richtung Wanne flog.

Auch wenn die Absicht der Wichtel jetzt eindeutig schien, klopfte ihm das Herz immer noch bis zum Hals und setzte einen Schlag aus, als er die Herzkette entdeckte, die aus seiner zerrissenen Hose gefallen war.

»Das ist meine!«, rief er unwillkürlich, obwohl das natürlich nicht stimmte. Es war Nilianas Kette und er hätte sie ihr zurückgeben sollen, vielleicht hätte das ihren Zorn auf ihn etwas abgemildert. Doch er konnte sich nicht dazu überwinden, sie wieder herzugeben. Und als die Wichtel ihn mit ihrer Magie jetzt vorsichtig in der Wanne absetzten und seine zerfetzte Kleidung einsammelten, streckte er die Hand aus.

Völlig überrascht starrte er im nächsten Moment auf die Herzkette, die ihm entgegengeschwebt kam. Er hätte nicht gedacht, dass sie ihm die Kette überlassen würden. Wussten sie denn nicht, dass sie Niliana gehörte?

Seine Hand schloss sich um das Schmuckstück und plötzlich wurde er ruhiger und konnte wieder gelassener atmen, als die Wichtelarmee genauso schnell abzog, wie sie gekommen war.

»Dies ist ein Irrenhaus«, stellte er wieder einmal fest, als er nach dem Angriff der auf Reinlichkeit bedachten Wichtel allein in seinem Schaumbad saß. Vielleicht hätte er es sogar genießen können, wenn nicht als Nächstes ein weiterer Besucher die Treppe heraufgekommen wäre und seine Privatsphäre als unbedeutend betrachtet hätte.

»He! Raus hier!«, protestierte er.

»Süßer, du hast nichts, was ich nicht schon tausende Male

gesehen hätte!«, sagte die Fee und erst an ihrer Stimme erkannte Jay, dass es ein Mann war.

»Trotzdem ist es unhöflich, hier einfach hereinzuplatzen, wenn ich ein Bad nehme!«

Der Feenmann brachte es fertig, ihn mit seinen gerade mal etwas über vier Fuß – womit er für einen Feenmann ungewöhnlich groß war – von oben herab anzusehen, und zwar ohne dass er mit seinen Flügeln schlug und sich in die Luft erhob.

»*Mon dieu*, da haben wir Arbeit vor uns.«

Jay schwante Übles. »Wer bist du?«, fragte er misstrauisch und verzichtete auf eine höfliche Anrede. Wenn der Feenmann ihn so geringschätzig behandelte, dann würde er ihn mit Sicherheit nicht siezen!

»Ich bin Josha. Ich bin der persönliche Assistent von Madame ... und während der nächsten Stunde gehörst du ganz mir.« Joshas Augen funkelten verdächtig und Jays Magen machte einen Sturzflug, als er sich fragte, ob *persönlicher Assistent* wohl der Euphemismus für *Foltermeister* war.

»Eine Stunde ist eigentlich schon zu knapp für all das, was ich mit dir vorhabe. Aber Madame verlässt sich auf mich. Und ich werde meinen Auftrag erfüllen, das ist eine Sache der Ehre!«

Grimmig starrte er nach unten und musterte Jay intensiv von Kopf bis Fuß, als würde er sich seinen Anblick, so wie er war, noch ein letztes Mal einprägen.

Und dann begann der Angriff.

»Hilfe!«

9

»Ich fasse es nicht! Du hast ihn tatsächlich *eingeladen*!«, wiederholte Niliana empört, als sie mit ihren Eltern alleine war.

»Warum überrascht dich das? Er ist dein Bündnispartner, selbstverständlich habe ich ihn eingeladen«, erwiderte ihre Mutter.

»Er ist ein delinquenter Streuner, Abschaum von der Straße.« Ihrem Vater würden die Bezeichnungen für Jay in den nächsten Jahren wohl nicht ausgehen. »Niemand, den ich unter normalen Umständen in mein Haus lassen würde. Du hast ja keine Ahnung, wer er ist, Entrissa. Sonst würdest du ihn mit Sicherheit nicht so zuvorkommend behandeln. Ich habe eine Akte über ihn, und was da drin steht …«

»So? Und dieser Akte glaubst du mehr als deinen eigenen Augen und Ohren, oder was? Was ist mit dem Grundsatz, dass man jeden Mann – und jede Frau – ohne Vorurteile bezüglich der Herkunft, Rasse, Religion oder Sexualität beurteilen sollte?«

»Entrissa, du hast ihn doch erlebt! Ihm tut es nicht im Geringsten leid, was er uns allen angetan hat! Er ist ein ungehobelter Kerl und ein Straftäter! Und du lädst ihn nicht nur zum Essen ein, sondern gibst ihm auch noch ein Gästezimmer! Wie soll das enden? Soll er dann demnächst auch noch bei uns einziehen, weil sein Vermieter ihn rausgeworfen hat?«

»Sein Vermieter hat ihn rausgeworfen?«, fragte ihre Mutter überrascht. Ihre Miene wurde mitleidig und Niliana erkannte, dass ihr Vater mit seinen Befürchtungen nicht ganz unrecht hatte. Die Gefahr bestand durchaus.

Doch dann sah ihre Mutter ihren Vater streng an. »Ist es denn ein Wunder, dass er gesagt hat, er würde es nicht wirklich bereuen?«, fragte sie. »Ihr habt ihn unmöglich behandelt! Und du, Niliana, ich war entsetzt, wie du auf deinen Bündnispartner eingeprügelt hast! So habe ich dich noch nie erlebt, so völlig ohne Respekt für deinen Ehemann und den heiligen Bund.«

»Ehemann? So weit kommt es nur über meine Leiche! Wenn du denkst, ich würde diesen Typen …« Ihr Vater wedelte mit der Akte und zerknüllte sie etwas in seiner geballten Faust. »… in meine Familie aufnehmen, dann täuschst du dich gewaltig! Und erzähl mir nichts von wegen heiliges Bündnis – er hat das Bündnis mit Verbrechen und Tricks erzwungen, daran ist nichts heilig!«

Die Augen ihrer Mutter blitzten wütend. »Er *ist* ihr Ehemann, egal was du denkst oder fühlst! Glaubst du, die zivile Eheschließung spielt eine Rolle für uns Musen? Oh, nein! Das Einzige, was zählt, ist das Musenbündnis und wie das zustande kommt, ob mit oder ohne rituelle Zeremonie, ist bedeutungslos. Denkst du, wir müssten euch zum Ritual und zur Trauung einladen? Das machen wir nur, damit ihr die Hochzeit akzeptiert und gesetzlich anerkennt! Notwendig ist sie für uns nicht. Doch wir tolerieren eure Eigenheiten und Gesetze genauso, wie ich gehofft hatte, dass du nach über zwanzig Jahren unsere Rituale und Gebräuche akzeptieren würdest! Und auch wenn wir euch zuliebe erst von einem Verlöbnis sprechen, so ist es doch eine Hochzeit in den Augen unserer Göttin! Und nur das zählt!«

Das Schlimme war nicht nur, dass ihre Mutter recht hatte, dass alle anderen Musen es genauso sahen und es wie eine gesetzlich bindende Ehe betrachteten. Nein, das Schrecklichste war, dass sie ihre Eltern noch nie so schlimm hatte streiten sehen. Und alles ihretwegen. Niliana fühlte sich elend, als sie den kompromisslosen Zorn in den Gesichtern ihrer Eltern sah.

»Schön! Dann werde ich einen Weg finden, das Bündnis aufzuheben, du lässt mir anscheinend keine Wahl!«, fuhr nun ihr Vater grimmig fort. »Ich werde jedenfalls keinen Gangster in meine Familie aufnehmen! Ich weigere mich, ihn als Nilianas Verlobten oder gar als meinen Schwiegersohn zu betrachten! Was denkst du, werden die anderen Familien und die Öffentlichkeit sagen, wenn sie erfahren, dass wir nicht nur Nilianas Entführer gefunden haben, sondern statt ihn vor Gericht zu stellen als Schwiegersohn in unserer Mitte aufnehmen? Willst du Nachahmungstätern Tür und Tor öffnen und das Wohl und die Unschuld unserer Kinder irgendwelchen Gesetzlosen opfern, nur weil sie einen Weg gefunden haben, die Göttin hereinzulegen? Willst du das?«

Inzwischen zitterte er so stark vor Wut und Empörung, dass ihm die Akte aus den Händen glitt und sich hektische rote Flecken auf seinem Gesicht ausbreiteten.

»Du übertreibst! Die Gefahr besteht nicht, weil man die Göttin nicht hereinlegen kann«, erwiderte ihre Mutter genauso hitzig. »Und wenn du das nicht einsiehst, betrachtest du unseren eigenen Bund anscheinend auch nur als *Manipulation der Göttin*! Ich dachte, unsere Ehe und unsere Familie wären dir heilig. Da habe ich mich wohl getäuscht.«

Sie wirkte auf einmal zutiefst enttäuscht und verletzt. Niliana ertrug den Schmerz und den Zorn ihrer Eltern nicht, die beide vergessen zu haben schienen, dass sie neben ihnen stand und alles mitbekam. Ihre Mutter drehte sich jetzt auf dem Absatz um und ging in Richtung Küche, nicht ohne dass Niliana Tränen in ihren Augen glitzern sehen konnte, während ihr Vater in sein Arbeitszimmer marschierte und die Tür hinter sich zuknallte.

Das war eine Katastrophe! Jetzt war es diesem Bastard nicht nur gelungen, ihr Leben zu ruinieren, nun zerstörte er auch noch ihre Familie!

Niliana rang mühsam nach Luft, bis sich ihr Herzschlag halbwegs wieder beruhigt hatte, und hob dann die fallengelassene Akte auf. Doch bevor sie auch nur einen kurzen Blick hineinwerfen konnte, hörte sie ein leises Schluchzen. Es kam aus der Bibliothek neben ihr.

»Ben?«, sagte sie überrascht, als sie ihre Brüder in der angelehnten Tür entdeckte. Anscheinend hatten die beiden Jungen sie belauscht.

»Er denkt, dass Mom und Dad sich jetzt scheiden lassen werden. Dieser Dummkopf!«, erklärte Hafius.

»Ach, Ben!« Besorgt schloss sie den weinenden Achtjährigen in ihre Arme. »Keine Angst, das passiert nicht. Erwachsene streiten sich manchmal, das heißt nicht, dass sie sich nicht lieb haben.«

»So wie du diesen Jay liebst?«, meinte Hafius und schnaubte. Mit seinen elf Jahren war er schon um einiges zynischer, als es ihm guttat.

Empört warf sie ihm einen kurzen Blick zu. Na, vielen Dank auch, dass er sie vor Ben in Verlegenheit bringen musste! Sie biss sich auf die Unterlippe, um nicht eine heftige Retourkutsche loszulassen, bevor sie sich wieder Ben zuwandte.

»Aber Mom sagt immer, dass wir niemanden hauen sollen, der nicht böse ist, und dann auch nur, wenn dieser angefangen hat. Ist Jay denn böse?«

Ben sah zu ihr auf und Niliana war schlicht und einfach

sprachlos. Welche Antwort war jetzt die richtige? Sie konnte ihm doch nicht sagen, dass der Mann – Die Jungen nannten ihn Jay? – böse war und ihr wehgetan hatte, oder?

»Das ist kompliziert«, wich sie aus. »Wir hatten einen Streit.«

»Und deshalb hast du ihn gehauen?«, fragte Ben vorwurfsvoll.

Sie atmete tief durch.

»Das war nicht in Ordnung«, rang sie sich ab, auch wenn es ihr schwerfiel. Aber es war ihre Pflicht vor den Jungs mit gutem Beispiel vorangehen, was bedeutete, dass sie einen Fehler zugeben musste, von dem sie nicht wusste, ob es ein Fehler gewesen war.

Die Akte brannte ihr in den Händen, doch sie musste sich selbst daran erinnern, dass sie erst nach einer Dusche das hier würde lesen können. Sie fühlte sich unwohl und das nicht nur wegen der Diskussion mit Ben. Vor dem Mittagessen, das langsam immer mehr zum Nachmittagsessen wurde, wie ihr ein Blick auf die Uhr in der Bibliothek verriet, wollte sie sich unbedingt waschen und umziehen.

»Wir sehen uns beim Essen, okay? Geht Mom und Dad bis dahin am besten aus dem Weg«, empfahl sie Hafius und Ben, strich Ben noch einmal liebevoll durch den Haarschopf und eilte dann ins Badezimmer im ersten Stock, um sich frisch zu machen.

Nach der Dusche föhnte sie sich in ihrem Zimmer die Haare und warf anschließend einen Blick auf die Uhr. Ihr blieben vielleicht noch fünf Minuten bis zum Essen, Zeit, einen kleinen Blick in die Akte ihres … Verlobten zu werfen, auch wenn sich in ihr alles dagegen sträubte, ihn so zu nennen.

Als Erstes fiel ihr Blick auf ein großes Foto, über dem »Jay Fischer« stand. Das war also sein Name, er klang überraschend harmlos. Einen Verbrechernamen hatte sie sich anders vorgestellt.

Auf dem Foto war er um einiges jünger als jetzt, vielleicht gerade mal achtzehn, obwohl er laut Akte zweiundzwanzig war, vier Jahre älter als sie selbst.

Sie überflog die wichtigsten Daten, die vermutlich Ulpirri mithilfe seiner Hackerfähigkeiten und seiner Magie für ihren Vater zusammengestellt hatte. Was sie las, beeindruckte sie wenig und bestätigte nur ihre Vermutungen. Jay hatte nie eine Uni besucht und die Highschool abgebrochen. Sein leiblicher Vater war unbekannt. Aufgezogen worden war er von seiner Mutter, die stets nur Stellen als ungelernte Hilfskraft ausgeübt hatte, und seinem Adoptivvater, der jedoch gestorben war, als Jay gerade mal zehn Jahre alt gewesen war. Seitdem schienen sich Jay und seine Mutter nicht sonderlich bemüht zu haben, ihr Leben zu verbessern, wie die mageren Kontostände der beiden verrieten. Das klang nach absoluter Unterschicht.

Und leider stand auch nirgends etwas über kreative Begabungen, was ihr am wichtigsten war. Stattdessen waren als Jobs diverse Aushilfsarbeiten aufgeführt und aktuell arbeitete er bei der Stadtverwaltung als Straßenreiniger.

Sie verstand es nicht. War das ein Scherz? Eine Tarnung für irgendeinen großen Coup? Er hatte doch angedeutet, dass er etwas plante, warum sonst würde er diesen Job machen? Auch wenn ihr nicht klar war, bei welchem Verbrechen ein Straßenreiniger Insiderwissen oder Vorteile haben sollte. Aber das lag daran, dass sie nicht wie ein Ganove dachte.

»Lia!«, brüllte Hafius jetzt vor ihrer Tür. »Du sollst zum Essen kommen!«

»Komme schon!«, rief sie, legte rasch die Akte auf ihren Schreibtisch und fuhr sich ein letztes Mal mit der Bürste durch die Haare. Nicht dass sie sich für ihn schön machen wollte, sie hasste es nur, wenn ihr Haar nicht richtig saß.

Dann eilte sie nach unten und ins Esszimmer.

Sie beeilte sich und blieb beim Betreten des Raums so abrupt stehen, als sie den unbekannten, eleganten jungen Mann darin sah, dass sie gefährlich wankte und beinahe gestürzt wäre, wenn er ihr nicht entgegengeeilt wäre und sie am Arm gestützt hätte.

»Vielen Dank«, murmelte sie, während sie den Fremden verdutzt anschaute und spürte, wie ihre Wangen heiß wurden. »Entschuldigung, ich habe nicht damit gerechnet, dass hier jemand ist.«

Ihre Mutter hatte ihr nicht verraten, dass sie noch jemanden eingeladen hatte. War das etwa ihr Vater gewesen? Hatte er ihrer Mutter einen alternativen Schwiegersohn anbieten wollen?

Auf den ersten Blick machte er auf jeden Fall einen sehr guten Eindruck. Er trug ein weißes Hemd, Krawatte, ein passendes Jackett, dazu eine schwarze Hose und italienische Designerschuhe. Das honigfarbene Haar glänzte und fiel ihm in einem raffinierten Schnitt ins attraktive Gesicht, das vor Gesundheit strahlte und gepflegt aussah. Das Lächeln, das er ihr schenkte, wirkte warm und freundlich statt eingebildet, als wäre er sich seines Äußeren und seiner Wirkung auf sie nicht bewusst. Sie stand ihm so nah, dass sie den Geruch von edlen Shampoos und Lotionen wahrnehmen konnte, und musste sich bremsen, um nicht einen tiefen Atemzug zu nehmen. Sie hatte sich bereits genug vor dem gut aussehenden Fremden blamiert.

Und höflich war er auch noch, denn jetzt sagte er leise: »Aber nicht doch. Ich muss mich entschuldigen. Ich hoffe, dir geht es gut und dass du die schrecklichen Ereignisse gut überstanden hast?«

Seine Augen musterten sie besorgt und sie nickte. Gegen ihren Willen kroch ihr die Röte ins Gesicht und ihre Haut kribbelte dort, wo er sie immer noch berührte, sodass sie nun rasch einen Schritt zurücktrat. Wie peinlich!

»Ich habe mich noch gar nicht vorgestellt. Mein Name ist Jay.«

Jay?

Im ersten Moment konnte sie nicht glauben, was sie hörte. Jay? Wie ihr Entführer? Häh? Moment mal!

Das konnte doch nicht sein! Sie kannte doch sein Gesicht, sie hatte es doch erst gestern gezeichnet!

Doch als sie ihn nun verwirrt anstarrte, wurden ihr die Züge immer vertrauter und überlagerten sich mit der Zeichnung, die sie angefertigt hatte. Ihr wurde schwindelig, als sie ihren Irrtum erkannte.

Ihre Eltern hatten keine weitere Person zum Essen eingeladen, dieser Mann war Jay, ihr Bündnispartner und ihr Entführer. Wie war das möglich, dass sie ihn nicht erkannt hatte?

Fassungslos starrte sie ihn an und bemerkte jetzt all die kleinen Veränderungen. Sein Teint glänzte golden, gesund und makellos, als hätte ihm jemand eine Monatsbehandlung in einem magischen Sonnenstudio verpasst. Das Licht schien sich in seinen Strähnen zu fangen und mit ihnen zu spielen. Highlights in Hellblond und Honig zierten sein dunkelblondes Haar, das aussah, als hätte ein Profi wie Josha es frisch geschnitten und gestylt. Und dann noch seine Kleidung! Wenn sie nicht gewusst hätte, dass er aus dem Getto kam, hätte sie gedacht, er stammte aus ihren Kreisen.

Sie schwieg und trat noch weiter von ihm zurück. Zum Glück schien keiner bemerkt zu haben, welch einen peinlichen Auftritt sie gerade hingelegt hatte, denn sie hörte ihre Eltern in der Küche leise streiten und Qrok und Ulpirri versuchten vergeblich, ihre Brüder abzulenken, damit sie von dem Drama nichts mitbekamen. Sie sahen nicht in ihre Richtung.

»Warte, Niliana«, überraschte sie nun Jays leise Stimme. »Ich weiß, dass du mir vermutlich nicht glaubst, aber es tut mir wirklich leid.«

»Und warum hast du es dann getan?«, zischte sie.

»Das war ein Fehler.«

»Spar dir das!«

Plötzlich brodelte der Zorn wieder so stark in ihr, dass sie ihn am liebsten noch einmal geschlagen hätte. Sagte man nicht, aller guten Dinge wären drei? Dann hatte sie noch einen gut!

Doch in diesem Moment kamen ihre Eltern mit eisernen Mienen und gezwungenem Lächeln aus der Küche und trugen das Essen auf.

»Bitte setzt euch doch!«, sagte ihre Mutter übertrieben fröhlich. »Ulpirri und Qrok, ihr auch.«

Sie nahmen Platz und es herrschte angespanntes Schweigen, während sich jeder vom Braten, den Kartoffeln, den Bohnen und der Soße auftat. Ihre Mutter hatte tatsächlich einen Sonntagsbraten zur Feier des Tages aufgetischt.

»Aber es ist doch Montag! Oder?«, flüsterte Ben Hafius verwirrt zu.

»Still!«, murmelte sein Bruder, was ungewöhnlich war, denn normalerweise hätte er jetzt versucht, sie alle mit einer Äußerung auf die Palme zu bringen. Hafius liebte es, sie zu provozieren. Kein Wunder, eine seiner Spezialitäten war die Rhetorik.

Niliana hatte heute jedoch keinen Nerv, sich darum zu kümmern, was in Hafius vor sich ging, und so bemerkte sie auch erst nach einigen Bissen, dass beide Jungen Fingerhandschuhe trugen.

Was zur Hölle …?

»Attacke!«, brüllte Hafius plötzlich und er und Ben holten Beutel unter dem Tisch hervor, griffen hinein und bewarfen Jay auf der anderen Seite des Tisches mit dem Inhalt.

Bevor sie blinzeln konnte und begriffen hatte, was ihre Brüder vorhatten, war Jay bereits aufgesprungen und hatte sich leicht zur Seite gedreht. Die Munition der Jungen landete auf seinem Ärmel und seinem Rücken.

»Mist!«, murmelte Hafius sichtlich enttäuscht, während Ben beeindruckt von Jays Reflexen pfiff und Jay selbst so geschockt wirkte, wie sie sich fühlte.

Die Jungen hoben die Beutel – anscheinend wollten sie ihren Gast mit Nachschub erneut bewerfen –, doch wieder reagierte Jay blitzartig. Er wirbelte herum, beugte sich vor und entriss den beiden die Beutel.

»Was ist das?«, rief er, während sich sein Gesicht zu einer wütenden Grimasse verzog.

Das Ganze geschah so schnell, dass ihre Eltern und Niliana immer noch entgeistert waren, als Jay mit einem Blick in die Beutel feststellte: »Juckpulver. Ihr kleinen Biester!«

»Mir reicht's!«, verkündete ihre Mutter im nächsten Moment. »Das ist genug! Wenn ihr euch nicht benehmen und in Ruhe und Frieden mit uns essen könnt, dann esst ihr eben nichts. Qrok, hol Okpi!«

»Mom!«, protestierte Hafius entsetzt, während Ben weinte.

»Nichts Mom! Das hättet ihr euch vorher überlegen müssen!«

»Aber doch nicht Okpi!«

Qrok war stumm vom Esstisch aufgestanden und verließ nun zum großen Entsetzen der Jungen das Zimmer, um den Befehl ihrer Mutter auszuführen.

»Aber es ist doch erst halb drei!«

»Gute Nacht!«, erwiderte ihre Mutter entschieden. Ihre Brüder wirkten geschockt, während ihr Entführer verwirrt zwischen ihnen hin und her sah.

»Was ist Okpi?«, wollte er wissen.

»Okpi ist unser Sandmännchen«, erklärte Niliana. »Wenn die beiden etwas ganz Schlimmes ausgefressen haben, heißt das, dass ihr Tag ab dem Moment vorbei ist und sie schlafen gehen müssen, egal wie spät es ist. Und dank Okpis Traumstaub schlafen sie dann auch mindestens bis zum nächsten Sonnenaufgang und können nicht nur so tun als ob, um uns zu überlisten.«

Es war eine harte Strafe und sie schwankte zwischen Mitleid mit den Jungen und Erleichterung. Der Tag war schon schlimm genug und die Streiche der beiden machten alles nicht unbedingt einfacher.

Jay setzte sich zurück auf seinen Platz und nickte. Er band die Beutel zu und steckte sie sich in die Hosentaschen. Dann nahm er seine Serviette und begann sich den Rest des Juckpulvers vom Jackett zu wischen.

»Ich möchte mich für das Verhalten meiner Söhne entschuldigen, Jay«, sagte ihre Mutter, während ihr Vater aufstand, zum Schrank ging und den Alkohol hervorholte. Ihrer Mutter und sich selbst schenkte er ein Glas Wein ein, bevor er nach einem kurzen Zögern ein drittes Glas holte und es mit einer durchsichtigen Flüssigkeit aus einer kleinen Flasche füllte.

»Danke«, erwiderte der junge Mann steif, was sich sowohl auf die Entschuldigung als auch auf das Glas beziehen konnte, das ihr Vater nun vor ihm abstellte. Er nahm einen großen Schluck und tupfte dann mit der Serviette weiter das Juckpulver weg, was jedoch nicht sehr erfolgreich war. Das Jackett musste definitiv in die Reinigung, falls es überhaupt noch zu retten war.

Jays Augen glänzten seltsam, als hätte er Schmerzen. Das ganze Essen war bereits jetzt ein Fiasko.

»Erzählen Sie uns etwas über sich, Jay! Wie viele Leute haben Sie ermordet?«, erkundigte sich ihr Vater dann im höflichen Plauderton.

Ihre Mutter war so fassungslos, dass es ihr die Sprache verschlug. Auch Niliana wusste dazu nichts zu sagen, während Ulpirri und die Jungen Jay neugierig anstarrten.

»Niemanden«, antwortete dieser und schien ehrlich verwirrt zu sein, warum ihr Vater ihn das fragte.

»Und wie viele Leute haben Sie bestohlen?«

»Niemanden … nein, das ist nicht richtig. Im Gerangel bei Nilianas Flucht habe ich ihr die Kette abgerissen und sie ihr bislang nicht zurückgegeben. Das müsste man dann theoretisch als Diebstahl werten, oder?«

Jays Miene wirkte verwirrt und sein Blick unkonzentriert. Sein ganzes Verhalten war merkwürdig, beinahe als wäre er nicht ganz bei Bewusstsein. Oder als hätte er Drogen genommen. Doch das war nicht …

Nilianas Blick fiel auf das Glas mit der klaren Flüssigkeit. Sie hatte angenommen, das wäre Schnaps gewesen, aber nun kam ihr ein schrecklicher Verdacht. Hatte ihr Vater ihm tatsächlich von diesem verbotenen Mittel gegeben? Sie war schockiert. Ihr wäre nicht im Traum eingefallen, dass ihr Vater so etwas besitzen könnte.

»Und welche Verbrechen haben Sie dann begangen, wenn Sie kein Mörder oder Dieb sein wollen? Sind Sie ein Vergewaltiger? Ein Hehler? Ein Betrüger?«

»Gar keine. Ich bin nichts davon«, entgegnete ihr Entführer mit glasigem Blick und langsam schienen auch ihre Mutter und ihre Brüder zu bemerken, dass mit ihm etwas nicht stimmte. »Ich habe nur einmal einen gefälschten Ausweis benutzt, um das Fluchtauto auszuleihen und Niliana zu entführen. Mehr nicht.«

»Sie wollen mir doch nicht weismachen, dass Sie unschuldig sind!«, empörte sich ihr Vater und sprang auf. Er schnappte sich Jays Glas und kontrollierte, wie viel er davon getrunken hatte. »Warum wirkt das Zeug nicht?«

Ihre Mutter holte tief Luft. »Benjamin! Du willst damit hoffentlich nicht andeuten, dass du Jay Wahrheitsserum zu trinken gegeben hast? Sag mir, dass das nicht wahr ist! Das Zeug gehört zu den illegalen Substanzen! Dafür kannst du ins Gefängnis kommen!«

»Ach, Blödsinn! Wer will mich denn verraten?«

»Ich, zum Beispiel!«, erwiderte ihre Mutter entschlossen. Ihre Augen blitzten vor Empörung.

»Das tust du nicht!«

»Und ob ich das tue!«

Nun erkannte anscheinend auch Jay, was mit ihm los war. »Drogendealer! Sie sind der Verbrecher!«, herrschte er ihren Vater an und wollte auf ihn losgehen, während dieser ihre Mutter böse anfunkelte.

Und mitten in dieses Chaos platzten Qrok und Okpi. Das kleine Sandmännchen fackelte nicht lange und streute allen drei Traumstaub in die Augen. Sie sackten auf ihren Stühlen zusammen, während Okpi nun auch die beiden Jungen schlafen schickte. Danach waren nur noch der Troll, der Elf, das Sandmännchen und Niliana wach.

»Eine super Idee, dieses Essen! So lernen wir uns doch alle gleich besser kennen!«, sagte sie trocken. Dann schnappte sie sich das Weinglas ihrer Mutter und stürzte den Inhalt auf Ex herunter.

10

Die wundervollen Traumbilder lösten sich langsam auf. Er begriff, dass er gerade erwachte, und versuchte den Traum festzuhalten, der sich verflüchtigen wollte wie Nebel in der Morgensonne. Abrupt setzte er sich auf und blinzelte gegen das erste Licht des Tages an.

Leider befand sich im Nachttisch neben seinem Bett kein Schreibzeug und so musste er die Wendeltreppe hoch ins Wohnzimmer rennen, um dort nachzuschauen. Er hatte Glück. Auf der Ablage unter dem Couchtisch entdeckte er tatsächlich einen Block und daneben lagen zwei Kugelschreiber. Wie ferngesteuert nahm er sie zur Hand, setzte sich und im nächsten Moment huschte der Stift auch schon blitzschnell über das Papier, bemüht, alles zu notieren, was die Inspiration ihm diktierte.

Es war schon eine Weile vergangen, als er neben den fantastisch wispernden Stimmen, die ihn drängten weiterzuschreiben, auch ein Flüstern außerhalb seines Kopfes vernahm.

Hoffentlich nicht schon wieder diese Wichtel oder Josha!

Er ignorierte denjenigen und widmete sich erneut den Anfängen seiner neuen Fantasygeschichte. Sie war perfekt! Es kam ihm vor, als schriebe sich die Geschichte wie von selbst mit ihm als ausführendem Organ. Er musste nur zuhören und den Stift über das Papier schieben. Er war sich sicher, dass die Geschichte großartig sein würde, genauso wie der Traum, und nicht nur ihn, sondern auch alle anderen Leser mit ihrer Welt und ihren Figuren verzaubern würde.

So hervorragend hatte er sich schon lange nicht mehr gefühlt. Die Ideen flossen nur so aus ihm heraus, sie …

»Jay!«

Jemand brüllte ihm ins Ohr und er zuckte zusammen. Unwillkürlich wanderte sein Blick nach oben und das Wispern der wundervollen Stimmen riss ab. Nilianas Gesicht schien vor ihm zu schweben. Sie musste es sein, aber sie kam ihm vor wie ein Traumbild, ein neues, das seinen eigenen Traum zu verdrängen suchte. Nein, nein, nein, das durfte sie nicht. Begriff sie denn nicht …

»Was hast du getan?« Er schloss die Augen und versuchte, den Traum wieder vor sich zu sehen, die Stimmen zu hören, die ihm so brillante Geschichten zugeflüstert hatten. Da war noch etwas, eine feine Spur, die er jetzt nicht verlieren durfte. Sie erschien ihm kostbar wie eine Melodie mit herrlichen Akkorden, leise und einzigartig, und wenn er sich nicht sofort jede Note einprägte, würde sie verschwinden, vielleicht für immer. Jay tastete im Geiste danach, suchte nach den magischen Stimmen.

Ein Schmerz riss seinen Kopf zur Seite, und er brauchte zwei Atemzüge, um zu verstehen, dass sie ihn geohrfeigt hatte. Zum dritten Mal schon, seit sie sich »kannten«.

Das Flüstern verstummte endgültig.

»Warum konntest du mich nicht in Ruhe lassen?« Die Enttäuschung in ihm überlagerte die auflodernde Wut im ersten Moment.

»Du warst wie im Wahn. Einer musste dich wecken«, sagte sie mit einer Gleichgültigkeit, die seinen Ärger weiter anheizte.

»Ich war nicht im Wahn. Du hast keine Ahnung, was du gerade angerichtet hast!« Seine Wange brannte, aber das war ihm auch schon egal. Seine Geschichte! Was, wenn er sie jetzt niemals mehr so beenden konnte, wie es im Strom der flüsternden Stimmen möglich gewesen wäre? »Mach das nie wieder!«

Sie starrte ihn an und langsam wurde er sich bewusst, dass er sich noch immer im Turm befand, der als Gästezimmer ihrer Familie fungierte, und anscheinend hier übernachtet hatte, denn dem Stand der Sonne nach zu urteilen, war es früher Morgen. Was war geschehen?

»Was ist passiert?«

»Das erkläre ich dir später. Erst mal musst du von hier verschwinden. Oder willst du etwa im Gefängnis landen?«

»Nein.«

»Dann beweg dich! Und zieh dich um. Ich habe dir ein neues Hemd mitgebracht.«

Erst jetzt bemerkte Jay, dass er ein schickes, weißes Hemd mit Krawatte trug – und dass beide völlig zerknittert waren, weil er in den Sachen geschlafen hatte. Einer der Ärmel wies dazu einen schwarzen Strich auf, dort, wo er mit dem Kugelschreiber vom Block gerutscht war, als er für einen Moment nicht mehr mit dem hohen Tempo der Stimmen hatte mithalten können und die Kontrolle über sein Schreibwerkzeug verloren hatte …

Josha wird begeistert sein von dieser Sauerei, dachte er zufrieden. Jay hatte dem eingebildeten Assistenten immer noch nicht verziehen, wie er ihn behandelt hatte. So von oben herab und jedes Detail an Jay hatte der Feenmann beleidigt, während er Jay so übertrieben zurechtgemacht hatte, dass er sich selbst nicht mehr im Spiegel erkannt hatte. Aber eines hatte er in jenem Moment begriffen: Josha und Nilianas Familie legten viel zu viel Wert auf unbedeutende Äußerlichkeiten.

Und dieser Eindruck bestätigte sich jetzt, als Niliana ihm ein neues, kurzärmeliges und teuer wirkendes Hemd reichte, dieses

Mal in Blau, und sich umdrehte, damit er sich umziehen konnte. Er nahm das Oberteil dennoch dankbar an, denn er fühlte sich in der Kleidung vom Vortag unwohl und wollte sich nicht länger wie Joshas lebensgroße Puppe vorkommen. Rasch legte er daher die alten Sachen ab und ließ sie, um sich an den Wichteln zu rächen, einfach auf das Sofa fallen. Danach schlüpfte er in das neue Hemd und knöpfte es zu.

»Fertig«, sagte er.

Sie drehte sich wieder zu ihm um und musterte ihn kritisch.

»Dann komm!«, forderte sie ihn auf und eilte die Wendeltreppe hinunter.

Jay sah ihr nach, wollte ihr folgen, aber etwas ließ ihn zögern. Die Stifte und der Block lagen da, auf dem Tisch. Er sah die Zeilen, die er in einem köstlichen Wahn, fast schwebend, geschrieben hatte. Er schnappte sich die Schreibutensilien, dann verließ er das Wohnzimmer Richtung Treppe. Erstaunlicherweise fühlte er keinerlei Müdigkeit.

Als er nach unten kam, stand die Tür zum Turm weit offen und Stille herrschte im Haus. Er hatte erwartet, dass zumindest der Troll oder der Elf auf dem Flur Wache halten würden, weil sie ihm misstrauten und verhindern wollten, dass er floh. Doch von beiden war nichts zu sehen. Dafür stand Niliana dort mit einem Gesicht, als hätte sie drei Stunden auf ihn warten müssen.

»Wo sind die …«

Niliana knuffte ihn in den Arm und machte ihm dann heftige Zeichen, dass er den Mund halten sollte.

So langsam kam es ihm wie ein Gefängnisausbruch vor, nur dass Niliana aus irgendeinem Grund beschlossen hatte, ihm zu helfen. Und das war verdammt schräg, wenn man bedachte, dass sie so ungefähr die Letzte war, die dafür einen triftigen Grund hatte.

»Warum tust du das?« Er flüsterte in der Hoffnung, dass sie

nicht wieder nach ihm schlagen würde. Für heute hatte er schon genug eingesteckt.

»Ich will, dass du verschwindest und dass ich dich niemals wiedersehe. Und das geht nur, wenn du ganz weit weg bist. Verlass Tressina City und am besten auch das Land.«

Beinahe hätte er geschnaubt. Dass das nicht ging, weil es hier noch ein paar Dinge für ihn zu erledigen gab, wie zum Beispiel die ganze Angelegenheit mit Herkules und seinen Leuten, wusste sie nicht und er würde den Teufel tun und es ihr verraten. Abgesehen davon, dass er in diesen Dingen nicht mit ihrer Hilfe rechnen konnte. Im Gegenteil. Er musste damit rechnen, dass sie es gegen ihn verwenden würde.

Als sie auf Zehenspitzen durch den Flur schlichen und sich der Treppe zum Erdgeschoss näherten, kamen ihm immer mehr Fragen. Warum waren die beiden Sicherheitsleute bislang nicht aufgetaucht? Warum erinnerte er sich nicht mehr, was nach dem Mittagessen passiert war? Er wusste noch, dass die beiden Jungen ihn mit Juckpulver beworfen hatten, und als er sich jetzt in die Hosentaschen griff, um sich zu vergewissern, dass er das Ganze nicht geträumt hatte, entdeckte er dort nicht nur Nilianas Kette, sondern auch die beiden Beutel.

Doch was danach geschehen war, verschwamm in seinen Erinnerungen. Er erinnerte sich nur noch an Stimmen, fordernd, wütend und entsetzt. Dann an gar nichts mehr. War etwas Schlimmes passiert? War er gestürzt und hatte sich am Kopf verletzt? Oder hatte er sich betrunken, sodass er jetzt einen Filmriss hatte?

In seinem Mund lag nicht der geringste Geschmack nach Alkohol, auch wenn ihn langsam ein gewisser Durst quälte. Wann hatte er zuletzt etwas getrunken? Er wusste es nicht.

»Habt ihr mich unter Drogen gesetzt?« Er blieb am Fuß der Treppe stehen und beobachtete Nilianas Reaktion.

Ihr zu plötzliches Innehalten entging ihm nicht. Als sie sich umdrehte, las er die Antwort in ihrem Gesicht.

»Weißt du, wo ich mit dir keinesfalls aufkreuzen darf, wenn ich nicht eine Menge Geld verlieren will?« Er kam zwei weitere Stufen zu ihr herab, stand aber immer noch über ihr, sodass sie zu ihm hochschauen musste. »Beim Poker.«

Sie hatte den Mund schon geöffnet, wahrscheinlich mit einer Ausrede auf der Zunge, aber sie schloss ihn wieder und presste die Lippen zusammen, bevor sie sich nach einem langen Moment des Schweigens doch zu einer Antwort herabließ.

»Ich war es nicht, okay? Ich hatte nichts damit zu tun.«

Zorn überkam ihn. Nicht dass er ernsthaft mit einer Entschuldigung gerechnet hatte, aber diese verdammte Scheinheiligkeit, mit der sie seine Taten und die ihrer Familie mit zweierlei Maß bewertete, regte ihn auf.

»Und damit ist es für dich erledigt. Für die tolle Muse, die was Besseres ist. Warum reden wir überhaupt darüber? Wenn ich dich betäube und entführe, dann steht ein Land Kopf. Aber wenn man das mit mir macht …« Er nahm die letzte Stufe nach unten. »… dann kräht kein Hahn danach. Weil ich für euch ein Nichts bin.«

Sie wich seinem Blick aus und schien jetzt erst den Block in seiner Hand zu bemerken. Wusste sie, was er die ganze Nacht über getan hatte? Gut, er wusste es selbst nicht und wahrscheinlich hatte sie sich über ihn auch keine Gedanken gemacht. Höchstens, wie sie ihn schnellstmöglich aus ihrem Luxusleben verbannen konnte.

»Hör auf mit dem Gejammer und komm mit!«, zischte sie. »Oder willst du, dass sie dich wieder schnappen?«

Jay verbiss sich den nächsten Kommentar, denn ihr Argument hatte etwas für sich. Was hatte er davon, sie zu überführen oder ihr gar eine Entschuldigung abzunötigen, wenn er dann wieder einsaß? Also trabte er hinter ihr her, auch wenn die Wut immer noch in ihm brodelte.

Sie führte ihn durch eine Tür in die Garage. Hier stand nicht nur die Limousine, in der sie ihn am Vortag hergebracht hatten, sondern auch vier weitere Autos. Sein Blick glitt über spiegelnden Lack, auf dem sich sicherlich kein einziges Staubkorn finden würde, und er überlegte automatisch, welche Modelle dies waren und von welchem Hersteller. Die fast schon futuristischen Linien der Fahrzeuge hatte er noch nie gesehen. Wahrscheinlich Sonderanfertigungen. Jay hätte fast laut aufgeseufzt. Warum zur Hölle hatte er das Lösegeld nicht gefordert?

»Such dir eins aus!«

»Wie bitte?« Es kam ihm vor, als hätte sie ihn gerade aus einem Traum geweckt. Zum zweiten Mal heute.

»Du sollst dir einen aussuchen, sagte ich.«

»Und dann?«

»Dann nimmst du den Wagen und fährst damit weg. Bist du bescheuert, oder was?«

»Damit du dann behaupten kannst, ich hätte den Wagen gestohlen? Da fragt man sich sofort, wer von uns wirklich bescheuert ist.«

»Was?« Verdutzt sah sie ihn an.

»Du hast mich genau verstanden. Auch wenn es außerhalb deiner Vorstellungskraft ist: Mein IQ liegt deutlich über deinen heimlichen Schätzungen.«

»Okay …« Sie fuhr sich mit beiden Händen durch die Haare, was entzückend gewirkt hätte, wenn er nicht so wütend auf diese eingebildete Muse gewesen wäre. »Ich habe weder Lust noch Zeit, mich zu streiten. Ich will nur, dass du so schnell wie möglich von hier verschwindest. Nimm das Auto und fahr. Niemand wird dich verfolgen.«

»Ich habe einen anderen Vorschlag«, sagte Jay und wollte

schon die Arme verschränken, aber der Block in seiner Hand hinderte ihn daran. Außerdem war das ein Zeichen von fehlendem Selbstbewusstsein, hatte er mal irgendwo gelesen. Also blieb er lässig stehen. »Beim Thema Fluchtpläne orientieren wir uns mal lieber an meinen Erfahrungen als an deinen ...« Er hustete kurz in seine Faust und sah zu seinem Vergnügen, wie sich ihre Wangen vor Ärger röteten. Auch das hätte niedlich wirken können. Wie gesagt: HÄTTE.

Aber das Mädchen regte ihn fürchterlich auf. Wie konnte man nur so wenig Lebenserfahrung haben? Entweder war sie schrecklich naiv oder hinterhältiger, als er angenommen hatte. So oder so. Ihr Plan war null durchdacht und nicht umsetzbar. Er würde nicht an einem einzigen Kontrollpunkt vorbeikommen. Sein Gesicht war sicherlich achtzig Prozent der Bevölkerung bekannt. Der Entführer der Muse, und dazu nicht irgendeiner Muse. Nein, er musste schon zum Nordpol reisen, um sich halbwegs unerkannt irgendwo bewegen zu können.

»Dann fahr du doch, wenn du mich unbedingt loswerden willst«, schlug er vor. »Dich werden sie garantiert durchlassen, wenn du am Kontrollpunkt angehalten wirst.«

»Großartige Idee!«, höhnte sie. »Mich kriegt in diesem Leben keiner mehr mit dir in ein Auto.«

Jay seufzte und rieb sich die Schläfen. Die Diskussion bereitete ihm Kopfschmerzen. Er wünschte sich zurück in das Gästequartier, mit Sonnenstrahlen, die durch das Fenster fielen, und absoluter Ruhe, bis auf die Stimmen, die ihm diese fantastischen Bilder eingaben.

»Letztes Angebot: Du fährst, oder ich bleibe hier. Du hast eine Minute, dann gehe ich wieder hoch in den Turm«, sagte Jay.

Sie warf ihm einen misstrauischen Blick zu und für einen Moment glaubte er, dass sie die Fahrt tatsächlich verweigern würde, dann ging sie zu dem roten Cabrio und zog die Fahrertür auf.

»War mir irgendwie klar, dass du den Wagen nimmst.«

»Ich sagte, mich kriegt keiner mehr in diesem Leben mit dir in ein Auto. Also nicht in ein geschlossenes.«

Sie ging zu einem Schlüsselkasten, der hinter einer Betonsäule verborgen war und kam mit dem Schlüssel in der Hand wieder.

»Dann los!«

Dass nun ihre, aber nicht seine Fingerabdrücke auf dem Schlüssel sein würden, war ihm nur recht. Sie würde ihn wohl kaum des Autodiebstahls beschuldigen können, wenn es dafür keine handfesten Beweise gab. Automatisch steuerte er die Beifahrerseite an und war überrascht, als sie plötzlich neben ihm stand.

»Was soll das denn?«, wollte er verwirrt wissen.

»Ich will einsteigen.«

»Ich dachte, du fährst?«

»Nein, du fährst.«

»Es ist dein Auto, also fährst du«, erwiderte Jay gereizt.

»Ich kann aber nicht Auto fahren.«

»Argh! Du machst mich wahnsinnig! Ist das dein Ernst?«

»Mein voller Ernst! Also, was ist? Willst du von hier verschwinden, oder nicht?«

War das denn zu fassen? Das verwöhnte Gör konnte nicht Auto fahren, weil es wahrscheinlich von Mami, Papi oder einem der Angestellten überall hinkutschiert wurde!

Er grummelte leise vor sich hin, schnappte sich widerwillig den Schlüssel aus ihrer Hand und stapfte um den Wagen herum, wobei er ihr einen unmissverständlichen Blick zuwarf.

Warum hatte er ausgerechnet sie entführen müssen?

Sie dachte wohl das Gleiche, denn sie schoss ebenfalls wütende Blicke in seine Richtung und stieg erst durch die geöffnete Tür ein, als er bereits saß. Anscheinend wollte sie trotz Cabrio so wenig Zeit wie möglich in dem Wagen mit ihm verbringen.

Er wollte das Auto starten, hielt dann aber inne.

»Und wie lässt sich das Garagentor öffnen?«

»Äh«, machte sie.

»Sag nichts! Du hast keine Ahnung, oder?«

»Tu nicht so, als wäre ich total verblödet, okay?«, schrie sie und öffnete die Beifahrertür. »Ich habe es vergessen. Das kann ja mal passieren!«

Grimmig verfolgte er, wie sie zum Garagentor ging und den Knopf für die Automatik betätigte. Währenddessen startete er den Wagen und schaltete das Radio ein. Wenn er noch länger ihre Stimme ertragen musste, würde er wahnsinnig werden.

Als das Garagentor hochgefahren war, kam sie jedoch nicht zurück, sondern blieb dort stehen, während er wartete und wartete.

»Darf man erfahren, was du da unsagbar Wichtiges zu tun hast?«, rief er.

Dachte sie jetzt wirklich, dass er es sich überlegt hatte und allein fahren würde? Das kam dabei raus, wenn so ein verwöhntes Püppchen stets seinen Willen bekam. Das Wort »Konsequenz« kannte sie wahrscheinlich nur vom Hörensagen.

Endlich bewegte sie sich widerwillig zum Cabrio zurück und stieg ein. Sobald sie die Tür geschlossen und sich angeschnallt hatte, fuhr er los. Ein Wunder, dass ihn bislang niemand aufgehalten hatte.

»Es würde mich ja schon interessieren, wie du das hinbekommen hast«, sagte er wie beiläufig.

»Was denn?« Sie sah stur geradeaus, und er musste schmunzeln.

»Immer noch kein Pokerface, was? Ulpirri und Qrok werden

dich umbringen und deine Eltern ebenfalls, wenn sie herausfinden, was du getan hast. Das weißt du, oder?«, fragte er fröhlich. »Was auch immer es ist.« Auch wenn er die Standpauke gerne gesehen hätte, er würde verdammt erleichtert sein, wenn er erst einmal das Musenviertel hinter sich gelassen hatte.

»Unsinn!«

Es klang nervös und beunruhigt und er grinste, während sie sich langsam der Ausfahrt näherten. Hierfür gab es immerhin einen Knopf für ein automatisches Signal im Auto, denn das Mädchen betätigte nur stumm eine Taste und das Tor öffnete sich. Sie achtete darauf, es danach hinter ihnen zu schließen.

Sie fuhren schweigend durch die Straßen des Musenviertels, das um diese frühe Uhrzeit noch ruhig in der Morgensonne lag. Laut Radio war es kurz vor sechs, abgesehen von ein paar vereinzelten Autos war noch niemand unterwegs. Und bei den Wagen handelte es sich meistens um Patrouillen der Musenpolizei.

Zuerst verkrampfte er sich jedes Mal, wenn er einen der Polizeiwagen sah, doch dann bemerkte er die müden Blicke. Anscheinend kamen die Beamten von ihrer Schicht zurück.

Sie näherten sich mit dem gestohlenen – geliehenen, sie fuhr immerhin mit ihm! – Cabrio dem Kontrollpunkt. Sie hatten Glück, auch hier schaute niemand zu genau hin.

»Wink!«, befahl er Niliana dennoch. »Wink und lächle! Zeig ihnen, dass alles in Ordnung ist.«

Überraschenderweise gehorchte sie ohne Widerspruch. Die Männer am Schlagbaum winkten zurück und schenkten ihr ein Lächeln, während sie ihn, den Fahrer, völlig ignorierten. Das lief ja sogar noch besser als gedacht!

Sie passierten den Kontrollpunkt und fuhren weiter. Nach ein paar Meilen fragte er: »Und jetzt? Wo soll ich dich mit dem Auto absetzen?«

Sie hatten Tressina City verlassen und bogen auf eine kurvige, wenig befahrene Landstraße ein, die ihn in einem weiten Bogen in sein Heimatviertel bringen würde. Unbewusst hatte er denselben Weg eingeschlagen wie nach der Entführung am Samstag. Auch da hatte er den Verkehr meiden wollen.

Seit sie auf dieser Straße fuhren, war ihnen noch kein anderes Fahrzeug entgegengekommen, geschweige denn, dass jemand sie überholt hätte. Langsam begann er, sich etwas zu entspannen. Auch wenn der Tag verwirrend begonnen hatte, glaubte er inzwischen, dass diese Idee nicht mal die schlechteste gewesen war. Er würde zu seiner Wohnung fahren, seine Sachen packen, erst mal untertauchen und dann in Ruhe überlegen, was zu tun war. Die Straße lag vor ihm in der Morgensonne und der Wagen perfekt in der Kurve. Noch nie hatte er hinter dem Steuer eines so tollen Autos gesessen. Er bereute es bereits ein wenig, dass er es ausgeschlagen hatte, mit dem Wagen allein abzuhauen. Die Kontrollpunkte waren ein Problem, aber für einen Moment erschien eine Vision vor seinen Augen, wie er über die Landstraßen fuhr, seinen Rucksack auf dem Beifahrersitz, und den Fahrtwind genoss. Die totale Freiheit.

Er warf einen Blick nach rechts, und die Vision zerplatzte wie ein Luftballon auf einem Kindergeburtstag. Statt einem prall gefüllten Rucksack, in dem alles steckte, was ein freier Abenteurer auf seiner Flucht im Luxuswagen so brauchte, saß dort eine motzende Muse mit verschränkten Armen und starrte düster geradeaus.

Seufzend warf Jay einen Blick in den Rückspiegel und nahm dort eine Bewegung wahr, dann blickte er direkt in ein Gesicht.

Vor lauter Schreck über die blinden Passagiere auf der Rückbank verriss er das Lenkrad, sodass der Wagen über den seitlichen Begrenzungsstreifen kam und auf dem Gras ins Schlingern geriet. Seine Hände am Lenkrad wurden von der Kraft herumgedreht und unwillkürlich packte er fester zu. Er versuchte gegenzusteuern, um auf die Fahrbahn zurückzukommen, und trat gleichzeitig auf die Bremse, doch er hatte die Kontrolle über das Gefährt verloren. Das Cabrio schoss über die Straße und raste auf der anderen Seite eine Böschung herunter. Er stieg erneut in die Eisen, als die niedrig hängenden Äste ihm entgegenkamen. Zweige und Blätter füllten sein Blickfeld, doch dann tauchte wie aus dem Nichts ein Stamm vor ihm auf. *Zu schnell!*

Seine Ohren klingelten von den Schreien, als der Baum trotz seines vollen Gewichts auf der Bremse rasend schnell näher kam. Es krachte ohrenbetäubend und dann wurde alles schwarz.

11

So ging das nicht weiter! Schlimm genug, dass er ihr Leben ruiniert hatte, aber sie würde nicht zulassen, dass er auch noch die Beziehung ihrer Eltern und das Glück ihrer Familie zerstörte!

Sie musste etwas tun.

Ihr Entschluss stand fest. Sie würde ihn ein für alle Mal loswerden, auch gegen den Willen ihrer Eltern, die ihn entweder in die Familie aufnehmen oder ins Gefängnis bringen wollten. Und da sie keine Mörderin war, blieb ihr nur eine Alternative: Sie musste ihn befreien und ihm dann zur Flucht verhelfen!

Auch wenn das bedeutete, dass sie das Musenbündnis vielleicht niemals brechen konnte. Aber alles war besser, als ihn auch nur eine Minute länger in der Nähe ihrer Familie zu dulden. Und wenn dies der Preis für das Glück ihrer Liebsten war, dann würde sie ihn schweren Herzens zahlen.

Und wer sagte, dass es überhaupt eine Möglichkeit gab, das Bündnis wieder aufzulösen, egal ob mit oder ohne ihn? All die Priester und Magier, die sie und Mea aufgesucht hatten, kannten keinen Weg und hatten ihr keine Hoffnung machen wollen. Nein, ihr Lebenstraum war tot und sie sollte langsam anfangen ihn zu begraben.

Doch wie konnte sie das, wenn ihr jetzt wieder die Ideen zuflüsterten und es ihr in den Fingern juckte, zum Stift zu greifen und aufzuschreiben, was sie hörte? Irgendwann nach der Prügelei hatte sich der kreative Bund für einen weiteren Tag erneuert und sie war der Inspiration so nahe, dass Schlafen ein Ding der Unmöglichkeit war und sie in ihrem Zimmer in die Dunkelheit der Nacht hinausstarrte, während die kreative Energie sie durchströmte.

Doch dieses Mal würde sie die Kreativität nicht zum Schreiben benutzen.

Sie lachte auf. Es war reine Ironie, dass sie sie jetzt für einen beinahe kriminellen Plan verwendete, dabei war er es doch, der ihre Magie für seine illegalen Machenschaften hatte einsetzen wollen. Und jetzt plante sie seine Flucht. Am Ende hatte er seinen Willen doch noch bekommen.

Sie blieb auf dem Schreibtischstuhl sitzen und blickte weiter aus dem Fenster, während sie wartete. Als die ersten Sonnenstrahlen die Nacht vertrieben, erhob sie sich, verließ auf Zehenspitzen ihr Zimmer und schlich sich die knarrende Treppe hoch bis zum Dachboden. Dort klopfte sie.

Es blieb still im Kabuff, also klopfte sie erneut, nur dieses Mal lauter.

Kurz darauf wurde eine kleine Klappe in der Tür aufgerissen und ein finsteres Gesicht sah ihr entgegen. Sie hatte ihn anscheinend geweckt.

»Ich brauche deine Hilfe.«

»Es ist gerade mal Sonnenaufgang! Was hast du vor, das nicht warten kann?«

»Ich muss meine Familie vor dem zerstörerischen Einfluss dieses Bastards retten. Also muss er verschwinden, sofort, ohne dass irgendjemand ihn aufhält. Und da kommst du ins Spiel. Du musst verhindern, dass Ulpirri und Qrok seine Flucht vereiteln. Bitte, Okpi!«, flehte sie.

Das Sandmännchen starrte sie aus seinen kleinen, braunen Augen an. Sie versuchte abzuschätzen, wie er reagieren würde, doch *obwohl sie seine Mimik so gut kannte, blieben ihr die sandfarbenen Gesichtszüge des Wüstenmannes diesmal undeutbar.*

»Weißt du eigentlich, was du da verlangst? Das ist kein Kinderstreich, bei dem du mich zu deinem Komplizen machen willst.«

Sie seufzte. »Ich weiß, Okpi. Und wie ich das weiß. Aber ich habe keine andere Wahl. Du hast sie doch gestern Mittag gesehen. Du kannst sie auch nach einer Stunde wieder wecken. Ich brauche nur einen Vorsprung, das würde reichen. Es ist das Beste für meine Eltern, aber besonders für Ben und Hafius.«

Bei der Erwähnung ihrer Brüder wurde seine Miene weicher und sie konnte den Moment erkennen, in dem er nachgab. Noch bevor er nickte, entwich ihr ein Stoßseufzer der Erleichterung.

Okpi reichte ihr zwar nicht einmal bis zum Knie, machte seine fehlende Körpergröße dafür aber mit unbändiger Energie wett. Auch jetzt wuselte er wieder eifrig durch das kleine Dachbodenkabuff und brachte den Staub zum Aufsteigen, während er den Sand, der in den Schalen vor dem Feuer trocknete und dem er über Tage und Wochen neben Hitze auch noch magische Energie zugesetzt hatte, langsam in einen Beutel füllte. Sie beobachtete sein Treiben durch die offene Tür. Immer wieder zögerte er einen kurzen Moment, griff hier eine kleine Handvoll aus einer Schale und dann dort aus einer anderen, schüttelte den Kopf, während er den Zustand einer weiteren Sandart überprüfte, und hatte anschließend die verschiedenen Sorten in dem Verhältnis zusammengestellt, wie es ihm richtig erschien.

Dann trat er aus der Tür und nutzte seinen persönlichen Treppenlift, um nach unten in den ersten Stock zu fahren. Ihr Herz klopfte unterdessen bis zum Hals und sie hatte Angst, dass jemand etwas hören konnte. Doch sie hatte sich nicht getraut, Okpi anzubieten, ihn zu tragen. Auch wenn er die Stufen selbst nicht herabsteigen konnte, da sie für ihn zu hoch waren, so war er doch zu stolz und wollte nicht, dass sie ihn wie ein Kind behandelte.

Ein paar Sekunden später drückte sie vorsichtig die Klinke zu Qroks Zimmer herunter, doch sie musste feststellen, dass er abgeschlossen hatte. Und jetzt?

Zum Glück raunten die Ideen ihr etwas zu.

»Durch den Spalt unter der Tür!«, flüsterte sie.

Kurzentschlossen legte sie sich neben Okpi auf den Boden und wisperte »Pst!«, als er protestieren wollte. Dann wartete sie gespannt, während er brummend eine kleine Handvoll Traumstaub hervorholte und in das Zimmer pustete.

Das Ganze wiederholten sie bei Ulpirri, doch ihr Gefühl sagte ihr, dass es nicht reichte, nur die beiden Leibwächter auszuschalten. Schließlich ließ die Wirkung des Traumstaubs vom verkorksten Mittagessen nach, jetzt, da die Sonne aufging und ein neuer Tag anbrach, und sie würden auf dem Weg nach unten am Schlafzimmer ihrer Eltern im anderen Turm vorbeikommen. Sie mussten auch die beiden betäuben.

Und so gab sie Okpi ein Zeichen, ihr zu folgen, öffnete die Tür zum Schlafzimmer ihrer Mutter und ihres Vaters und wartete darauf, dass das Sandmännchen erneut seine Magie wirkte.

Der Sand erhob sich glitzernd in die Luft und flog durchs Zimmer, auf ihre schlafenden Eltern zu. Doch irgendetwas lief schrecklich falsch, der Traumstaub wirbelte nun auch um sie und wurde zu einem wahren Wüstensturm, der ihre Haut verbrannte. Sie schrie …

Und erwachte keuchend und voller Schmerzen. Was war geschehen?

»Niliana? Hörst du mich?«

Jemand sprach in einem besorgten Tonfall mit ihr, dann spürte sie eine Berührung, doch nur schwach, als wäre ihr ganzer Körper von einer Schutzschicht umgeben.

»Wach auf, Kätzchen! Bitte!«

Kätzchen? Die Dreistigkeit dieses unverschämten Kosenamens ließ sie die Augen aufreißen und sie starrte in Jays erleichtertes Gesicht. Im nächsten Moment legte er ihre Arme um seinen Hals und hob sie hoch. Es tat weh.

Warum tat es weh? Und wo war sie?

Verwirrt erkannte sie, dass sie geträumt haben musste, und dass ein Albtraum ihre Erinnerungen überlagert hatte. Der Wüstensturm war nie passiert, sie hatten ihre Eltern betäubt und das Sandmännchen war anschließend wieder auf den Dachboden gefahren, während sie ihren Entführer befreit hatte. Ihren Entführer, der sie jetzt zum zweiten Mal innerhalb weniger Tage durch die Gegend trug, während sie hilflos und durcheinander war.

Plötzlich erinnerte sie sich an das letzte Mal und Furcht stieg in ihr auf. Er musste sie ihr ansehen, denn er machte immer wieder leise, beruhigende Laute.

»Es wird alles wieder gut«, versicherte er ihr und setzte sie dann auf dem Boden ab.

Nun lehnte sie sitzend mit dem Rücken gegen einen Baum, sie spürte die harte Rinde unter sich und hatte gleich einen zweiten Grund zu wimmern, als sie das demolierte Cabrio sah und die Bilder vor ihren Augen wieder hochkamen. Der Baum, der auf sie zuraste, diese unglaubliche Kraft, die sie umherwarf, der Gurt, der in ihre Brust drückte und sie beinahe gewaltsam festhielt.

Niemals hätte sie gedacht, dass sie das überleben würden. Doch sie atmete und ihr tat alles weh, also lebte sie, wenn auch mehr schlecht als recht, während sie langsam begriff. Durch ihre Schuld war das schöne Cabrio ihrer Mutter jetzt ein Totalschaden, sie hatte keine Ahnung, wie sie nach Hause zurückkommen und ihr das beichten sollte, zusätzlich zu der Schlummerattacke, zu der sie Okpi überredet hatte. Schlimmer konnte es nicht mehr kommen.

Doch halt, es war *seine* Schuld! *Er* hatte den Unfall gebaut!

Wieder überkam sie die Wut, die jedoch abrupt dem Schreck wich, als sie erkannte, was er dort tat, dass er sich trotz aller Gefahr – explodierten Unfallautos nicht gerne mal? Jedenfalls passierte das im Fernsehen häufig – über den zerbeulten Wagen beugte, mit Gewalt am Verdeck zerrte, das sich beim Aufprall anscheinend zugeschoben und verkeilt hatte, denn es bewegte sich nicht. Anschließend zog Jay den Fahrersitz nach vorne, um dann einen kleinen Körper aus seinem Gefängnis herauszuholen. Und sie erkannte, dass sie sich geirrt hatte, dass alles noch viel schlimmer kommen konnte.

»Nein!«

Wie kam Ben hierher?

Sie wollte sich aufrappeln und ihnen entgegenlaufen, doch ihre Beine trugen sie nicht. Jay presste den Jungen an sich und rannte auf sie zu.

»Kümmere dich um ihn!«, rief er ihr zu und drückte ihr im nächsten Moment Ben in die Arme, die sich wie von selbst um den Achtjährigen schlossen und ihn sanft hielten. »Ich suche deinen anderen Bruder.«

»Was? Was ist mit Hafius?«

»Jetzt nicht!«, schrie er und rannte schon wieder zum Wagen zurück.

Niliana wurde schlecht vor Entsetzen. Wo war er? Wo war ihr Bruder? Das konnte nicht wahr sein, es durfte nicht. Das alles erschien ihr wie eine bösartige Vision, die sich gleich auflösen musste. So wie ihr Traum. Vielleicht gehörte das alles hier zu dem Traum dazu. Aber das Gewicht in ihren Armen, so schwer und warm, es war real. Sie stand wirklich hier und der Unfall war passiert und sie wusste nicht, wo Hafius war ... ob ihr Bruder noch lebte.

Unwillkürlich drückte sie Ben fester an sich, was nicht nur ihr selbst, sondern auch ihm wehtat, denn er jaulte auf.

»Entschuldige, Ben!«

Sie konzentrierte sich auf ihren jüngeren Bruder, der bis auf ein paar Schrammen und blaue Flecken unverletzt aussah. Der großen Schöpferin sei Dank! Ihre Hände zitterten, sie konnte ihn kaum noch halten. Aber sie musste. Ben wimmerte leise und starrte an ihr vorbei ins Leere.

Sie flüsterte ihm beruhigende Worte zu und wunderte sich über sich selbst, dass sie dazu in der Lage war. Dabei suchten ihre Augen unablässig nach Jay und sie flehte die Schöpferin innerlich an, dass er auftauchen würde und einen Körper im Arm hielt. Einen lebendigen Jungen, der zwar unter Schock stand und vielleicht ein paar blaue Flecken hatte, der aber atmete, der lebte!

Ben schluchzte wieder und sie spürte genau, warum. Und sie wusste auch, dass er es jetzt nicht aussprechen konnte, aber dass er es dachte.

»Es ist nicht eure Schuld. Jay ist von der Straße abgekommen.« Niliana presste die Lippen zusammen, während in ihr die Wut auf Jay mit der Sorge um Hafius focht.

Langsam wusste sie nicht mehr, was sie überhaupt noch empfand.

»Ich hab ihn!« Jays Stimme schickte eine kalte Welle durch ihren Körper. Dann sah sie ihn, er trug Hafius auf seinen Armen und ihr Herzschlag setzte kurz aus. Sie sah das Blut auf dem jungen Gesicht, und seinen Arm, der seltsam verdreht von seinem Körper herabhing. Nein, nein, nein …

Sie hörte sich selbst schluchzen und sofort kam das Echo von Ben. Sie musste sich zusammenreißen, für ihren Bruder, und konnte es nicht …

»Was ist mit ihm? Jay! Was ist mit ihm, verdammt noch mal?«

Ihr Hals schloss sich, während ihr die Tränen kamen und sie sich mühsam mit Ben in ihren Armen aufrappelte. Ihr jüngster Bruder stand unter Schock, denn er sagte nichts und schien sich nicht rühren zu können. Sie stellte ihn auf dem Boden ab und schob ihn vorwärts, auf Hafius zu, und ein irrationaler Zorn wallte in ihr auf, als er sich nicht von selbst bewegte.

»Verdammt, Ben! Tu etwas!«

»Bitte, Niliana, es bringt gar nichts, den armen Jungen anzuschreien«, mischte sich nun unnötigerweise der Fluch ihrer Existenz ein, der wie erwartet gar nichts verstand. »Es ist nicht Bens Schuld, was passiert ist. Niemand ist schuld, okay?«

»Darum geht es doch gar nicht!«

Endlich hatten Ben und sie Hafius erreicht und von Nahem sah er noch schlimmer aus. Sein Kopf war blutüberströmt, Schürfwunden bedeckten sein Gesicht, seine Hände und seine Arme, vermutlich von den Ästen und Zweigen der Bäume und Büsche. Dass er Knochenbrüche erlitten hatte, war so gut wie sicher, aber viel schlimmer war ihre Angst vor inneren Verletzungen. Was, wenn er gerade innerlich verblutete, während sie und Jay sich stritten?

»Ben?«

»Er steht unter Schock, Niliana.«

»Halt einfach die Klappe!«, fuhr sie ihn an und wandte sich dann sanft an ihren jüngeren Bruder. »Ben, Hafius hat Schmerzen und du kannst ihm helfen. Verstehst du? Nur du kannst ihm helfen. Es ist sonst kein Arzt oder Heiler in der Nähe.«

Sie beugte sich flehentlich zu ihm herab und sah ihm in die verzweifelten braunen Augen, auch wenn ihr eigener Körper dagegen protestierte und ebenfalls Heilung benötigt hätte. Hafius war wichtig, nur er allein zählte jetzt für sie.

»Ich kann nicht«, flüsterte Ben ängstlich.

Sie lächelte ihn beruhigend an. »Keine Angst, du kannst das.

Ich weiß es und Hafius braucht dich jetzt, Schatz. Siehst du sein Gesicht? Er muss starke Schmerzen haben.«

»Was soll das, Niliana? Er ist nur ein kleiner Junge!«

»Halt dich endlich raus! Er ist ein Heiler!«

Ein Heiler und ihre einzige Hoffnung, Hafius zu retten. Sie selbst fühlte sich so hilflos wie nie zuvor in ihrem Leben. Gar nichts konnte sie tun, gar nichts! Weder Beten, noch Hoffen oder Bangen würden ihm helfen. Und ihre eigene Magie war völlig nutzlos. Sie konnte ja noch nicht einmal den Notarzt verständigen, denn mal abgesehen davon, dass sie nicht wusste, wo sie waren, hatten sie ihre Smartphones nicht dabei. Ihres lag mal wieder vergessen in ihrem Zimmer, die Jungs hatten noch keins und Jays … Moment mal, hatte Jay nicht eins?

Für einen kurzen Moment verspürte sie Hoffnung, bis sie sich erinnerte, dass das Einzige, was Jay aus ihrem Haus mitgenommen hatte, geliehene Kleidung und Schreibutensilien waren, und dass Qrok und Ulpirri ihn zuvor wegen ihrer Entführung verhaftet und ihm all seine Wertsachen abgenommen hatten. Sie konnten niemanden zu Hilfe rufen oder auf ein Wunder hoffen. Es hing alles von Ben ab, der gerade erst seine magischen Kräfte entdeckt hatte und noch keinerlei echte Erfahrungen im Heilen hatte.

Bitte, große Schöpferin, hilf ihnen!, flehte sie stumm.

Jay war nähergekommen und ging vorsichtig in die Knie vor dem wie gelähmt am Boden kauernden Ben. Niliana hatte Angst, dass der Anblick seines verletzten Bruders Ben den Rest geben würde. Er war noch so jung …

Ben starrte Hafius an, dann, ganz langsam, streckte er eine Hand nach ihm aus und legte sie auf seinen Arm. Niliana fing seinen unsicheren Blick auf.

»Stell dir vor, dass er gesund und kräftig ist, Ben. Dass er mit dir Ball spielt und mit dem Arm zum Werfen ausholt. Okay?«

Sie rang sich ein Lächeln ab, von dem sie hoffte, dass es echt wirkte.

»Du schaffst das, Ben!« Jay nickte ihrem Bruder zu.

Sie verkniff sich eine wütende Bemerkung. Er hatte keine Ahnung, wovon er sprach!

Doch die Aufmunterung schien Ben zu helfen, denn er schloss die Augen und atmete tief aus. Magie flackerte unter seiner Hand auf, als er sich bemühte, seine Heilkräfte zu rufen. Langsam, ganz langsam nahm Hafius' Arm wieder sein normales Aussehen an, als sich die Knochen zusammenschoben und zusammenwuchsen und die Abschürfungen verschwanden.

Niliana wartete schweigend und staunend, während ihr kleiner Bruder konzentriert seine Magie wirkte. Ein falscher Ton, ein einziges Wort hätten verheerende Folgen haben können, das ahnte anscheinend nicht nur sie selbst, denn auch Jay wagte es nicht, Ben abzulenken.

Dann war ihr Bruder mit dem Arm fertig, öffnete die Augen mit einem Ausdruck von Erleichterung, Stolz und einem Hauch von Verwirrung, dass es ihm gelungen war. Anschließend legte er seine Hand mit neuem Selbstvertrauen auf Hafius' Kopf, um die Blutungen zu stillen. Niliana musste sich auf die Lippe beißen, um Ben nicht zu drängen, sich zu beeilen. Es kam ihr wie wahnsinnig viel Blut vor. Ihr Herz galoppierte in ihrer Brust, als sie erneut die Angst überkam. Was, wenn Ben ihm doch nicht mehr helfen konnte? Wenn Hafius bereits zu viel Blut verloren hatte?

Jay schenkte ihr ein Lächeln, was sie irritierte. Versuchte er wirklich, ihr Mut zu machen? Oder war er einfach nur erleichtert, weil er glaubte, dass sein Unfall ihren Bruder nicht das Leben kosten würde? Sie konnte ihn nicht länger einschätzen.

Sie hatte sich ablenken lassen, und so verpasste sie beinahe, wie Ben die Heilung der Kopfwunden abschloss und dann ohnmächtig wurde.

»Ben!«

Gerade noch rechtzeitig fing sie ihn auf. Sofort tastete sie nach seinem Puls, der schnell unter ihren Fingern schlug.

»Er ist erschöpft«, vermutete Jay, »aber ich denke, dass Hafius jetzt außer Lebensgefahr ist und dass es in Bens Fall nichts Lebensbedrohliches ist. Wir müssen in die Stadt zurück und sie ins Krankenhaus bringen. Dann wird alles wieder gut. Niliana, hörst du mich?«

Sie sah auf und starrte ihm in die Augen, in denen trotz seiner aufmunternden Worte die Besorgnis stand. Kaum zu glauben, doch er schien sich tatsächlich Gedanken um sie und ihre Brüder zu machen. Sie nickte. Was sollte sie auch sonst tun. Es war das einzig Vernünftige.

»Okay, wir müssen zur Straße zurück und einen Wagen anhalten. Hafius' Bein muss geschient oder geheilt werden und wir sollten nicht warten, bis er aufwacht und die Schmerzen bewusst spürt. Also beeilen wir uns!« Er warf einen Blick auf Ben, der bewusstlos an Niliana lehnte. »Denkst du, du kannst ihn tragen?«

»Geht schon«, sagte sie, biss die Zähne zusammen, als ihr Körper protestierte, und hob dann Ben hoch. Sie hatte ihn so lange nicht mehr tragen müssen, dass sie gar nicht gewusst hatte, wie schwer er geworden war. Vorsichtig gingen sie mit den beiden bewusstlosen Jungen zur Straße zurück und kletterten die Anhöhe hinauf, um am Straßenrand zu warten.

Erleichterung durchströmte sie, als kurz darauf das erste Auto auf sie zuhielt. Hilfe war schon unterwegs!

Doch es fuhr einfach vorbei, der Fahrer schien sie, Jay und die beiden Jungs nicht zu sehen oder nicht sehen zu wollen. Es war ihr unverständlich. Sie brauchten Hilfe!

»He! Anhalten!«, schrie sie dem Wagen hinterher.

»Das bringt nichts, Niliana«, meinte Jay. »Manche Leute sind so.«

»Aber wir brauchen Hilfe! Sieht er das denn nicht?«

»Und warum sollte es ihn interessieren? Wir sind Fremde für ihn, manche Leute kümmert es nicht, was mit Unbekannten passiert. Schließlich gehören wir nicht zu ihrem Leben. Außerdem könnte der Fahrer Angst haben. Wir sind zu viert und dass wir die Jungen tragen, könnte ein Trick sein, um ihn zum Anhalten zu bringen und ihm das Auto zu stehlen.«

»Aber …«

Sie verstummte, als sie erkannte, wie fundamental sich ihre Sicht auf die Welt von Jays unterschied. Für sie war es unbegreiflich, wie man jemandem in Not nicht helfen konnte.

»Da! Ein Auto!«

Mit neuer Hoffnung starrte sie dem kleinen PKW entgegen und bittere Enttäuschung stieg in ihr auf, als auch dieser Autofahrer einfach an ihnen vorbeifuhr. Daher rechnete sie auch nicht mehr damit, dass die beiden ersten Fahrer die Ausnahme gewesen waren und der nächste ihnen garantiert helfen würde, als sich ihnen kurz darauf ein Transporter näherte. Bestimmt würde auch er furchtsam an ihnen vorbeifahren und den Blick von ihnen abwenden, als hätten sie die Seuche.

Doch der Wagen wurde langsamer und hielt ein Stückchen weiter an. Ihr fiel ein Stein vom Herzen, als sich die Tür zur Beifahrerseite öffnete und ein Mann herausschaute. Er war um die Fünfzig, hatte graue Haare, ein freundliches Gesicht und kam ihr wie ein besorgter Familienvater vor. Plötzlich verspürte sie neue Energie und setzte sich mit unbeholfenen Schritten und mit Bens Gewicht in den Armen wieder in Bewegung, dem Mann entgegen.

»Niliana, warte!«

Jays Warnung ignorierte sie, als der Mann sie anlächelte und ihr hilfsbereit die seitliche Schiebetür zum Laderaum öffnete.

»Steig doch ein, wir nehmen euch mit.«

»Vielen Dank!«

Sie erreichte die Tür und wollte gerade mit Ben hineinklettern, als sie hörte, wie Jay hinter ihr scharf einatmete. Im nächsten Moment spürte sie den Lauf einer Pistole an ihrer Schläfe und der freundliche Familienvater lächelte fies.

»Na los, Mädchen! Ich habe nicht den ganzen Tag Zeit. Rein da, und zwar schnell, wenn du nicht willst, dass ich deinem hübschen Schädel oder dem Kleinen in deinen Armen ein Loch verpasse!«

Der Fahrer sah nun lächelnd in den offenen Laderaum des Transporters, auch er hatte eine Pistole, während sie den Magier entdeckte, der im Innenraum sitzend auf sie wartete und die Energie für einen Zauber sammelte. Sie hatte sich getäuscht, das hier waren keine hilfsbereiten Männer. Was wollten sie von ihnen?

Ängstlich stieg sie ein und hielt Ben sorgsam fest, auch wenn der Magier nun einen Schwebezauber zu ihm herüberschickte und ihn ihr entreißen wollte. Sie würde ihm ihren Bruder niemals freiwillig überlassen!

Doch was war mit Hafius? War Jay die Flucht gelungen? Er hatte früher als sie erkannt, dass etwas nicht stimmte, und noch versucht, sie zu warnen.

Aber als sie sich umdrehte, stand er direkt neben dem Transporter, Hafius in den Armen, während der grauhaarige Mann strahlte und ihm auf den Rücken klopfte.

»Gut gemacht, mein Sohn. Wolltest die Kleine nicht aus den Augen lassen, damit sie dir nicht noch mal entkommt, was? Auf die Geschichte, wie du es geschafft hast, aus dem Musengefängnis zu fliehen und auch noch drei Geiseln zu nehmen, bin ich echt gespannt. Wir werden dich wohl Ausbrecherkönig, Trickser oder etwas Ähnliches nennen müssen.«

Und dann begriff sie endlich, wer der Mann war und dass das »mein Sohn« nicht einfach nur dahergesagt war. Wie hatte sie nur so dumm sein können?

12

»Mein Sohn.«

Ein gewaltiger Hass auf den Alten überkam ihn, doch er unterdrückte das Gefühl rasch und ließ sich nichts anmerken, als er sich duckte und in den Transporter stieg.

»Wie habt ihr uns gefunden?« Jay verstand es einfach nicht. Warum war der Transporter ausgerechnet hier und um diese Uhrzeit aufgetaucht? Wie hatten Herkules und seine Leute wissen können, wo er war? Er hätte maximal durch Eisenbiss von Jays Verhaftung erfahren können, mehr nicht. Und niemand hätte ahnen können, dass Niliana sich entschied, ihm still und heimlich zur Flucht zu verhelfen. Außer ihnen beiden hatte niemand gewusst, dass und wohin sie unterwegs waren.

»Das würdest du wohl gerne wissen, mein Junge?«, fragte Herkules lachend. Er war richtig gut gelaunt. Pfeifend schlug er die Tür hinter ihnen zu und stieg dann auf der Beifahrerseite ein. »Fahr los!«, befahl er dem korpulenten Fahrer, in dem Jay seine rechte Hand Walze erkannte, und drehte sich dann halb wieder zu ihnen um.

Vom üblichen Dreiergespann fehlte nur Eisenbiss, denn anstelle des Hünen saß ein ihm unbekannter Mann von Anfang dreißig mit blondem Vollbart bei ihnen hinten im abgedunkelten Laderaum, der sie schweigend anstarrte, während Jay, der immer noch gebückt dort stand und sich umsah, nun das Gleichgewicht verlor und mit Hafius in den Armen beinahe gestürzt wäre, als Walze jetzt abrupt beschleunigte. Er wappnete sich für den Aufprall, doch eine Kraft fing ihn auf und stabilisierte seinen Stand.

»Setz dich, Junge. Ein weiteres Mal helfe ich dir nicht«, brummte der Magier mit tiefer Stimme.

»Ich sehe, du und Spürhund habt schon Freundschaft geschlossen«, meinte Herkules belustigt von vorne.

Jay beeilte sich mit dem Hinsetzen und hörte, wie Niliana einen leisen Seufzer ausstieß, der alles Mögliche bedeuten konnte.

Der Magier grinste ihn an.

»Gegen Spürhund ist ein handelsüblicher Höllenhund eine taube Nuss«, sagte Herkules, offensichtlich in Plauderlaune. »Er ist auch zuverlässiger als ein Höllenhund.« Herkules sah anders als Jay nicht, wie bei dem Satz etwas in Nilianas Augen aufblitzte. Hatte sie etwa die Hoffnung, dass die Höllenhunde der Musenpolizei ihnen folgen und sie retten würden?

»Die Biester mochte ich noch nie. Abknallen sollte man die Viecher!«

Walzes Kommentar machte Niliana erkennbar wütend, aber sie sagte nichts, sondern kniff lediglich die Augen zusammen. Stattdessen beobachtete sie nur alles und tat, als wäre sie harmlos. Eine Wildkatze, die sich als Kätzchen tarnte. Und was die schlechteste Pokerspielerin aller Zeiten konnte, beherrschte er erst recht! Er musste geduldig sein, Informationen beschaffen und auf seine Gelegenheit warten.

»Ich verstehe es trotzdem nicht«, sagte er. »Wie funktioniert seine Gabe? Ihr habt doch nichts von mir …«

Doch in diesem Augenblick erinnerte er sich wieder an den letzten Besuch von Herkules, als dieser unbedingt seine Wohnung hatte betreten wollen und Eisenbiss einen Auftrag gegeben hatte. Eisenbiss hatte die Zeit und die Gelegenheit gehabt. Ihm war nichts aufgefallen, doch irgendetwas hatte Eisenbiss aus seiner Wohnung entwendet, einen Gegenstand, der sich für die magische Suche von Spürhund eignete.

Dieser blinzelte ihm kurz zu und holte dann ein buntes Gitarren-Plektrum aus seiner Tasche – eins von denen, die sein Adoptivvater angefertigt, individuell bemalt und ihm geschenkt hatte –, hielt es sich vor die Nase, beschnupperte es und leckte es dann kurz ab.

Mein Plektrum!

»Das ist eklig!«, meldete sich Ben zu Wort, der anscheinend gerade eben wieder aufgewacht war und sich nun verwirrt umsah. »Wo sind wir?«

»Hallo, junger Mann! Wie heißt du denn?« Herkules schenkte ihm ein freundliches Haifischgrinsen.

»Sag es ihm nicht!«, fuhr Niliana ihn an und Ben blinzelte erschrocken. Er verstand natürlich nicht, was los war.

»Dies sind Gangster, die uns gefangen genommen haben«, erklärte Jay ihm daher rasch und Herkules schnaubte, als säße er im Theater und fände die dargebotene Unterhaltung lustig.

»Uns drei meinst du damit wohl!«, fauchte sie. »*Du* steckst doch mit ihnen unter einer Decke! Also lüg ihn nicht an! Der Anführer dieser Bande ist dein Vater!«

»Richtig! Und mein Junge hier ist auf dem besten Wege, mich stolz zu machen«, sagte Herkules, bevor Jay ihren Irrtum korrigieren konnte. Abscheu und purer Hass standen in Nilianas Augen, während Ben sich kleinmachte und zitterte.

Jay wandte sich von ihnen ab, stählte sich gegen ihre Vorwürfe und grinste dann Herkules an. Vermutlich wäre es besser, wenn er seine Pläne nicht noch einmal vergaß und sich auf sie konzentrierte. Und dafür durfte er Herkules und seine Männer nicht gegen sich aufbringen. »Danke für die Mitfahrgelegenheit. Nach unserem Unfall dachte ich schon, ich müsste die drei irgendwie bis zum nächsten Haus schleppen und dann ein Auto stehlen. Ich nehme an, Eisenbiss hat dir von meiner Verhaftung gestern erzählt?«

Herkules nickte. »Natürlich. *Er* hat mir gestern sofort Bericht erstattet.«

Jay zuckte bei dem indirekten Vorwurf zusammen. »Da hatte ich noch nichts zu berichten und außerdem keine Gelegenheit zu telefonieren«, erwiderte er und warf unwillkürlich einen kurzen Blick zu den Geschwistern, die das Gespräch zwischen Herkules und ihm verfolgten wie das Duell zweier Kampfhunde – als wüssten sie nicht, welche der beiden Seiten gefährlicher war.

Er unterdrückte ein Seufzen, während seine Gedanken rasten. Nein, er konnte sich nicht darauf verlassen, dass sie ihm helfen würden, Herkules und seine Männern zu besiegen und von hier zu fliehen. Und langsam brauchte er dringend eine Idee, denn es würde nicht mehr lange dauern, bis sie das Getto erreichten und dort wartete gewiss schon Herkules' Verstärkung auf sie. Nein, wenn er etwas tun und sie alle retten wollte, dann musste er die Sache selbst in die Hand nehmen, bevor sie bei ihrer Basis ankamen.

»Und jetzt?«, fragte er. Er musste Herkules zum Reden bringen und ablenken, während er sich einen Plan überlegte.

»Da wir dir nicht mehr zur Hilfe kommen müssen und du uns überraschend auch noch die Kinder von Benjamin Whitecomb-Noir mitgebracht hast, stellen wir jetzt eine Lösegeldforderung an den Gouverneur und die Musen, aber nicht nur über eine Million.« Herkules lachte. »Der Plan war nicht schlecht, Junge. Das muss ich zugeben. So viel kriminelle Energie hatte ich dir gar nicht zugetraut. Ausgerechnet die Tochter von Gouverneur Whitecomb-Noir zu entführen, um auf diesem Weg an mein Geld zu kommen. Clever! Dummerweise haben meine Leute nicht erkannt, was vor sich ging und wer sie ist. Deswegen haben sie ihre Flucht nicht verhindert. Aber was soll's. Es ist ja noch mal alles gut gegangen, denn jetzt haben wir nicht nur eine Muse als Geisel, sondern gleich drei! Dreimal so viel Lösegeld, Junge! Dein Plan war, wie gesagt, nicht schlecht, wenn auch noch etwas unausgereift, aber wir machen schon noch einen Profi aus dir, das verspreche ich dir! Für deine Aufnahmeprüfung war das gar nicht übel. Ich hätte nicht gedacht, dass ich das mal sagen würde, aber ich bin stolz auf dich, mein Sohn.« In seinem Gesicht stand ein gönnerhaftes Grinsen, das Jay rasend machte und es kostete ihn eine Menge, das Grinsen halbwegs glaubwürdig zu erwidern. Und das Widerlichste daran war, dass Herkules offensichtlich Jays scheinbare Leistung als eigenen Erfolg wahrnahm – und das, wo er sich nie, wirklich niemals um seinen Sohn gekümmert hatte. Vielleicht bildete er sich ein, seine Ganoven-Gene erfolgreich weitergegeben zu haben. Jay sah im Geiste seine Mutter vor sich, ihr angestrengtes Gesicht, gezeichnet von vielen Jahren voller Sorgen, an denen zum großen Teil Herkules schuld war. Und da erdreistete er sich, hier überheblich umherzugrinsen. Ganz großartig.

Ein Mustervater, wie er im Buche stand. Nur dass dessen Titel »Wie mache ich aus meinem Sohn einen Schwerverbrecher in vier Wochen?« lauten und höchstens in Mafiakreisen ein Bestseller sein würde.

Jay musste sich seine linke Hand – mit der rechten hielt er den bewusstlosen Hafius fest – in die Hosentasche stecken, um sie nicht zur Faust zu ballen und sie irgendwo gegenzuschlagen. Doch dabei spürte er etwas, einen Gegenstand, den er seit dem Vortag mit sich in der Tasche herumtrug. Und nun endlich hatte er einen Plan.

Bei der Berührung hörte er wieder die Stimmen wispern, die ihm bereits so viele gute Ideen für einen Krimi und eine Fantasygeschichte zugeflüstert hatten, und dieses Mal wusste er, wie er die Vorschläge nicht nur zum Schreiben, sondern auch für seinen Kampf gegen Herkules und seine Leute benutzen konnte.

Bald, schwor er sich. Bald würde Herkules erkennen, wie sehr er sich in ihm getäuscht hatte!

Langsam zog er den Gegenstand aus seiner linken Tasche und ließ ihn versteckt hinter Hafius' Körper zu Boden gleiten. Es war umständlich, dass er mit einer Hand arbeiten musste, und er wagte es nicht, zur Seite zu sehen und die Aufmerksamkeit darauf zu lenken, was er dort trieb. Daher mühte er sich eine Weile ab, während ihm langsam der Schweiß ausbrach. Er hatte gehofft, dass er den perfekten Moment zum Handeln auswählen konnte, dass der Wagen irgendwann abbremsen musste und er dann zuschlagen könnte. Doch irgendwann hoffte er nur noch, dass er diesen verdammten Knoten lösen konnte, bevor es zu spät und die Gelegenheit zur Flucht verstrichen war.

Beinahe hätte er erleichtert aufgeatmet, als er es endlich geschafft hatte. Er griff in den Beutel und biss sich auf die Zähne, um nicht zu schreien oder das Gesicht zu verziehen, als seine Hand sich anfühlte, als hätte er sie in ein Kaminfeuer gesteckt. Sie brannte fürchterlich, doch er ignorierte den Schmerz.

Dann nahm er die erste Handvoll Juckpulver und warf sie dem Magier ins Gesicht. Spürhund öffnete verdutzt den Mund, was ein gewaltiger Fehler war, denn er atmete das Zeug ein, verschluckte es und schrie sich nun dermaßen die Seele aus dem Leib, dass Walze das Lenkrad verriss und der Wagen ins Schlingern kam.

»Was tust du, du Idiot? Willst du uns alle umbringen?«, brüllte Herkules, aber selbst seine Wut schaffte es nicht,

Spürhunds Schmerzensschreie zu übertönen. Im Transporter herrschte nun Chaos, als Walze abbremste, um den Wagen wieder unter Kontrolle zu bringen, und Jay in diesem Moment die zweite Ladung des Juckpulvers nach vorne in seine Richtung warf. Dann packte er schnell den Beutel und schleuderte ihn Herkules ins Gesicht.

Der Beutel öffnete sich und verteilte den restlichen Inhalt über seinen missratenen Vater. Jetzt schrien alle drei.

»Raus hier!«, brüllte er Ben und Niliana an, die das Geschehen mit starren Blicken verfolgt hatten. »Das ist unsere einzige Chance!«

Während Walze verzweifelt weiter abbremste und sich dabei schreiend das Juckpulver aus dem Gesicht wischte, rappelte er sich auf, wischte sich schnell die brennende Hand an der Hose ab, bevor er sie unter Hafius' Knie legte und seinen Griff stabilisierte.

Nun jedoch hatte er keine Hand mehr frei, um die Tür zu öffnen, doch zum Glück war Ben nicht vom selben Misstrauen ihm gegenüber erfüllt, denn anders als Niliana zögerte er nicht, war mit zwei Schritten an der Tür und riss sie auf. Er sah ängstlich aus, denn der Wagen war noch nicht vollständig zum Stehen gekommen, doch ein Blick zurück auf Spürhund und dann auf Walze und Herkules machte ihm wohl mehr Angst, denn nun sprang er aus dem ausrollenden Wagen.

»Nimm das Plektrum, damit sie uns nicht folgen können!«, rief er Niliana zu und machte eine entsprechende Geste, denn er war sich nicht sicher, inwieweit sie ihn bei dem Lärm verstehen konnte. Er wartete nicht ab, sondern hielt Hafius fest, trat an die Tür, sah sich kurz um und sprang aus dem inzwischen stehenden Fahrzeug.

Da er sein Gleichgewicht nicht halten konnte angesichts seiner Last, landete er gleich darauf auf seinem Hosenboden und prellte sich das Steißbein. Josha hätte die helle Freude an seinem jetzigen Zustand gehabt. Die paar blauen Flecke gestern waren nichts gegen seine heutige körperliche Verfassung. Das ließe sich bestimmt nicht in einer halben Stunde generalüberholen.

Dann war Niliana neben ihm und streckte ihm die Hand entgegen. Überrumpelt ließ er sich von ihr aufhelfen, schob sich Hafius über die Schulter, bevor der bewusstlose Junge in seinem ungünstigen einarmigen Griff zu Boden rutschen konnte, und dann biss er die Zähne zusammen, als ein gewaltiger Schmerz ihn beim ersten Schritt durchzuckte. Doch das durfte ihn nicht aufhalten. Er war für Niliana und ihre Brüder verantwortlich. Er war einmal so dumm gewesen, sie in seine Familienfehde hineinzuziehen, weil er gedacht hatte, dass dies für das Mädchen keine Folgen haben würde. Diesen Fehler würde er nicht noch einmal machen.

»Lauft!«, rief er ihnen zu und richtete den Blick dann nach vorne, als er sich orientierte. Irgendwo dort vor ihnen befand sich ein sicherer Ort für sie alle und er würde alle Mächte der Hölle aktivieren, um sie dorthin zu bringen.

13

Niliana fragte sich nach etwa hundert Schritten, was bei der dunklen Leere sie hier eigentlich machte. Sie war bereits mehrfach auf Jay hereingefallen und von ihm hintergangen worden und jetzt folgte sie ihm blindlings? Sie musste bescheuert sein!

Doch was war da überhaupt vorgefallen? Hatte er sie nun in eine Falle locken wollen, war es verabredet gewesen, dass Jay sie zu seinem Vater brachte, oder war es doch Zufall, dass sie aufeinandergetroffen waren? Der Mann hatte nicht wissen können, selbst nicht mit Spürhunds Hilfe, dass sie Jay befreit hatte und sie auf dieser abgelegenen Straße unterwegs waren, oder? Sie verstand es nicht, aber anscheinend herrschten zwischen ihm und dem Gangsterboss Spannungen, das war das Einzige, was sie mit Sicherheit sagen konnte.

Was hatte er mit ihnen vor? Wollte er das Lösegeld für sich? War seine Überredungskunst, damit sie mit ihm das Musenviertel verließ, ein hinterlistiger Plan gewesen und ein Versuch, sie ein weiteres Mal zu entführen, oder nicht?

Doch wie passte das mit seiner Sorge um ihre Brüder zusammen? Er hatte sich um sie gekümmert, Ben aufgemuntert und er hatte sein eigenes Leben riskiert, um sie und Ben aus dem Autowrack zu ziehen. Würde das jemand tun, der eiskalt nur an sich selbst dachte? Oder waren sie nur eine Handelsware für ihn, die er in einwandfreiem Zustand halten wollte, um mehr Profit aus ihnen herauszuschlagen?

Wer war Jay? Und welche Pläne verfolgte er?

»Wo laufen wir hin?«, wollte sie wissen und wurde unwillkürlich etwas langsamer, doch Jay antwortete ihr nicht. Stattdessen schaute er zurück und fluchte.

»Los, beeilt euch! Sie folgen uns!«

Ben wimmerte. Seine Augen waren vor Furcht weit aufgerissen und er keuchte. Ihm schien die Anstrengung vom Einsatz seiner Magie noch in den Knochen zu stecken, denn sein Gesicht war bleich und Niliana hatte Angst, dass er ihr jeden Moment umkippen könnte.

»Bitte, halt durch, Ben! Nur ein Stückchen!«, flehte sie.

Doch sie wusste bereits, dass er es nicht schaffen würde. Dass ihm die Kraft fehlte, ausgiebig und schnell zu rennen. Und was jetzt?

Erschöpft versuchte sie, etwas schneller zu laufen. Sie packte Ben an der Hand, in der Hoffnung, dass ihr Schwung ihn mitziehen würde, doch stattdessen brachte sie ihn nur zum Stolpern. So würden sie es nicht schaffen.

»Klettere auf meinen Rücken!«, bot sie ihm an. »Schling die Arme und Beine um mich und halt dich gut fest!«

Während sie innehielt, warf sie einen Blick zurück. Sie hatte erwartet, ein wütendes Dreiergespann an Verfolgern hinter sich zu sehen, doch der Einzige, der ihnen mit einigem Abstand folgte, war Jays Dad, der grauhaarige Familienvater. Ihr erster Eindruck von einer Person hatte sie niemals so sehr getäuscht wie heute.

Endlich war Ben auf ihrem Rücken und hatte die Beine um ihren Bauch und die Arme um ihren Hals geschlungen. Das Adrenalin verlieh ihr neue Kräfte, denn sie versuchte trotz des zusätzlichen Gewichts auf ihrem Rücken zu Jay aufzuschließen, der keine Anzeichen dafür zeigte, dass Hafius auf seiner Schulter ihn verlangsamen würde, sondern schon fast in der Vegetation vor ihr verschwunden war und ein ordentliches Tempo vorlegte.

Sie riskierte es nicht, sich noch einmal nach hinten umzudrehen und zu kontrollieren, wie groß ihr Abstand zu ihrem Verfolger war. Stattdessen sah sie nach vorne, versuchte mit Jay mitzuhalten, was ihr jedoch nicht gelang.

Er holte bestimmt auf!

Jetzt war sie sich sicher, dass sie ihrem Verfolger nicht entkommen konnte. Sie war schlicht zu langsam.

Vielleicht sollte sie einfach aufgeben?

Mutlos wagte sie zum ersten Mal, seit sie Ben hochgehoben hatte, einen weiteren Blick zurück. Wie erwartet hatte Jays Vater aufgeschlossen, von ihnen dreien war sie die langsamste Läuferin.

Sie konnte nicht mehr. Das Herz pochte wie ein Presslufthammer in ihrer Brust, ihr eigenes Keuchen übertönte jedes andere Geräusch um sie herum, während sie seit etlichen Minuten querfeldein über Felder und Wiesen liefen und Dutzende Tiere aufscheuchten.

Doch was, wenn sie aufgab? Was würde dann geschehen? Sie durfte nicht vergessen, dass von ihrer Entscheidung nicht nur ihr eigenes Leben abhing, sondern auch Bens. Wenn es nur um sie gegangen wäre, hätte sie vermutlich schon längst das Handtuch geworfen und wäre stehen geblieben.

Doch würde Jays Vater ihnen etwas tun? Immerhin hatte er vor, Lösegeld für sie zu erpressen, oder nicht?

»Niliana!«, brüllte Jay.

Und plötzlich hörte sie, wie etwas an ihr vorbeizischte, und sah dann, wie die Erde vor ihr auseinandergesprengt wurde.

Ein Schuss! Dieser Bastard schoss auf sie!

»Stehenbleiben oder der nächste Schuss trifft die Kleine ins Bein! Es hat niemand behauptet, dass sie für die Übergabe unverletzt sein muss«, rief Jays Vater und hielt die Waffe immer noch auf sie gerichtet. Sie gehorchten sofort. »Denkst du wirklich, dass du dich mir widersetzen und das Lösegeld allein einheimsen kannst, Junge? Habe ich dir nicht hundert Mal eingebläut, dass die Familie zusammenhält? Und so dankst du es mir? Indem du mich und meine Männer angreifst, nur um die zusätzlichen zwei Millionen nicht teilen zu müssen? Ich bin enttäuscht, Junge, schwer enttäuscht. Kehr mit mir zum Transporter zurück und wir vergessen die Sache. Andernfalls wirst du es bereuen. Wofür entscheidest du dich?«

Jetzt starrte er Jay an und senkte die Waffe. Ihr Herz klopfte wild, als sie sich leise zur Seite entfernte, weg von Vater und Sohn, die sich ein stummes Blickduell lieferten. Ben auf ihrem Rücken wimmerte leise und sie schwor sich, dass sie nicht zulassen würde, dass ihm etwas passierte, dass sie ihn in Sicherheit bringen würde.

Niliana lief los und begann fast augenblicklich wieder zu keuchen. Das Geräusch ihres Atems kam ihr unnatürlich laut vor und sie stellte sich vor, wie Jay und sein Vater jetzt zu ihr herumwirbelten.

»Ich entscheide mich für die Flucht«, antwortete Jay dann überraschend. »Lauf, Niliana!«

Sie hörte seine Schritte hinter sich, als er ihr mit Hafius folgte. Jays Vater fluchte. Gleich würde er wieder auf sie schießen! Und dieses Mal würde er nicht absichtlich vorbeizielen!

Voller Furcht rannte sie noch schneller. Jetzt lief sie buchstäblich um ihr und Bens Leben. Denn der Ganove schien es in Kauf zu nehmen, sie zu verletzen oder einen von ihnen mit einem missglückten Schuss zu töten. Vermutlich würde er sie dann nach der Lösegeldübergabe auch nicht wieder freilassen, sondern einfach umbringen, wenn ihr Leben ihm jetzt schon nichts wert war.

»Ich habe Angst«, flüsterte Ben ihr ins Ohr, während sie hörte, wie ihr Verfolger hinter ihnen vor Wut brüllte. Sicher würde er gleich noch einmal auf sie schießen.

Doch weitere Sekunden verstrichen, ohne dass sie das Geräusch ihres drohenden Todes vernahm. Rasch warf sie einen Blick zurück. Jay und Hafius waren nur wenige Schritte hinter ihnen, doch anders als erwartet folgte ihnen sein Vater nicht. Er hatte auch nicht seine Waffe auf sie gerichtet – hatte er Angst, womöglich seinen eigenen Sohn zu treffen, falls er schoss? –, sondern stattdessen presste er ein Handy an sein Ohr und sprach hinein. Bestimmt, um die beiden anderen Männer aus dem Wagen als Verstärkung zu holen. Erneut überkam sie Angst und sie versuchte vergeblich, noch einmal zu beschleunigen, aber sie war schon jetzt am Ende ihrer Kräfte.

»Es tut mir leid, Ben!«, presste sie keuchend hervor. »Ich kann einfach nicht schneller.«

»Ich kann dir helfen.«

Im nächsten Moment spürte sie, wie neue Energie in ihren Körper strömte. Vergessen waren die Schmerzen vom Unfall und das zusätzliche Gewicht, das sie auf dem Rücken trug. Es ging ihr gut und sie hatte das Gefühl, stundenlang so weiterlaufen zu können. Sie spürte kaum noch den Druck von seinen Armen um ihren Hals.

Nein!

»Ben, du musst dich festhalten!«, flehte sie und packte rasch zu, bevor er von ihrem Rücken rutschen konnte. Dadurch geriet sie jedoch aus ihrem Rhythmus und stolperte.

»Lauf in das Wäldchen dort vorn!«, rief Jay ihr zu. »Wir müssen ein Versteck finden, wo wir uns ausruhen können!«

Sie richtete den Blick auf die Nadelbäume zu ihrer Linken, änderte die Richtung und eilte auf die dichte Mauer aus Ästen zu. Jay folgte ihr schwer atmend mit Hafius, während sie im Zickzack durch den Wald eilte und immer mehr Bäume zwischen sich und ihren Verfolger brachte. Kurz darauf erreichte sie eine Senke, durch die ein Bach floss, und wurde langsamer, als sie hinabkletterte und sich nach einem Versteck umsah.

Hier!

Einer der Bäume war größer als der Rest und hatte dicke, an der Oberfläche liegende Wurzeln, zwischen die sich ein Mensch quetschen und in der Vertiefung verstecken konnte. Sie ging näher heran und ließ Ben behutsam von ihrem Rücken gleiten. Augenblicklich überprüfte sie seine Atmung und sprach ihn leise an, aber er war immer noch bewusstlos.

Jay trat neben sie, nahm Hafius vorsichtig von seiner Schulter und tat dann zu ihrer Überraschung dasselbe. Ein erleichtertes Lächeln überkam ihn, als er Hafius' Atmung kontrolliert und seinen Körper auf weitere Verletzungen abgesucht hatte. Danach huschte sein Blick weiter zu Ben.

»Wie geht es ihm?«

»Er ist bewusstlos, seitdem er mich heilen musste, damit wir deinem pistolenschwingenden Vater entkommen konnten!«, erwiderte sie scharf und Jay zuckte kurz zusammen, bevor er den Kopf hängen ließ.

»Es tut mir leid. Ich wollte nicht, dass euch etwas passiert. Ich wusste, dass er und seine Männer gefährlich sind, deshalb habe ich für unsere Flucht aus dem Transporter gesorgt. Dass er jedoch bereit ist, euch zu verletzen, um uns aufzuhalten, damit habe ich nicht gerechnet. Glaub mir, wenn ich geahnt hätte, was passiert, dann hätte ich euch mit dem Cabrio in der Nähe des Musenviertels zurückgelassen und wäre den ganzen Weg nach Hause zu Fuß gelaufen.«

Sie musterte ihn misstrauisch, doch Jay sah nicht sie, sondern ihre Brüder an. Sein Gesicht wirkte bleich und vom Schock gezeichnet. Er biss sich auf die Unterlippe, als stünde er kurz davor, in Tränen auszubrechen. So sah niemand aus, der log oder versuchte, sie von seinen Worten zu überzeugen. Konnte es sein, dass er tatsächlich Schuldgefühle hatte?

Verblüfft starrte sie ihn an und etwas in ihr rückte an einen neuen Platz. Sie sah nicht länger nur den arrogant grinsenden Entführer vor sich, der sie ständig verspottete und Kätzchen nannte, sondern auch den besorgten Jay, der ohne Rücksicht auf sein eigenes Leben losgerannt war, um ihre Brüder zu retten, der sie vor der Gang gewarnt und beschützt hatte. Und sie sah ihn vor sich, in seiner schicken neuen Kleidung, als er sich vor dem katastrophalen Essen bei ihr entschuldigt hatte. Und zum ersten Mal kam ihr der Gedanke, dass er seine Entschuldigung vielleicht doch ernst gemeint hatte, dass er nicht derselbe kaltblütige Kriminelle war wie sein Vater.

Plötzlich erinnerte sie sich auch an die Spannungen, die sie im Wagen und auf ihrer wilden Flucht zwischen Vater und Sohn wahrgenommen hatte. Dazu kamen die Informationen aus der Akte ihres Vaters über Jay, in der dessen leiblicher Vater nicht vorkam, als würde der Mann in Jays Leben keine Rolle spielen. Das passte dazu, dass sein Vater ihn und seine Mutter nicht finanziell zu unterstützen schien. Und plötzlich wusste sie, dass das Zerwürfnis zwischen ihm und seinem leiblichen Vater nicht gespielt war.

Wenn sie sich für eine Seite entscheiden musste, dann hatte sie jetzt ihre Wahl getroffen. Sie würde lieber Jays Geisel sein als die seines Vaters. Jay hätte niemals eine Waffe auf ihre Brüder oder sie gerichtet. Denn anders als der Alte schien Jay ein Herz zu haben. Und hatte sein Vater nicht gesagt, dass die Entführung sein Aufnahmeritual gewesen war? Dass er zuvor nicht dazugehört hatte? Dann konnte er doch nicht so schlimm sein wie die anderen, oder?

Während ihr all diese Gedanken durch den Kopf schossen, starrte sie Jay und die beiden bewusstlosen Jungen an.

Ihr kam es vor, als wäre sie kurz in ihren Überlegungen davongedriftet und die Angst schwappte erneut über sie wie ein kalter Schauer. Jays Vater! Wo war er? Sie konzentrierte sich auf ihr verstärktes Gehör und lauschte. Erst war es schwierig für sie, die Geräusche zu trennen, das Rauschen der Bäume im Wind, das Reiben der Äste aneinander … da! Schritte, das waren eindeutig Schritte. Schuhe, die kleine Zweige zertraten.

»Wir müssen weiter! Er kommt!«, zischte sie Jay zu und sah ihn erschrocken herumwirbeln, bevor er rasch zu Hafius trat und sich den Jungen wieder über die Schulter legte. Er wirkte immer noch verschwitzt und erschöpft, aber eine längere Pause konnten sie sich nicht leisten.

Niliana packte blitzschnell ihren kleinen Bruder, der immer noch von ihrer Heilung bewusstlos war, legte ihn sich über die Schulter, hielt ihn mit einer Hand fest und schlich so leise und schnell wie möglich davon. Jay war dicht auf ihren Fersen.

Sie bewegten sich zügig und möglichst geräuschlos im Zickzackkurs um die Bäume. Das Sicherste war, so viel Vegetation wie möglich zwischen Herkules und sie vier zu bringen. In einem Wald wie diesem brauchte man kaum fünfzig Schritte, um jemanden aus den Augen zu verlieren, es kam jetzt vor allem darauf an, nicht auf sich aufmerksam zu machen.

Doch kurz darauf erreichten sie den Waldrand, vor ihr erstreckte sich ein brachliegendes, offenes Feld. Sie drehte sich unschlüssig zu Jay um, während sie weiter auf ihren Verfolger lauschte und voller Sorge hinter sich dieses Knacken und Streifen hörte von jemandem, der sich durchs Unterholz arbeitete, als wüsste Jays Vater, wo sie waren.

»Vielleicht sollten wir uns besser trennen und irgendwo wieder treffen, wenn wir ihn abgehängt haben?«, schlug sie schwer atmend vor.

»Das kommt gar nicht infrage! Nein, folg mir. Ich weiß, wo es lang geht und wo wir in Sicherheit sein werden.«

Was blieb ihr anderes übrig, als ihm noch ein weiteres Mal zu vertrauen? Doch während sie ihn beobachtete, bemerkte sie, dass er sich tatsächlich in der Gegend auszukennen schien. Er benutzte Orientierungspunkte wie Bäume, kleine Feldwege oder Bachläufe.

Doch erst als sie die Hütte vor sich auftauchen sah und den Feldweg wiedererkannte, den sie in der Nacht ihrer Flucht benutzt hatte, wusste sie, wo sie war. Doch woher kannte Jay die Hütte?

Nun war sie völlig verwirrt.

»*Umkius!*«, brüllte Jay nun lautstark. »Hilfe!«

Kurz darauf klappte eine Tür zu, sie wusste nicht, ob es die Vorder- oder die Hintertür war, denn sie hatte einen Blick zurückgeworfen. Jays Vater brach in dem Moment aus einem Busch heraus, das Gesicht verzerrt vor Zorn. Er holte seine Pistole wieder hervor, blieb stehen und zielte.

In diesem Moment schoss ein roter Blitz an ihr vorbei. Sie sah nur einen Schatten, mehr nicht. Ein überwältigender Gestank verbreitete sich jetzt in der Luft und ließ sie würgen. Was war das bloß?

Dann blieb der rote Blitz stehen und Niliana erbleichte. Sie hatte das Gefühl, die Tore der Hölle hätten sich vor ihr aufgetan, denn vor ihr stand ein Wesen, das ganz klar nicht von dieser Welt war. Rote Schuppen bedeckten einen Körper, der einen Troll an Größe fast erreichte, und wenn man die gedrehten Hörner auf seinem Kopf berücksichtigte, ihn sogar überragte. Blitze schossen aus seinen gespaltenen Hufen und Niliana nahm an, dass dies ihm diese sagenhafte Geschwindigkeit ermöglichte.

Doch der Höllenbewohner sonderte nicht nur den typischen Schwefelgeruch und Blitze ab, sondern hielt nun auch Feuerkugeln in seinen Händen. Niliana erwartete, dass der Feuerball gleich den Gangsterboss oder sie selbst treffen würde, denn das Wesen stieß ein wütendes Gebrüll aus und warf wild mit den Flammen um sich.

Bislang waren sie alle vom Feuer verschont geblieben, doch die Kreatur jagte ihr eine animalische Todesangst ein, die sie noch nie zuvor verspürt hatte. Am liebsten hätte sie vor Panik laut geschrien und nur der Gedanke, dass sie Ben nicht wecken und das Höllengezücht auf ihn aufmerksam machen durfte, hielt sie davon ab.

Der Zorn dieses mächtigen Wesens ließ sie erzittern und selbst Jays Vater war furchtsam ein Stück vor ihm zurückgewichen und blass geworden.

»Bleib zurück, du Missgeburt!« Er hob die Pistole und drückte mehrmals ab. Seine Hände zitterten, ein Zeichen, wie groß seine Angst tatsächlich war, obwohl er jetzt einen auf starken Mann machte.

Das übernatürliche Lachen der Kreatur donnerte über die Wiese.

Weitere Feuerbälle schlugen in den Boden ein und beschrieben jetzt einen fast perfekten Kreis. Der Flammenring loderte hell auf und veränderte sich von leuchtendem Rot-Orange in eiskaltes Blau. In diesem Moment schossen die Flammen mehrere Yards in die Höhe und erzeugten einen Sog, der sie von den Füßen riss.

Dies war ein Höllenkreis, ein Portal zu einem der unwirtlichsten und schrecklichsten Orte, die ihnen bekannt waren: der Planet Hölle.

Jetzt schrie sie trotz ihrer guten Vorsätze tatsächlich, als sie in den Flammen weitere Monster erblickte. Auch Jays Vater schien endlich zu erkennen, dass er keine Chance gegen diesen Höllenbewohner hatte, der mit nur einer Geste weitere seiner Art zu ihnen auf die Erde holen und sie alle vernichten konnte. Er nahm die Beine in die Hand, als wäre der Teufel hinter ihm her, was nicht mal wirklich weit hergeholt war, während das unmenschliche Lachen ihn verfolgte.

Nach ein paar Sekunden war er zwischen den Bäumen verschwunden und Niliana bezweifelte, dass er zurückkehren würde.

Doch dann drehte sich das Wesen zu ihr um und anders als der Gangster hatte sie nicht mehr die Kraft, um wegzurennen. Langsam kam es auf sie zu und sie drückte Ben an sich. Sie würde ihren Bruder beschützen und wenn es das Letzte war, das sie tat!

Womit sie jedoch nicht gerechnet hatte, war, dass es mit einer Handbewegung den Höllenkreis löschen und das Portal in die andere Welt schließen würde. Völlig überraschend kam für sie auch, dass seine Schuppen plötzlich ihren roten Glanz verloren und blau wurden, während der Gestank nach Schwefel nachließ.

Doch das Verrückteste war, dass Jay mit Hafius in den Armen jetzt unerschrocken auf die Teufelsgestalt zuging und lauthals lachte. War er verrückt geworden? Er würde sich selbst und Hafius umbringen!

Doch bevor sie ihm eine Warnung zuschreien konnte, öffnete er den Mund und sprach nur ein Wort: »Umkius!«

Und das Wesen lächelte und klopfte ihrem Entführer mit einer großen, mit Krallen bestückten Pranke auf den Rücken.

»Jay, mein Alter, wie geht es dir?«, fragte er dann zu ihrer größten Verwunderung in akzentfreiem Englisch.

Und sie erkannte, dass Umkius der Freund war, zu dem Jay sie und ihre Brüder hatte bringen wollen. Dass ein Teufel mitten unter ihnen lebte und mit einem Menschen befreundet war.

Und dass genau dieser Teufel ihr vermutlich in der Nacht ihrer Flucht einen Unterschlupf in seinem Heim geboten und sie während ihres Schlafs beobachtet und mit etwas zu trinken versorgt hatte.

Doch das war nach dem anstrengenden Tag, der schlaflosen Nacht und den Familienkatastrophen vom Vortag einfach zu viel für sie, das letzte Tröpfchen, welches das Fass zum Überlaufen brachte. Und so ließ sie Ben sanft zu Boden gleiten, bevor sie sich ihrer Ohnmacht ergab.

14

»Niliana!«

Entsetzt beobachtete er, wie sie die Augen verdrehte und umkippte. Die Erleichterung, die er eben noch verspürt hatte, verpuffte einfach und er bekam einen riesigen Schreck. War sie getroffen worden? Hatte sein Vater sie etwa bei seinem wilden Geballer doch nicht verfehlt?

»Halt ihn!«, bat er verzweifelt und drückte seinem verdutzten Freund den bewusstlosen Hafius in die Arme, während er zu ihr eilte. Sie lag auf der Seite, daher drehte er sie zunächst herum, damit er ihren Rücken untersuchen konnte. Doch er fand keine Blutspritzer und erst, als er ihren Körper gründlich inspiziert und keine Schussverletzung gefunden hatte, beruhigte er sich ein wenig, drehte sie vorsichtig auf den Rücken, strich ihr die Haare aus dem Gesicht und hob sie behutsam hoch. Jetzt, da das Adrenalin von der Flucht nachließ, zitterten seine Arme und er spürte auch wieder das Brennen des Juckpulvers auf seiner Handfläche und musste die Zähne zusammenbeißen.

»Was ist geschehen?«, fragte Umkius nun, der ihn geduldig hatte gewähren lassen. »Erst erfahre ich, dass du verhaftet worden bist wegen der Entführung einer Muse, und dann, dass der alte Miller dich rausgeschmissen hat, woraufhin der Boss mir die fristlose Kündigung für dich mitgegeben hat, weil er wohl gedacht hat, wenn jemand wüsste, was mit dir los ist, dann wohl ich. Dabei hatte ich von nichts eine Ahnung und musste alles von anderen erfahren. Weißt du, was das für ein Scheißgefühl ist?«

Jay zuckte zusammen. Umkius hatte recht, er war kein guter Freund gewesen. Er hatte nicht ein einziges Mal darüber nachgedacht, was außerhalb seines persönlichen Chaoslebens vor sich gegangen war. Und doch war er ohne nachzudenken zu Umkius' Hütte, der einzigen Behausung in der Mitte des Halbkreises, welche die Landstraße zwischen dem Musenviertel und dem Getto beschrieb, gelaufen, weil er wusste, dass er sich auf seinen besten Freund bedingungslos verlassen konnte, und weil er darauf vertraut hatte, dass Umkius das schaffen würde, was er nicht geschafft hatte, nämlich seinen Vater zu verjagen.

»Es tut mir leid«, entgegnete er schuldbewusst. »Ich erzähle dir alles, okay? Aber erst einmal müssen wir uns um die drei kümmern. Der Junge in deinen Armen, Hafius, hat ein gebrochenes Bein und ist seit unserem Unfall bewusstlos, was mir Sorgen macht.«

Wie spät war es eigentlich? Sie hatten das Musenviertel um kurz vor sechs Uhr verlassen, der Unfall war wenige Minuten später erfolgt und in der Gewalt seines Vaters waren sie etwa eine Viertelstunde lang gewesen, bevor sie minutenlang vor ihm davongerannt waren und sich für eine Weile im Wäldchen versteckt hatten. War es schon sieben Uhr? Oder später? Wie lange war er nach dem Unfall bewusstlos gewesen?

»Unfall?«

Umkius' Schuppen verfärbten sich weiß, ein klares Zeichen seiner Sorge. Doch Jay konnte sich nicht dazu überwinden, ihm alles zu erklären, solange er nicht wusste, wie es Niliana und ihren Brüdern ging.

»Später, okay?«, bat er müde, während er das Mädchen vorsichtig hineintrug. Umkius öffnete ihnen schweigend die Türen und musste sich bücken, um hindurch zu passen.

»Leg sie aufs Sofa!«, meinte er, während er Hafius ins Schlafzimmer brachte. Dafür, dass er so groß war, bewegte er sich geschickt durch die beengte und inzwischen für ihn viel zu kleine Hütte.

Behutsam legte Jay Niliana auf dem Sofa ab und bettete ihren Kopf auf ein Kissen. Zum Glück sah er, wie sich ihre Brust gleichmäßig hob und senkte, und seine Anspannung ließ nun etwas nach, auch wenn ein komisches Gefühl sein Herz immer noch zusammenquetschte.

»Du magst sie, oder?«, fragte Umkius leise, der aus dem Schlafzimmer zurückgekehrt war und ihn nun beobachtete. »Und nicht nur das: Du hast dich in sie verliebt.«

»Quatsch!«, wehrte er ab.

Wie kam Umkius auf diesen Blödsinn? Er empfand nichts für sie! Sie war eine Muse, eins der Wesen, die er am meisten hasste und verabscheute. Auch entsprach sie überhaupt nicht seinem Typ, der eher dunkelhaarig, groß und nett war. Niliana war das genaue Gegenteil davon: hellblond, zierlich und eine Wildkatze, die ihn ständig schlug. Er konnte sich gar nicht in sie verliebt haben!

Oder?

»Ja, klar«, erwiderte sein bester Freund skeptisch. Er glaubte ihm nicht.

Genervt folgte er dem Teufel, der wieder seine gewöhnliche blaue Schuppenfarbe angenommen hatte, nach draußen, um Ben zu holen. Zum Glück hatte Niliana den Jungen noch abgesetzt, bevor sie ohnmächtig geworden war, denn es war schon schlimm genug, dass er sich um zwei der Geschwister Sorgen machen musste, wenigstens einem von ihnen sollte es gut gehen.

Schuldgefühle plagten ihn dennoch, als er den Kleinen sanft anhob. Das Ganze hatte sich zu einer absoluten Katastrophe entwickelt. Kein Wunder, dass Niliana ihn hasste. Er hatte nicht nur sie verletzt und entführt und damit ihrer ganzen Familie Kummer bereitet, sondern er hatte auch noch den Unfallwagen gefahren, Hafius war nur seinetwegen in diesem Zustand und dann hatte er die Geschwister auch noch ins Visier seines skrupellosen Vaters und seiner Verbrecherorganisation gerückt. Wer machte so etwas? Kein Wunder, dass sie ihn für ein Arschloch hielt.

In diesem Moment blinzelte der Junge und sah verwirrt aus.

»He, Ben«, sagte er leise und lächelte ihn aufmunternd an. Der Junge sollte sich keine Sorgen machen, besonders da seine letzten Erinnerungen die Flucht vor Jays Vater und der Schuss sein mussten. »Wie fühlst du dich?«

»Müde«, erwiderte er.

»Du brauchst keine Angst haben, ihr seid in Sicherheit. Der schreckliche alte Mann ist fort.«

»Du meinst deinen Vater.« Ben ließ ihm keinen Platz für Beschönigungen und Ausflüchte.

Er seufzte. »Ja, leider. Das ist er, daran kann ich nichts ändern. Aber ich bin nicht wie er, verstehst du? Ich werde euch nicht wehtun, versprochen! Glaubst du mir?«

»Ja.«

Dann sah sich der Junge um und entdeckte Umkius. Seine Augen wurden größer, als sein Blick nach oben wanderte. Doch Angst schien er keine zu haben. Im Gegenteil, er war fasziniert.

»Was bist du?«

»Das ist unhöflich«, tadelte Jay ihn. Er hasste es, wenn Leute diese Frage stellten, entweder neugierig, abgestoßen oder furchtsam. Doch noch schlimmer war die Formulierung: »Was ist das?«, als wäre sein Freund kein denkendes und fühlendes Wesen, sondern Jays Haustier, über das er Rechenschaft ablegen sollte.

»Er meint es nicht böse, Jay«, mischte sich nun Umkius mit einem Lächeln ein, wobei er seine Fangzähne enthüllte, was Ben sichtlich cool fand. »Mein Name ist Umkius. Und wie heißt du?«

»Ben. Eigentlich Benjamin Whitecomb-Noir der Zweite, aber alle nennen mich Ben. Umkius ist ein toller Name!«

»Vielen Dank.«

Umkius verfärbte sich vor Verlegenheit rosa, was Jay auch noch nicht allzu häufig gesehen hatte. Zum Glück wusste der Junge nicht, was die verschiedenen Schuppenfarben bedeuteten. Belustigt musste er sich auf die Lippen beißen, um nicht laut zu lachen. Er wäre ein schlechter Freund, wenn er den armen Umkius, der nicht anders konnte, als seine Gefühle offen zur Schau zu tragen, auslachen würde.

»Wir sollten reingehen und nach deinen Geschwistern schauen«, schlug er stattdessen vor.

»Geschwister?«, wunderte Umkius sich, doch Jay blieb ihm wieder eine Antwort schuldig, da sich Ben nun unruhig in seinen Armen drehte. Die Erwähnung von Niliana und Hafius schien ihn daran erinnert zu haben, was mit ihnen geschehen war.

Jay setzte ihn auf dem Boden ab und Ben war schneller in der angelehnten Vordertür verschwunden, als er gucken konnte. Rasch folgte er ihm und entdeckte den Jungen im Wohnzimmer, wo er besorgt eine Hand nach seiner schlafenden Schwester ausstreckte und konzentriert das Gesicht verzog.

»Bitte überanstrenge dich nicht«, bat er. Sein letzter Heilversuch hatte den Achtjährigen in Ohnmacht fallen lassen und wer wusste, was dieses Mal geschehen würde, wenn er erneut zu viel von seiner Magie einsetzte. Sie hatten Glück gehabt, dass alles so glimpflich ausgegangen war. Was passiert wäre, wenn Ben keine Heilkräfte gehabt hätte, mochte sich Jay gar nicht erst vorstellen.

»Sie schläft«, verkündete der Junge schließlich leise. »Mit ihr ist alles in Ordnung.«

Er wirkte erleichtert, bevor er sich mit gerunzelter Stirn umsah. Vermutlich suchte er seinen Bruder.

»Hafius befindet sich im Schlafzimmer«, murmelte Umkius, der nach ihnen das Wohnzimmer betreten hatte. Er deutete auf die Tür zu seiner Linken und Ben nickte kurz dankbar, bevor er zu seinem Bruder rannte.

»Munteres kleines Kerlchen«, raunte Umkius Jay noch zu, bevor sie Ben folgten.

Als sie ins Schlafzimmer kamen, legte der Junge gerade die Hand auf Hafius' gebrochenes Bein und der Elfjährige wimmerte. Das schien er zu spüren und Jay war nur froh, dass der Junge während der letzten Stunde bewusstlos gewesen war. Doch langsam schien er wieder aufzuwachen und seine Schmerzen wahrzunehmen.

»Bitte beeil dich!«, flehte er Ben unwillkürlich an, bevor er sich die nächsten Worte verkniff. Jetzt war er genauso schlimm wie Niliana und setzte einen kleinen Jungen unter Druck! Dabei tat Ben doch schon mehr, als sie von ihm verlangen konnten.

Aber zum Glück hatte Ben Jay gar nicht gehört, denn er summte irgendein Lied und hatte seine Augen geschlossen. Im nächsten Moment fing seine Magie an zu wirken und Jay und Umkius konnten dabei zuschauen, wie sich das Bein des Jungen richtete und wieder seine normale Form annahm. Täuschte er sich oder atmete Hafius bereits entspannter und hatte wieder etwas mehr Farbe im Gesicht?

Jay ließ den angehaltenen Atem entweichen, als der Musenjunge von Sekunde zu Sekunde gesünder aussah und schließlich entspannt schlief. Wie erwartet begann Ben jetzt zu taumeln, doch Jay stand schon neben ihm und fing ihn auf.

»Ruh dich aus, ihr seid hier in Sicherheit und Hafius geht es gut, dank dir«, beruhigte er den kleinen Heiler, bevor er den Jungen, dem bereits die Augen zufielen, vorsichtig zu seinem älteren Bruder aufs Bett legte.

»Und jetzt will ich endlich ein paar Antworten!«, forderte Umkius im Flüsterton.

Jay seufzte. Vor dem Gespräch graute ihm schon, doch er hatte es versprochen und mal abgesehen davon hatte er nie zuvor Geheimnisse vor seinem besten Freund gehabt, jedenfalls nicht solche großen.

»Lass uns in die Küche gehen«, schlug Umkius vor und Jay nickte angespannt.

Wie alle Räume in der Hütte war die Küche klein und so setzten sie sich an den Tisch, damit Umkius nicht die ganze Zeit den Kopf einziehen musste.

»Okay, was willst du wissen?«

»Stimmt es? Hast du eine Muse entführt?«, kam Umkius sofort zum Punkt.

Er seufzte. »Ja.«

»Verdammt, Jay! Warum hast du das getan? Du bist doch kein Krimineller! Du wolltest nie etwas mit den Gangs zu tun haben und jetzt das? Entführung ist kein Kavaliersdelikt! Was hast du dir davon versprochen?«

Der Teufel war jetzt wieder schneeweiß und hatte sich ereifert vor Sorge. Zum Glück konnte Jay nicht eine einzige rote Schuppe entdecken. Doch er bezweifelte, dass es dabei bleiben würde.

»Ich dachte, ich hätte keine Wahl!«, verteidigte er sich. Er fuhr sich mit der Hand durch die Haare. Auf einmal fühlte er sich zutiefst erschöpft, als der Abfall des Adrenalins und die Anstrengungen der Flucht sich bemerkbar machten. Er seufzte.

»Es ist kompliziert …«, sagte er schließlich.

»Wusstest du, dass das Mädchen schon einmal hier war?«

»Was?«

Von allen Dingen, die Umkius hätte sagen können, hätte er niemals mit diesem Satz gerechnet.

»Sie brauchte Hilfe und ein Glühwürmchen brachte sie hierher. Als ich Samstagnacht nach Hause kam, lag sie auf meinem Sofa und schlief. Ich war völlig überrascht. Bei mir kommt nie einer vorbei. Weißt du ja.«

Jay nickte, auch wenn er der Ansicht war, dass sein Freund immer noch nicht abgelegen genug wohnte, um vor Menschen, Trollen, Elfen und anderen Wesen in Sicherheit zu sein und von allen in Ruhe gelassen zu werden. Denn die Leute, und besonders die Menschen, hatten Angst vor ihm, sie sahen in ihm nur den Teufel aus den schrecklichen Erzählungen. Auch wenn die Höllenkriege schon sehr lange vorbei waren, war die Furcht vor Höllenbewohnern, den Höllenhunden und den Teufeln, doch nie ganz verschwunden. Und in jedem Geschichts- und Märchenbuch gab es Teufel mit roten oder schwarzen Schuppen. Diese Urangst war tief in ihrer Kultur verankert, sodass es eigentlich ein Wunder war, dass Umkius so lange allein in einer ihm feindlich gesinnten Welt überlebt hatte.

»Sieh mich nicht so an, Jay!«

Natürlich kannte Umkius ihn zu gut, um das Mitleid und die Sorge zu übersehen, die Jay seinetwegen empfand. Auch wenn der Teufel inzwischen eine Kopfbedeckung hatte, die aus einem langen Tuch bestand, welches er um seine Hörner wickelte, um sie auf der Arbeit mehr schlecht als recht zu verstecken, und mit langen Hosen seine Hufe kaschierte, so kam es doch immer wieder mal vor, dass jemand doch genauer hinsah, wenn sie aufgrund ihrer Tätigkeit in den Straßen unterwegs waren. Denn auf den zweiten Blick konnte Umkius nicht mehr als Troll durchgehen.

»Ich habe erst am nächsten Tag in den Nachrichten gesehen, dass sie entführt worden ist. Da ich nicht wollte, dass sie aufwacht, mich sieht und sich vor mir fürchtet, habe ich die Nacht im Schuppen verbracht und kurz nach Sonnenaufgang war sie auch schon fort, ohne dass wir miteinander gesprochen hätten. Das wäre auch ein seltsames Gespräch geworden, wenn sie mir von dir erzählt und ich ihr anschließend gesagt hätte: ›He, der Typ, der dich entführt hat und vor dem du davonläufst, ist mein bester Freund. Aber hab keine Angst, hier bist du in Sicherheit!‹«

Er schüttelte ungläubig den Kopf, konnte es anscheinend immer noch nicht fassen, während Jay zusammenzuckte. Er hatte ja recht!

»Ich habe ihr nichts getan. Ich habe sie lediglich betäubt und bei uns zu Hause im Keller eingesperrt. Sie zu verletzen, war niemals meine Absicht. Das könnte ich gar nicht, das weißt du.«

»Weiß ich das?«, fragte Umkius. »Momentan denke ich, ich weiß gar nichts mehr über dich. Du hast dich schon seit mehreren Tagen so seltsam verhalten, wolltest mir aber nicht verraten, was mit dir los ist, egal wie sehr ich nachgebohrt habe. Dann reichst du von heute auf morgen einfach Urlaub ein, ohne mir vorher Bescheid zu geben, und das, obwohl wir unseren Urlaub sonst immer gemeinsam nehmen …«

Jay zuckte zusammen. Er hatte recht, denn es gab einen wichtigen Grund, warum sie stets zur selben Zeit Urlaub nahmen: Die Kollegen wollten nicht mit Umkius zusammenarbeiten, wenn Jay nicht dabei war. Er wusste das, dennoch hatte er seinen besten Freund ohne Vorwarnung im Stich gelassen.

»Es tut mir schrecklich leid.«

»Das muss es nicht, es ist nichts vorgefallen und Montagmittag, als ich von deiner Verhaftung erfahren habe, habe ich mir sofort freigenommen. Was ich letzten Endes nicht hätte tun müssen«, murmelte er.

»Was meinst du damit?«

Wollte er damit sagen, dass er und Jay nicht länger beste Freunde waren? Ihm wurde ein bisschen schlecht und er hatte das Gefühl, sich an etwas abstützen zu müssen.

»Nein! Das wollte ich damit nicht sagen!«, rief der Teufel erschrocken, der ihm anscheinend seine Befürchtungen vom Gesicht ablesen konnte. »Nur dass der Chef mir gekündigt hat. Du weißt, dass er mich nie mochte, genau wie die anderen. Auch wenn ich gute Arbeit geleistet habe. Doch als er dir gekündigt hat, dachte er wohl, dass er mich am besten dann auch gleich rausschmeißt, bevor die Kollegen einen Aufstand machen.«

»Dieser Bastard!«, schimpfte Jay.

Zorn brodelte in ihm. Doch nicht nur auf den Chef, sondern auch auf sich selbst. Seine Gedankenlosigkeit hatte nicht zum ersten Mal schlimme Folgen. Doch dass ausgerechnet Umkius nun dafür bezahlen musste, war so unglaublich ungerecht. Dies alles war seine Schuld, niemand anders konnte etwas dafür.

»Es ist nicht so schlimm. Du weißt, ich trauere dem Job nicht nach.«

»Trotzdem!«, erwiderte er und schlug mit der geballten Faust frustriert auf den Tisch. »Das ist nicht fair! Und du hättest jedes Recht der Welt, mir Vorwürfe zu machen.«

»Würde es dir dann besser gehen?«

»Ja, verdammt!«

»Das glaube ich nicht, Jay. Irgendetwas stimmt nicht. Irgendetwas so Schlimmes ist passiert, dass du nicht darüber reden kannst, noch nicht einmal mit mir. Stattdessen tust du Dinge, die dir sonst im Traum nicht eingefallen wären, egal wie sehr du die Musen verabscheust. Aber eine Muse zu entführen? Das tust du nicht grundlos, nicht wenn du das Gefühl hättest, es gäbe eine andere Möglichkeit.«

»Ich … es ist mein Vater. Es ist immer nur er.« Jay hatte das Gefühl, dass die Schmerzen in seinem Körper sich bündelten und Einzug in seinen Kopf hielten. Er schlug sich die Hände vors Gesicht und stützte sich mit den Ellenbogen auf dem Tisch ab, während er verzweifelt überlegte, was er tun sollte. Nun hatte er ausgerechnet auch noch seinen besten Freund in die Sache hineingezogen. Etwas, das er unbedingt hatte vermeiden wollen.

Jay wusste nicht, wie lange er so niedergeschlagen am Tisch gesessen hatte und in düsteren Gedanken versunken gewesen war. Irgendwann hörte er das vertraute Pfeifen des alten Wasserkochers und kurz darauf stellte Umkius etwas auf dem Tisch ab. Er sah auf, warf einen zerstreuten Blick auf die Wanduhr, die kurz vor acht anzeigte, und bemerkte dann die beiden dampfenden Teetassen vor ihnen. Eine davon schob Umkius jetzt zu ihm herüber und Jay ergriff sie dankbar.

»Bitte erzähl!«, bat sein Freund leise. »Gib mir die Chance, dir zu helfen. Ich dachte, dein Vater hätte sich gefreut, dich kennenzulernen?«

Jay lachte bitter, als er sich erinnerte, wie glücklich er nach ihrer ersten Begegnung gewesen war und wie sehr er sich getäuscht hatte.

»Ich weiß nicht, ob du das kannst. Ich weiß nicht, ob es überhaupt jemand kann.« Er starrte einen Moment lang auf die Tischplatte, bevor er sich einen Ruck gab. »Ich hatte dir ja erzählt, wie ich ihn aufgespürt habe und wie glücklich ich nach unserem ersten Gespräch war. Ich war so ein Idiot! Vorletzten Samstag war ich wieder zu Besuch bei ihm und da hat er mir endlich sein wahres Gesicht gezeigt.«

»Was meinst du damit?«

»Er ist ein Gangsterboss und möchte mich zwingen, selbst kriminell zu werden. Er verlangt von mir, dass ich innerhalb eines Monats eine Million Dollar auf illegale Weise beschaffe. Als Aufnahmeprüfung in seine Verbrecherorganisation.«

»Weiß er nicht, was du von Gangs hältst?«

»Das interessiert ihn nicht. Mein Wille zählt für ihn nicht. Wenn ich es nicht freiwillig tue, dann zwingt er mich dazu.«

»Weiß Priscilla Bescheid über das alles?«, fragte Umkius.

»Nein. Also nicht die neuesten Entwicklungen. Herkules hat sie bedroht. Deshalb habe ich sie fortgeschafft zu einer alten Freundin und früheren Arbeitskollegin in Lock City. Das mit dem Urlaub und dem Gewinnspiel war gelogen. Ich habe ihr gesagt, dass ich mir etwas überlege und mich melde, wenn es wieder sicher ist und sie zurückkehren kann. Und nun hat sie aus den Nachrichten erfahren, dass ich eine Muse entführt habe! Wie soll ich ihr das erklären?«

»Sie muss umkommen vor Sorge. Du solltest sie anrufen.«

Jay verzichtete auf ein Nicken, da es schon schmerzhaft genug hinter seiner Stirn klopfte, und ging in den Flur, wo das Telefon stand.

Wie ein Roboter wählte er die Nummer, die er auswendig gelernt hatte, weil es zu riskant war, irgendwo eine Spur zu hinterlassen, die Herkules aufspüren konnte. Er wünschte sich, er hätte seine Mutter weiter fortbringen können, weit weg von Herkules' Einflussgebiet, am besten sogar außer Landes und nicht nur zwei Städte weiter. Doch dafür fehlte ihnen leider das Geld.

Er zitterte, als er das Freizeichen vernahm und im nächsten Augenblick ihre Stimme hörte.

»Umkius?«

»Mom.« Die Stimme versagte ihm fast und er musste sich räuspern. »Ich bin's.«

»Jay! Ich habe mir solche Sorgen gemacht! Geht es dir gut? Ich habe in den Nachrichten gehört, dass du verhaftet worden bist, weil du ein Musenmädchen entführt hast. Stimmt das?«

Er spürte, wie sich Hitze in seinen Wangen ausbreitete, als ihm das Blut ins Gesicht schoss.

»Ja«, flüsterte er beschämt.

»Oh, Jay!«

Er hörte, wie sie seufzte.

»Es tut mir leid, dass du dir Sorgen um mich gemacht hast. Ich bringe das alles wieder in Ordnung, versprochen!«

Und er hatte so vieles, was er wiedergutzumachen hatte. Nicht nur, dass er ihr mit seiner Heimlichtuerei und der Suche nach seinem leiblichen Vater das Herz gebrochen und schmerzhafte Erinnerungen aufgewühlt hatte. Er hatte sie auch ihren Job gekostet und nun auch noch ihr Zuhause.

»Ich muss dir etwas gestehen. Wir haben unsere Wohnung verloren. Der alte Miller hat uns gekündigt, als ich von der Musenpolizei verhaftet wurde. Es ist meine Schuld, dass wir unser Zuhause verloren haben.«

Für einen langen Moment hörte er am anderen Ende nur Schweigen. »Das ist nicht so wichtig. Hauptsache ist, dass du in Sicherheit bist. Alles andere bekommen wir wieder in Ordnung, ich spreche mit dem alten Miller. Bleib bei Umkius! Bitte! Er wird dich beschützen, er ist ein guter Junge und ein noch besserer Freund.«

»Ich weiß.«

»Ich liebe dich.«

Jay schloss die Augen, als ihm die Tränen kamen. »Ich liebe dich auch und vermisse dich. Ich melde mich bald wieder, in Ordnung?«

»Bitte pass auf dich auf, Jay! Bis bald!«

Er legte auf und fühlte sich emotional verwundbar, aber auch erleichtert, dass seine Mutter ihn immer noch liebte. Schritte ertönten und plötzlich spürte er Umkius neben sich stehen.

»Wie geht es Priscilla?«

Jay riss die Augen auf, als plötzlich eine Stimme voller Misstrauen fragte: »Wer ist Priscilla?«

Er drehte den Kopf und sah Niliana und ihre Brüder am anderen Ende des Flurs stehen. Ihre Augen blitzten und Jay fragte sich, wie lange sie schon dort standen und sein Gespräch belauscht hatten. Und was passiert war, dass Niliana jetzt den Eindruck machte, als wollte sie ihn im nächsten Moment wieder angreifen.

15

Sie war einen Augenblick lang verwirrt, als sie die Augen aufschlug und sich ihr ein vertrauter Anblick bot. Dieses Wohnzimmer kannte sie. Hatte sie ein Déjà-vu? Was war geschehen?

Verwundert setzte sie sich auf und bemerkte dann ein paar Unterschiede zu jenem Morgen – bei der Göttin, war es erst vor zwei Tagen gewesen? Es kam ihr wie eine kleine Ewigkeit vor. Das Glas Wasser, das sie Sonntagmorgen begrüßt hatte, fehlte dieses Mal. Auch stand der Sessel auf der anderen Seite des Tisches nicht an derselben Stelle und einige Gegenstände auf dem Tisch waren verrückt worden.

»Es war also kein Traum«, murmelte sie und empfand bei dem Gedanken kurz einen Stich, bevor sie sich erinnerte, dass sie dennoch an ihren Entführer gebunden wäre, selbst wenn sie die letzten beiden Tage nur geträumt hätte.

»Hafius! Ben!«

Sie sprang auf und sah sich um. Im Wohnzimmer waren sie nicht, doch sie entdeckte eine angelehnte Tür und als sie hindurchschaute, befanden sich dort ihre beiden Brüder. Erleichtert eilte sie zu ihnen, schloss die Tür hinter sich und musterte sie.

»Der Göttin sei Dank!«

Hafius sah um einiges besser aus als noch vorhin. Irgendwer hatte ihn geheilt. War es Ben gewesen, der jetzt friedlich neben ihm schlummerte?

»Wacht auf!«, sagte sie und legte eine Hand auf Hafius' Schulter.

»Lass mich«, grummelte ihr Bruder und drehte sich zur Seite. Nur dass dort Ben lag, was er wohl nicht erwartet hatte. Er schlug die Augen auf und blinzelte überrascht.

»Was …?«

»Wie fühlst du dich?«

»Gut. Aber ich hatte einen verrückten Traum«, antwortete er und schüttelte sich. »Es war kein schöner Traum.«

»Hast du von einem Unfall geträumt? Hafius, ich fürchte, das war kein Albtraum. Erinnerst du dich noch, dass du mit Ben in unserer Garage warst und ihr euch im Cabrio versteckt habt?«

»Ja, ihr habt euch gestritten und euch gemeinsam aus dem Haus geschlichen. Das fand ich merkwürdig, weil ich dachte, dass du ihn nicht ausstehen kannst. Ich wollte wissen, was los ist, deshalb sind wir zu euch ins Auto gestiegen. Und ihr habt nichts mitbekommen, weil ihr euch darüber gezankt habt, wer fährt und das Garagentor öffnet. Wie kleine Kinder«, erzählte er und schnaubte. Dann rieb er sich über die Augen und gähnte. »Keine Ahnung, warum ich so müde bin, nachdem ich dank Okpi fast einen ganzen Tag geschlafen habe.«

»Du warst schwer verletzt«, erklärte sie vorsichtig.

»Der Unfall, ja, ich weiß«, sagte er und sie hätte sich keine Sorgen machen müssen, dass sie schlimme Erinnerungen weckte, denn er schien den Vorfall mit einer kindlichen Unbekümmertheit wegzustecken. Aber andererseits war er während seiner Verletzungen die ganze Zeit bewusstlos gewesen und spürte jetzt keinerlei Folgen mehr. Vielleicht hatten sie Glück und der Unfall würde kein Trauma hinterlassen.

»Wo sind wir?«, fragte er dann laut und schien vergessen zu haben, dass sein Bruder neben ihm schlief. Beziehungsweise geschlafen hatte, denn nun war Ben ebenfalls wach.

»Wir sind bei Umkius«, murmelte er verschlafen.

»Umkius?«, wiederholten Niliana und Hafius gleichzeitig.

Ben strahlte und war mit einem Schlag hellwach. »Umkius ist total cool! Er hat diese Schuppen, die die Farbe wechseln können. Und zwar am ganzen Körper. Und dazu diese großen Krallen und Hufe, wie eine Ziege oder ein Satyr, und ... Hörner auf dem Kopf. Große, gedrehte Hörner, die ihm aus dem Schädel wachsen, und dazu Reißzähne!«

»Den will ich sehen! Das ist so unfair! Warum habt ihr mich nicht geweckt?«, beschwerte sich Hafius, der erwartungsgemäß nicht hinter seinem kleinen Bruder zurückstehen wollte.

»Du warst verletzt!«, erinnerte Niliana ihn und beobachtete die beiden genau. Aber die Jungen waren genauso munter und energiegeladen wie sonst auch und hatten wieder einmal nur ihr nächstes Abenteuer oder den neuesten Unfug im Kopf.

»Umkius ist ein Freund von Jay. Du hättest mal sehen sollen, wie Jay die Bösewichte außer Gefecht gesetzt hat!«, plapperte Ben aufgeregt. »Zack und zack! Er hat ihnen Juckpulver ins Gesicht geknallt, sodass sie sich vor Schmerzen auf dem Boden gewälzt und geschrien haben. Das war total krass!«

»*Unser* Juckpulver?«, fragte Hafius empört.

»Ja, aber das geht in Ordnung. Jay ist okay und er hat es getan, um diese Typen zu erledigen.«

Bens neue Heldenverehrung von Jay und seinem Kumpel Umkius machte ihr Sorgen. Sie wusste nicht, was sie davon halten sollte, dass ihr anscheinend ein Teufel – ausgerechnet ein Teufel, eine der bösartigsten Kreaturen, die ihnen bekannt waren – Unterschlupf gewährt hatte. Und sein Angriff auf Jays

Vater, das Höllentor und das fiese Gelächter hatten ihr auch kein Vertrauen eingeflößt.

Nein, das war kein Umgang für zwei leicht beeinflussbare Jungen. Sie musste zusehen, dass sie die beiden so schnell wie möglich nach Hause brachte, vorzugsweise ohne dass sie je wieder etwas mit Jay, Umkius oder Jays Vater zu tun bekamen. Zum Glück wusste sie, wie sie von hier nach Hause gelangten. Sie mussten sich nur durch die Tür hinausschleichen, ohne dass Jay und sein Kumpel etwas bemerkten, und das war leicht, denn die Männer hatten sie alleine gelassen, vermutlich weil sie dachten, dass sie tief und fest schliefen.

»Okay, lasst uns aufbrechen. Es wird Zeit, nach Hause zu gehen. Und seid leise, damit sie uns nicht hören«, ermahnte sie ihre Brüder.

Doch sie hatte die Rechnung ohne Hafius gemacht. »Aber ich will Umkius sehen!«

Er sprang auf und rannte an ihr vorbei zur Tür, bevor sie ihn packen konnte. Natürlich war Ben nur wenige Schritte hinter ihm, wie sonst auch.

Verdammt!

Leise eilte sie den beiden hinterher, die sich jetzt auf dem Flur befanden, aus dem eine Stimme kam. Niliana näherte sich der Tür, wollte die beiden Jungen bei den Händen nehmen und unbemerkt zur Haustür ziehen, hielt jedoch abrupt inne, als sie Jays Stimme erkannte.

Niliana linste durch die Tür. Vor ihr lag ein schmaler Flur und dort stand Jay, den Rücken ihr zugewandt, und hielt einen äußerst altmodischen Telefonhörer in der Hand.

Er redete mit jemandem und es klang weich, rücksichtsvoll. Liebevoll. Es musste jemand sein, den er schon sehr lange kannte.

Eine Frau? Bestimmt. So sprach ein Mann nicht zu einem anderen. Und sicher war auch kein Kind am anderen Ende der Leitung.

Und dann hörte sie, wie er sagte: »Ich liebe dich auch und vermisse dich. Ich melde mich bald wieder, in Ordnung?«

Es war wie ein Schock, als hätte ihr jemand den Boden unter den Füßen weggerissen und all das, was sie über Jay wusste, auf den Kopf gestellt. Sie hatte gedacht, dass Jay Single sei, dass er allein leben würde. In seiner Akte hatte jedenfalls nichts von einer Freundin oder Lebensgefährtin gestanden. Aber er hatte sich dafür entschuldigt, dass er »*unser* Zuhause« verloren hatte. Er hatte nicht nur eine Freundin, sondern auch noch mit ihr zusammengelebt.

Eine irrationale Wut erfüllte sie und sie sagte sich, dass sie nicht eifersüchtig war. Welchen Grund hätte sie dafür auch gehabt? Sie und Jay waren doch kein Paar! Sie wollte nichts von ihm, außer ihn lieber früher als später endgültig loszuwerden. Bündnispartner, Verlobte oder Ehepartner, allein die Vorstellung, so über sie beide zu denken, war lächerlich!

Wer war die Frau? Wusste sie, was Jay getan hatte? Wahrscheinlich hatte er den verzweifelten Versuch gestartet, ihr alles zu erklären, was sie vermutlich völlig überraschend aus den Nachrichten erfahren hatte.

Der Teufel meldete sich zu Wort und seine Frage »Wie geht es Priscilla?« vernahm sie wie aus weiter Ferne, während das Blut in ihrem Kopf rauschte und wie Kriegstrommeln zu pochen schien. Bevor sie sich selbst stoppen konnte, platzte die Frage laut aus ihr heraus: »Wer ist Priscilla?«

Jay warf ihr einen überraschten Blick zu. »Niliana. Hafius. Ben. Was ist passiert? Geht es euch gut?« Er ignorierte ihre Frage, als sei sie unwichtig oder als wollte er ihr nicht antworten. Er musterte sie drei besorgt und lächelte kurz, doch es wirkte gezwungen und im nächsten Moment gab er es auf.

Umkius stand direkt hinter Jay. Seine riesige Gestalt überragte ihn um mehrere Fuß und hätte ihr vermutlich Angst gemacht, wenn sie auch nur einen Augenblick darüber nachgedacht hätte, was er war. Aber sie hatte nur Augen für Jay, der elend und fertig aussah und Tränen in den Augen hatte.

Nur kein Mitleid, dachte Niliana. Weinte er jetzt, weil er seine tolle Freundin vermisste? Das hätte er sich überlegen können, bevor er all diesen Mist gebaut und Niliana samt ihrer Familie mit hineingezogen hatte.

Währenddessen waren die beiden Jungen nähergeschlichen und starrten Umkius neugierig an. Dessen weißen Schuppen wechselten nun in einen sanften Rosaton, und Niliana traute ihren Augen kaum. Anscheinend hatte sie sich das nicht eingebildet, dass sich seine reptilienartige Haut verfärbte.

»Vielleicht sollten wir erst mal alle in die Küche gehen und etwas essen und trinken«, schlug der Teufel vor und winkte sie alle mit einer seiner gewaltigen Pranken zu sich.

Das ließen sich die Jungen nicht zweimal sagen. Schnell hatten sie sich gleichzeitig durch die schmale Flurtür gequetscht und einen Stuhl gemeinsam in Beschlag genommen. Niliana seufzte, als sich ihre Pläne von einer heimlichen Flucht und schnellen Rückkehr nach Hause in Luft auflösten.

Ein Blick auf die Wanduhr verriet ihr, dass es bereits zwanzig nach acht war. Ihre Eltern, Qrok und Ulpirri würden aufgrund des Traumstaubs noch schlafen, doch sicher würden bald Josha oder einer ihrer anderen Angestellten vorbeikommen und bemerken, dass etwas nicht stimmte. Und da war auch noch die Sache mit dieser Priscilla ... eine Sache, die ihr wirklich egal sein konnte. Egal sein musste. Jetzt bereute sie ihren unreflektierten Auftritt von eben. Ja, sie verstand ihn nicht mal. Das mussten Nachwirkungen des Unfalls sein, nichts weiter.

»Kann ich das Telefon auch mal benutzen?«, fragte sie.

»Das Festnetztelefon steht nach wie vor im Flur«, sagte der Teufel. »Nimm das am besten. Der Handyempfang ist hier draußen schlecht.«

Sie warf einen Blick auf die Jungen, die erstaunlich schweigsam waren. Doch es war Jay, der sie ernst ansah und nun meinte: »Bitte, sag ihnen nicht, wo wir sind. Ich möchte nicht, dass Umkius meinetwegen Ärger bekommt. Beziehungsweise noch mehr, als er eh schon hat.«

Ihr Misstrauen meldete sich erneut zu Wort. Warum sagte er das? Hatte er einen Hintergedanken?

Doch sie kommentierte das nicht, sondern ging auf den Flur und schloss die Küchentür hinter sich.

Überraschenderweise hatte Umkius noch ein ganz altes Telefon mit Wählscheibe, von denen sie gedacht hatte, dass seit zwanzig Jahren niemand mehr so ein Gerät besaß.

Das Wählen fühlte sich seltsam an und ging um einiges langsamer, als sie es gewohnt war. Sie musste immer warten, bis sich die Scheibe zurückgedreht hatte, bevor sie die nächste Ziffer wählen konnte.

Als sie fertig war, wartete sie ungeduldig, während es tutete und tutete. Doch am anderen Ende nahm niemand ab.

»Mist!«, fluchte sie leise. Und was jetzt?

Mea!

So schnell wie möglich wählte sie nun die Nummer ihrer besten Freundin und hatte Glück. Mea ging fast augenblicklich an den Apparat: »Dentmea Frederiksen.«

»Mea, ich bin's, Lia.«

»Lia! Von wo rufst du denn an?«

»Hör zu, ich habe nicht lange Zeit«, erklärte sie. »Ich bin nicht zu Hause und habe eine Bitte. Könntest du bitte bei meinen Eltern vorbeischauen und nachsehen, wie es ihnen geht? Das wäre unheimlich wichtig.« Sie holte tief Luft. »Ich habe

Mist gebaut, Mea, aber so richtig. Ich wollte Jay loswerden – meine Mutter hatte ihn eingeladen, lange Geschichte …«

»Deinen Bündnispartner?«

»Ja.«

Mea quietschte aufgeregt. »Das heißt, du hast ihn wiedergesehen und herausgefunden, wer er ist! Jetzt kannst du versuchen, das Bündnis zu brechen!«

»Ich habe die Hoffnung aufgegeben, dass das möglich ist«, gestand sie seufzend. »Aber das ist jetzt nicht wichtig. Auf jeden Fall musste ich meine Eltern, Ulpirri und Qrok von Okpi betäuben lassen, um Jay aus dem Haus schaffen zu können, habe das Cabrio genommen und habe mit ihm das Musenviertel verlassen, aber die beiden Chaoten … du kennst sie ja. Also sie hatten sich im Auto versteckt.«

Den Unfall unterschlug sie am besten, von dem konnte sie Mea und ihren Eltern auch noch erzählen, sobald sie zurück war. Ansonsten machten sie sich nur unnötig Sorgen.

»Kannst du ihnen bitte sagen, dass es uns gut geht und wir bald wieder nach Hause kommen? Da ich ihnen keine Nachricht hinterlassen habe, machen sie sich bestimmt Sorgen, wenn Okpi sie weckt und wir alle weg sind. Wir sind bei Jay und Umkius in dessen Hütte in Sicherheit, aber erzähl ihnen das besser nur im Notfall, sonst flippt mein Vater wieder aus, sobald er Jays Namen hört. Ich rufe später noch einmal an, wenn wir uns auf den Weg machen oder falls sie uns abholen kommen sollen. Kannst du das für mich tun?«

»Ja, klar. Ich gehe gleich zu ihnen rüber. Irgendwer wird schon wach sein und mich reinlassen, wenn ich Sturm klingele.«

»Vielen Dank, Mea!«

»Kein Problem. Aber du musst mir später alles erzählen, okay?«

»Mach ich.«

Mit etwas leichterem Herzen legte sie auf. Sie hatte das Gefühl, als hätte sie endlich mal ein Problem lösen können, auch wenn sie noch genug andere hatte. Aber es war eine Sorge weniger.

Ihre beiden größten Sorgen saßen in diesem Moment hinter der Küchentür und wollten nicht nach Hause, weil sie alles so aufregend fanden.

»Und du hast tatsächlich ein Höllentor geöffnet?«, fragte Hafius gerade ehrfürchtig, als sie in die Küche zurückkehrte. Die Jungen hatten Kakaotassen vor sich stehen, mampften genüsslich ihre Brote mit Marmelade und sahen dabei sogar sauber und manierlich aus. Irgendjemand hatte das Blut von Hafius' Gesicht gewaschen, das benutzte Geschirrtuch lag noch zerknüllt neben der Spüle. Jay warf ihr einen besorgten Blick zu, als er sie bemerkte, doch ihre Brüder hatten nur Augen für den Teufel.

»Äh, ja.«

»Abgefahren!«

»Wir sollten uns langsam auf den Weg nach Hause machen, bevor Mom und Dad durchdrehen vor Sorge«, mischte sie sich ein.

»Ich will hier nicht weg. Jays Vater ist noch irgendwo dort draußen«, erinnerte Ben sie. Er warf einen ängstlichen Blick aus dem Küchenfenster. »Er weiß, wo wir sind. Hier sind wir sicher. Umkius beschützt uns. Doch wenn wir uns auf den Heimweg machen, dann wird er uns bestimmt irgendwo auflauern und wieder versuchen, uns zu entführen.«

»Das wird nicht passieren«, versprach Jay ernst und wechselte einen langen Blick mit seinem Freund. »Denn wir werden nachher eure Eltern anrufen, damit sie euch von hier abholen, und sie bringen eine Polizeieskorte mit, sodass euch nichts passieren kann.«

»Bist du dir sicher?«, fragte Umkius besorgt. »Dann werden sie dich wieder verhaften.«

»Allemal besser, als wenn mein Vater sie als Geiseln nimmt. Glaub mir!«

»Warum muss Jay ins Gefängnis gehen? Er hat doch gar nichts gemacht! Ich dachte, nur böse Leute müssen ins Gefängnis, oder, Lia?«, wandte sich Ben verständnislos an sie. »Das habt ihr mir doch immer erzählt. Also wenn jemand ins Gefängnis gehen sollte, dann ist das Jays Vater, denn der ist richtig fies. Er wollte uns erschießen!«

»Stimmt. Jay und Umkius sind nett. Jay hat uns das Leben gerettet.«

Die beiden Jungen waren sich einig, das war ja klar. Womit sie mal wieder die Rolle der großen, gemeinen Schwester übernehmen musste. Das hasste sie.

»Um Jays Vater wird sich die Polizei kümmern. Er wird seine gerechte Strafe bekommen«, sagte sie. »Doch ihr vergesst, dass Jay mich entführt hat. Das ist ein Verbrechen und wird hart bestraft. Versteht ihr das? Wenn wir abgeholt werden, kann ich das nicht verhindern.«

»Du *willst* es nicht verhindern«, warf ihr Hafius zornig vor. »Gib es doch zu! Du könntest es, aber du bist gemein und rachsüchtig. Statt Jay zu helfen, willst du ihn nur bestrafen! Jay könnte sich doch verstecken, bevor unsere Eltern kommen, und wir sagen niemandem, dass wir ihn gesehen haben, dann wird er auch nicht verhaftet. Außerdem schieben wir die Schuld für alles auf Jays Vater. So bringen wir *ihn* ins Gefängnis.«

»Und wie stellst du dir das vor?«

Mit ihm zu diskutieren, war wieder unheimlich anstrengend.

»Was können wir schon tun?«, warf sie vernünftig ein. »Gar nichts. Wir wissen nicht, wo er sich aufhält, abgesehen davon sind wir drei keine Polizisten. Wir haben keine Ahnung, wie man Verbrecher aufspürt, bekämpft und ins Gefängnis bringt.«

»Doch, wissen wir! Genau das haben uns Ulpirri und Qrok doch im Training beigebracht!« Hafius war jetzt richtig wütend. Er sprang vom Stuhl auf und ballte die Fäuste. Erschreckenderweise schien er ernsthaft bereit zu sein, sofort loszustürzen und es zu versuchen.

»Das ist lebensgefährlich!«

»Hör auf deine Schwester, sie hat recht«, mischte sich nun Jay unerwartet ein.

»Aber!«, protestierte Hafius und wirkte fassungslos, dass Jay ihm jetzt in den Rücken fiel. »Ich dachte, du magst sie! Warum lässt du dir das dann von ihr gefallen? Ihr seid Bündnispartner! Ihr teilt euch ihre Magie!«

»Das reicht!«, schrie sie. Furcht ließ ihren Puls schneller schlagen. Das hätte Jay niemals erfahren dürfen!

»Was meinst du mit Bündnispartner?«, fragte Jay verwirrt und sah zwischen ihr und ihrem Bruder hin und her.

»Das ist unwichtig«, stieß sie rasch hervor.

»Ist es nicht!«

»Hafius!«

Ihr Tonfall machte deutlich, dass er jetzt eine Grenze überschritten hatte, doch das schien ihn nicht zu kümmern. Empört starrte er sie an. Dafür, dass er gestern noch gegen Jay gewesen war und ihn mit Juckpulver beworfen hatte, war er jetzt unerwartet schnell auf seiner Seite. Warum? Was hatte Jay getan, dass Hafius sich nun gegen seine eigene Schwester wandte?

Sie kämpfte gegen die Tränen und hatte einen Kloß im Hals. Daher konnte sie auch nicht verhindern, dass Hafius ihm die Wahrheit sagte: »Jede Muse kann ihre Magie nur auf eine einzige Person übertragen und sie mit ihr teilen, nämlich ihren

Bündnispartner. Und ein Bündnispartner gehört zur Familie, denn er ist der Verlobte der Muse.«

Umkius fiel vor Schreck mit lautem Getöse vom Stuhl, während Jay sie wie vom Donner gerührt anstarrte.

»Verlobte?«, wiederholte er, riss die Augen auf und wurde mit einem Schlag leichenblass. Er wirkte zutiefst entsetzt von der Vorstellung.

Das tat weh, es tat schrecklich weh. Sicher, sie hatte ihn nie als Bündnispartner haben wollen, aber er sah sie an, als wäre sie die letzte Person auf Erden, die er heiraten würde. Als wäre es für ihn unvorstellbar. Und das ertrug sie nicht.

»Niliana!«

»Nicht!«

16

Die Worte rauschten durch seinen Schädel und wollten keinen Sinn ergeben. *Bündnispartner. Verlobte. Gehört zur Familie.*

Stocksteif saß er da und konnte nichts anderes tun, als sie anzustarren.

Doch dann machte Niliana plötzlich auf dem Absatz kehrt und rannte aus der Hintertür von der Küche nach draußen, während ihre Brüder entsetzt schrien. Die beiden hatten Angst, dass Herkules und seine Männer dort auf sie lauerten.

»Lauf ihr hinterher!«, drängte ihn Umkius, der sich langsam wieder aufrappelte. »Na los!«

Er nickte und folgte dem Mädchen … seiner Verlobten … das war absolut surreal!

So langsam begann er zu begreifen, was das bedeutete. Wenn sie verlobt waren, also fast schon verheiratet, dann waren Niliana und er ein Paar. Das war doch verrückt! Sie kannten sich kaum! Und das nur, weil er sie vor drei Tagen zufällig ausgesucht und entführt hatte!

Wie war das möglich? Niliana hatte ihn mit Sicherheit nicht als Bündnispartner ausgewählt, oder? Sie hatte sich schließlich geweigert, ihm mit ihrer Magie bei seinem Vorhaben zu helfen. Und er hatte seine Einwilligung ebenfalls nicht zu einem Bündnis erteilt. War das dann so etwas wie eine Zwangsehe? Nur weil er jetzt ihre Magie besaß?

Stolpernd ging er weiter auf das Mädchen zu, das sich eine ganze Ecke vom Haus entfernt auf einen großen Stein neben dem Feldweg gesetzt hatte und schluchzte. Er wusste nicht, was er sagen sollte. Eine simple Entschuldigung reichte in diesem Fall nicht aus, auch wenn ihm die Worte dafür auf den Lippen lagen. Wie konnte man sich für so etwas Gewaltiges entschuldigen?

Er blieb vor ihr stehen, doch sie sah ihn nicht an, vielleicht hatte sie auch nicht bemerkt, dass er überhaupt da war. Gut möglich. Aber was konnte er jetzt tun? Warten, bis sie aufgehört hatte zu weinen? Oder sollte er sie ansprechen? Ihr die Hand vorsichtig auf die Schulter legen?

Doch im nächsten Moment hielt er das für keine gute Idee. Falls er schuld an dem … Verlöbnis war, dann wollte sie mit Sicherheit nicht, dass er sie berührte. Er hätte das an ihrer Stelle auch nicht ertragen.

»Es tut mir leid, Niliana«, sagte er schließlich und fühlte sich hilflos.

Sie riss den Kopf hoch und starrte ihn erschrocken aus verweinten, goldenen Augen an. Und zum ersten Mal sah er, dass sie sich verändert hatten, dass jetzt ein Leuchten tief in ihnen steckte, das er zuvor nicht bemerkt hatte.

»Ich wollte das nicht.«

Die Entschuldigung klang in seinen Ohren genauso lahm und unbeholfen, wie er sich fühlte. Kein Wunder, dass sie ihn ungläubig anstarrte. Er selbst hätte sich das auch nicht abgekauft.

Seufzend setzte er sich vor ihr ins Gras und rieb sich die pochenden Schläfen. Die ganze verkorkste Situation bereitete ihm Kopfschmerzen.

»Können wir uns nicht einfach wieder entloben oder wie auch immer das bei euch heißt?«, fragte er hoffnungsvoll. »Immerhin sind wir uns ja wohl beide einig, dass wir nicht miteinander verlobt sein wollen, oder?«

Sie lachte kurz und bitter. »Du verstehst gar nichts!«

»Da hast du recht, aber das hatten wir ja schon Samstag festgestellt. Ich weiß nicht, wie eure Magie, eure Bündnisse – was auch immer – funktionieren. Ich bin nicht auf eine von Musen geförderte Schule oder Universität gegangen, wo man es mir beigebracht hätte. Uns hat man nichts über Musen erzählt, besonders nicht uns Gettokids, und die Regierung hält das Wissen bewusst unter Verschluss, vermutlich aus Elitismus. Also wie soll ich es verstehen, wenn du es mir nicht erklärst?«

Das Eingeständnis nahm ihr wohl den Wind aus den Segeln, denn die Feindseligkeit wich aus ihrer Haltung. Sie sackte etwas in sich zusammen und wirkte auf einmal mutlos.

»Wir müssen doch etwas tun können, um das wieder in Ordnung zu bringen, oder nicht?«

»Nein, Jay.«

Es kam ihm bezeichnend vor, dass sie seinen Namen jetzt anders betonte, was ihm das Gefühl gab, dass sie nun keine Rollen mehr verkörperten, sondern sich gegenseitig als Individuen sahen. Sie waren nicht länger nur Entführer und Gelegenheitsopfer.

Er wartete darauf, dass sie weiterredete, doch sie brauchte wohl einen Moment, um sich zu sammeln, und so fasste er sich in Geduld. Auch für ihn war das schwer zu verdauen, zumal er es einfach nicht begreifen konnte.

»Ich habe gefragt«, fuhr sie irgendwann plötzlich fort. »Ich habe alle gefragt, die sich mit Bündnissen auskennen: Priesterinnen unserer Göttin und selbst andere Priester und Magier. Niemand hat je davon gehört, dass ein Musenbündnis wieder aufgelöst worden wäre, selbst die Ideen, die eine unserer Priesterinnen hatte, sind in unserem Fall nicht umsetzbar.«

»Warum nicht?«

Sie lächelte freudlos. »Anscheinend ist unser Bündnis zu stark. Klingt lachhaft, oder? Aber in den Augen der Schöpferin passen wir zusammen, sodass sie uns mithilfe ihrer Magie zu Partnern gemacht hat. Und wie willst du die Magie einer Göttin brechen?«

Die Verzweiflung in ihrer Stimme raubte auch ihm jede Zuversicht. Niliana hatte sicher alles getan, um dieses Bündnis zu lösen, und wenn sie keine Möglichkeit gefunden hatte, wie sollte ihm das dann gelingen? Seltsamerweise versetzte ihm die Vorstellung, wie sie von einer Priesterin zur nächsten rannte, um ihn loszuwerden, einen Stich. Den Kopf gesenkt, sodass ihr die langen, hellblonden Haare ins Gesicht fielen und einen Schleier zwischen ihr und der Welt um sie herum bildeten, starrte sie zu Boden und schloss ihn aus.

Das unangenehme Gefühl wandelte sich in Ärger. Wieso hatte sie es überhaupt allein versucht? Es ging ihn doch ganz genauso an. Dann sah er sie wieder vor sich, wie sie da saß, traurig und am Ende ihrer Kräfte, und sein Zorn verrauchte. Wollte er ihr das wirklich vorwerfen, dass sie keinen Kontakt zu ihm gesucht hatte, um ihm die Situation zu erklären, nachdem ihr gerade die Flucht vor ihm gelungen war? Nein, das konnte er nun wirklich nicht.

»Und wenn du versuchst, mit deiner Göttin zu sprechen, und sie bittest, das Bündnis wieder aufzulösen? Geht das? Sorry, ich kenne mich leider nicht mit eurer Religion aus.«

Er fand es verrückt, dass sie überhaupt ein Gespräch über Götter führten, denn er glaubte nicht an sie. Für ihn gehörten sie nicht zu seinem Leben, nicht in seine Wirklichkeit. Andere mochten an Götter glauben, doch er konnte das nicht. Er brauchte Beweise und bisher hatte ihm niemand plausible Spuren des Göttlichen zeigen können. An andere Welten oder Planeten wie Himmel oder Hölle glaubte er, wenn man es so bezeichnen wollte, immerhin hatte er die Portale in diese Welten mit eigenen Augen gesehen. Aber bei allem Unsichtbaren und nicht Fassbaren endete sein Glaube.

»Ich kann es versuchen, aber ich denke nicht, dass es viel bringt, jedenfalls aktuell nicht. Vielleicht ändert die Schöpferin irgendwann ihre Meinung, wenn sie sieht, wie unglücklich wir mit der Situation sind. Aber bis dahin können einige Monate vergehen … oder länger.«

Jay hatte Mühe, sie zu verstehen, zu leise sprach sie, als fehlte ihr die Kraft.

»Du sollst wissen, dass ich die Situation nicht ausnutzen werde, okay? Wenn es dein Wunsch ist, werde ich dich niemals wiedersehen, sobald du und deine Brüder wieder in Sicherheit seid. Ich werde auch keinerlei Ansprüche stellen, denn das wäre nicht fair, nach allem, was euch durch meine Schuld widerfahren ist. Glaub mir, euch in meine Schwierigkeiten mit Herkules hineinzuziehen, war wirklich das Letzte, das ich wollte.«

Ihm war es wichtig, ihr das glaubhaft zu machen.

»Ist dir klar, dass du dann keine Magie mehr ausüben kannst? Dass du dann nie wieder die Inspiration von heute Morgen spüren wirst?«, fragte sie, hob den Kopf und sah ihn zum ersten Mal wieder an. Ihr Blick war forschend, ja sogar etwas skeptisch. Was ihm sagte, dass sie ihm und seinen Absichten immer noch misstraute.

Was meinte sie damit? Stellte sie ihn auf die Probe? Wollte sie sehen, wie er darauf reagierte? Hielt sie ihn für machthungrig? Dabei hatte er nur aus einem Grund Magie haben wollen.

Er seufzte schwer. »Sicher, es war toll, selbst mal Magie zu besitzen, das gebe ich zu. Und natürlich würde ich mir wünschen, dass ich sie behalten könnte. Aber sie gehört mir nicht, es ist deine Magie. Ich weiß jetzt, dass ich sie dir irgendwie gestohlen habe, und ich bin kein Dieb, auch wenn du mir das vermutlich nicht glaubst. Ich habe nie zuvor irgendetwas gestohlen. Dabei fällt mir ein …«

Er griff sich in die rechte Hosentasche und ertastete dort das Gesuchte. Langsam zog er die Herzkette hervor und streckte den Arm aus. »Hier, sie gehört dir. Es tut mir leid, dass ich sie kaputtgemacht habe. Vielleicht kann man die Kette irgendwie reparieren? Ich bezahle dir die Reparatur auch.«

Auch wenn er nicht wusste, wie er das Versprechen in seiner aktuellen Lage halten sollte. Ohne Job hatte er keinen Verdienst und seine mageren Ersparnisse würden wohl kaum lange reichen, wenn er obdachlos war und sich als Nächstes eine neue Wohnung suchen musste, bevor er sich wieder dem Herkules-Problem widmete. Und das alles auch nur, wenn er nicht demnächst einsaß.

Aber es war ihm wichtig. Er schuldete ihr viel mehr als nur die Reparatur der Kette.

Sie zögerte, die Kette aus seiner ausgestreckten Hand zu nehmen. Stattdessen starrte sie das Schmuckstück nur an, als hätte sie es nie zuvor gesehen. Sehr merkwürdig.

»Niliana?«

»Das war der letzte Schritt. Als du mir die Kette entrissen hast, schloss sich das Bündnis. Kann es so einfach sein?«, flüsterte sie.

Verwirrt verfolgte er, wie sie unendlich langsam die Hand nach der Kette ausstreckte, kurz vor ihr verharrte, langsam ein- und ausatmete und sie ihm dann aus der Hand nahm. Er spürte unerwartet einen Verlust, doch ansonsten geschah nichts.

»Warum …?«

Sie wirkte enttäuscht, obwohl Jay nicht wusste, was sie erwartet hatte.

»Bitte rede mit mir!«, bat er leise. »Denn ich verstehe es nicht.«

Sie schluckte mühsam, während ihr neue Tränen über die Wangen liefen. »Ich hatte gehofft ... Dumm, ich weiß«, antwortete sie und schüttelte den Kopf. Dann riss sie sich sichtlich zusammen. »Ich hatte gehofft, dass es vielleicht Auswirkungen auf unser Bündnis hätte, wenn ich die Kette zurückbekomme, dass es sich möglicherweise sogar wieder auflösen würde im besten Fall. Obwohl es mir schon gereicht hätte, wenn es sich schwächer angefühlt hätte als zuvor. Doch das ist nicht geschehen. Weißt du, die Priesterin, die mir erklärt hat, wie das Bündnis zustande kam, hat gemeint, dass der Diebstahl der Kette – der Herzkette – der letzte Schritt in einer ritualisierten Reihe von Schritten wäre, und dass wir unbemerkt dieses Ritual vollzogen hätten und uns die Göttin daraufhin ihren Segen gegeben hätte. Doch es hat anscheinend gar nichts zu bedeuten, dass ich sie jetzt zurückhabe.«

Sie sah traurig aus und Jay hätte am liebsten die Hand nach ihr ausgestreckt, um sie zu trösten. Doch er wusste, dass sie das nicht gewollt hätte. Niliana war eine starke Frau, die zwar nun Schwäche zeigte, aber das hieß nicht, dass sie eine Schulter zum Anlehnen brauchte oder wollte. Oder zumindest nicht seine.

»Und jetzt?«

»Ich weiß es nicht«, gab sie zu. »Ich muss nachdenken.«

»Soll ich gehen?«

»Ja, bitte.«

Im nächsten Moment verfluchte er sich für sein Angebot. Er hatte vergessen, dass sie in Gefahr waren, dass möglicherweise die Männer seines Vaters die Hütte und die Umgebung aus der Ferne beobachteten. Und jetzt? Er konnte sie doch nicht alleinlassen! Auch wenn sie nur gut hundertfünfzig Schritte von der Hütte weg war, das war zu weit entfernt, um ihr notfalls zu Hilfe eilen zu können.

Er stand langsam auf und blieb unschlüssig vor ihr stehen. Und wenn er nur ein kleines Stück weiterging und sie im Blick behielt? Oder würde sie ihm das übel nehmen?

Im nächsten Moment spürte er, wie etwas Schweres in seine Seite krachte und ihn zu Boden riss. Er landete unsanft auf dem Boden, sodass ihm kurz die Luft wegblieb, und ächzte. Was war geschehen? Hatte ihn ein Zug erwischt?

Sein ganzer Körper schmerzte und seine Brust brannte, als hätte er sich ein paar Rippen gebrochen. Mühsam drehte er den Kopf und blickte in das Antlitz eines schwarzen Monsters, das ihn mit gebleckten Maul drohend anknurrte. Geifer lief ihm von den langen, gefährlich aussehenden Reißzähnen, die immer näher kamen.

Und Jay begriff, dass Mordlust in den finsteren Augen des Untiers glänzte.

17

Sie riss verblüfft den Kopf hoch, als sie ein charakteristisches Knurren hörte. Dieses Geräusch war ihr vertraut und so verrückt es auch klang, dass ihr eine Drohung Sicherheit versprach, so erleichtert war sie dennoch, Brutus in ihrer Nähe zu wissen.

Doch das, was sie nun erblickte, war keineswegs beruhigend. Der schwarze Höllenhund hatte Jay zu Boden geworfen und sich über ihn gebeugt. Todesangst stand in Jays Zügen, als sich Brutus ihm mit geöffnetem Maul näherte.

»Brutus?«

Ihr dämonischer Freund ließ nicht erkennen, ob er sie gehört hatte. Anscheinend hielt er Jay für eine Bedrohung, egal was sie sagte. Hatten ihr Vater, Qrok, Ulpirri oder die Musenpolizei Brutus etwa auf ihn angesetzt, nachdem sie entdeckt hatten, dass nicht nur Jay, sondern auch sie drei verschwunden waren? Dabei hatte sie doch extra Mea angerufen, damit sich ihre Eltern keine Sorgen machten! War der Anruf etwa zu spät gekommen?

»Du kannst ihn loslassen, Brutus«, sagte sie besorgt. Sie rutschte von dem Findling und wollte auf ihn zugehen, um ihn zu beschwichtigen.

Dieses Mal hörte ihr Freund sie und drehte den Kopf zu ihr

um. Sie blieb verdutzt stehen. Seine schwarzen Augen leuchteten in einem dunkelroten Glanz, ein klares Anzeichen dafür, dass seine Magie immer noch wirkte und er seinen Auftrag noch nicht vollendet hatte. Dabei hatte er sie gefunden und den Kriminellen gestellt – obwohl sie langsam nicht mehr so über Jay dachte. Was wollte er noch?

Sie verstand nicht, warum er jetzt ein tiefes Grollen ausstieß und sein Maul noch weiter aufriss, als er sich wieder Jay zuwandte. Wollte er ihn etwa einschüchtern? Denn das war ihm bereits gelungen: Jay hatte erkennbar Todesangst.

Was …?

Im nächsten Moment flog Brutus mit einer gewaltigen Geschwindigkeit durch die Luft und Umkius' Bein schwang wieder zurück. Das Ganze war so schnell gegangen, dass sie ein paar Herzschläge brauchte, um zu begreifen, dass der Teufel ihren Freund mit Anlauf und der ganzen Kraft seiner acht Fuß großen Gestalt in die Seite getreten und fortgeschleudert hatte. Mit einem bedenklichen Krachen kam Brutus auf dem Boden auf und winselte. Dann breitete sich ein starker Geruch nach Schwefel aus.

»Was tust du da?«

Fassungslos starrte sie den Teufel an, der ihnen einen Blick zuwarf, der jeglichen weiteren Protest auf ihrer Zunge ersterben ließ. Seine Miene wirkte von Hass und Zorn verzogen, noch nicht einmal bei der Konfrontation mit Jays Vater hatte er ihr solch eine Angst gemacht. Sie trat ein paar Schritte zurück, sodass der Stein jetzt zwischen ihr und Umkius stand. Nicht dass er den Teufel aufgehalten hätte.

In diesem Moment hatte sich Brutus wieder aufgerappelt und schüttelte wild den Kopf. Ein Grollen, wie sie es nie zuvor gehört hatte, stieg aus seiner Kehle empor. Sein Blick richtete sich auf den Teufel und dann passierte etwas.

Sie hatte schon häufig gesehen, wie ihr Freund die Helligkeit aus seiner Umgebung zu schlucken schien und eine Art Nebel oder Dunst um sich herum verbreitete, doch das, was er jetzt verströmte, war eine brennende Dunkelheit. Schwarz wie die Nacht und mit dunkelroten Funken in ihr, züngelte sie voran und dehnte sich immer weiter aus.

Was geschah hier?

Wie erstarrt beobachtete sie, wie die höllenartige Finsternis tiefer wurde. Ein Wind zog auf, als würde die Dunkelheit wie ein schwarzes Loch die Luft einsaugen. Es war beängstigend und zum allerersten Mal empfand sie so etwas wie Furcht vor Brutus, auch wenn sie sich sicher war, dass er ihr niemals etwas tun würde. Doch sie glaubte nicht, dass das auch für Jay und seinen Freund galt.

»Bitte nicht!«, krächzte sie erschrocken.

Doch weder der Höllenhund noch der Teufel hörten auf sie. Auch Umkius knurrte inzwischen drohend in einer Sprache, die sie nicht verstand. Redete er etwa in seiner Muttersprache mit Brutus?

Der Klang schmerzte in ihren Ohren. Wieder einmal wurde sie daran erinnert, dass Höllenhunde und Teufel nicht heimisch waren in ihrer Welt, ganz gleich, wie sehr sich einige von ihnen in ihre Gesellschaft integriert hatten. Etwas Fremdes umgab nun die beiden Höllenkreaturen und ließ ihre dämonische Seite stärker hervortreten.

Jay murmelte etwas, das sie jedoch aufgrund ihres Entsetzens nur leise und am Rande mitbekam und daher nicht verstand. Mit wem sprach er?

In diesem Moment rief Umkius das Feuer und Jay schüttelte den Kopf. Das hatte er anscheinend nicht gewollt, denn er wich etwas zurück, als sein Freund mit beiden Armen ausholte und das Feuer direkt auf Brutus schleuderte.

»Nein!«, schrie sie.

Die Flammen umhüllten ihren Freund, doch sie hatte vergessen, dass er eine Kreatur der Hölle war.

Und nun riss er das Maul weit auf und stieß mit gewaltiger Kraft einen dunklen Qualm hervor, der sich im Feuer entzündete und in Umkius' Richtung schlug. Anders als der Höllenhund wich der Teufel vor dem brennenden und qualmenden Luftstoß zurück, bevor dieser ihn berühren konnte. Die schwarze Feuerwolke warf unheimliche Schatten auf seine schwarzen Schuppen.

Moment mal! *Schwarze* Schuppen?

Mit lautem Gebrüll warf der große Dämon jetzt Feuerball um Feuerball auf ihren Freund, dass ihr trotz der Hitze eiskalt wurde und sie vor Angst um Brutus zu zittern begann.

»Aufhören! Hört verflucht noch mal auf damit!«, schrie sie die tobenden Geschöpfe an, aber sie hätte genauso gut versuchen können, einen Sturm mit einem Regenschirm aufzuhalten.

In diesem Moment legte jemand eine Hand auf ihre Schulter und sie schrie erschrocken auf, bevor sie erkannte, dass es Jay war. Er war blass und hielt sich mit der anderen Hand die Seite. War er verletzt?

»Wir müssen hier verschwinden!« Er packte sie bei der Hand, um sie im nächsten Moment hinter sich her zu ziehen.

»Aber Brutus … und Umkius«, sagte sie und sträubte sich.

»Die beiden erkennen uns in diesem Zustand nicht!«, rief er, während hinter ihnen der Kampf weitertobte. »Sie werden keine Rücksicht auf uns nehmen, weil sie so darauf fixiert sind, sich gegenseitig zu bekämpfen. Wenn der Kampf vorbei ist, wird es ihnen schrecklich leidtun, aber das hilft uns nichts, wenn wir zwischen den Fronten umgekommen sind!«

»Aber … er ist dein Freund!«

Sie war fassungslos, dass Jay einfach nichts tun wollte und sie stattdessen drängte abzuhauen. Sie selbst konnte und wollte ihren Freund nicht im Stich lassen.

»Brutus!«

»Weißt du, wofür schwarze Schuppen bei Teufeln stehen und warum sie in den Büchern häufig so dargestellt werden?«, unterbrach Jay sie und schaffte es, sie weiter mit sich zu zerren. Inzwischen hatten sie sich schon ein gutes Stück vom Kampfgeschehen entfernt.

»Schwarz steht für Hass, für unkontrollierte Aggressionen. Teufel und Höllenhunde sind Todfeinde, die sich bis zum bitteren Ende bekämpfen«, erklärte er.

Bis zum bitteren Ende?

»Was soll das heißen?«

»Genau das. Dass einer von den beiden den Kampf nicht überleben wird.«

NEIN!

»Wir müssen das verhindern!«

Sie versuchte, ihm ihre Hand zu entziehen, doch damit schien Jay gerechnet zu haben, denn er hielt sie unerbittlich fest, auch wenn er dabei das Gesicht vor Schmerzen verzog. Schweiß stand auf seiner Stirn und strömte über sein Gesicht, während seine Augen glänzten. Ungerechterweise hatte sie gedacht, dass ihn der Kampf kalt lassen würde, weil er es akzeptiert hatte, dass einer ihrer Freunde sterben würde, doch nun sah sie die Tränen in seinen Augen stehen und erkannte, dass er damit rechnete, dass Umkius starb und nicht Brutus.

»Umkius ist von Hölle geflohen, vor den ständigen Kämpfen dort und aus persönlichen Gründen«, sagte Jay und sie verstand ihn kaum, durch das schreckliche Gebrüll im Hintergrund. »Er war kleiner als die anderen Teufel, leichte Beute für die Rudel der Höllenhunde, und obwohl die anderen Teufel ihn aufgrund seiner wertvollen Gabe beschützt haben, haben die Hunde ihn doch eines Tages allein erwischt und beinahe umgebracht. Als er in Todesangst ein letztes Mal seine Feuermagie beschworen hat, gelang es ihm, ein Portal zur Erde zu erschaffen und hierher zu fliehen. Und seitdem er hier ist, stand er nie einem Höllenhund gegenüber und hat alles gemieden, was ihn in Gefahr gebracht hätte. Denn er war sich sicher, dass er einen weiteren Kampf mit einem Höllenhund nicht überleben würde.«

Jay verstummte und sie starrte zurück zu den beiden Kämpfern, die sich immer noch erbittert mit Feuerbällen und Dunkelheit angriffen. Und zum ersten Mal erkannte sie, dass Umkius unterlegen war. Seine Flammen schienen gegen Brutus nichts auszurichten, während dieser Umkius jedoch immer weiter in die Defensive drängte.

»Was können wir tun? Es muss doch einen Weg geben, dies friedlich zu beenden!«

»Nein, Niliana.«

Mit Schrecken verfolgten die beiden, wie Umkius' Huf an etwas hängen blieb – vielleicht war er ja in einen Hasenbau getreten oder über etwas gestolpert, das konnten sie nicht erkennen – und seine langsame Rückwärtsbewegung verwandelte sich abrupt in einen Sturz. Er fiel zu Boden, während Brutus triumphierend heulte und vorpreschte.

Doch Umkius hatte wohl noch nicht aufgegeben. Blitzschnell riss er die Arme hoch und formte mit beiden Händen eine gewaltige Flammenkugel von mehreren Yards Durchmesser, die Brutus vollständig einhüllte. Hatte er vergessen, dass sein Feuer dem Höllenhund nichts ausmachte?

Brutus pirschte weiter heran, riss das Maul auf, um zuzuschlagen ... als die Flammen plötzlich eisblau wurden.

Ein Höllenkreis!

Umkius hob einen Huf und knallte ihn seinem überraschten Gegner vor die Brust. Brutus wurde zurückgeschleudert, er flog durch das Portal weit in die Höllenwelt hinein. Dann erstarben die Flammen, der Durchgang zur anderen Welt war geschlossen.

Niliana begriff, dass ihr treuer Freund fort war, unwiederbringlich, falls es ihm nicht gelang, einen Höllenkreis eines anderen Teufels aufzuspüren und durch sein Portal wieder auf die Erde zu gelangen.

Nur dass seit den Friedensverhandlungen zwischen der Hölle und der Erde jedes Portal zwischen ihren Welten streng verboten war. Bereits Umkius' Flucht hierher auf die Erde konnte einen neuen Höllenkrieg auslösen. Ob die Teufel das wollten, war fraglich.

Es würde keine Portale geben, durch die Brutus zurückkehren konnte. Ihr dämonischer Freund war für immer fort.

»Es tut mir schrecklich leid, Niliana«, sagte Jay und legte vorsichtig einen Arm um sie, während sie immer noch geschockt auf den Punkt starrte, an dem ihr Beschützer verschwunden war.

Oh, Brutus!

18

Er zog Niliana an sich und biss die Zähne zusammen, als sie auf seinen verletzten Rippen ruhte. Dennoch konnte er nicht anders, als sie in den Arm zu nehmen und festzuhalten. Sie hatte gerade einen guten Freund verloren und stand deswegen unter Schock. Er wollte sie trösten und beschützen.

»Komm!«, sagte er leise, als sie den Blick nicht von der Stelle abwenden konnte, an der der Höllenhund, den sie Brutus genannt hatte, verschwunden war.

Hoffte sie darauf, dass gleich ein neues Portal erscheinen und ihr Freund wieder auftauchen würde? Er wusste nicht, was sie dachte, oder ob sie überhaupt fähig war, einen klaren Gedanken zu fassen. Selbst ihm schien das schwerzufallen und dabei hatte er Umkius nicht verloren.

Unter seine Erleichterung, dass es seinem besten Freund gut ging, dass er den Kampf trotz seines Handicaps gewonnen hatte, mischten sich nun starke Schuldgefühle. Vermutlich wäre es nie zu diesem Duell gekommen, wenn der Höllenhund nicht aufgrund seiner Taten auf ihn angesetzt worden wäre. Indirekt war er also auch an dieser neuen Tragödie in Nilianas Leben schuld.

Er war es so leid, dass, egal was er tat oder welche Absichten er hegte, sich alles immer wieder zum Schlimmeren wendete, sein Vater und seine Leute hingegen aber heil aus der Sache herauskamen. Von ihnen hatte niemand einen Freund verloren oder war bei einem Unfall schwer verletzt worden. Und der Juckpulver-Angriff war wirklich harmlos dagegen gewesen.

Fast wünschte er sich seine Kindheit zurück, als sein Adoptivvater noch gelebt, er glückliche Tage voller Lachen, Musik und Erzählungen in dessen Werkstatt verbracht hatte und die Guten immer die Bösen besiegt hatten. Doch die Welt war nicht so, wie man es ihm als Kind stets hatte weismachen wollen. Ein wenig hatte er es schon immer geahnt, wie auch nicht, wenn man im Getto aufwuchs und sah, dass es anderen viel besser ging als einem selbst.

Aber es half nichts, sich über die Ungerechtigkeit zu beklagen. Er konnte nur versuchen, seine eigenen Fehler wiedergutzumachen, seine Mutter zu beschützen und Niliana und ihre Brüder sicher zurück nach Hause zu bringen. Alles Weitere lag nicht in seinen Händen.

Sanft zog er sie mit sich, zurück zur Hütte, wo er kurz darauf ihre beiden Brüder am Küchenfenster kleben und zu ihnen herausschauen sah. Anscheinend war es Umkius gelungen, die beiden aus allem rauszuhalten und sie zu überreden, im Haus zu bleiben. Doch er wusste nicht, wie viel die beiden von dem Kampf mitbekommen hatten. Dass sie gar nichts gesehen hatten, war wohl aufgrund der Feuerbälle und der drohend aufragenden Dunkelheit mehr als unwahrscheinlich.

»Was sagen wir ihnen?«, fragte Niliana plötzlich. »Die beiden verehren Umkius. Doch wenn sie erfahren, dass er schuld daran ist, dass sie Brutus niemals wiedersehen werden …«

»Wir sagen ihnen die Wahrheit«, schlug er vor.

»Aber …«

Ihnen blieb keine Zeit, um das Thema auszudiskutieren,

denn in diesem Moment öffnete Hafius die Tür und sah zu ihnen heraus.

»Wo ist Umkius?«

»Er wird bald wiederkommen. Vermutlich braucht er eine Weile, um sich nach dem Kampf gegen Brutus zu beruhigen«, sagte Jay. »Wisst ihr, Teufel haben zwei Phasen, in denen sie gefährlich sind. Wenn sich ihre Schuppen rot färben, sind sie wütend, aber man kann noch mit ihnen reden und wenn du ihr Freund bist, lassen sie sich von dir wieder beruhigen und sie würden dich niemals angreifen. Solltet ihr jedoch jemals sehen, wie sich Umkius' Schuppen schwarz färben, dann versteckt euch! Habt ihr das verstanden? Er hat dann keine Kontrolle mehr über sich und seine Kräfte. Dies nennt man Raserei und in der ist er so zornig, dass er euch nicht erkennt. Falls ihr ihm dann im Weg steht, wird er euch ebenfalls angreifen, egal ob ihr seine Freunde seid oder nicht. Versprecht mir, dass ihr euch niemals einem Teufel mit schwarzen Schuppen nähert, auch nicht Umkius!«

»Versprochen«, erwiderte Ben und sein Blick wirkte verschüchtert.

»Umkius würde uns niemals etwas tun!«, widersprach jedoch Hafius, und Jay seufzte.

»Dann wartet, bis er wieder da ist, und fragt ihn selbst. Er wird euch dasselbe sagen.«

Auch Jay hatte Umkius das Versprechen einst geben müssen, nachdem dieser sein Freund geworden war und er Jay erklärt hatte, was die verschiedenen Schuppenfarben bedeuteten. Der Teufel hatte nicht gewollt, dass ihm etwas passierte, doch gegen die Raserei, die in seiner Natur lag, konnte auch Umkius selbst nichts ausrichten. Zum Glück war dies erst das zweite Mal gewesen, dass Jay ihn in diesem Zustand erlebt hatte.

Jay geleitete Niliana zu einem der Küchenstühle und rückte

ihn ihr zurecht, damit sie sich setzen konnte. Ihm gefiel es nicht, wie still sie war. Dass sie ihm das Reden überlassen hatte, obwohl sie zuvor nicht unbedingt seiner Meinung gewesen war, kam ihm auch seltsam vor. Stattdessen hatte sie jetzt ihre Herzkette wieder aus der Tasche hervorgeholt und starrte in den leuchtenden Kristall.

Einen kurzen Moment lang beobachtete er sie schweigend, dann nahm er sich ebenfalls einen Stuhl und setzte sich mühsam. Jede Bewegung tat weh.

»Was ist mit dir?«, fragte Ben, dem sein schmerzverzerrtes Gesicht wohl nicht entgangen war. »Bist du verletzt?«

»Meine Rippen ...« Er hob die Hand, als Ben zu ihm kommen wollte. »Ich denke, du hast heute genug Verletzungen geheilt. Versteh mich nicht falsch, Ben, das hast du großartig gemacht, Hafius verdankt dir sein Leben.« Der Ältere blinzelte überrascht. Das hatte er anscheinend noch nicht gewusst. »Aber du hast dich bereits zweimal überanstrengt und ich möchte, dass du dich ausruhst. Ich komme schon klar, so schlimm sind die Schmerzen nicht.«

Er lächelte Ben an, um seiner Ablehnung die Schärfe zu nehmen, denn der Junge sah verletzt aus, jetzt wo er gerade etwas Selbstvertrauen in seine Fähigkeiten als Heiler gewonnen hatte.

»Lügner!«, schnaubte Hafius. »*Die Schmerzen sind nicht so schlimm!* Du bewegst dich wie ein alter Mann!«

»Hafius«, tadelte Niliana ihn sanft. »Wenn Jay nicht geheilt werden möchte, ist das sein gutes Recht. Und ich denke auch, dass Ben stolz auf das sein kann, was er heute geleistet hat. Aber es ist genug. Wir rufen gleich zu Hause an, lassen uns abholen und Jay fährt in ein Krankenhaus, ohne dass sie von ihm erfahren und er verhaftet wird. Inzwischen werden unsere Eltern, Ulpirri und Qrok vermutlich wieder wach sein.«

Die Jungen waren überraschenderweise einen Moment lang

still, doch dann huschte Hafius zurück zur Küchentür und sah besorgt hinaus.

»Umkius kommt zurück«, verkündete er.

Niliana wurde blass, was Jay ihr nicht verübeln konnte. Sein Freund konnte in manchen Momenten ziemlich furchterregend sein. Doch auch er machte sich Sorgen, welche Farbe seine Schuppen haben würden. Als er sie erkannte, schloss er einen Moment lang die Augen.

Sie waren grau.

»Es ist alles in Ordnung«, wandte er sich an Niliana, während Hafius die Tür weit öffnete, um Umkius hereinzulassen. »Er ist nicht länger wütend, sondern nur noch erschöpft. Du brauchst keine Angst zu haben.«

Er sagte bewusst nicht: keine Angst vor ihm. Die Jungen sollten zwar vorsichtig im Umgang mit seinem Freund sein, aber keine Furcht vor ihm haben.

Umkius wirkte angeschlagen, als er auf die Hütte zu humpelte. Sein Sturz schien kein Trick gewesen sein, denn er zog einen Huf nach, als hätte er sich wirklich verletzt. Doch besorgniserregender als die Verletzung oder die Brandspuren auf seinem Shirt und seiner Hose, die einen leichten Geruch nach Ruß und Schwefel verströmten, waren für Jay die vereinzelten gelben Flecken auf seiner Haut. Anscheinend hatte er doch etwas von Brutus' giftiger Dunkelheit abbekommen, wenn er Anzeichen für Krankheit zeigte.

»Hey, Mann«, begrüßte er den Teufel.

»Du hast alles gesehen?«

Jay nickte und die Schultern des Teufels sackten erschöpft nach unten, während er durch die Tür in die Küche trat. Er warf einen Blick auf die Jungen, holte tief Luft und fragte ohne Umschweife: »Habe ich euch verletzt? Habe ich jemanden umgebracht?«

»Nein.«

»Doch!«, mischte sich Niliana ein. Jay konnte an ihrer Stimme nicht heraushören, was sie empfand. »Du hast unseren Freund Brutus verletzt.«

»Brutus?«

»Der Höllenhund.«

Umkius schloss die Augen. »Ah, das war also der Auslöser. Es tut mir sehr leid, Niliana. Ich wollte ihn nicht töten.«

»Das hast du auch nicht«, versicherte Jay ihm rasch. »Du hast ihn lediglich zurück nach Hölle geschickt.«

»Du erinnerst dich also angeblich an gar nichts mehr …« In Nilianas Augen glomm ein Feuer, als würde sie gleich selbst brennende Geschosse auf den Teufel abschießen wollen.

Dieser schüttelte den Kopf, wodurch er mit einem Horn gegen die Deckenlampe kam. Rasch zog er ihn wieder ein.

»Ich weiß noch, dass ich nach euch beiden sehen wollte, weil ihr schon eine Weile weg wart. Außerdem wollte ich die Brandstelle vom Höllenkreis kontrollieren und beheben. Den Jungs hatte ich das Versprechen abgenommen, dass sie im Haus bleiben und abschließen würden, falls sie etwas Verdächtiges sehen. Und danach erinnere ich mich an gar nichts mehr.«

Niliana sah ihn schweigend an, wich seinem Blick nicht aus, und zu Jays Überraschung senkte der Teufel auf einmal erneut den Kopf und sah an sich herab.

»Ich sollte mich wohl besser umziehen«, murmelte er. Dann verschwand er durch die Tür.

Jay seufzte tief, was angesichts des Schmerzes, der ihn durchzuckte, keine gute Idee war.

»Jungs, es wird Zeit für uns, nach Hause zu gehen. Macht euch fertig, während ich telefoniere. Mom und Dad machen sich sicher schon Sorgen um uns«, erklärte Niliana kurz darauf und warf Hafius einen finsteren Blick zu, als dieser protestieren wollte. Er verstummte sofort und schien zu erkennen, wann er den Bogen nicht überspannen sollte.

»Leb wohl, Jay!«, sagte sie.

»Warte! Das kannst du doch nicht ernst meinen! Das ist zu gefährlich, wenn ihr allein dort hinausgeht und zu Fuß in die Stadt marschiert!«, entgegnete er entsetzt.

»Das hatte ich auch nicht vor, die Jungen sind dafür zu erschöpft. Aber ich bin nicht bereit, noch eine Minute länger hier zu verbringen. Ich halte es hier drin nicht mehr aus und will endlich wieder nach Hause. Hast du ein Auto? Dann kannst du uns fahren. Ansonsten rufe ich jetzt meine Eltern an, gebe Bescheid, wo wir sind, und lasse uns abholen. Wir warten draußen.«

»Nein, ich habe kein Auto.«

»Dann auf Wiedersehen!«

Wie konnte man nur so stur sein? Er verstand, dass Niliana den Punkt erreicht hatte, an dem sie nichts mehr mit ihm und Umkius zu tun haben wollte. Doch sie konnte doch nicht ernsthaft die Gefahr ausblenden, in der sie alle schwebten? Immerhin war sein Vater noch dort draußen!

»Warte! Ich komme mit raus. Lasst mich in eurer Nähe bleiben, bis sie euch holen kommen, für den Fall, dass Herkules oder seine Männer zurückkehren. Dann könnte ich sie wenigstens von euch ablenken«, schlug er vor und versuchte, vernünftig zu klingen.

Sie zögerte. »Na schön.«

»Lass mich eben kurz Umkius Bescheid geben, dann können wir meinetwegen rausgehen. Du kannst in der Zwischenzeit gerne telefonieren«, meinte er.

»Wir kommen euch besuchen«, versprach Hafius und Ben nickte eifrig. Irgendwie war es ja süß, dass die beiden ihn und Umkius fast schon adoptiert hatten, und er musste lächeln.

Während er über den Flur zum Schlafzimmer eilte, fiel ihm wieder das merkwürdige Verhalten von Nilianas Mutter Entrissa ein. Nun wusste er wenigstens, warum sie ihn scheinbar übertrieben herzlich bei sich zu Hause empfangen hatte. Vielleicht sollte er sich bei ihr entschuldigen für die schrecklichen Dinge, die er über sie gedacht hatte.

Er erreichte die Tür, wollte klopfen, als sie im selben Moment aufgerissen wurde und Umkius herausstürzte.

»Aua!«

Zur Hölle, tat das weh!

Bei ihrem Zusammenstoß knallte Jay nicht nur mit der Stirn gegen seine geschuppte Brust, sondern prellte sich zudem auch noch die bereits verletzten Rippen, sodass er nur noch Sterne vor seinen Augen flimmern sah und vor Schmerzen ohnmächtig zu werden drohte.

»Jay? JAY!« Umkius klang panisch. »Ben, Jay braucht deine Hilfe!«

Nein, wollte er sagen. *Nicht Ben.*

Doch es kam kein Ton über seine Lippen und ein paar Sekunden später kniete Ben neben ihm nieder – Wann war er denn zu Boden gefallen? – und legte die Hände auf seine Brust. Im ersten Moment tat es schrecklich weh, dann wurde es warm und die Schmerzen ließen nach. Lediglich ein leises Pochen im Kopf erinnerte ihn noch an den Zusammenprall.

»Besser?«, fragte der Junge.

»Ja. Danke, Ben.« Umkius half ihm auf. »Warum hattest du es denn so eilig, Alter?«

Sein Freund öffnete den Mund, schloss ihn wieder und versuchte es dann erneut: »Dein Vater hat uns eine E-Mail geschickt, die solltest du dir ansehen.«

»Eine E-Mail?«, wiederholte Jay und hatte das Gefühl, dass sein Kopf sich weigerte, weitere Informationen zu verarbeiten.

»Ich habe nur kurz online was nachschauen wollen, bevor ich ins Bad gehe, als ich sie gesehen habe«, erklärte Umkius und führte ihn, Niliana und die Jungen ins Schlafzimmer.

Er ging an den PC mit dem kleinen, alten Monitor, bewegte die Maus und öffnete dann die Mail. Adressiert war sie an Jays und an Umkius' private E-Mail-Adressen.

»Woher kennt er unsere Adressen?«, wunderte sich Jay kurz, doch dann begann er zu lesen und erbleichte.

»Was steht da?«, wollte Niliana wissen.

»*An Jay und Umkius*«, las er vor. »*Anscheinend habt ihr die Lektion noch nicht verstanden. Die Familie steht an erster Stelle, immer! Aber ich gebe dir noch eine Chance, deinen Fehler wiedergutzumachen und aus ihm zu lernen. Schließlich bin ich dein Vater und sicher willst du mich und deine Mutter nicht enttäuschen. Es ist dir bestimmt, das Familienunternehmen eines Tages zu leiten. Schließ dich uns an! Du darfst sogar deinen besten Freund mitbringen, der Teufel kann ebenfalls ein Teil unserer Organisation und unserer Familie werden, wenn ihr mir beweist, dass ihr es ernst meint. Bringt mir dazu bis Donnerstag um neun Uhr früh zwei Millionen Dollar zu unserem regulären Treffpunkt und …*«

Er brach ab.

»Zwei Millionen Dollar?«, wiederholten Niliana und Umkius gleichzeitig.

»Es ging doch um eine Million Dollar, die er verlangt hat«, wandte Umkius ein. »Oder habe ich das falsch im Kopf?« Er wirkte einen Moment lang verwirrt, bevor er wütend wurde und einzelne seiner Schuppen sich rot färbten. »Bis Donnerstag um neun Uhr, das sind keine achtundvierzig Stunden! Jetzt ist es viertel nach neun. Er hatte dir doch noch drei Wochen gegeben, um das Geld aufzutreiben. Dieser Bastard!«, empörte sich Umkius.

»Er hat die Frist verkürzt und die Summe verdoppelt«, flüsterte Jay und begriff, warum Herkules das getan hatte. Denn die Nachricht endete mit: »... *und du wirst deine Mutter wiedersehen. Ansonsten ist dieses Video das Letzte, was du für eine lange Zeit von Priscilla zu sehen bekommst. Aber immerhin haben deine Mutter und ich jetzt viel Zeit, um uns wieder miteinander vertraut zu machen. Bald werden wir drei zusammen sein wie eine richtige Familie. Mach uns stolz, Junge!*«

Jay zitterte, als er die Worte las. Nein, das konnte nicht wahr sein! Er hatte doch vor etwas über einer Stunde noch mit seiner Mutter telefoniert! Sie war in Sicherheit gewesen! Das war eine Lüge!

Inzwischen traute er Herkules alles zu. Seine väterlich-verständnisvollen Worte waren doch nichts anderes als Heuchelei und versteckte Drohungen! Herkules wollte ihm nur Angst einjagen, damit er ihm gehorchte und Verbrechen für ihn beging. Dann konnte sich Herkules bequem zurücklehnen und sein Luxusleben genießen. Nein, er hatte seine Mutter nicht in seiner Gewalt, das war völlig ausgeschlossen. Herkules wollte ihn lediglich leiden lassen dafür, dass er ihn und seine Männer angegriffen und ihre Pläne durchkreuzt hatte. Auch dass Umkius ihm angeblich willkommen war, musste gelogen sein. Herkules versuchte nur, ihn in Sicherheit zu wiegen, damit sein Freund mit zur Übergabe kam und er ihn in eine Falle locken und umbringen konnte. Nein, eher passte ein Troll durch ein Nadelöhr, bevor Jay seinem Vater noch mal irgendwas glaubte.

Sein Herzschlag schlug keine Kapriolen mehr wie ein verängstigtes Pferd und hatte sich von einem schnellen Galopp hin zu einem gemächlichen Trab verlangsamt. Dennoch blieb ein Rest Unbehagen, das er einfach nicht abschütteln konnte. Vielleicht sollte er doch noch einmal seine Mutter anrufen und sich vergewissern, dass es ihr wirklich gut ging?

Doch halt! Vielleicht war es genau das, was Herkules wollte?

Beabsichtigte er, auf diese Weise herauszufinden, wo sich seine Mutter befand? Hörte er möglicherweise Umkius' Telefon ab oder kam er über seine zwielichtigen Kontakte an die Verbindungsnachweise heran?

Eine große Hand landete auf seiner Schulter, schüttelte ihn leicht und schreckte ihn aus seinen Gedanken. »Jay? Hörst du mich, Mann?« Umkius musterte ihn besorgt.

»Ja. Es tut mir leid. Er hat es wieder einmal geschafft, mir Angst einzujagen. Ich weiß, ich sollte nicht auf ihn und seine Lügen hören …«

»Jay!«, unterbrach sein Freund ihn scharf. »Er hat ein Video angehängt!«

Er starrte Umkius an und einen langen Moment lang begriff er nicht, warum Herkules seine Drohung auch noch einmal per Videobotschaft aufnehmen sollte, wenn er sie ihm doch schon schriftlich hatte zukommen lassen. Es sei denn …

Seine Hand begann zu zittern, als er die Maus bewegte. Er musste dreimal auf das Video klicken, weil er es die beiden ersten Male nicht traf. Dann endlich hatte er es geschafft.

Ein neues Fenster öffnete sich und er sah seine Mutter vor sich.

Sie war an die Lehnen eines Stuhls gefesselt und starrte über einen kleinen Tisch in die Kamera und Jay konnte sehen, wie viel Angst sie hatte. Sie sah aus, als hätte sie geweint, schien aber unverletzt zu sein. Ringe lagen unter ihren Augen und sie wirkte blass, als hätte sie in der letzten Nacht kaum geschlafen, seit sie von seiner Verhaftung für Nilianas Entführung erfahren hatte. Davon hatte sie sich während ihres Telefonats jedoch nichts anmerken lassen.

Jay ertrug es nicht, sie so zu sehen. Das Schlimmste war, dass es seine Schuld war, dass sie das durchmachen musste. Seine allein.

»Tu, was der Boss sagt, wenn du deine Mutter wiedersehen willst«, sagte eine Stimme aus dem Off.

»Jay?«

Er spürte Umkius' Hand auf seiner Schulter und schluckte mühsam, als das Video endete. Auf keinen Fall wollte er jetzt weinen.

»Wir werden Priscilla retten, das verspreche ich dir!« Doch Umkius' Schuppen waren bis auf ein paar wenige gelbe, graue und rote komplett weiß vor Sorge und Jay wusste, dass es lediglich aufmunternde Worte waren, sein Freund aber selbst nicht daran glaubte.

»Es tut mir leid«, sagte Niliana. »Ich wünschte, wir könnten ihr helfen.«

»Danke, aber das könnt ihr nicht«, wies er ihre leeren Worte zurück.

Er starrte weiterhin auf den Bildschirm und ballte die Fäuste. Eine Million, zwei Millionen, es war gleich, wie viel sein Vater forderte. Nächstes Mal würden es vermutlich fünf oder zehn Millionen sein. Herkules würde niemals genug haben, ihn niemals wieder in Ruhe lassen, das hatte er bereits beim ersten Mal angedeutet, als sie sich in der Nachbarstadt Dillux City getroffen hatten, wo sein Vater lebte. Aber Jay hatte seine Worte nicht ernst genommen, in ihnen nicht die besitzergreifende Warnung gesehen, die sie waren.

Sein Vater hatte keinen Erben und das war seinen Rivalen wohl ein willkommener Anlass, um Herkules' Macht in seiner Organisation zu untergraben. Als er durch Jays Suche dann erfuhr, dass er doch einen Sohn hatte, zeigte er sich bei ihrer ersten Begegnung sehr erfreut und hatte gleich davon geredet, dass Jay mal seine Geschäfte übernehmen sollte. Und er war so dumm gewesen anzunehmen, dass es bei Hartley & Sons um Immobiliengeschäfte gehen würde!

Doch das böse Erwachen folgte drei Wochen später, als er Herkules erneut besuchte und sein Vater ihn darüber aufklärte, was er von ihm erwartete. Nämlich ein Verbrecher zu werden und das möglichst schnell, damit er irgendwann sein Stellvertreter und schließlich sein Nachfolger werden konnte.

Eine Million Dollar in einem Monat auf illegale Weise sollte er für diesen Zweck beschaffen – seine Ausbildung und seine Aufnahme hatte Herkules es genannt – und dann hatte er davon gesprochen, dass Jay ihn doch nicht enttäuschen und seine Mutter nicht zum Weinen bringen wolle, und Jay hatte die versteckte Drohung in seinen Worten und seinem Griff an seiner Schulter gespürt …

Jay hatte in diesem Moment erkannt, dass es nicht ausreichte, seinen Vater zu bezahlen und ihm widerwillig zu geben, was er verlangte. Denn Herkules würde niemals lockerlassen, bis er nicht einen skrupellosen Gangster aus ihm gemacht hatte, ein jüngeres Abziehbild seiner Selbst. Seine Mutter würde in Gefahr schweben, solange Herkules lebte und seine Organisation befehligte.

Also hatte Jay in seiner Verzweiflung beschlossen, dass er selbst ein Verbrechergenie werden, seinem Vater die Macht entreißen und die Gefahr durch ihn ein für alle Mal ausschalten musste. Und da er dafür selbst keine Veranlagung hatte, war er auf die Idee gekommen, sich die Inspiration für seine Coups und die Machtübernahme von einer Muse zu holen. Das Lösegeld wäre nur der Bonus gewesen, denn es hätte sein eigentliches Problem, wie er Herkules für immer aus ihrem Leben vertreiben konnte, nicht behoben.

Doch jetzt erkannte er, dass er dieses Problem selbst lösen musste. Das war etwas zwischen Herkules und ihm. Er würde Niliana, ihre Familie und Umkius nicht länger dort hineinziehen.

»Bitte entschuldigt mich einen Moment«, bat er und stand abrupt auf.

Er wich ihren besorgten Blicken aus, bekam noch mit, dass sie über etwas sprachen, dann war er zur Vordertür raus und atmete tief durch.

Umkius würde es ihm nicht verzeihen, was er jetzt vorhatte. Das war ihm klar. Doch sein Freund hatte bereits mehrfach den Preis für Jays Dummheit zahlen müssen, von jetzt an würde er ihn aus der Sache heraushalten. Er würde sich absetzen, die zwei Millionen beschaffen und danach Kontakt mit Herkules aufnehmen, um die Übergabe zu vereinbaren. Und er würde einen Plan schmieden, um seinen Vater für immer loszuwerden. Die Entscheidung fühlte sich richtig an und er verspürte Entschlossenheit.

Jedoch nur so lange, bis ihn ein magischer Angriff durch die Luft fliegen ließ und ihn an die Wand neben der Eingangstür knallte. Dann sah er, wer ihn angegriffen hatte.

»Oh, verdammt!«

19

Besorgt sah sie Jay hinterher, der über den Flur schlich, als lastete das Gewicht der Welt auf seinen Schultern. Aber war das denn ein Wunder? Sie wusste nicht, was sie an seiner Stelle getan oder empfunden hätte.

»Denkst du, wir sollten ihn jetzt alleine lassen?«, fragte sie laut, bevor sie sich wieder daran erinnerte, dass sie sich an Umkius wandte, mit dem sie eigentlich nicht reden wollte, weil er schuld war, dass sie einen ihrer engsten Freunde nie wiedersehen würde.

Auch wenn Jay versucht hatte, ihr das Verhalten und Wesen des Teufels zu erklären, so konnte sie es nicht verstehen und noch weniger verzeihen. Sie machte sich große Sorgen um Brutus, der sich nun in einer ihm fremden Welt befand. Denn Brutus' Vorfahren waren nach den Höllenkriegen auf der Erde geblieben, zunächst als Gefangene, dann als wertvolle Mitglieder der Gesellschaft. Er hatte keine Ahnung, wie es auf Hölle aussah oder wie er dort überleben konnte.

»Jay braucht jetzt etwas Zeit für sich«, unterbrach Umkius ihre Gedanken und schien nicht zu erkennen, wie viel Wut und Schmerz sie seinetwegen empfand.

»Und was machen wir jetzt?«, wollte Hafius wissen. »Analysieren wir das Video? Können wir den Absender zurückverfolgen?«

Wie immer war ihr Bruder voller Tatendrang und steckte damit auch Ben an, der sie bittend ansah. Dass sie eigentlich längst nach Hause hatte zurückkehren wollen, hatten beide natürlich wieder vergessen.

»Vielleicht sollten wir das lieber jemandem überlassen, der sich damit auskennt«, erwiderte sie diplomatisch.

»Wartet, ich speichere das Video und die Mail auf einem USB-Stick«, meinte der Teufel, der trotz seiner großen Pranken und gefährlich aussehenden Krallen erstaunlich geschickt mit der Tastatur, der Maus und dem kleinen Stick umging, den er, ohne die kleinste Kratzspur auf dem Plastik zu hinterlassen, aus der Buchse zog.

Er hielt ihn hoch und Hafius schnappte ihn ihm aus der Hand.

»He!«, protestierte Niliana. Das war mal wieder typisch Hafius!

Doch bevor sie ihn bitten konnte, Umkius den USB-Stick zurückzugeben, hörte sie schwere Schritte auf dem Flur, die sich rasch näherten. Zunächst dachte sie, dass Jay zurückkehrte, doch sie hatte ihn nie zuvor dermaßen laut trampeln hören. War er auch nicht zu leicht, um solche Geräusche zu erzeugen?

Ihre Brüder und der Teufel schienen noch nicht erkannt zu haben, dass etwas nicht stimmte, denn bislang war sie die Einzige, die sich in Richtung Schlafzimmertür umgedreht hatte. Die Erste, die die Pistolen sah, die auf sie gerichtet wurden.

»Waffen fallen lassen und keine Magie oder wir schießen!«, brüllten nun die ersten Stimmen. Hafius, Ben und Umkius zuckten zusammen und wandten den Kopf um.

Umkius wirkte verwirrt und reagierte langsam, während ihre Brüder sofort die Hände hochrissen – aber sie hatten auch so häufig Polizist und Gangster gespielt, dass die Bewegung ihnen wahrscheinlich in Fleisch und Blut übergegangen war. Der Teufel verfärbte sich erneut. War er zuvor überwiegend weiß mit etlichen grauen und gelben Flecken gewesen, so wurden seine Schuppen nun fast durchgängig weiß. Seine Stimmung hatte sich verändert und auch wenn sie die Farben noch nicht alle einordnen konnte, wusste sie, dass es ein gutes Zeichen war, dass sie keinerlei rote oder schwarze Schuppen entdecken konnte.

»Hände hoch, Teufel!«

Umkius folgte dem Befehl langsam und vorsichtig. Noch immer saß er auf dem Schreibtischstuhl, wodurch er kleiner und weniger einschüchternd wirkte, als er war. Vermutlich stand er aus diesem Grund auch nicht auf.

Die Männer und Frauen der Musenpolizei trennten sie jetzt voneinander und schoben die Jungen sogleich aus der Tür, die sich dagegen wehrten und gar nicht »gerettet« werden wollten.

»Umkius! Nein! Tut ihm nicht weh!«, schrien sie.

»Bist du in Ordnung, Niliana?«, fragte Qrok sie kurz darauf, der jetzt zu ihnen ins Zimmer kam. Er hatte wohl gewartet, bis das Gedränge im Flur sich aufgelöst hatte und er Platz in den beengten Räumlichkeiten fand.

»Es geht mir gut«, erwiderte sie mechanisch, obwohl das nicht stimmte. Sie war erschöpft, wütend, niedergeschlagen, frustriert und voller Trauer und auch Sorge.

»Wie habt ihr uns gefunden?«

»Mea hat uns verraten, dass ihr bei dem Teufel seid, nachdem Okpi uns geweckt hatte. Herauszufinden, wo Umkius wohnt, war nicht schwer – stand ja schließlich schon in Jays Akte.«

»Was habt ihr mit ihm vor?«, wollte sie wissen, als sich zwei Polizisten dem Teufel näherten, während ihre Kollegen ihnen Deckung gaben.

»Er muss sich wegen Beihilfe zur Entführung verantworten«,

erklärte der Troll, der Umkius nicht aus den Augen ließ, obwohl sich dieser fügsam die magisch verstärkten Troll-Handschellen und Magieblocker anlegen ließ.

Kurz überlagerte sich das Bild vor Nilianas Augen mit dem Moment, in dem Brutus durch die Luft und den Höllenkreis flog. Doch überraschenderweise empfand sie keine Befriedigung, dass ihm jetzt eine Strafe drohte. Denn das, was sie ihm vorwarfen, hatte der Teufel nicht getan.

»Er wusste es nicht, Qrok«, sagte sie und konnte kaum glauben, dass sie tatsächlich ein gutes Wort für ihn einlegte. »Jay hatte ihn in seine Pläne nicht eingeweiht und wir waren nur hier, weil wir einen sicheren Unterschlupf und einen Platz zum Ausruhen brauchten, nicht weil Umkius an der Entführung beteiligt war. Im Gegenteil, es war Umkius, der mir geholfen hat, als ich Samstagabend vor Jay geflohen bin. Ihr dürft ihn nicht verhaften. Er ist unschuldig!«

»Es wird sich spätestens vor Gericht klären, wovon der Teufel wusste und wovon nicht. Wir haben erst einmal Order, ihn mitzunehmen«, erklärte der riesige Sicherheitsbeauftragte und winkte die menschlichen und elfischen Polizisten vorwärts, damit sie ihren Gefangenen abführten.

»Aber ...«

Nilianas Protest brach ab, als die Polizisten und Qrok sie einfach ignorierten und sich an ihr vorbeischoben. Sie gehörte nicht zur Musenpolizei, ihre Worte hatten kein Gewicht für die Beamten.

»Danke«, flüsterte ihr Umkius zu, als er an ihr vorbeigeführt wurde, und das, obwohl sie gar nichts erreicht hatte.

Und jetzt? Was sollte sie nun tun?

Niliana folgte ihnen, in der Hoffnung, dass Ulpirri oder ihr Vater auch in der Nähe sein würden und einer von ihnen vernünftiger wäre. Doch die löste sich in Luft auf, als sie vor der

Haustür sah, dass der Elf Jay mit seiner Magie bewegungsunfähig gemacht hatte und ihm jetzt Handschellen anlegte, während ihr Vater zufrieden daneben stand.

»Was macht ihr da? Halt! Das dürft ihr nicht!«

»Das, was wir schon gestern hätten tun sollen. Wir bringen einen Delinquenten ins Gefängnis, damit er anschließend vor Gericht gestellt werden und seine verdiente Strafe bekommen kann.«

Ihr Vater klang grimmig. Seine Haltung gegenüber Jay hatte sich seit dem katastrophalen Mittagessen am Vortag kein bisschen verändert. Unwillkürlich fragte sie sich, wo ihre Mutter war und ob sie wusste, was ihr Vater gerade machte.

»Er hatte einen guten Grund für seine Tat«, versuchte sie ihm dennoch zu erklären. »Bitte, Dad, du machst einen Fehler.«

»Ich weiß nicht, was er dir erzählt hat, um dein Mitleid zu erringen, aber in meinen Augen gibt es keine Entschuldigung für das, was er Samstag getan hat. Und als wäre das nicht schon schlimm genug gewesen, so hat er es heute noch einmal versucht, nur dass er dieses Mal euch alle drei entführt und verschleppt hat! Nein, Niliana, ich mache bestimmt keinen Fehler!«

»*Ich* habe ihn heute Morgen befreit und bin freiwillig mit ihm mitgefahren. Dass Hafius und Ben als blinde Passagiere im Auto waren, haben wir erst später bemerkt. *Ich* habe Okpi überredet, euch zu betäuben, nicht Jay! Bitte, Ulpirri, du musst ihn wieder freilassen!«

Ulpirri warf ihr einen bedauernden Blick zu und hielt Jay weiterhin fest. »Es tut mir leid, Niliana, das kann ich nicht. Selbst wenn er heute kein Verbrechen begangen hat, ist er noch immer ein entflohener Straftäter.«

Enttäuschung erfüllte sie. Der Elf hatte immer auf ihrer Seite gestanden, sie beschützt und sie das Kämpfen gelehrt. Er hatte die Schuld auf sich genommen, wenn sie als Kind eine Dummheit gemacht hatte, hatte ihre Geheimnisse nie ihren Eltern verraten, solange sie sie nicht gefährdeten. Sie hatte sich immer auf Ulpirri verlassen können. Daher zogen seine Worte ihr jetzt den Boden unter den Füßen weg – warum vertraute er ihr denn nicht? –, doch das Schlimmste war die Art und Weise, wie ihr Vater dabei zufrieden und selbstgefällig nickte.

Doch noch gab sie sich nicht geschlagen. Sie hatten noch siebenundvierzig Stunden, um Jays Mutter zu befreien. Sie musste die beiden überzeugen, ihn gehen zu lassen!

Jay warf ihr einen verzweifelten Blick zu. Mit Sicherheit dachte er ebenfalls gerade an das Ultimatum, das sein Vater ihm gestellt hatte. Doch wie sollte er seine Mutter retten, wenn ihr Vater wild entschlossen war, ihn vor Gericht zu bringen? Die achtundvierzig Stunden wären lange verstrichen, bis es endlich zum Prozess kam.

Sie musste etwas tun!

»Ich bin freiwillig mit ihm mitgegangen«, log sie daher. »Es gab nie eine Entführung. Du hast also keinen Grund, ihn verhaften zu lassen, da es kein Verbrechen gab. Das ist Willkür!«

Dankbarkeit lag in Jays Augen und zum ersten Mal kam ihr der Gedanke, dass er nichts sagte, weil Ulpirri ihn nicht zu Wort kommen ließ. Hatte ihr Vater ihm etwa befohlen, ihn magisch zu knebeln, weil er die Wahrheit nicht hören wollte? Empört starrte sie den Elfen an, der sie nachdenklich betrachtete.

»Nun ist es aber genug, Niliana! Denkst du, ich erkenne nicht, dass du dich aus irgendeinem Grund entschieden hast, für ihn zu lügen? Haben sie dich etwa unter Drogen gesetzt und deine Sinne vernebelt, sodass du nicht mehr klar denken kannst und ihn jetzt in Schutz nimmst?« Er wandte sich an Ulpirri. »Abführen!«, befahl er und nach kurzem Zögern gehorchte der Magier.

»Dad! Nein! Jay hat nichts Böses getan!« Sie stellte sich dem Elfen und Jay in den Weg und breitete entschlossen die Arme aus, sodass die beiden nicht weitergehen konnten.

»Es reicht, Niliana!«

»Wenn du das tust, rede ich nie wieder mit dir!«

Ihr Vater warf ihr einen zornigen Blick zu, bevor er sie am Arm packte und zur Seite zerrte. »Dann ist das so. Aber immerhin bist du dann vor ihm sicher. Und nur das ist wichtig. Ich bin dein Vater, es ist meine Aufgabe, dich vor Übeltätern wie ihm zu beschützen. Führ ihn ab!«

Niliana fühlte sich innerlich zu Eis erstarren, als der Schmerz in ihrem Arm pulsierte und die kalten Worte ihres Vaters sie trafen. Sie bekam es kaum mit, als er sie endlich losließ, ohne sich darum zu scheren, ob es ihr gut ging. War es ihm denn völlig egal, wie sie und ihre Brüder sich fühlten? Er hatte sich ja noch nicht einmal nach Hafius und Ben erkundigt! Hatte er denn nicht bemerkt, dass sein Griff so fest gewesen war, dass sie seine Fingerabdrücke bald als blaue Flecken auf ihrem Arm tragen würde? War es ihm wirklich egal, was mit ihr passierte, solange er sich an Jay rächen konnte? Hasste er ihn so sehr?

Fassungslos blieb sie stehen, während die beiden Jay zu einem der Polizeiwagen führten, die neben dem Feldweg parkten. Sogar an einen großen Gefangenentransporter hatten sie gedacht, in den Qrok und die anderen Polizisten soeben Umkius sperrten.

»Er wollte uns ebenfalls nicht zuhören«, sagte Hafius leise, der unbemerkt mit Ben neben sie getreten war. Den beiden Jungen liefen Tränen über die Wangen.

»Das ist nicht fair«, meinte Ben. Und zum ersten Mal sah sie etwas in seinen Augen, von dem sie sich gewünscht hätte, es erst Jahre später zu sehen: Das verlorene Vertrauen, dass seine Eltern immer das Richtige tun würden.

»Hier!«, machte Hafius und drückte ihr den Stick in die Hand. »Uns wird niemand zuhören, aber dir schon. Du bist erwachsen. Jetzt musst du dafür sorgen, dass Jays Mutter nichts passiert.«

Im ersten Moment wollte sie sich weigern, doch den egoistischen Gedanken unterdrückte sie sofort wieder. Ihre Brüder hatten recht. Wenn sie jetzt nicht um Gerechtigkeit kämpfte, wer sollte es dann tun? Dieses Mal waren ihre Eltern nicht auf ihrer Seite, dieses Mal stand sie alleine da, aber Ulpirri und Qrok hatten sie für solche Situationen ausgebildet. Sie war stark, sie schaffte es auch allein, wenn es nötig war.

Nur wie? Diese Frage stellte sie sich, als sie in einem der Polizeiwagen zurück ins Musenviertel fuhr. Ihre Brüder saßen neben ihr und schwiegen ebenfalls. Sie war anscheinend nicht die Einzige, die sich rat- und mutlos fühlte.

Es musste doch etwas geben, das sie tun konnte!

Das sagte sie sich immer wieder, auch dann noch, als der Wagen vor ihrem Haus zum Stehen kann. Bislang hatte sie noch keine durchführbare Idee gehabt. Wie sollte sie allein Herkules und seine Männer stoppen?

Die menschliche Polizistin und der elfische Beamte öffneten ihnen die Türen und rissen sie damit aus ihren Grübeleien. Kaum waren sie ausgestiegen, rannte auch schon ihre Mutter auf sie zu.

»Niliana! Hafius! Ben! Der großen Schöpferin sei Dank! Ich habe mir solche Sorgen um euch gemacht!«

Nacheinander fiel sie jedem von ihnen um den Hals und schluchzte erleichtert. Als sie bei Niliana angelangt war, bekam diese ein schlechtes Gewissen.

»Es tut mir so schrecklich leid, Mom!«

»Ich bin nur froh, dass es euch gut geht«, sagte ihre Mutter und hielt sie an den Schultern fest, um sie ernst anzusehen.

»Klar, dein Vater und ich sind auch ziemlich sauer auf dich, weil du Okpi dazu überredet hast, uns zu betäuben, und anschließend aus dem Haus bist, ohne uns eine Nachricht zu hinterlassen. Als Mea kam, waren wir bereits krank vor Sorge, zumal die Sicherheitskameras aus der Garage gezeigt haben, dass ihr alle drei mit Jay weggefahren seid. Dein Vater gibt natürlich dem armen Jay die Schuld und ignoriert, dass auf den Aufnahmen ganz klar zu sehen ist, dass der Junge dich nicht entführt hat und von Bens und Hafius' Schabernack nicht das Geringste wusste. Ich fürchte, sein Zorn über die Ereignisse am Samstag trübt sein Urteilsvermögen.«

»Es tut mir wirklich sehr leid«, wiederholte Niliana beklommen. »Ich wollte nicht, dass ihr euch Sorgen macht. Das war alles so nicht geplant. Eigentlich wollte ich nur, dass Jay das Musenviertel verlässt, damit ich ihn nie wiedersehen muss. Doch dann …«

»Hattet ihr einen Unfall«, unterbrach sie ihre Mutter. »Ich weiß. Die Polizei hat das Wrack gefunden und anhand des Nummernschildes herausgefunden, dass es mein Auto ist, und mich angerufen. Zum Glück war dein Vater zu diesem Zeitpunkt schon aus dem Haus, sonst dürften wir jetzt wohl Jays Beerdigung planen.« Schwer seufzend schüttelte sie den Kopf. »Ich erkenne deinen Vater nicht wieder«, murmelte sie.

»Mom.«

»Mach dir keine Sorgen, mein Schatz!«

Ihre Mutter versuchte, ihren Kummer wegzulächeln, und scheiterte. Um die Ehe ihrer Eltern stand es erkennbar nicht zum Besten, das bemerkten auch ihre Brüder, die ungewöhnlich still waren.

»Ihr zwei«, drehte sich Entrissa nun zu ihnen um. »Ihr habt Zimmerarrest und keine Widerworte! Abmarsch!«

Die beiden schlurften ins Haus und ließen die Köpfe hängen.

Es tat ihr in der Seele weh, ihre Brüder so unglücklich zu sehen.

»Bitte sei nicht so streng mit ihnen«, bat sie. »Die beiden hatten einen harten Tag und besonders Ben war heute sehr tapfer und stark. Er hat seine Magie benutzt, um uns alle zu heilen, und ich weiß nicht, was mit Hafius geschehen wäre, wenn Ben nicht so mutig gewesen wäre.«

»Ben?« Ihre Mutter legte einen Arm um ihre Schulter und ging mit ihr in Richtung Haus. »Du musst mir alles erzählen. Sowohl das Gute als auch das Schlechte, in Ordnung? Ich muss das wissen, auch wenn ich nachträglich noch Ängste ausstehen werde. Aber ich muss verstehen, was passiert ist und wie es euch geht. Und zwar alles.«

Also folgte Niliana ihrer Mutter ins Haus, machte sich in der Küche einen starken Kaffee und begann zu erzählen. Zwischendurch musste sich ihre Mutter sichtlich mehr als einmal beherrschen, um sie nicht zu unterbrechen oder zu weinen, doch Niliana hatte am Anfang begonnen, bei der Entführung, damit ihre Mutter verstand, was die letzten Tage in ihr vorgegangen war.

Und warum sie Jay jetzt vergeben hatte.

Verblüfft stellte sie beim Erzählen fest, dass sowohl ihr Zorn auf Jay aufgrund der Entführung als auch ihr tiefer Groll gegen ihn wegen des unerwünschten Musenbündnisses verschwunden war. Sie verstand jetzt, warum er es getan und was er bezweckt hatte. In einem unterschieden sie sich nicht voneinander, in ihrer starken Loyalität gegenüber ihrer Familie. Das war eine Eigenschaft an ihm, die sie bewundern konnte.

»Und jetzt muss ich einen Weg finden, um Jay und Umkius aus dem Gefängnis zu holen und Jays Mutter aus der Gewalt dieses Irren zu befreien. Nur dass ich dafür entweder zwei Millionen Dollar bis übermorgen auftreiben oder herausfinden muss, wo Jays Vater sie gefangen hält, bevor das Ultimatum abläuft«, schloss sie erschöpft ihre Erzählung.

Jetzt, da das Adrenalin der letzten Stunden nachgelassen hatte, merkte sie, dass sie die letzte Nacht nicht geschlafen, sondern nur gegrübelt und Pläne geschmiedet hatte. Sie fühlte sich trotz des aktiven Musenbündnisses leer, sodass sie die Ideen nicht einmal wispern hören konnte.

»Zwei Millionen Dollar in bar kann ich irgendwie rechtzeitig auftreiben«, sagte ihre Mutter überraschend, und Nilianas Kopf ruckte hoch. Damit hatte sie nicht gerechnet. »Also lass uns jetzt überlegen, wie wir deinen Liebsten aus dem Gefängnis holen können.«

»Mom! Er ist nicht mein Liebster! Wie oft muss ich das denn noch sagen?«

Doch ihre Mutter lächelte nur zufrieden und meinte: »Mach dich frisch, Lia. Dann kommen dir auch neue Ideen. Und anschließend überlegen wir, was wir tun können, um deinem Vater zu beweisen, dass er ein völlig falsches Bild von Jay hat.«

Niliana war erleichtert, dass ihre Mutter auf ihrer Seite war. Mit neuem Optimismus stand sie auf und machte sich auf den Weg ins Bad, während eine leise Stimme ihr die ersten Funken einer großartigen Idee zuflüsterte.

20

Wenn Blicke töten könnten, dann wäre Jay in der letzten halben Stunde mehrere Dutzend Mal erstochen, erschlagen oder auf eine andere Weise ins Jenseits befördert worden. Vielleicht hätte sich Nilianas Vater aber auch damit zufriedengegeben, ihn per Höllenkreis auf selbige zu schießen und zu wissen, dass er dort elendig zugrunde gehen würde.

Hin und wieder durchbrach der Gouverneur mit einer gut gewählten Beleidigung das eisige Schweigen, Jay jedoch blieb stumm. Er hatte aber auch keine andere Wahl, denn Benjamin Whitecomb-Noir hatte ihm mithilfe der Magie des Elfen wie einem kleinen Kind den Mund verbieten lassen.

Als er jedoch nach einer halben Stunde die Nase voll hatte von diesem Affentheater, zeigte er dem Gouverneur den Mittelfinger und hatte das Vergnügen, Ulpirri grinsen zu sehen. Anscheinend war der Elf nicht mit allem einverstanden, was sein Boss so anordnete.

»Ulpirri ...«, begann nun der wütende Gouverneur.

»Nein«, unterbrach ihn der Elf. »Dafür verschwende ich nicht meine Energie. Wir sind gleich beim Gefängnis. Und was soll er schon tun? Gleich haben Sie ihn aus den Augen und andere werden sich um das Problem kümmern.«

Ob Nilianas Vater einsah, dass er überreagiert hatte, wusste Jay nicht, aber zumindest herrschte die letzten fünf Minuten der Fahrt ein angenehmes Schweigen.

Es war seltsam, keine vierundzwanzig Stunden nach seinem Verhör erneut vor dem großen Justizgebäude im *Quartier des Muses* zu stehen und zu wissen, dass ihn dieses Mal keine Entrissa und keine Niliana retten würden. Wenn er dieses Mal den Gefängniskomplex betrat, dann würde er lange Zeit nicht mehr in die Freiheit entlassen werden.

Beklommen passierte er die Menschen, Elfen und Trolle in Uniform, die geschäftig zwischen den Gebäuden und Fahrzeugen hin und her liefen, doch als er Höllenhunde sah, hielt er inne.

»Bitte, Gouverneur«, begann er und war überrascht, dass Ulpirri den Schweigezauber aufgehoben hatte. »Bitte lassen Sie die Höllenhunde abziehen. Höllenhunde und Teufel sind Todfeinde. Wenn Sie nicht wollen, dass Umkius zerfleischt wird, dann sorgen Sie dafür, dass er auf dem Weg ins Gefängnis keinem von ihnen begegnet. Ansonsten klebt das Blut eines Unschuldigen an Ihren Händen.«

»Todfeinde, sagst du?«, mischte sich Ulpirri besorgt ein. Der Elf hatte die Stirn in Falten gelegt. »Wir haben den Höllenhund Brutus auf eure Spur angesetzt und er ist bislang nicht zurückgekehrt. Willst du damit sagen, dass er deinen Freund getötet und nicht gestellt hätte, wenn er euch gefunden hätte?«

Nun, diese Erklärung würden die beiden sicher nicht gerne hören.

»Brutus *hat* uns gefunden«, sagte er grimmig. »Die beiden *haben* sich gegenseitig bis aufs Äußerste bekämpft und der Höllenhund ist jetzt wieder auf seinem Heimatplaneten. Aber da Sie mir das vermutlich nicht glauben und lieber das Schlimmste denken werden, schlage ich vor, Sie lassen sich die ganze Geschichte besser von Niliana erzählen. Nur sorgen Sie jetzt dafür, dass die Höllenhunde verschwinden, bevor Umkius hier ankommt. Denn ich garantiere Ihnen, dass Sie keinerlei Kontrolle oder Befehlsgewalt mehr über sie haben werden, sobald sie meinen Freund sehen.«

Der Elf reagierte schneller als der Gouverneur und gab einem der Offiziere ein Zeichen. »Bringt die Höllenhunde hier weg. Es kommt gleich ein Gefangenentransporter, dessen Insassen sie auf dem Weg ins Gefängnis nicht begegnen dürfen. Befehl des Gouverneurs!«

»Verstanden, Sir!«

Der Mann rannte los und Jay sah mit Erleichterung, dass der Platz vor dem Gefängnis sich rasch von den dämonischen Kreaturen leerte.

»Ich weiß nicht, was du hier für ein Spiel spielst, Junge«, sagte Nilianas Vater schließlich, der das Ganze mit sichtbarer Skepsis verfolgt hatte. »Aber ich hoffe für dich, dass das kein Trick war, um deinem Kumpel die Flucht zu ermöglichen. Die Konsequenzen würden dir nicht gefallen. Und nun vorwärts! Deine Zelle wartet.«

Leider hatte er recht und Jays Verzweiflung wuchs, als sie sich dem Gefängnis näherten.

Er war kurz davor, dem Gouverneur von der Lage seiner Mutter zu erzählen, doch wenn der Mann ihm schon in Umkius' Fall nicht glaubte und auch Nilianas Einwände abgeschmettert hatte, dann würde er in der Wahrheit nur einen neuen Trick von Jay vermuten. Oder eine der vielen Lügen, mit denen er seine Tochter angeblich auf seine Seite gezogen hatte.

Wenn er nur ein paar Minuten allein mit dem Elfen hätte! Ulpirri schien ihm vernünftiger zu sein und im Zweifel erst einmal davon auszugehen, dass Jay recht haben könnte. Wäre er nicht gewesen, würde sein bester Freund jetzt erneut seinen Todfeinden gegenüberstehen müssen. Doch er bezweifelte, dass der Elf sich einem direkten Befehl seines Arbeitgebers widersetzen würde, und der Gouverneur würde mit Sicherheit verlangen, dass er sich auf seine Pflichten konzentrierte, statt »Jays Lügenmärchen« – oder wie hatte er es im Auto genannt? – nachzugehen.

Jetzt passierten sie das bewachte Gefängnistor und Jay sah das Innengebäude des Justizkomplexes vor sich aufragen. Dort drinnen befand sich das Untersuchungsgefängnis, das er nun zum ersten Mal von innen sehen würde, nachdem er beim letzten Mal im äußeren Polizeigebäude verhört worden war. Doch hier rein würde vermutlich noch nicht einmal Entrissa ohne Sicherheitsfreigabe kommen.

Seine Gedanken wurden noch düsterer, bei jedem Schritt hatte er schreckliche Bilder vor Augen und schon bald malte er sich aus, wie Herkules von seiner Verhaftung erfahren würde und einen mörderischen Wutanfall bekam. Oder war er es gewohnt, dass seine Pläne nicht auf Anhieb klappten, weil sich seine Leute dämlich anstellten oder etwas schieflief? Jay wusste es nicht. Aber bestimmt hatte Herkules Spitzel in der Musenpolizei, irgendjemand hatte sich mit Sicherheit von ihm schmieren lassen. Es würde sich nicht lange vor ihm geheim halten lassen, was geschehen war.

Vielleicht hatten seine Leute aber auch die Geschehnisse vor Umkius' Hütte aus der Ferne beobachtet. Dann wusste sein Vater bereits von seiner Verhaftung und auch wenn er beim letzten Mal bereit gewesen war, ihn zu befreien, und nicht mit drastischen Maßnahmen auf Jays Fehler reagiert hatte, so bezweifelte er doch stark, dass Herkules angesichts der knappen verbleibenden Zeit dieses Mal ruhig bleiben und Jay bis zum Ende seines Ultimatums gewähren lassen würde.

Er musste sofort hier raus!

»Das kannst du dir sparen, Junge!«, meinte der Elf, dem seine verzweifelten Blicke nach allen Seiten anscheinend nicht entgangen waren. »Es gibt keine Fluchtmöglichkeiten. Und selbst wenn du mich und meine Magie überwinden solltest, so stehen immer noch Dutzende Beamte und Magier zwischen dir und der Freiheit. Mach es nicht noch schlimmer, als es schon ist.«

»Du kommst hier nicht mehr raus«, schloss sich der Gouverneur ihm schadenfroh an. »Nie mehr!«

Mit jeder Sicherheitsbarriere, jeder bewachten Tür, die sie passierten, wurde ihm erneut klar, dass Nilianas Vater recht hatte. Eine Flucht schien unmöglich zu sein.

»Kann ich noch jemanden anrufen?«, fragte er und klammerte sich an diesen letzten Strohhalm. Vielleicht hätte Herkules ja ein Einsehen, wenn er ihm seine Lage schilderte? Ein Nachfolger im Gefängnis war keiner. Das würde seinem Vater nicht schmecken. Er würde wahrscheinlich sogar einigen Aufwand betreiben, Jay wieder auf freien Fuß zu bekommen.

»Später«, antwortete der Gouverneur. »Sobald dein Anwalt da ist. Ich nehme an, du bekommst einen Pflichtverteidiger, weil du dir keinen anderen leisten kannst.«

Und so schlug keine zwei Minuten später die Zellentür hinter Jay zu und er rieb sich die schmerzenden Handgelenke, die jetzt wieder frei von Handschellen waren. Seine letzten Hoffnungen waren zerschlagen. Die Zelle hatte zu seiner Überraschung zwei freie Betten – steckten sie im Fernsehen die Leute in der Untersuchungshaft nicht immer in Einzelzellen? – und Jay ließ sich auf die kürzere gummierte Liege fallen, die wohl für Menschen oder Elfen vorgesehen war, und vergrub den Kopf in dem flachen Kissen.

Irgendwann später hörte er erneut, wie der Schlüssel in der Tür herumgedreht wurde, doch er war zu deprimiert, um zu schauen, ob er Besuch oder einen neuen Zellengenossen bekommen hatte. Erst ein leises »Jay« ließ ihn aufsehen.

»Umkius!«

Die Polizisten hatten seinen besten Freund in seine Zelle gesteckt. Die anderen Räume des Untersuchungsgefängnisses mussten belegt sein, denn sonst hätten sie Umkius mit Sicherheit in eine Einzelzelle verfrachtet und nicht ausgerechnet zu ihm, sodass sie sich absprechen konnten. Vermutlich befürchteten sie, dass jeder andere Mitinsasse des Teufels einen Aufstand machen würde, doch Jay freute sich riesig, ihn zu sehen.

Besorgt musterte er ihn und schätzte schnell den gelben Anteil seiner Schuppen. Zum Glück waren nur wenige von ihnen neben den blauen zu sehen. Umkius erholte sich langsam von dem Kampf.

»Geht es dir gut?«

»Ja. Und dir?«

Jay seufzte. »Mal abgesehen davon, dass ich nun keine Chance mehr habe, meine Mutter zu befreien und sie in absehbarer Zukunft wiederzusehen, prima.«

»Niliana und die Jungs werden sie – und uns – nicht im Stich lassen. Sie wissen doch ganz genau, wie das gelaufen ist.«

Doch Jay hatte Zweifel. Warum sollten sie das tun? Niliana hatte deutlich gemacht, dass sie ihn nicht als Bündnispartner haben wollte und dass sie es lieber sähe, wenn er besser früher als später aus ihrem Leben wieder verschwand. Sie hatte zwar versucht, mit ihrem Vater zu reden und ihm zu helfen, doch er glaubte nicht, dass sie mehr tun würde, als die Entführung seiner Mutter der Musenpolizei zu melden. Herkules hatte aber zweifelsohne dafür gesorgt, dass keine Spuren zu finden waren.

Und Hafius und Ben waren Kinder. Nein, von ihnen war auch keine Hilfe zu erwarten.

»Hab etwas Vertrauen!«, bat sein Freund. »Wir finden schon einen Weg, deine Mutter zurückzuholen, versprochen. Niliana wird uns helfen. Egal, wie ihr euch kennengelernt habt, ihr liegt etwas an dir. Du bist ihr nicht gleichgültig.«

Jay seufzte. Nur zu gerne hätte er ihm geglaubt, hätte er sich gewünscht, dass Umkius mit seiner Einschätzung recht behalten würde, aber Fakt blieb, dass Niliana ihn nicht mit positiven Erinnerungen verband: Entführung, Betäubung, Flucht, diese komische Zwangsehe, der Unfall und dann noch der Streit ihrer Eltern. Ja, klar, zwischen all diesen großartigen Ereignissen musste sie sich ja in ihn verlieben!

Doch er sagte nur: »Ich vertraue den Musen nicht.« Obwohl das nicht mehr stimmte. Er vertraute keinen Musen, abgesehen von Niliana und Hafius und vielleicht noch Entrissa.

Ein wenig.

»Klar war es scheiße, dass sie damals eurer Schule die versprochene Musenförderung verweigert haben, nur weil ihr Gettokids wart, aber meinst du, dass es fair ist, deswegen alle Musen über einen Kamm zu scheren?« Umkius konnte sein Lieblingsargument stets hervorzaubern, bei Tag und Nacht und an allen Feiertagen. Jay hatte sich in Dutzenden, stundenlangen Debatten daran gewöhnt, aber seine Meinung nicht wirklich geändert. Bis heute. »Stell dir vor, alle würden mich verdammen, obwohl sie mich nicht kennen, nur weil die Erde vor Jahrhunderten gegen uns Höllenbewohner Krieg geführt hat, lange bevor ich überhaupt geboren wurde. Das wirfst du mir doch auch nicht vor, oder? Siehst du!«

»Nur mal angenommen, rein hypothetisch, du hast recht: Niliana befreit uns, oder die Musen sehen ein, dass sie einen Fehler gemacht haben, und entlassen uns bis Donnerstagmorgen aus der Untersuchungshaft. Was dann? Wo bekommen wir die zwei Millionen Dollar her? Die einzige Alternative wäre, das

Versteck zu finden, in dem sie meine Mutter gefangen halten, und sie zu befreien. Zu zweit gegen wer weiß wie viele von seinen Leuten. Und das ohne dass sie bemerken, dass wir kommen. Das ist unmöglich!«

Jay dachte an den seltsamen Magier, der mit ihnen im Transporter gesessen hatte. Vielleicht hatte Niliana ja tatsächlich das Gitarren-Plektrum mitgenommen, mit dem sie ihn aufgespürt hatten, aber inzwischen hatten Herkules' Leute Zeit genug gehabt, etwas anderes aus seiner Wohnung zu besorgen.

»Der alte Miller würde sie nicht aufhalten«, dachte er laut.

»Wen?«

»Herkules und seine Leute, sollten sie zurückkehren und meine Wohnung ausräumen«, erklärte Jay geistesabwesend.

»Wieso sollten sie das tun?«, fragte Umkius verständnislos. »Die ist doch bereits leer.«

»Entschuldigung. Was?«

»Ach, das hatte ich dir noch gar nicht erzählt. Aber als ich Montagmittag gehört habe, dass du verhaftet worden bist und dich dein Vermieter daraufhin rausgeschmissen hat, habe ich gleich unseren Wagen genommen und bin zu deiner Wohnung gefahren, weil ich dachte, dass es bestimmt nicht lange dauert, bis es sich rumspricht und der Erste auf die Idee kommt, sie zu plündern. Der alte Miller hatte nichts dagegen, dass ich mich um das Ausräumen kümmere, und so habe ich alles auf die Ladefläche gepackt und habe es zu mir in den Schuppen gebracht. Dort haben eure Möbel gerade so reingepasst und den Rest habe ich in meiner Abstellkammer untergebracht.«

»Umkius, du bist der beste Freund der Welt!«

Der Teufel lief rosa an. »Das hättest du doch auch für mich gemacht«, sagte er verlegen.

Das bedeutete, dass Herkules keine Chance gehabt hatte, etwas anderes von ihm zu stehlen! Und wenn der Magier ohne einen Fokus seine Spürnase nicht einsetzen konnte, dann hatten sie noch eine klitzekleine Chance!

Moment mal!

»Du hast unseren Wagen genommen? Von der Arbeit? Hatte der Chef dir nicht bereits gekündigt?«

»Ja, schon. Aber was sollte er tun? Ich hatte noch meinen Schlüssel, also bin ich einfach losgefahren und habe den Wagen erst anschließend abgegeben. Meinst du, ich hätte ihm Benzingeld zahlen sollen?«

Er schien ein schlechtes Gewissen bekommen zu haben und Jay lachte erleichtert.

»Vergiss das Benzingeld!«, meinte er. »Du hast genau richtig gehandelt. Danke.«

Jetzt mussten sie nur noch einen Weg finden, um aus dem Gefängnis zu kommen, und vielleicht fanden sich auch noch ein paar Anhaltspunkte auf das Versteck im Video. Es konnte nicht weit entfernt sein, entweder in Tressina City oder in Dillux City, wenn man bedachte, dass Herkules oder seine Leute nur begrenzt Zeit gehabt hatten, um zu seiner Mutter zu fahren, sie nach ihrem Telefonat zu entführen und anschließend in das Versteck zu bringen und ihm das Video zu schicken.

»Hast du darauf geachtet, wann das Video verschickt wurde?«, wollte er von seinem Freund wissen und stellte dann verblüfft fest, dass dieser mit geschlossenen Augen auf dem Boden der Zelle saß und leise summte.

»Was machst du da?«

»Ich hatte dir doch mal von meiner besonderen Magie erzählt und dass die anderen Teufel mich deswegen beschützt haben, oder?« Umkius schenkte ihm ein Lächeln voller Fangzähne. »Nun, dummerweise sind die Magieblocker hier auf irdische Magie ausgelegt und beinahe wirkungslos gegen meine dämonischen Kräfte. Meine Feuermagie bringt uns hier zwar nicht raus, aber ich denke, ich habe jetzt einen anderen Fluchtplan.«

Bei dem Wort *Flucht* schlug Jays Herz schneller. Er wagte es nicht, eine weitere Frage zu stellen, sondern wartete stattdessen atemlos, was sein Freund tun würde. Von außen war nicht wirklich etwas zu erkennen, allerdings glaubte Jay, etwas zu spüren. Es war wie ein unglaublich tiefes Summen, das durch seine Fußsohlen und die Beine hochfloss. Das Summen steigerte sich zu einem Vibrieren, dann bebte der Boden und Jay taumelte gegen die Wand. Er hielt sich an dem Waschbecken fest, welches sich durch die Vibration aber schon aus der Mauer löste. Umkius saß auf dem Boden, als würde um ihn herum gar nichts vor sich gehen. Draußen auf dem Flur schrien die ersten Wächter und irgendwo ging ein Alarmton an.

Ein Stöhnen drang an Jays Ohren und zugleich sah er, wie sich der Fußboden der Zelle wölbte, als würde etwas Großes, Mächtiges von unten dagegendrücken. Es war ihm unmöglich, den Blick abzuwenden. Ein Riss klaffte auf und verbreiterte sich mit rasender Geschwindigkeit. Beton platzte ab und fiel in kleinen Stücken zu Boden. Ein Geruch von Erde und etwas anderem, das Jay nicht identifizieren konnte, aber dennoch kannte, breitete sich im Raum aus. Umkius hatte seine Position nicht verändert und saß da wie ein buddhistischer Mönch beim Weltuntergang, während hinter und neben ihm die Wände einrissen. Aus dem Loch im Boden schlängelte sich etwas hervor und hätte Jay nicht gewusst, dass es sein Freund war, der diese Dinger gerufen hatte, dann wäre er vor Panik durchgedreht. Aber Umkius wusste, was er tat, und als Jay die Blätter an den Ranken sah, war ihm klar, dass es sich um Pflanzen handelte, die sich wie Schlangen bewegten und mit einer unvorstellbaren Kraft die Mauern durchdrangen.

Umkius erhob sich jetzt und wandte sich in Richtung des vergitterten Fensters. Eine der Ranken drückte von innen gegen die Wand, eine zweite riss von außen an dem Gitter und dann flog das Fenster samt weiterer Mauerbrocken aus der Wand und eine Öffnung entstand, durch die Umkius aufrecht hindurchgepasst hätte.

Mehrere schlankere Ranken schlangen sich umeinander und als Jay nach vorne trat, erkannte er, dass sie eine stabil wirkende Treppe gebildet hatten.

»Unser Fluchtweg.« Umkius grinste und ging voran.

»Hat dir schon mal jemand gesagt, dass du genial bist?« Jay setzte vorsichtig einen Fuß auf die Pflanzen, die sich nachgiebig und ein bisschen warm unter seinen Füßen anfühlten.

Der rosafarbene Teufel erwiderte nichts, sondern kletterte vor ihm her an der Außenwand herab, und Jay beeilte sich, ihm zu folgen. Doch als er die ersten Stufen genommen hatte, blieb er ungläubig stehen, denn er traute seinen Augen kaum.

Nicht nur in ihre Zelle reichten die Ranken, die Pflanzen umhüllten das komplette Justizgebäude, versperrten Türen und Fenster und verhinderten, dass die Polizisten sie sahen und auf sie schießen konnten. Niemand gelangte hier jetzt noch herein oder hinaus.

Es war großartig!

»Und wohin jetzt?«, fragte er, als er Umkius die Pflanzentreppe hinab folgte. Damit gelangten sie nur auf den Innenhof und waren noch nicht in Sicherheit.

»Die Pflanzen graben bereits einen Fluchttunnel unter dem Gebäude«, erwiderte sein Freund und sah höchst konzentriert aus. »Bald ist er lang genug, damit wir das Gelände verlassen können.«

»Und was ist mit dem *Quartier des Muses?* Selbst wenn wir die unmittelbare Umgebung verlassen, sind wir noch nicht aus dem Bereich der Musenpolizei heraus«, wandte Jay ein.

»Ich überleg mir was.« Umkius machte einen so gelassenen Eindruck, dass Jay nicht weiter nachbohrte.

»Halt!«, schrie jemand.

Jay drehte den Kopf und staunte, als er Ulpirri ein paar Fuß über ihnen schweben sah. Anscheinend konnte der Elf seine Energiefelder nicht nur dazu benutzen, Gefangene an der Wand zu fixieren oder unbeweglich zu machen, sondern sie halfen ihm auch, die Schwerkraft aufzuheben.

»Verdammt!«

Beunruhigt erkannte Jay, dass sich Umkius' Schuppen weiß verfärbten. Nicht nur, dass der elfische Magier seine Konzentration empfindlich gestört hatte, nun griff er auch noch die Pflanzentreppe an und zertrennte mithilfe seiner Magie einzelne Stränge.

Gleich würden sie fallen!

Die ersten Schuppen verfärbten sich rot und andere grau, als Umkius sich bemühte, den Angriff des Elfen zu stoppen. Er schoss ihm einen Feuerball entgegen, während er gleichzeitig weitere Ranken rief, um die Treppe zu stabilisieren. Noch befanden sie sich in der Höhe des zweiten Stocks, viel zu hoch, um zu springen.

»Vergiss es, Teufel!«, rief Ulpirri und konterte Umkius' Angriff nicht nur mit einem Energieschild, der seinen Feuerball abwehrte, sondern schleuderte seinerseits einen Energiestoß auf Jays Freund, der seine Brust traf und ihn zum Taumeln brachte.

»Umkius!«, rief Jay entsetzt.

Der Teufel drehte sich zu ihm um, doch nun hatte er endgültig das Gleichgewicht verloren. Während er fiel, rief er noch seine Flammenmagie, doch anscheinend hatte er keine wirkliche Kontrolle über sie, denn das Feuer umhüllte ihn von Kopf bis Fuß und setzte die Stufen unter ihm in Brand.

Die Treppe brach ein und Jay spürte, wie er ebenfalls ins Leere stürzte.

Der Elf fluchte, er versuchte noch, den oberen Treppenteil zu packen und in der Luft zu halten, doch das half Jay nichts mehr, während er in die blauen Flammen fiel.

21

Auf ihrem Zimmer zog Niliana ein neues T-Shirt und einen Rock aus dem Schrank. Sie überlegte ernsthaft, ob sie die Sachen, die sie aktuell trug, nicht einfach verbrennen oder ebenfalls wegschmeißen sollte. Wenn das so weiterging, musste sie sich bald eine komplett neue Garderobe besorgen, aber das war ihr egal. Besser als die Alternative. Vermutlich würden die Klamotten sie immer an den Tag erinnern, an dem Hafius beinahe gestorben wäre und sie Brutus verloren hatte. Auch wenn sie nicht abergläubisch war, wollte sie das Unglück nicht heraufbeschwören, indem sie sie ein weiteres Mal trug.

Sie war gerade fertig und wollte hinausgehen, als sie das Glühwürmchen in ihrem Zimmer entdeckte. Überrascht hielt sie inne.

»Hallo«, grüßte sie verwundert.

»Niliana.«

Das Glühwürmchen nahm einen goldenen Schein an und sie erkannte plötzlich, dass es dasselbe war, das sie zu Umkius' Hütte geführt hatte. Es konnte kein Zufall sein, dass es jetzt wieder bei ihr auftauchte.

»Du weißt, dass Umkius verhaftet wurde, oder?«

Das Leuchten setzte einen Moment aus, das sollte wohl das

Äquivalent zu einem Nicken darstellen oder seine Sorge ausdrücken.

Niliana wusste nicht, was sie sagen sollte. Was wollte es von ihr?

»Du musst eine Entscheidung treffen, Niliana«, wisperte das kleine Lichtwesen ernst.

»Ich weiß. Ich werde alles in meiner Macht Stehende tun, um die beiden aus dem Gefängnis zu holen und Jays Mutter zu retten.«

»Das ist nicht die Entscheidung, von der ich sprach.«

Jetzt war sie verwirrt. Was meinte das Glühwürmchen? Gab es noch eine weitere Wahl, die sie treffen musste?

Zum Glück spannte das Lichtwesen sie nicht lange auf die Folter.

»Stell dir vor«, sagte es, »dir würde sich die Chance bieten, zu deinem alten Leben zurückzukehren. Wieder ungebunden zu sein, über deine Magie allein zu bestimmen. Doch im Gegenzug dafür würdest du Jay nie wiedersehen, du würdest nie dein volles Potenzial ausschöpfen können. Würdest du sie ergreifen?«

Sie öffnete den Mund und …

»Denk darüber nach und überlege dir gut, was du wählst! Denn eine zweite Chance wird es nicht geben.« Das Glühwürmchen flog aus dem Fenster in den Garten, bevor Niliana die Möglichkeit hatte zu antworten.

Als ob sie darüber nachdenken musste! Das hatte sie doch immer gewollt, eine eigenständige Schriftstellerin sein, auch auf die Gefahr hin, für immer ohne ein Musenbündnis auskommen und den Zuwachs ihrer Kräfte und ihrer Kreativität ohne den Segen der Schöpferin erlangen zu müssen.

Stattdessen hatte sie ein Musenbündnis mit Jay bekommen, das sie sich nicht ausgesucht hatte. Hatte einen Partner erhalten, den sie nicht liebte, der sie nicht kreativ vervollständigte und den sie niemals selbst gewählt hätte. Auch wenn Jay nicht so schlimm war, wie sie zunächst gedacht hatte.

Nein, ihre Antwort stand bereits fest. Wenn das Glühwürmchen zurückkam und sie im Namen der Göttin fragte, wofür sie sich entschieden hatte, dann würde sie für die Auflösung des Bündnisses stimmen.

Doch zunächst einmal hatte sie noch eine Aufgabe vor sich, die etwas ganz anderes von ihr erforderte. Daher griff sie zum Handy und wählte sich durch ihre Freundesliste.

Eine halbe Stunde später strömten die ersten Besucher durch die Haustür und bald füllte sich das Erdgeschoss. Es waren mehr, als sie erwartet hatte.

Nachdem sie einen Hilferuf bei ihren engsten Freunden Mea, Mumilla, Hirissa, Vannjez und Crupio abgesetzt und sie gebeten hatte, so viele Musen mitzubringen, wie sie konnten, hatte sie ihrer Mutter aufgetragen, dasselbe zu tun.

Und so tummelten sich jetzt nicht nur ihre Freunde, früheren Klassenkameraden und Mitstudenten bei ihnen im Wohnzimmer, sondern auch ihre Nachbarn und Freunde ihrer Eltern. Alle sahen sie an und warteten darauf, dass sie das Wort ergriff.

»Danke, dass ihr alle so kurzfristig hierhergekommen seid«, begann sie.

Sie war nervös, denn vor einer solch großen Gruppe von Leuten hatte sie noch nie gesprochen. Ihr lag das geschriebene Wort, nicht die Rede, die eine Spezialität ihrer Mutter und Hafius' war. Auch ihre Brüder waren anwesend, standen in der ersten Reihe und nickten ihr aufmunternd zu. Das tat gut.

Denn sie musste jetzt ehrlich sein und dennoch eine falsche Schlussfolgerung ziehen.

»Wie ihr alle wisst, habe ich seit Samstag einen Bündnispartner.«

Ihre Gäste pfiffen, jubelten und klatschten begeistert, wurden aber still, als Niliana die Hand hob.

»Was ihr jedoch nicht wisst, ist, wie das Bündnis zustande kam. Ich wurde nämlich entführt. Es war keine traditionelle Entführung. Denn er hatte keine romantischen Absichten und war auch kein Bewunderer, der mich kennenlernen wollte, sondern die Tat wurde von einem verzweifelten jungen Mann namens Jay begangen, der in diesem Schritt den einzigen Ausweg aus einer Notlage sah. Das Unvorstellbare ist geschehen. Unbeabsichtigt und ohne es zu bemerken, haben wir die sechs notwendigen Schritte absolviert, um das Ritual zu vollziehen, und die Schöpferin gab uns ihren Segen.«

Mittlerweile war es absolut still im Raum geworden. Niemand schien zu ahnen, worauf sie hinauswollte.

»Es steht nicht zur Debatte, ob das, was Jay getan hat, richtig war. Darum geht es hier nicht. Es geht auch nicht darum, was ich davon halte oder wie ich in den letzten Tagen mit dem unerwarteten Bündnis umgegangen bin. Fakt ist, ich bin gebunden, ich bin in unser aller Augen ein Leben lang mit diesem Mann verbunden. Nur er allein komplettiert meine Kräfte.«

Sie atmete tief durch. Die nächsten Worte fielen ihr schwer, aber sie mussten sein.

»Doch nicht alle akzeptieren das. Besonders mein Vater tut so, als gäbe es das Bündnis nicht, als wäre Jay nur ein Verbrecher, der keine Rolle in meinem Leben spielen würde. Vor etwa zwei Stunden hat er Jay verhaften lassen, in der Absicht, ihn als Verbrecher zu verurteilen und für immer wegzusperren, damit ich ihn nie wiedersehe. Ja, mir wurde die Entscheidung abgenommen, ob ich diesen Bund will. Doch was jetzt geschehen ist, finde ich viel schlimmer. Ich wurde der Chance beraubt herauszufinden, ob ich Jay auch vor den weltlichen Autoritäten heiraten möchte, ob ich eine enge Freundschaft und einen schöpferischen Austausch mit ihm pflegen will oder ob ich auf einen weiteren Kontakt zu ihm verzichte. Mir wurde meine Zukunft genommen, meine Freiheit, selbst zu entscheiden, meine Kreativität – und vor allem wurde mir die Chance genommen, mich zu verlieben und glücklich zu werden. Und das aufgrund eines menschlichen Gesetzes! Was hat das Gesetz mit unseren Bündnissen zu schaffen? Wollen wir, dass uns die anderen Rassen sagen, wen wir lieben und wen wir heiraten dürfen? Wer uns künstlerisch vervollständigen darf? Ist es rechtens, dass sie die göttliche Autorität der Schöpferin zugunsten ihrer Gesetze mit Füßen treten? Dass sie ein Bündnis, das vor der Göttin geschlossen wurde, nicht anerkennen? Denn dies ist nicht mein Kampf gegen meinen Vater. Dies ist ein Exempel, das wir statuieren müssen! Für unseren Glauben, unsere Freiheit, unsere Kreativität und unsere Liebe!«

Sie sah in die Runde und holte tief Luft.

»Wer von euch hilft mir?«, rief sie.

Für einen Moment herrschte Stille, dann trat ihre Mutter vor. »Ich helfe dir.«

»Und ich!«

»Ich auch!«

Ihre Brüder schlossen sich ihr an und dann hagelte es weiteren Zuspruch. Keine einzige der anwesenden Musen verweigerte ihr die Unterstützung. Es war ein gutes Gefühl, plötzlich nicht mehr alleine dazustehen, sondern Freunde zu haben, die ihr beistanden.

»Dann lasst uns jetzt gemeinsam zum Justizgebäude ziehen und gegen die ungerechtfertigte Inhaftierung protestieren!«

»Aber vorher brauchen wir Protestschilder!«, warf Mumilla ein. »Und die Presse sollten wir auch am besten einschalten.«

»Meine Freundin arbeitet bei der Zeitung«, rief ein Bekannter ihrer Eltern. »Ich rufe sie gleich an.«

Geschäftigkeit brach aus und Niliana hatte das Gefühl, als hätte sich ihr Protestmarsch innerhalb eines Augenblicks verselbstständigt. Damit hatte sie trotz ihrer Aufforderung, gemeinsam mit ihr auf die Barrikaden zu gehen und zu protestieren, nicht gerechnet.

»Danke«, sagte sie zu Mumilla, als sie kurz darauf nebeneinander Schilder bemalten, die von ihren Freunden zusammengehämmert wurden.

Ihre Freundin strich sich kurz die blonden Locken zurück, bevor sie erneut zum Pinsel griff und neue Parolen aufmalte.

»Du musst dich nicht bedanken. Wofür auch? Du hast ja recht«, meinte sie. »Das hier betrifft uns alle. Und im Grunde geht es mir sogar nicht weit genug. Es geht nicht nur darum, dass die Menschen und die anderen Rassen unsere Musenbündnisse akzeptieren. Es geht um unsere Selbstbestimmung. Ich möchte selbst entscheiden dürfen, ob ich eine Frau oder einen Mann liebe, und nicht dafür das Opfer von Intoleranz werden. Du magst vielleicht denken, dass das Problem von außen kommt, aber auch wir Musen können ziemlich intolerant sein. Wir haben nicht die Freiheit zu sagen: Nein, danke, wir möchten kein Bündnis. Wer das sagt, wird komisch angeschaut, belächelt oder mit den Worten zu bekehren versucht, dass sie oder er eben einfach noch nicht den oder die Richtige gefunden hätte. Aber was ist mit denjenigen, die ihre große Liebe gefunden haben, aber keine gesegnete Partnerschaft eingehen können, weil ihre Wunschpartner selbst Musen sind und das Bündnis nur mit Mitgliedern anderer Rassen funktioniert?«

Sie warf ihrer Freundin Hirissa dabei einen langen Blick zu.

»Ich hasse es, dass mein Vater und meine Tante meine Liebe zu ihr als jugendliche Schwärmerei abtun und darauf warten, dass ich mich *richtig* verliebe. Woher nehmen sie das Recht, mir zu sagen, dass meine Liebe falsch ist, nur weil Rissa eine Muse ist, so wie ich? Ist unsere Liebe deswegen weniger wert? Weniger tief? Warum haben wir die Freiheit, uns zu verlieben, aber nur wenn der Partner bitteschön einer anderen Rasse angehört? Oder dieselben kreativen Neigungen hat? Ist das nicht verrückt? Warum kann eine Muse der Literatur keinen Spitzenkoch inspirieren? Warum muss eine Muse der Kunst unbedingt einen Maler kennenlernen? Wo bleibt da unsere Freiheit, unser Mitbestimmungsrecht? Kreativität bedeutet, außerhalb der Box, außerhalb der Regeln und Konventionen zu denken und etwas Neues zu erschaffen.«

Niliana war geplättet. Nie zuvor hat sie ihre Freundin mit einer solchen Leidenschaft reden und sich für etwas einsetzen hören. Sonst ging es nur um Kleidung, Schmuck, ihre Kunst und um Hirissa, doch ihr wurde klar, dass sie nie zuvor einen Blick auf ihr wahres Ich hatte erhaschen können.

Plötzlich kam sie sich wie eine Hochstaplerin vor. Im Gegensatz zu Mumilla wollte sie diesen Protestmarsch nicht nutzen, um für etwas zu kämpfen, an das sie glaubte. Ihr ging es lediglich darum, Jay aus dem Gefängnis zu bekommen, um seine Mutter zu retten.

Tat sie das Richtige aus den falschen Gründen?

Ungewöhnlich still für jemand, der protestierte, schloss sie sich der Demo an, die jetzt von Mumilla angeführt wurde. Wie sonst auch war es der Blondine mühelos gelungen, im Mittelpunkt zu stehen und alle Aufmerksamkeit auf sich zu lenken. Sie strahlte ein Charisma aus, das Niliana selbst fehlte.

Doch Niliana war es ganz recht, jetzt im Mittelfeld zu laufen und eins ihrer selbst gebastelten Schilder zu halten und hin und wieder »Freiheit für Jay! Das Musenbündnis steht über dem

Gesetz!« zu skandieren. So bemerkte niemand, dass sie nicht recht bei der Sache war.

Rasch hatte ihr Protest die Aufmerksamkeit der anderen Bewohner des Musenviertels auf sich gezogen und nicht nur Musen, sondern auch weitere Leute schlossen sich ihnen neugierig an. Jeder wollte wissen, was los war.

Sie marschierten einmal durch die Innenstadt und hielten vor dem Rathaus, wo die wartenden Zeitungsjournalisten Fotos schossen und einzelne von ihnen befragten. Kurz darauf erschien ein Kamerateam und drehte, wie sie ihren Marsch Richtung Justizgebäude fortsetzten.

Doch je näher sie dem Komplex kamen, desto lauter mussten sie gegen den Lärm anbrüllen. Schließlich hielten sie inne.

»Was ist dort hinten los?«, wunderte sich Niliana.

»Das hört sich nach Polizeisirenen an. Wollen sie etwa verhindern, dass wir das Gefängnis erreichen?«, schrie ihre Mutter, die zwar in ihrer Nähe stand, aber trotzdem kaum zu verstehen war.

»Wir marschieren weiter!« Mumillas goldene Augen blitzten gefährlich. »Davon lassen wir uns nicht einschüchtern! Für unsere Freiheit!«

»Freiheit!«, brüllten sie zusammen.

Ihre Protestschilder stolz erhoben gingen sie weiter, bogen kurz darauf in die nächste Querstraße ein und dann sahen sie endlich den Grund für den Lärm.

»Bei der verfluchten Leere! Was ist das?«

Nilianas Frage ging im Lärm der Sirenen und Schreie der Polizisten unter, die vor dem Justizkomplex standen, der von einem riesigen grünen Teppich aus mehreren Fuß dicken Lianen bedeckt war, hinter denen die anderen Beamten und Sekretäre gefangen waren, deren panischen Schreie sie jetzt hörten. Schüsse fielen, die jedoch keinerlei sichtbare Wirkung auf das riesige Pflanzenmonster hatten. Dazwischen peitschten Dutzende Ranken nach den Beamten, schlugen krachend zwischen den hilflosen Männern und Frauen auf den Boden und rissen etliche von ihnen von den Füßen oder schleuderten sie mit einem Schlag durch die Luft. Die Magier der Polizei bemühten sich, das Pflanzenmonster mit Feuer, Eis und Blitzen kleinzukriegen. Aber wie bei einer Hydra schienen für jede abgestorbene Ranke zwei neue dazuzukommen.

Was war hier nur geschehen?

Der Protest war vergessen, als sie auf das Chaos starrten. Die Fernsehleute konzentrierten sich nur noch auf das Geschehen vor ihnen und filmten. Dann eilten einige Musen aus ihrer Gruppe vor, darunter auch Mea, und stellten sich entschlossen vor die Beamten.

»Mea, nicht!«

Doch wider Erwarten geschah ihrer Freundin nichts. Stattdessen streckte sie die Hand nach der peitschenden Pflanze aus und deren Angriffe kamen zum Erliegen. Ranke um Ranke sank zu Boden, als die Musen um Mea ihre Pflanzenmagie wirkten, um das grüne Monster mit den hochhauslangen Tentakeln zu besänftigen.

Wenige Minuten später war es ruhig auf dem Platz, die Ranken zogen sich langsam zurück und verschwanden wieder im Erdinneren. Danach zeugten nur noch die Krater in der Erde und dem Beton davon, welch ein Spuk hier gerade gewütet hatte.

Fassungslos gingen Niliana und ihre Familie näher heran. Erst jetzt sickerte die Erkenntnis zu ihr durch, dass sich ihr Vater, Qrok, Ulpirri, Jay und Umkius in dem belagerten Gebäude befunden hatten.

»Oh, Benjamin!«

Ihre Mutter war die Erste, die ihre Vorsicht vergaß und an

den zahlreichen großen Kratern auf dem Platz vorbei in das Hauptgebäude stürmte. Von dort kamen ihr schon die ersten Frauen und Männer entgegen, die nun nichts mehr drinnen hielt und die nichts anderes mehr wollten, als dem Haus zu entkommen, das ihr Gefängnis gewesen war.

»Bleibt hier!«, rief Niliana Ben und Hafius zu und konnte gerade noch ihre Brüder festhalten, die jetzt ihrer Mutter hinterherrennen wollten. »Da ist kein Durchkommen! Wartet, bis alle draußen sind!«

Sie mussten dem Strom von Leuten ausweichen, die aus den verschiedenen Ausgängen kamen und sich auf dem großen Parkplatz vor dem Gebäude sammelten. Ihre Protestbewegung hatte sich unbemerkt aufgelöst und Niliana sorgte sich nur noch darum, dass ihre Brüder ihr nicht verloren gingen oder auf die Idee kamen, einen der Krater zu erkunden.

Es verging eine endlos wirkende Viertelstunde, bis sie endlich ein bekanntes Gesicht erblickte. Es war Ulpirri.

»Niliana!«, rief er und winkte.

Sie drängelte sich durch die Menschenmasse und kam auf ihn zu. »Wo sind mein Vater, meine Mutter und Qrok?«

»Das weiß ich nicht«, gestand er. »Ich war ebenfalls auf der Suche nach ihnen.«

»Und Jay und Umkius?«, mischte sich Hafius besorgt ein.

Der Elf zögerte. »Ich fürchte, ich habe keine guten Neuigkeiten. Dieses Pflanzenmonster ist, soweit ich es zum jetzigen Zeitpunkt sagen kann, vom Teufel erschaffen worden, um ihren Ausbruch zu ermöglichen.«

»Das heißt, sie konnten fliehen?«

Ben und Hafius strahlten. Doch nicht lange, denn Ulpirri schüttelte den Kopf.

»Es tut mir schrecklich leid. Sie haben es nicht geschafft«, sagte der Elf, und Niliana verstand nicht, was er damit meinte.

Erst als Ulpirri sie in den Arm nahm und sich immer wieder entschuldigte, begriff sie, dass er nicht meinte, dass sie wieder geschnappt worden waren. Geschockt starrte sie ihn an, ohne zu hören, was er danach sagte.

Irgendwann später fand sie sich im Büro ihres Vaters wieder, an ihre Mutter gelehnt, während ihre Brüder neben ihnen weinten.

»Was ist geschehen?«, wollte sie wissen.

Ihr Vater warf dem Elf einen Blick zu, den sie nicht deuten konnte. »Erzähl es ihr!«

Ulpirri zögerte, wollte etwas sagen und brach dann aber ab. Erst ein paar Sekunden später begann er zu erzählen.

»Ich war draußen und machte gerade Pause, als der Angriff der Pflanzen uns überraschte. Von einem Moment zum nächsten herrschte das totale Chaos. Niemand wusste, wo die riesigen Pflanzen so schnell hergekommen waren und ob es sich um ein Attentat handelte. Dadurch dass die Pflanzen alles bedeckten, waren alle drinnen in den Gebäuden gefangen, und weitere Ranken an den Durchgängen verhinderten, dass wir von außen in den Komplex hineinkamen. Also nutzte ich meine Magie, um mir von oben einen Überblick zu verschaffen, und sah, dass die Einzigen, die sich in all dem Chaos frei bewegen konnten, Jay und sein Freund waren. Ja, sie nutzten die Pflanzen sogar als Treppe, um aus ihrer aufgebrochenen Zelle zu fliehen.«

Er sah Niliana an und zögerte erneut einen kleinen Augenblick, bevor er fortfuhr: »Ich habe nur versucht, ihren Ausbruch zu verhindern, verstehst du? Ich habe meine Magie benutzt, um sie zu stoppen und ihnen das Vorankommen auf der Treppe zu erschweren. Ich wollte, dass sie sich ergeben. Doch das haben sie nicht getan. Stattdessen hat der Teufel Feuerbälle auf mich geschleudert, ich habe mich gewehrt und im Eifer des Gefechts stürzte er, die Treppe fing Feuer und er und Jay fielen in das Inferno. Ich konnte es nicht verhindern. Ich konnte sie nicht retten. Sie sind in den Flammen umgekommen.«

»Nein!«, unterbrach Niliana ihn. Sie konnte es nicht glauben. Sie wollte nicht begreifen, dass die beiden gerade mal vier Stunden, nachdem sie sie zuletzt gesehen hatte, tot sein sollten. Und das, obwohl sie alles getan hatte, um sie aus dem Gefängnis zu befreien.

»Das ist alles eure Schuld!«, schrie sie. »Ihr habt sie umgebracht!«

Doch noch während sie ihren Vater und Ulpirri anbrüllte, überfiel sie ein ganz komisches Gefühl. Und wenn es ihre Schuld war? Wenn die Frage des Glühwürmchens sie auf den Befehl der Göttin auf die Probe hatte stellen sollen und sie versagt hatte?

Sie hatte sie vor die Wahl zwischen Jay und ihre Freiheit gestellt und sie hatte sich ohne zu zögern die Auflösung des Musenbündnisses gewünscht, ohne ein einziges Mal zu fragen, wie die Schöpferin dies bewerkstelligen wollte. Ob sie ihre Magie widerrufen würde oder es eine andere Lösung gab.

Und wenn ihr egoistischer Wunsch nun dafür gesorgt hatte, dass Jay – und auch Umkius – sterben mussten?

Dann hatte *sie* die beiden getötet, nicht Ulpirri und auch nicht ihr Vater.

Sie erinnerte sich an Jays flehentlichen Blick, als er sie bei seiner Verhaftung um Hilfe gebeten hatte, an seine Tränen, als er das Video von seiner gefangenen Mutter angesehen hatte, und wie fürsorglich er sich um ihre Brüder gekümmert hatte.

Und sie? Sie hatte nichts anderes getan, als diesem Mann den Tod zu wünschen, weil er eine einzige falsche Entscheidung getroffen hatte und sie nicht fähig gewesen war, ihm zu verzeihen.

Und nun hasste sie sich selbst.

22

Der Flammenteppich raste ihm entgegen und verschlang ihn mit Haut und Haaren. Er raubte Jay sogar die Luft zum Schreien und jetzt schloss er den Mund und die Augen, obwohl er wusste, dass dies nichts bringen und den Tod nicht abwehren würde.

Er starb.

Der Schock darüber betäubte ihn derart, dass er noch nicht einmal spürte, wie die Flammen ihn verbrannten. Lediglich ein leises, beinahe verspieltes Kitzeln nahm er wahr ... und im nächsten Moment schlug er hart auf dem Boden auf.

Das tat jetzt höllisch weh. Dennoch schrie er nicht, aus Angst, das Feuer einzuatmen und dass es ihn dann zusätzlich von innen verbrennen würde.

Er hatte irgendwo mal gehört, dass Sterbende ihr Leben an sich vorbeiziehen sehen würden, doch bei ihm waren es nur zwei blitzschnelle Momente, die ihn mit ihrer Intensität in den Magen zu boxen schienen. Der erste war der Moment, in dem er beschlossen hatte, seinen leiblichen Vater zu suchen, und er damit das Leben seiner Mutter gefährdet hatte. Und der andere der Augenblick, als er Niliana ausgewählt hatte. Zwei Fehler, zwei riesige, verfluchte und verdammenswerte Irrtümer, die er mehr als alles andere auf der Welt bereute.

Mom.

Niliana.

Ein Schluchzen entrang sich seiner Kehle, für das er sich noch nicht einmal geschämt hätte, wenn ihn jemand über das Prasseln der Flammen gehört hätte.

Als er im nächsten Moment etwas Schweres auf seiner Schulter spürte, blieb ihm fast das Herz stehen.

Er riss erschrocken die Augen auf und sah nur Schwärze, die von beinahe rußiger Konsistenz war und in seinem Gesicht brannte.

War er tot? War dies die Welt der Geister?

»Bist du in Ordnung, Jay?«

Umkius?

Konnte das wirklich sein bester Freund sein?

Regungslos verharrte er und wartete auf ein weiteres Zeichen, dass er sich die Stimme nicht eingebildet hatte. Doch stattdessen packte ihn die Hand fester – es musste eine Hand sein, die auf seiner Schulter lag – und drehte ihn herum, auf den Rücken.

Jay starrte fassungslos in Umkius' Gesicht, das er noch nie so besorgt gesehen hatte.

»Hast du dir beim Sturz den Kopf angeschlagen? Bitte, Jay, so sag doch endlich was!«

»Sind wir beide im Himmel?«

»Nein, dies ist Hölle.«

Er hatte es befürchtet. Wie hätte er angesichts seiner Sünden auch in den Himmel gelangen sollen? Was hatte er gedacht? Dass es geringe Fehler ohne schwerwiegende Konsequenzen waren? Er hatte es doch noch nicht einmal geschafft, Wiedergutmachung zu leisten oder die Vergebung seiner Mutter oder Nilianas zu erlangen!

Nein, Sünder verdienten es nicht, in den Himmel zu kommen.

Doch warum war Umkius ebenfalls hier? Spielte sein Verstand ihm einen Streich und sein bester Freund war gar nicht hier? Oder hatte Gott seinen Kumpel tatsächlich in die Hölle gesteckt, nur weil er ein Teufel war?

Nun wusste er, warum er im Leben nicht an Gott geglaubt hatte. Gott war verdammt unfair und hatte Vorurteile.

»Jay? Jay!«

Die Schuppen auf Umkius' Gesicht waren komplett weiß gewesen, doch jetzt verfärbten sie sich langsam grau und gelb. Sein Freund war erschöpft, aber das hinderte den Teufel nicht daran, behutsam die Krallen unter seinen Rücken zu schieben und ihn hochzuheben.

»Du kommst wieder in Ordnung«, versprach er.

»Nichts kommt wieder in Ordnung! Nur durch meine Schuld sind wir hier gelandet. Das hast du nicht verdient. Du musst mich hassen«, flüsterte Jay betrübt.

Der Teufel war einfach zu nett, selbst wenn man seinen Zorn verdient hatte. Warum sahen die anderen nicht, welch ein toller Kerl Umkius war?

»Wie kommst du bloß darauf? Wie soll es deine Schuld sein, dass wir auf Hölle gelandet sind?«, fragte Umkius verwirrt.

»Du hättest es verdient, in den Himmel zu kommen. Mehr als verdient, Mann. Du bist der beste Freund, den man sich wünschen kann. Der beste Freund, den ich jemals hatte.«

»Was soll ich bitte schön auf Himmel? Nee, da würde ich mich nie wohlfühlen. Klar, meine Heimat ist kein Paradies und nicht zu vergleichen mit der Erde, aber hier kenne ich mich aus, hier bin ich zuhause.«

Seine Worte verwirrten Jay und langsam begriff er, dass Umkius ihn falsch verstanden hatte. Jay hatte die biblischen Vorstellungen Himmel und Hölle gemeint, doch sein Freund dachte, dass er über die Planeten sprach.

Er wollte ihn gerade korrigieren, als er die beiden blutroten Sonnen über ihnen am orange-braunen Himmel stehen sah.

Sonnen, von denen sein Freund ihm schon unzählige Male erzählt hatte.

»Heilige Scheiße! Wir sind auf Hölle!«

»Jay, ist wirklich alles in Ordnung mit dir? Ich mache mir langsam große Sorgen um dich, Mann!«, unterbrach Umkius seine Erkenntnis.

Nicht der Teufel hatte alles falsch verstanden, sondern er.

»Wir sind gar nicht tot?«

Er konnte es nicht fassen. Als er von der brennenden Treppe gestürzt war, hatte er bereits mit dem Leben abgeschlossen. Niemand hätte solch einen Fall und dazu die Flammen überleben können.

»Nein, wir sind nicht tot, Jay. Wir sind durch einen Höllenkreis auf meinen Heimatplaneten gelangt. Das war der einzige Ausweg, der mir einfiel, um dem Elfen zu entkommen«, erklärte Umkius.

Im nächsten Moment setzte sein Freund ihn auf einem Felsen ab. Zum ersten Mal konnte Jay mehr von ihm sehen als nur sein Gesicht und er erschrak. Umkius' Schuppen waren ein Muster aus Farben. Während sein Gesicht vor lauter Sorge um ihn immer noch überwiegend weiß war, war der Großteil seines Körpers vor Erschöpfung dunkelgrau und mit zahlreichen gelben und hellgrauen Flecken übersät. Ein dermaßen dunkles Grau hatte Jay erst einmal zuvor an ihm gesehen. Doch erschreckenderweise breiteten sich jetzt die gelben Stellen immer mehr aus. Das war gar nicht gut!

»Du musst dich ausruhen!«

»Aber wir sind hier nicht sicher! Ich hatte leider nicht die Zeit, um unseren Zielort bewusst auszuwählen, ich muss dich in einen Unterschlupf bringen«, protestierte Umkius. Anscheinend hatte er Jay abgesetzt, weil er ihn nicht mehr tragen konnte, und nicht, weil er mit ihm reden wollte.

»Ich kann laufen«, erwiderte er besorgt. »Sind wir denn in Gefahr?«

»Höllenhunde«, schnaufte Umkius. »Ich kann sie hören. Wir müssen weiter.«

»Scheiße!«

Jay rappelte sich auf und warf einen schnellen Blick auf seine Umgebung. Die beiden Sonnen hatten den Großteil des Pflanzenlebens verdorren lassen. Brauntöne waren die vorherrschenden Farben, unterbrochen vom Grau der Felsen und dem Schwarz der Asche. In der Ferne konnte er einen der legendären Vulkane von Hölle erkennen, aus dem Aschewolken in den Himmel stiegen, der bereits von Staub und anderen Rückständen gesättigt war. Doch trotz der Dreckschicht in der Atmosphäre brannten die Sonnen bis zum Boden herab und erhitzten die Luft.

Staub, den er mit jedem Atemzug in seine Lungen aufnahm, eine fürchterlich trockene Hitze und die Gefahr durch Höllenhunde – willkommen auf dem ungastlichen Planeten Hölle! Kein Wunder, dass die Teufel damals die Erde angegriffen hatten, um sie zu besiedeln, als sie die Höllenkreise zu seinem Planeten entdeckt hatten. Er hätte ebenfalls versucht, dieser Welt zu entkommen.

Doch in ihrem Fall schien eine Rückkehr zur Erde erst einmal in weite Ferne gerückt zu sein. Jay gefiel das Aussehen seines Freundes gar nicht. Je dunkler das Grau war, desto länger brauchte Umkius, um sich von einer Strapaze zu erholen, und seine Schuppen waren dermaßen dunkelgrau, dass Jay es nicht wagte, an ein neues Portal überhaupt nur zu denken. Bereits jetzt ließen ihn die vielen gelben Schuppen erahnen, dass jede weitere größere Anstrengung Umkius in Lebensgefahr bringen würde.

»Wohin?«, fragte er beklommen. Sie mussten dringend einen sicheren Ort finden.

»Siehst du den felsigen Hügel dort hinten? Dort müssen wir hin. Oben gibt es eine Höhle, ein Versteck ...«

Umkius hustete und schlagartig verfärbten sich auch die letzten weißen Stellen grau und gelb.

Wenn sie jemand gesehen hätte, dann hätte er sich vermutlich über das seltsame Bild gewundert. Er, ein kleiner Mensch, versuchte einen acht Fuß großen Teufel zu stützen und strammen Schrittes Richtung Hügel zu führen. Sie hätten rennen müssen, doch Jay glaubte nicht, dass Umkius dazu in der Lage war.

»Lass mich zurück und lauf schon mal vor!«, drängte ihn sein Freund zwischen den einzelnen Hustenattacken, die sie beide von den Beinen zu reißen drohten.

Doch er schüttelte nur den Kopf, versuchte zuversichtlich zu wirken, während er mit einem Ohr Umkius' Beschwerden lauschte und sich mit dem anderen bemühte, ein Bellen oder Knurren auszumachen. Doch sein Gehör war nicht so gut wie das eines Teufels. Dafür war seine Nase leider umso besser.

»Was ist das für ein Gestank?«

»Was meinst du?«

Na toll, Umkius roch mal wieder gar nichts.

Sie kamen dem Hügel immer näher, noch etwa vierhundert Schritte trennten sie von ihm, als der Geruch explodierte. Jay musste würgen. Einen dermaßen entsetzlichen Gestank hatte er noch nie gerochen. Es war nicht nur Schwefel, den kannte er durch seine jahrelange Freundschaft mit Umkius zur Genüge. Ja, man konnte sogar sagen, dass er sich daran gewöhnt hatte.

Doch das, was er jetzt roch, waren nicht nur faule Eier. Es war vergammeltes Fleisch, verbrannter Müll, kochende Säure, furchtbar stinkendes Parfüm in einem Mix, der hundertfach stärker war, als er die Gerüche je wahrgenommen hatte, und dazu mit Dutzenden weiteren stinkenden Elementen vermengt, die er nicht identifizieren konnte.

Das Ganze weckte in ihm den Wunsch, sein Riechorgan würde abfallen, und er würgte ein weiteres Mal, obwohl bereits jetzt nichts mehr in seinem Magen drin war. Zum ersten Mal fiel ihm auf, dass er seit vierundzwanzig Stunden nichts gegessen hatte. Doch er war es gewohnt, nur ein- oder zweimal am Tag etwas zu essen, sodass er zuvor noch keine Magenkrämpfe gehabt hatte.

Jetzt hatte er sie. Übelkeit und Hunger. Welcher Fiesling hatte sich diese Kombination ausgedacht?

»Wir müssen weiter!«, drängte Umkius und hob ihn kurzerhand hoch, bevor er protestieren konnte.

Und als er losrannte, hörte er es. Hundebellen und ein fürchterliches Heulen. Die Meute hatte sie entdeckt und machte Jagd auf sie.

Nun waren es noch schätzungsweise dreihundert Schritte und Umkius rannte langsam, hustend und stolpernd weiter. Inzwischen gab es keine hellgrauen Flecken mehr auf seiner Haut, nur noch dunkelgraue und selbst die nahmen ab und wurden nach und nach von gelben ersetzt.

»Du musst mich absetzen!«, schrie Jay, bevor er erneut schwer schluckte, um nicht zu spucken.

Noch etwa zweihundert Schritte, dann hundertfünfzig.

Inzwischen nahmen die steilen Felsen den ganzen Raum vor ihnen ein. Er sah nichts anderes mehr als das trübsinnige Grau vor ihnen. Es war ihnen so nah und doch so fern, denn jetzt hörte er nicht nur die Höllenhunde, er sah sie auch hinter ihnen auftauchen und rasend schnell näherkommen.

»Zur Leiter!«, schrie Umkius und legte auf den letzten hundert Schritten noch einmal zu.

Doch er hatte sich verschätzt und musste danach noch an den klippenartigen Felsen entlang laufen, während die Meute heranpreschte, ein paar Bestien schneller als die anderen. Jay hatte entsetzliche Angst und sah die Finsternis des Todes auf sich zurasen. Auf Hölle war es nicht so hell wie an einem sonnigen Tag auf der Erde, das wusste er von Umkius' Erzählungen. Es herrschte dank der Staub- und Ascheschicht immer nur ein gedämpftes Licht, doch jetzt verschwand selbst das, als die von den Höllenhunden erschaffene flammende Dunkelheit es schluckte.

»Klettere!«, rief Umkius, während sich die ersten Schuppen schwarz färbten.

Jay hatte sich so sehr auf die zwei Dutzend dämonischen Hunde konzentriert, dass er erst jetzt sah, dass vor ihm Einkerbungen in den senkrechten Fels geschlagen waren. Die Leiter!

Er packte zu und zog sich in die Höhe. Das Adrenalin gab ihm Kraft. Beeilung!

Zwei Mann hoch war er bereits geklettert und ächzte, da die Griffe für Teufel gemacht waren. Für einen Menschen waren sie weit auseinander und Jay musste seine Angst ignorieren, sich in einen Griff stellen, in die Felswand krallen und die Hand zur nächsten Einkerbung ausstrecken …

In diesem Moment segelte ein Höllenhund haarscharf unter ihm vorbei und Jay riss die Füße in die Höhe, schlug blitzschnell die Hand zwischen den Fels, während die Reißzähne nach ihm schnappten, ihn knapp verfehlten und er nur mit einer Hand an der Wand baumelte.

Umkius!

Sein Freund schrie und warf mit Feuerbällen um sich, doch sie konnten gegen die beiden feuerresistenten Höllenhunde nichts ausrichten, die jetzt ihre Zähne in seinen Beinen und seiner Seite vergraben hatten. Noch immer stand sein Freund am Fuß der Felsen. Er kletterte nicht, weil Jay ihren einzigen Ausweg blockierte!

Ohne Rücksicht auf seine Schmerzen und seine Höhenangst griff Jay nun zwischen die Felsen. Er dachte nicht darüber nach, wie er seine Arme und Beine bewegen musste, sondern kletterte unermüdlich nach oben. In Sicherheit.

»Du musst klettern!«, rief er dabei immer wieder laut nach unten. »Klettere, verdammt!«

Klettern! Der Gedanke beherrschte so sehr seine Gedanken, dass er ganz verdutzt war, als seine Hand plötzlich ins Leere griff und er erst Augenblicke später begriff, dass er eine Felsplattform erreicht hatte. Er zog sich hoch und starrte nach unten, doch Umkius bekämpfte noch immer die beiden Höllenhunde, die sich in ihm verbissen hatten, und hatte noch nicht einmal angefangen, sich hochzuziehen.

»Umkius!«

Jay wurde klar, dass er dabei war, den Tod seines besten Freundes zu beobachten, als sich nun die nächsten drei Höllenhunde auf ihn stürzten und ihn zu Fall brachten. Umkius wurde unter den Dämonen begraben und schrie auch nicht länger, als hätte er sich mit den Schmerzen und seinem Schicksal abgefunden. Doch Jay konnte das nicht.

»Umkius!«

Panisch sah er sich um. Es musste doch eine Möglichkeit geben, wie er ihm helfen konnte!

Sein Blick fiel auf die Steine, die in seiner Nähe lagen. Er dachte nicht nach, als er die schweren Brocken anhob und nach unten schleuderte. Zur Belohnung bekam er ein Jaulen, dann ein Winseln und wütendes Geheul zu hören, doch er ließ nicht in seinen Bemühungen nach und warf Stein um Stein auf Umkius' Angreifer.

Schließlich hatte sein Freund nur noch einen Gegner – und Jay keine Felsbrocken mehr.

»Los!«, schrie er Umkius verzweifelt zu.

Der Teufel bemühte sich, wieder aufzustehen und den Höllenhund abzuschütteln, der an seinem rechten Arm hing. Er war blutüberströmt und schien starke Schmerzen zu haben, denn er bewegte sich langsam und wirkte orientierungslos.

»Hierher!«, brüllte Jay von oben, denn er erkannte, dass die Meute sich wieder heranschlich, langsamer zwar, da sie sich vor weiteren Steinwürfen in Acht nahmen, doch inzwischen war das gesamte Rudel da, alle zwei Dutzend, und sie hatten Umkius umstellt. Sie setzten zum Sprung an.

Es war aussichtslos!

Jay schrie, als der erste Hund durch die Luft segelte. Das war das Ende!

Doch dann riss ein schwarzer Schatten den Höllenhund aus seiner Flugbahn und das drohende Gebell der Hunde verstummte. Was war geschehen?

Es war kaum zu glauben, doch ein weiterer Höllenhund hatte den ersten angegriffen und stand nun knurrend vor Umkius und schien nicht zum Rest der Meute zu gehören. Waren das Rudelstreitigkeiten? Ein Kampf um die Beute oder um die Führung? Oder gehörte der Höllenhund möglicherweise zu einem anderen Rudel?

Was es auch war, es lenkte die anderen Höllenhunde ab und Umkius war es gelungen aufzustehen und die ersten beiden Stufen zu erklimmen, bevor die Bestie an seinem Arm bemerkte, dass sie keinen Boden mehr unter ihren Füßen hatte, erschrocken fiepend losließ und mit einem Jaulen auf dem Stein aufschlug.

»Beeil dich, Umkius!«, flehte Jay und rannte zur steinernen Leiter zurück, um seinem Freund zu helfen.

Das Herz klopfte ihm bis zum Hals und das laute Knurren und die flammende Finsternis, die ihm entgegenschlugen, waren das Schlimmste, das er jemals gehört und gesehen hatte. Bestimmt konnten die Monster unter ihm seine Furcht riechen. Doch auch wenn sie nun versuchten, zu ihnen hochzuspringen, so war Jay für sie unerreichbar und Umkius kletterte so schnell, dass auch er bald in Sicherheit sein würde.

Im nächsten Moment packte Jay seine Hand und zog Umkius das letzte Stück hoch. Er war so froh darüber, dass sie es geschafft hatten, dass sie in Sicherheit auf dem Felsplateau waren, dass ihm erst ein paar Sekunden später auffiel, dass Umkius sich komplett gelb verfärbt hatte und aus zahlreichen Wunden gelb blutete. Trotz der Nähe seiner Todfeinde konnte Jay nicht eine schwarze oder rote Schuppe entdecken.

»Rein ... da!«, keuchte Umkius und dieses Mal lag er schwer auf Jays Schulter, als dieser ihn mühsam und mit all seiner Kraft auf die Hufe zog.

Sie schlurften unter den Felsvorsprung und Jay erkannte, dass seitlich ein Gang in den Hügel hineinführte. Doch dieser war von einer Tür verschlossen.

Was jetzt?

Er klopfte und in diesem Moment wurde Umkius ohnmächtig.

Als die Teufel kurz darauf finster zu ihnen herausstarrten, hatte Jay ihren sterbenden Artgenossen in den Armen und schluckte schwer, als er die dämonischen Rufe hörte.

23

»Schatz? Willst du nicht etwas essen? Wir warten alle unten auf dich. Ich weiß, dass die schrecklichen Ereignisse dich sehr mitgenommen haben und dass du mit niemandem reden willst. Das verstehen wir. Du musst das auch nicht. Nur bitte komm runter und iss eine Kleinigkeit, okay?«

Es herrschte eine kurze Pause.

»Niliana?«

Ihre Mutter schien nicht aufzugeben.

»Soll ich dir einen Teller füllen und vor die Tür stellen?«

Dann herrschte endlich wieder Stille.

»Niliana! Komm raus! Natürlich ist es tragisch, was passiert ist. Aber ganz ehrlich, was hast du erwartet? Die beiden sind *aus dem Gefängnis ausgebrochen*, und Ulpirri hat nur seinen Job gemacht. Er hat verhindern wollen, dass zwei gefährliche Verbrecher wieder die Stadt unsicher machen! Er hat uns alle beschützt. Verstehst du das denn nicht? Er hat *euch* beschützt! Dich, Hafius und Ben! Ihr wärt wegen dieses Schurken fast gestorben! Nur aufgrund seiner skrupellosen Geldgier und Rücksichtslosigkeit! Ich habe das Wrack des Cabrios gesehen, ich weiß es, Niliana. Wie kannst du ihn trotz allem noch immer in

Schutz nehmen und um ihn trauern? Er war ein Risiko für uns alle, eine Gefahr, eine Eiterbeule unserer rechtschaffenen Gesellschaft! Ich weiß, irgendwann wirst du es einsehen und …«

Es knallte an der Tür.

»Was war das?«, fragte ihr Vater erschrocken. »Niliana, wirfst du etwa Gegenstände gegen die Tür? Du … Da, schon wieder! War das ein Schuh? Nun hör mal gut zu, Fräulein …«

»Es reicht, Benjamin!«, unterbrach ihn ihre Mutter streng. Ihre Stimme erreichte beinahe die Lautstärke ihres brüllenden Vaters. »Sie will nicht mit uns reden. Kapierst du das denn nicht? Wenn du sie nicht in Ruhe lassen kannst, dann hör verdammt noch mal auf, den armen Jay niederzumachen! Er ist tot! *Tot*! Ich dachte, die Toten sollte man in Frieden ruhen lassen. Das Einzige, was du gerade tust, ist deinen Zorn auf ihn an deiner trauernden Tochter auszulassen. Wer bitte tut so etwas?«

Die beiden verstummten.

»Lia?«, fragte irgendwann am späten Nachmittag eine leise Stimme vor ihrer Tür. »Bist du da? Denkst du an Jays Mutter?«

Es war Ben, nicht Hafius, wie sie zuerst gedacht hatte. Normalerweise war der ältere auch der wagemutigere der beiden Jungen. Doch Ben schien die Sorge um Jays gefangene Mutter und das Ultimatum nicht loszulassen, während sie von Hafius nach seinem Wutgebrüll, dass sie seinen Freund Umkius umgebracht hatten, nichts mehr aus seinem Raum vernommen hatte.

»Du hast Zimmerarrest, junger Mann!«, donnerte Qroks Stimme über den Flur.

Sie hörte noch ein protestierendes Quieken, als der Troll ihren Bruder zurück in sein Zimmer trug, dann war es still und Niliana konnte sich endlich wieder konzentrieren.

Sie hatte sich das Video von Jays Mutter bereits ein Dutzend Mal angesehen und alles aufgeschrieben, das ihr aufgefallen war.

Mal bei voller Lautstärke, dann ohne Ton, um sich mal nur auf die Geräusche und danach auf die Bilder zu konzentrieren. Doch auch wenn sie schon ein paar interessante Details isoliert hatte, so war bislang nichts dabei, das ihr wirklich helfen würde, den Ort, an dem Priscilla festgehalten wurde, zu identifizieren.

So kam sie nicht weiter!

Frustriert rieb sie sich die brennenden Augen. Sie waren trocken. Seit sie am frühen Nachmittag nach Hause zurückgekehrt waren, hatte sie sich verboten, zu weinen oder an Jay, Umkius oder die Frage zu denken, wer die Schuld an der Katastrophe trug.

Es war nicht wichtig. Ihre Leben waren bereits ruiniert, aber sie schuldete es Jay, dass sie ihr Bestes gab, um seine Mutter zu retten. Auch wenn es Jay ... nicht mehr gab, so konnte sie ihm wenigstens noch seinen letzten Wunsch erfüllen, seinen Vater hinter Gitter bringen und seine Mutter befreien.

Und deshalb klickte sie jetzt ein weiteres Mal auf »Play« und spielte das Video ab, das Umkius erst vor ein paar Stunden auf den USB-Stick gezogen hatte.

»Niliana? Vannjez ist da. Er sagt, du hättest ihm eine Mail geschickt, dass er vorbeikommen soll? Stimmt das? Willst du ihn sehen? Sonst kann ich ihn auch gerne wieder weg ...«

Ihre Mutter verstummte, als Niliana die Tür aufriss und an ihr vorbei zur Treppe sah, wo ihr Freund auf ein Zeichen wartete, dass er näher kommen sollte.

»Jez!«, rief sie erleichtert. »Ich bin froh, dass du Zeit hast. Komm rein!«

»Lia?«, fragte ihre Mutter verdutzt.

»Du bist doch weiter an dem Geldthema dran, oder? Wenn das hier nicht klappt, werden wir es brauchen. Und du musst die Telefonnummer von Jays Vater herausfinden. Ich habe sie leider nicht. Danke, Mom!«

Sie schlug hinter Vannjez und sich die Tür zu und schloss wieder ab. Weitere Unterbrechungen konnte sie nicht gebrauchen. Es war bereits nach achtzehn Uhr. Ihnen blieben nur noch etwas über achtunddreißig Stunden.

»Wo brennt es denn?«, wollte Jez wissen. »Deine Eltern sind echt schräg drauf. Was ist passiert? Habt ihr euch gestritten? Hat dein Vater erfahren, dass wir gegen ihn protestieren wollten?«

»Später, okay?«, bat sie. »Zunächst brauche ich deine Hilfe. Dein Gehör ist ja besser als meins. Du musst Geräusche für mich identifizieren.«

Ihr früherer Klassenkamerad Vannjez war eine Muse der Musik, beherrschte ein Dutzend klassischer Instrumente und liebte es, auf Alltagsgegenständen neue Melodien zu improvisieren, wenn er kein Klavier zur Hand hatte. Wenn jemand die Hintergrundgeräusche auf dem Video identifizieren konnte, dann er.

»Geräusche?«

»Ich muss herausfinden, wo das Video aufgenommen wurde«, erklärte sie dem schwarzhaarigen Musiker, den sie nun drängte, mit seiner schlaksigen, langen Gestalt vor ihrem Schreibtisch Platz zu nehmen. Er wusste nicht, wohin mit seinen Beinen, und musste sich seitlich setzen, um vor den Computer zu passen.

»Was ist das für ein Video?«

»Es zeigt Jays Mutter, die entführt wurde, um ihn zu erpressen. Bitte, Jez, es ist enorm wichtig, dass wir herausbekommen, wo sie ist! Niemand weiß, was er ihr sonst antun wird.«

»Verdammt, Lia! Warum gehst du damit nicht zur Polizei?«

»Weil sie vielleicht umgebracht wird, sobald die Entführer davon hören! Und mal abgesehen davon, würde mein Vater dann davon erfahren und er hasst Jay«, setzte sie hinzu. Sie konnte sich nicht überwinden, es auszusprechen. Dass Jay tot war und sie es ihm schuldete.

Doch zum Glück reichte Vannjez die Erklärung. »Dann mal her mit dem Video. Hast du die Audiospur schon separiert? Nein? Macht nichts. Welches Bearbeitungsprogramm für Videos oder Musik hast du denn? Hm.«

Skeptisch klickte er sich durch ihre Programme, sichtlich unzufrieden mit den angebotenen Tools.

»Mein Computer hat bessere Sound-Software«, murrte er.

»Welche brauchst du denn?«

»Sie heißt *Ultimate Sound Master 17*.«

»Kannst du das nicht irgendwo runterladen?«

Sie wollte keine Zeit damit vergeuden, zu Vannjez zu gehen und seinen Computer zu verwenden. Die Zeit strömte ihr rasend schnell durch die Finger und sie hatte keine Ahnung, wie lange Jez für die Audioanalyse brauchen würde.

»Klar, aber das kostet was. Das Programm ist das Beste auf dem Markt und nicht ganz billig«, meinte Jez.

»Das macht nichts. Lad es runter.«

Kurz darauf gab sie ihre Kreditkartendaten ein und Jez konnte endlich seine Magie wirken. Höchst konzentriert machte er sich an die Analyse. Sie wagte es nicht, auch nur laut zu atmen, als er die Stimme von den anderen Geräuschen trennte, sie verstärkte und sich jedes einzeln vorspielen ließ.

»Hörst du das?«, fragte er sie hin und wieder.

Doch obwohl sie selbst ein verstärktes Gehör hatte und ein Türenklappen, einen scharrenden Stuhl, der verschoben wurde, und ein leises Husten identifizieren konnte, war sie bei Weitem nicht so gut wie Vannjez, der Kirchenglocken im Hintergrund wahrnahm, einen Zug und Musik.

»Hilft uns das weiter?«

Kirchen, Züge und Musik waren schließlich nicht gerade selten. Der Ort konnte überall sein.

»Aber sicher doch! Wenn wir die Kirchenglocken mit anderen Aufnahmen vergleichen können, hilft uns das, den Ort weiter einzugrenzen. Ich nehme an, es handelt sich um einen Ort in Tressina City?«

»Tressina City oder Umkreis«, bestätigte sie und holte dann ihre Notizen hervor. »Ich habe berechnet, wie viel Zeit der Entführer hatte, um zum Versteck zu fahren und uns das Video zu schicken. Erhalten hat Jay die Mail heute Morgen um 9:15 Uhr. Das Video dauert nur knapp anderthalb Minuten, aber das musste der Entführer erst noch drehen und dann hochladen. Wenn man bedenkt, dass er zum Auto zurücklaufen, Jays Mutter entführen, mit ihr zusammen zum Versteck fahren und es noch aufnehmen musste, dann befindet sich das Versteck wahrscheinlich innerhalb eines Ein-Stunden-Radius von diesem Ort hier.«

Sie holte die Karte hervor, die sie auf DIN A3 ausgedruckt und mit einem Kreuz für den ungefähren Ort ihrer Flucht aus dem Transporter, einem weiteren Kreuz für Umkius' Hütte und einem Radius versehen hatte, den der Wagen in einer Stunde hatte zurücklegen können.

Doch obwohl sie das Gebiet so hatte eingrenzen können, war das infrage kommende Areal immer noch riesig und umfasste außer den beiden Großstädten Tressina City und Dillux City auch etliche kleinere Städte und viele Dörfer.

»Ein großer Bereich«, meinte Jez und schien einen Moment lang genauso überfordert zu sein, wie sie sich fühlte. »Und du bist dir sicher, was den Umkreis betrifft?«

»Ungefähr«, gab sie zu. »Ich habe es ein bisschen größer gemacht und eine höhere Geschwindigkeit zugrunde gelegt, als vermutlich nötig gewesen wäre. Aber ich hatte heute Morgen keine Uhr dabei und kann nur schätzen, wann wir dem Entführer von Jays Mutter begegnet sind. Sicher bin ich mir nur bei der Empfangszeit des Videos, die steht in der Mail, die ich habe, und dass es zwischen Jays Telefonat mit seiner Mutter und dem Empfangsdatum gedreht wurde.«

»Das ist ein Anfang. Okay, was wissen wir? Wir haben einen Zug gehört, das hilft uns doch schon mal weiter. Als Erstes können wir alle Orte und Gebiete ausschließen, wo keine Fernzüge, Regionalzüge, U- oder S-Bahnen fahren.«

»Du bist genial, Jez!«, sagte sie begeistert, als sie fünfzehn Minuten später alle Gebiete schraffiert hatten, die laut Internet in der Nähe von Bahngleisen lagen. Ihr Suchgebiet hatte sich damit auf ein Zehntel reduziert. Viele kleine Orte ohne Bahnanschluss waren sogar ganz weggefallen.

Anschließend suchten sie die Kirchen in den schraffierten Gebieten raus und markierten sie auf ihrer Karte. Auch dadurch konnten sie das Suchgebiet noch einmal einschränken.

»Vielleicht kann ich das Gebiet noch weiter eingrenzen, wenn ich die Kirchenglocken oder die Hintergrundmusik identifiziere«, sagte Jez und klang motiviert. »Hast du schon das Bildmaterial analysiert? Vielleicht finden wir da ja noch weitere Hinweise?«

»Ich habe alles notiert, was mir aufgefallen ist.«

Sie holte ihre Notizen hervor und zeigte sie Jez. Irgendwie hatte sie das Gefühl, sich rechtfertigen zu müssen, weil es so wenig war. Aber der karge Raum hatte ihr auch nur wenige Anhaltspunkte geliefert.

»Vielleicht kann Crup uns helfen?«

Ihr früherer Klassenkamerad Crupio war eine Muse der Malerei und sie ärgerte sich, dass Vannjez sie auf so etwas Offensichtliches hinweisen musste.

»Ich rufe ihn gleich an«, meinte sie und griff zum Handy.

Zum Glück hatte Crupio ebenfalls Zeit und war eine Viertelstunde später bei ihnen. Rasch hatten sie ihren Freund auf den aktuellen Stand gebracht und grübelten über einem Glas Cola und einer Schale Chips darüber, was sie auf dem Video sahen.

Crup hatte seinen Laptop mitgebracht, sodass Jez weiterhin die Tonspuren analysieren und sie beide sich auf dem zweiten Computer um das Bildmaterial kümmern konnten. Anders als Jez wirkte der sensible Crupio schockiert, als er das Video zum ersten Mal sah.

»Die arme Frau!«, murmelte er. »Sie muss große Angst haben, deine Schwiegermutter.«

Deine Schwiegermutter.

Niliana erstarrte. Sie hatte Priscilla nie zuvor so gesehen, aber das war sie. Als Jays Mutter gehörte sie seit der Vollendung des Musenbündnisses genauso zu ihrer Familie wie Jay. Sie hatte Jay verleugnet, ihn nicht als ihren Partner, Verlobten oder Ehemann sehen wollen, doch nun stellte sie fest, dass sie das bei Priscilla nicht konnte.

Ihre Schwiegermutter starrte ihr vom Bildschirm entgegen und Niliana wollte diejenige sein, die sie fand und befreite. Diejenige, die ihr die tragische Nachricht vom Tod ihres Sohnes überbrachte und gemeinsam mit ihr um Jay trauerte.

»Ihr Name ist Priscilla, Priscilla Fischer«, murmelte sie leise, obwohl Jez Kopfhörer trug und ihre Unterhaltung eh nicht hören konnte. Irgendwie fühlte es sich privat an, wie ein Geheimnis, das sie nun mit Crup teilte.

»Dann lass uns Priscilla retten!«, verkündete Crupio entschlossen und diskutierte anschließend mit ihr über die Farbe und Beschaffenheit der Wände und Tische, die reflektierenden Eigenschaften von Glas und anderen Materialien sowie über die optischen Effekte von Tageslicht und künstlichen Lichtquellen, sodass ihr bald der Schädel rauchte.

Aber sie waren weitergekommen und hatten auf diese Weise herausgefunden, dass sich der Drehort nicht in einem Wohn-, sondern in einem Industriegebäude befinden musste und dass der Raum vermutlich keine Fenster hatte oder komplett abgeschottet war, da es im Video nur künstliches Licht gab.

»Ein Keller oder abgelegener Lagerraum macht Sinn, wenn man den Hall berücksichtigt«, warf Jez ein, der gerade eine kurze Pause machte und seine Kopfhörer abgesetzt hatte. »Ihr müsst bedenken, dass Hilfeschreie dort von weniger Leuten gehört werden oder von der normalen Betriebskulisse übertönt werden können.«

»Genau«, stimmte Crup ihm zu.

»Ich konnte inzwischen anhand des Klangs große Züge ausschließen. Was wir hören, ist definitiv eine U- oder S-Bahn, die oberirdisch fährt«, fuhr der junge Musiker fort.

»Davon gibt es nicht so viele«, sagte Niliana hoffnungsvoll und wollte zur Karte greifen.

»Schon erledigt!«, verkündete Jez mit einem breiten Grinsen. Er hatte etliche schraffierte Gebiete mit einem roten Textmarker durchgestrichen. Etwa die Hälfte waren noch übrig geblieben.

»Hilft uns die Kirchenglocke weiter?«

»Das wollte ich als Nächstes machen«, meinte Jez. »Je weiter wir das Gebiet eingrenzen können, desto weniger Glocken muss ich vergleichen. Ich habe zwar schon eine Online-Suche gemacht, aber leider gibt es nur wenige Aufnahmen im Netz und ich musste das Geräusch bereinigen und verstärken, das verzerrt möglicherweise das Ergebnis.«

»Unterscheiden sich Kirchenglocken denn so stark voneinander? Für mich klingt eine wie die andere«, behauptete Crupio.

»Ach ja? Und Zinnoberrot ist dasselbe wie Burgunderrot oder Lachsrot, was?«

»Natürlich nicht!«

»Siehst du!«, sagte Jez triumphierend.

»Also bist du dir sicher, dass du die Kirche identifizieren kannst?«, fragte sie voller neuer Hoffnung.

»Wenn ich gute Aufnahmen bekomme, dann ja. Ich habe schon in diversen Onlinegruppen und Foren von Musikern und Sound-Artists nachgefragt, ob sie mir Aufnahmen von Kirchenglocken in Tressina City und Dillux City schicken können. Wenn sie darunter ist, dann finde ich sie.« Mit diesen Worten setzte er die Kopfhörer wieder auf.

Bald schon näherten sich Crup und sie dem Ende ihrer Möglichkeiten. Das Bildmaterial hatte nicht viel mehr ergeben, außer dass sie sich jetzt auf einen bestimmten Gebäudetyp festgelegt hatten.

Niliana hatte sich irgendwann an die Akte ihres Vaters über Jay erinnert, in der Hoffnung, dass die Infos dort ihr einen Anhaltspunkt liefern würden. Aber in der Akte stand nichts über Jays leiblichen Vater, und die Spuren verrieten ihnen nicht mehr, als sie ohnehin schon wussten, nämlich dass Priscilla irgendwo in Tressina City oder Dillux City sein musste.

Selbst nachdem sie versucht hatten, über Google Maps Bildmaterial von den potenziellen Stadtvierteln zusammenzustellen, waren sie nicht weiter vorangekommen.

Es gab einfach zu viel, das sie nicht wussten. Ihr eigener Vater war zwar gründlich in seinen Recherchen gewesen – oder seine Leute –, aber die Akte konzentrierte sich auf Jay und sein Leben und enthielt nicht ein Fitzelchen an Information über dessen Gangsterboss von Vater.

»Wir fangen an zu raten«, meinte Crupio schließlich. »Das bringt nichts.«

»Heureka!«, rief Jez zum Glück kurz darauf und riss sie aus ihrem frustrierten Schweigen. Er nahm die Kopfhörer von den

Ohren und drehte sich strahlend zu ihnen um. »Das müsst ihr euch anhören!«

Er spielte ihnen zwei Kirchenglocken vor und Crup und Niliana wechselten einen ratlosen Blick. Was genau sollten sie daran nun erkennen?

»Klingt für mich identisch«, antwortete Crup und zuckte mit den Schultern.

»Exakt!«, jubelte Jez. »Weil sie das sind. Meine Damen und Herren, ich präsentiere Ihnen die Glocken der Gabrielskirche in Dillux City!«

»Wir haben sie?«

Sie fühlte sich wie betäubt, als sie zwischen ihren Freunden hin und her sah. Den beiden war das Unmögliche gelungen: Sie hatten den Ort gefunden, an dem Jays Mutter gefangen gehalten wurde.

Doch kurz darauf musste Niliana feststellen, dass sie sich zu früh gefreut hatte. Die Gabrielskirche stand auf einem dicht besiedelten Gebiet, auf dem sich etliche Firmen- und Industriegebäude befanden. Sie hatten jedoch keine Ahnung, in welchem davon Priscilla gefangen gehalten wurde.

»Von welchem Radius sprechen wir? Wo sind die Kirchenglocken überall zu hören?«

»Weiß ich nicht.« Jez legte die Stirn in Falten. »Ich …«

Sein Handy klingelte und sie drei zuckten zusammen. Vannjez warf ihnen einen entschuldigenden Blick zu, bevor er ranging.

»Mom? …«

Sie beobachteten, wie seine Miene immer betrübter wurde. Anscheinend musste er sich eine Strafpredigt anhören, denn er sagte am Ende leise: »Es tut mir leid. Ich komme gleich nach Hause.«

Er legte auf und sah sie schuldbewusst an. »Sorry, Lia. Meine

Mom flippt aus, wenn ich nicht in zehn Minuten zu Hause bin. Können wir gleich morgen früh weitermachen? Oder wie viel Zeit haben wir?«

Sie warf abschätzend einen Blick zur Uhr und blinzelte überrascht. Ihr war gar nicht aufgefallen, dass sie bereits seit Stunden das Video analysierten, aber jetzt – Mittwochmorgen um kurz vor ein Uhr – war es kein Wunder, dass Jez' Mutter sich Sorgen machte und ihn angerufen hatte.

»Uns bleiben noch knapp zweiunddreißig Stunden«, sagte sie.

»Dann kommen wir gegen acht Uhr wieder. Einverstanden?«

Jez' Vorschlag klang gut und sie nickte erleichtert.

»Danke«, sagte sie und umarmte ihn und Crup nacheinander. »Ihr seid die Besten.«

»Dafür doch nicht«, murmelte Crup verlegen, während Jez einen Zeigefinger auf seine Wange legte und sie auffordernd ansah, bis sie ihn küsste.

»Jez!«, rügte Crup ihn. »Sie hat einen Partner!«

»Danke noch mal«, meinte sie.

»Keine Ursache«, erwiderte der junge Musiker grinsend. »Wir sehen uns morgen früh. Wir finden Jays Mutter schon, versprochen. Mach dir keine Sorgen!«

Gerührt verabschiedete sie sich von den beiden und wollte gerade wieder die Tür schließen, als eine Hand sie plötzlich festhielt und ein finsteres Gesicht im Türspalt erschien.

»Verrätst du mir jetzt, was ihr den ganzen Abend gemacht habt oder muss ich erst dein Zimmer durchsuchen?«

24

Es war die Hölle.

Leider war der Gedanke weder ironisch noch im Geringsten lustig, denn er befand sich nicht nur auf dem gleichnamigen Planeten, sondern auch in einer unerträglichen Situation. Doch am schlimmsten war, dass man ihn alleingelassen hatte und er sich dazu noch den Kopf zerbrach, was sie inzwischen mit Umkius angestellt hatten und wo er sich aufhielt. Oder wo er festgehalten wurde …

Das künstliche Licht, das aus den eingebetteten Steinen in den Wänden kam, ließ keinen Rückschluss darauf zu, wie viel Zeit verstrichen war. Seit wann saß er in der Zelle?

Ja, Zelle.

Wie erwartet waren die Teufel nicht begeistert gewesen, als er mit ihrem halb toten Artgenossen auf ihrer Türschwelle erschienen war, und da sie seine Sprache nicht verstanden, hatte er ihnen auch nicht klarmachen können, dass Umkius sein bester Freund war. Vermutlich dachten sie, dass er ihn so übel zugerichtet hatte, und diskutierten jetzt in ihrer dämonischen Muttersprache darüber, welche Hinrichtungsmethode sich für ihn am besten eignete. Vielleicht verfütterten sie ihn ja auch an die Höllenhunde. Das wäre dann wirklich eine Ironie!

Dass er jetzt allein und vielleicht für immer – wie lange diese Zeitspanne in seinem Fall auch sein mochte – auf einem fremden Planeten gestrandet war, hätte er auch nicht gedacht, als er am frühen Morgen aufgewacht war und voller Euphorie und in Sicherheit an seiner ersten Fantasygeschichte geschrieben hatte. Nun befand er sich in einer fantastisch anmutenden Welt, die schon hunderte Künstler inspiriert hatte, vielleicht als der erste Mensch seit Jahrhunderten, und wünschte sich sein normales, magieloses und langweiliges Dasein zurück. Kaum zu glauben, dass sein Leben und seine Familie vor vier Wochen noch in Ordnung gewesen waren.

Jetzt schwebte seine Mutter in höchster Gefahr, er besaß vermutlich eine Akte bei der Polizei, die dicker war als sein Ordner mit den wichtigsten Unterlagen zuhause, und er hatte eine Verlobte und dazu ausgerechnet auch noch eine Muse. Das war verrückt! Wie war es dazu gekommen?

Doch eigentlich wusste er das. Er hatte eine falsche Entscheidung getroffen und danach weitere Fehler gemacht, um den ersten zu beheben, und sich die eigene Katastrophe mit traumwandlerischer Sicherheit selbst gebastelt. Ja, er selbst war schuld an all dem. Sein großartiger Plan: Schrott!

Die Durchführung seines Plans: dilettantisch und fehlerbehaftet.

Sämtliche seiner Entscheidungen: Falsch!

Konnte man es noch mehr verbocken? War es möglich, noch gründlicher zu versagen? Warum hatte er nicht vorher besser nachgedacht?

Wieso hatte er seine Mutter nicht gefragt, warum sie ihm nicht von seinem leiblichen Vater erzählt hatte?

Er hörte auf, in der Zelle herumzutigern, und setzte sich auf den Boden. Möbel gab es nicht, nur harten Fels und an einer Wand etwas, das wie verrottetes Unkraut aussah. Sollte das ein

Bett sein? Plötzlich war er erschöpft und müde. Sorgen um Umkius und seine Mutter plagten ihn. Wie viel Zeit blieb ihm noch? Seit wann befanden sie sich auf Hölle?

Doch die Ungewissheit quälte ihn genauso wie das Wissen, dass er, ohne es zu wollen, Nilianas Leben ruiniert hatte. Würde sich das Musenbündnis auflösen, als wäre nichts gewesen, wenn er starb? Oder war es ihnen tatsächlich nur ein einziges Mal möglich, ein Bündnis zu schließen? Er wünschte sich, sie hätten auf der Schule das Thema Musen gehabt. So konnte er nur spekulieren.

Als er die Augen schloss, sah er Niliana vor sich: Stark in ihrem Sportoutfit, zerbrechlich nach dem Unfall, wütend, als sie sich gegen ihn verteidigte oder gegen die Ungerechtigkeit ihres Vaters protestierte. Der Gedanke, dass er sie nie wiedersehen würde, nie weitere faszinierende Seiten von ihr kennenlernen würde, versetzte ihm einen Stich.

Er vermisste sie. Wie hatte das nur geschehen können?

Obwohl er derjenige gewesen war, der sie entführt und ihr buchstäblich das Herz – in Form ihrer Kette – gestohlen hatte, war er es nun, der seins an sie verloren hatte. Ein toller Verbrecher war er!

Seufzend legte er den Kopf zurück gegen die Felsen. Das Warten war eine Qual. Wenn sie doch wenigstens endlich eine Entscheidung treffen würden! Egal welche!

Das Nicht-Wissen nagte an ihm. Was aus ihm selbst wurde, war ihm relativ gleich, doch er hatte drei Personen, die ihm alles auf der Welt bedeuteten.

»Bitte seid in Sicherheit! Bitte, Gott, beschütze sie!«

Er hatte noch nie zuvor gebetet. Vielleicht hörte Gott auch nicht auf so unbeholfene Gebete wie seine. Vielleicht benötigte es Glauben, damit sie erhört wurden. Doch wenn es einen Gott gab – oder mehrere, wie zum Beispiel die Schöpferin der Musen –, dann hoffte er, dass dieser über seine Schützlinge wachte.

Irgendwann musste er beim Beten, Hoffen und Sorgen eingeschlafen sein, denn er erwachte davon, dass die Tür mit einem Knall gegen die Wand prallte. Er schreckte hoch.

Zwei Teufel standen in der Tür. Dass keiner von ihnen Umkius war, sah er sofort, denn sie waren mit zwölf und dreizehn Fuß um einiges größer als sein Freund und außerdem unbekleidet. Im Gegensatz zu ihnen hatte sich sein Freund den Gepflogenheiten auf der Erde angepasst und zog entweder leichte Freizeitkleidung oder Arbeitsbekleidung an, die ihn möglichst vollständig verdeckte und vor den Blicken der Schaulustigen verbarg.

Diese beiden Teufel trugen nur ihre Schuppen, die zum Glück blau waren. Nicht zum ersten Mal war Jay froh, dass ihm die Schuppenfarben verrieten, was sie fühlten. Anscheinend war er nicht in unmittelbarer Gefahr. Dennoch waren die hünenhaften Gestalten einschüchternd.

Einer von ihnen erzählte ihm etwas, was, wusste er nicht. Doch vermutlich sollte ihm jetzt der Prozess gemacht werden, und deshalb stand er langsam auf. Als die beiden keine Anstalten machten, zu ihm hereinzukommen, ging er ihnen zögernd entgegen. Er fühlte sich winzig neben ihnen. Die beiden waren mehr als doppelt so groß wie er.

Sie führten ihn durch die Höhlen. Auf dem Hinweg hatte er sich zu viele Sorgen um Umkius und sein eigenes Leben gemacht, als dass er sich umgesehen hätte. Doch jetzt fielen ihm nicht nur die zahlreichen Lichtsteine auf, die sich auch in seiner Zelle befunden hatten und anscheinend natürlich aus den Wänden wuchsen, da sie sich in verschiedenen, teilweise auch unpraktischen Höhen befanden.

Wie außerhalb des Hügels dominierten ansonsten jedoch die

Farben Braun und Grau die Umgebung. Boden und Wände bestanden aus Felsgestein und sahen aus, als hätte man sie mithilfe von Werkzeug in Form gebracht. Er sah keinen einzigen Balken, der die Decke stützte. Und die Gänge waren hoch und breit genug, um den Teufeln Platz zu lassen.

Vom Hauptgang, den sie entlang marschierten, gingen schmalere Gänge ab und führten in kleine Höhlen oder Schlafkammern. Jay konnte nur kurze Blicke hinein erhaschen, da er zwischen den beiden Teufeln ging, doch sie schienen alle leer zu sein.

Sein Verdacht, dass er zu einer Versammlung geführt wurde, verstärkte sich, als er vor ihnen jetzt Stimmen hörte. Der Gang verbreiterte sich immer mehr, bis er in eine riesige Höhle mündete. Jay blieb unwillkürlich stehen, als sein Verstand erfasste, was sein Augen ihm vermittelten.

Vor ihm standen hunderte Teufel, es musste eine Kolonie sein, wie die, in der Umkius früher gelebt hatte. Doch er sah nicht nur riesige Höllenbewohner, sondern auch kleine Babys mit winzigen Stummeln statt Hörnern und entzückendem, rosafarbenem Flaum statt Schuppen. Gerade mal zwei Fuß waren die Kleinsten groß und zum ersten Mal konnte sich Jay vorstellen, wie sein bester Freund als Kind ausgesehen hatte.

Und dann begriff er, dass Umkius noch ein recht junger Teufel war, denn die anderen hatten mächtige Hörner, die ihnen aus dem Kopf wuchsen und sich bis zur Hälfte ihres Körpers herabwanden. Sie waren gewaltig im Vergleich zu Umkius' fast schon eleganten, schlanken Hörnern.

Doch noch mehr als die versammelten Teufel beeindruckten Jay die Pflanzen. Zum ersten Mal sah er Vegetation auf Hölle.

Ein See dominierte die eine Seite der Höhle, und um das Gewässer herum sah Jay grüne, rote, blaue und braune Pflanzen.

Sie ragten aus der Erde, wuchsen aus dem Wasser und selbst aus dem Felsen schienen sie zu sprießen. Er vermochte es kaum, sich von diesem großartigen Anblick loszureißen.

Einer der Teufel schob ihn weiter, in die Höhle hinein, und Jay erinnerte sich wieder, dass er sich hier nicht als Tourist bewegte, sondern als … ja, als was? Als Gefangener? Als Gast? Als Kuriosität?

Dann teilte sich die Menge und Jay atmete laut ein.

»Umkius!«

Sein Freund wirkte schwach, doch wenigstens überwog das Grau jetzt wieder das Gelb und er konnte keine offenen Wunden erkennen. Stattdessen entdeckte er Stellen, die von einer grünen Schicht bedeckt waren. Jay vermutete, dass es sich um eine Heilsalbe oder Ähnliches handelte. War es gestern gewesen, dass Umkius diese Verletzungen erlitten hatte? Wie viel Zeit war vergangen? Er wusste es nicht, aber es war jedenfalls genug Zeit gewesen, um seinen Freund zumindest wieder auf die Beine zu bringen.

»Jay.«

Umkius versuchte sich an einem Lächeln, doch die Bewegung irritierte die anderen Teufel, die nun begannen, auf ihn einzureden. Bedeutete die Mimik auf Hölle etwas anderes? Jedenfalls stellte sein Freund sein Lächeln zügig wieder ein.

»Wie geht es dir?« Jay betrachtete Umkius aufmerksam. Die ungesunden Farben bereiteten ihm Sorgen.

»Besser. Dank dir. Ohne dich hätte ich es nicht geschafft.«

»Unsinn! Ohne mich wärst du erst gar nicht in diese verheerende Lage geraten!«

»Wollen wir uns jetzt wirklich streiten?«

Sein schlechtes Gewissen meldete sich erneut. Er wusste nicht, wie die Teufel ein Kopfschütteln auffassen würden, daher sagte er lediglich leise »Nein« und wollte auf seinen Freund zugehen, wurde jedoch unerwartet von einem seiner Wächter festgehalten.

»Entschuldige. Ich rede mit ihnen.«

Umkius redete schnell auf die anderen ein und versuchte ihnen offensichtlich zu erklären, dass Jay sein Freund war, doch es dauerte ungewöhnlich lange, diesen einfachen Sachverhalt darzulegen. Immer wieder unterbrachen ihn die anderen Teufel und schließlich sah Jay einzelne weiße Schuppen bei Umkius aufblitzen, die ihn nervös machten. Das Gespräch schien nicht gut für ihn zu laufen.

Dennoch blieb er nach außen hin ruhig. Was hätte er auch sonst tun sollen? Falls die Gemeinschaft beschloss, ihn zu töten, würden weder er noch Umkius das verhindern können.

Doch schließlich entfuhr Umkius ein sehr menschlicher Seufzer und er erwiderte etwas, woraufhin die anderen Teufel ein lautes Heulen ausstießen und dann zu Jays großer Überraschung die Höhle verließen oder wieder ihren Beschäftigungen nachgingen. Um den Fremden in ihrer Mitte kümmerte sich niemand mehr, noch nicht einmal die beiden Teufel, die ihn hierhergebracht und bis eben bewacht und festgehalten hatten.

»Was ist geschehen?« Jay sah den Teufeln, die sich in alle Richtungen verstreuten, irritiert hinterher.

»Wir müssen reden. Ich habe dir einiges zu erklären«, antwortete Umkius und ging langsam und schwerfällig Richtung See, wo er sich ächzend auf einem großen Stein niederließ. Jay wollte ihm seine Hilfe anbieten, doch sein Freund schüttelte nur leicht den Kopf und sah dann zu seinen wenigen Artgenossen, die in der Höhle verblieben waren. Vermutlich schickte sich das auf Hölle nicht.

»Wusstest du, dass dies die Kolonie ist, in der ich aufgewachsen bin?«, fragte er dann überraschend.

»Nein. Ernsthaft? Dann sind dies deine Verwandten und Freunde?«

Es musste ein komisches Gefühl für Umkius sein, nach Jahren wieder auf seinen Heimatplaneten zurückzukehren, nachdem alle, die er dort je gekannt hatte, ihn für tot gehalten haben mussten. Merkwürdig. Warum hatte er Hölle in all den Jahren nie besucht? Es konnte nicht nur die Furcht vor den Höllenhunden sein oder die Angst, dass die Magier auf der Erde seine Portale entdeckten.

»Freust du dich nicht, wieder hier zu sein?«

»Doch!«, rief Umkius rasch. »Es ist nur …«

Er verstummte und sah betrübt auf das Wasser. »Sie haben sich nicht im Geringsten geändert, aber ich … ich bin nicht mehr derselbe wie der, der geflohen ist. Nicht mehr derselbe Teufel, der bei jeder Gelegenheit weggelaufen ist.«

»Weggelaufen? Aber ich dachte, du wurdest von Höllenhunden angegriffen und musstest deshalb durch ein Portal fliehen?«

»Das ist nur ein Teil der Geschichte. Die Wahrheit ist, wenn es nach den anderen gegangen wäre, hätte ich diese Höhlen nie verlassen. Ich fühlte mich hier drin gefangen und verstand nicht, warum die anderen Kinder mit den Erwachsenen hinaus durften und ich nicht. Oder warum es etwas Besonderes war, ein Lebensmeister zu sein.«

»Ein Lebensmeister?« Jay merkte, dass ihm der Mund aufklappte, und er schloss ihn zügig wieder.

Diesen Begriff hatte sein Freund noch nie verwendet. Auch hatte er ihm nie erzählt, dass die anderen ihn gefangen gehalten hatten. Er hatte geglaubt, alles über Umkius zu wissen, doch nun erkannte er, dass es in der Vergangenheit seines Freundes ein paar dunkle Flecken gab, über die Umkius nicht mal mit Jay hatte reden wollen.

»Ich zeige es dir«, sagte Umkius leise und streckte die linke Hand aus. Unter seinen Fingern schossen die Pflanzen am Boden in die Höhe, so wie sie es stets auf der Erde getan hatten. Jay begriff nicht, was neu daran war, bis Umkius die Hand auf den Stein legte und plötzlich auch aus diesem Gras wuchs und dieses ihn in Sekundenschnelle vollständig bedeckte.

»Was …?«

»Das meine ich mit Lebensmeister«, erklärte Umkius bedrückt. »Es ist die Fähigkeit, aus dem Nichts etwas zu erschaffen und wachsen zu lassen. So wie ich es auch mit den Pflanzen gemacht habe, um uns den Ausbruch aus dem Gefängnis zu ermöglichen. Dies ist die wertvollste Magie, die wir haben. Ohne sie wäre ein Leben auf Hölle wohl überhaupt nicht mehr möglich.«

Während Jay sich auf seinen Freund konzentriert hatte, musste dieser weiter seine Pflanzenmagie gewirkt haben, denn plötzlich wurde die Höhle um sie herum bunt. Gelbe, orange und rote Blumen schossen empor, unzählige Büsche wuchsen aus dem Boden und trugen bereits Früchte, sogar einzelne Bäume konnte er sehen, als er sich umsah.

Innerhalb kürzester Zeit waren die Farben Braun und Grau aus der Höhle verschwunden und alles um sie herum wirkte lebendig und kräftig, als wäre es nie verdorrt gewesen. Langsam begriff Jay, dass das, was er zuvor noch für beeindruckende Flora gehalten hatte, für die Teufel ein kümmerlicher Rest dieser Pracht gewesen sein musste.

»Sie wollen mich nicht wieder gehen lassen, Jay«, sagte Umkius bekümmert.

»Aber … das können sie doch nicht machen!«

Fassungslos beobachtete Jay, wie Umkius sich lila verfärbte, eine Farbe, die er noch nie an ihm gesehen hatte.

»Was bedeutet sie?«

»Abschied. Trauer«, erklärte Umkius. »Es wird Zeit, Lebewohl zu sagen.«

»Aber das verstehe ich nicht! Wieso? Wieso lässt du dir von ihnen vorschreiben, was du zu tun hast?«

Tränen sammelten sich in seinen Augenwinkeln und Jay wischte sie wütend weg. Er wollte nicht wegen dieses Idioten weinen, der sich einfach von seinen Artgenossen wieder herumschubsen ließ!

»Sie brauchen mich«, erwiderte Umkius schlicht. »Das habe ich jetzt erkannt. Ohne einen Lebensmeister stirbt alles Leben in dieser Höhle. Derjenige, der sich bislang um die Pflanzen hier in den Futterhöhlen gekümmert hat, ist krank und alt. Er kann die anderen nicht mehr ernähren. Im letzten Jahr sind viele Teufel gestorben, die meisten von ihnen waren Kinder.«

Jays Wut erlosch. Das hatte er nicht gewusst.

»Ich habe die anderen gefragt, ob ich nicht wenigstens mit dir auf die Erde zurückkehren und dir helfen kann, deine Mutter zu befreien. Doch sie haben Angst, dass ich möglicherweise nie zurückkomme oder bei dem Vorhaben sterbe. Ich musste ihnen versprechen, dass ich hierbleibe, wenn sie dich heimkehren lassen.«

»Oh, Umkius!«

»Es ist nicht schlimm«, versicherte sein Freund ihm rasch. »Hier bin ich zuhause. Du solltest es als eine Heimkehr betrachten, nicht als einen Gefängnisaufenthalt. Jedenfalls tue ich das. Hier kann ich etwas Gutes tun. Hier sehen die Leute mich nicht mit Furcht in den Augen an, wenn ich an ihnen vorbeigehe.«

»Aber hast du hier auch Freunde?« Jay hatte aus Umkius' früheren Erzählungen geschlossen, dass sein Kumpel in seiner Heimat sehr einsam gewesen sein musste.

»Mach dir um mich keine Sorgen, Jay. In Ordnung? Mir wird es hier gut gehen. Und sicher werde ich irgendwann auch neue

Freunde gefunden haben. Dies ist mein Zuhause. Meine Familie.«

»Aber wir werden uns nicht wiedersehen, oder? Sie haben dir verboten, die Erde zu besuchen, nicht wahr?«, fragte Jay und fühlte Bitterkeit in sich emporsteigen. Das war nicht fair!

»Nein, Jay, das werden wir nicht. Versteh doch, sie haben genauso viel Angst vor euch Erdenbewohnern wie ihr vor uns. Ich habe versucht, ihnen zu erklären, dass ich auf der Erde nicht ständig in Lebensgefahr geschwebt bin, dass ich Freunde hatte, einen Job, der mir Spaß gebracht hat, doch das ist für sie unvorstellbar. Für sie bedeutet meine Rückkehr zur Erde meinen Tod, den Abschied für immer. Und deswegen habe ich ihnen versprochen, dass ich nie wieder zur Erde reisen werde. Es tut mir sehr leid, Jay. Ich hasse es, dich im Stich lassen zu müssen«, schloss er leise.

Er heulte gerade Rotz und Wasser, doch das kümmerte Jay nicht. Die Vorstellung, dass er Umkius nie wiedersehen würde, nie mehr die Möglichkeit haben würde, mit ihm zu telefonieren oder ihm eine E-Mail zu schreiben, um ihn zu fragen, wie es ihm ging, und um ihm zu erzählen, was es Neues in seinem Leben gab, das war einfach entsetzlich. Er hatte gedacht, dass er schon am Tiefpunkt seines Lebens angekommen gewesen war, und jetzt riss es ihm erneut den Boden unter den Füßen weg und er fiel und fiel und fiel …

Er versuchte tapfer zu sein und sich zusammenzureißen, für Umkius, der weiter lila blieb, doch das war so verdammt schwer. Schwerer als alles je zuvor.

»Ich hoffe, du und Niliana werdet glücklich miteinander«, sagte Umkius schließlich.

Jay lachte unwillkürlich. »Das ist wenig wahrscheinlich. Sie hasst mich wegen dieser blöden Zwangsehe.«

»Das glaube ich nicht. Rede mit ihr.«

Mühsam nickte er. »Das werde ich«, versprach er leise.

Unbeholfen standen sie sich gegenüber und wussten nicht, wie sie Abschied voneinander nehmen sollten. Sollte er Umkius umarmen oder würde er das komisch finden? Auf die Schulter klopfen, eine männliche Geste, die bei Menschen, Elfen oder Musen funktioniert hätte, kam nicht infrage, weil Umkius so viel größer war als er.

»Wir dürfen hier drinnen keine Feuer entfachen, um die Pflanzen nicht zu gefährden. Ich bringe dich nach draußen und schicke dich dann nach Hause. Ich hoffe, du schaffst es, Priscilla zu retten und deinem Vater das Handwerk zu legen«, meinte Umkius und unterbrach damit Jays Gedanken.

Mechanisch folgte er ihm und plötzlich herrschte ein seltsames Schweigen zwischen ihnen. Jay fühlte sich, als hätte er Umkius noch so vieles zu sagen, doch weil ihnen die Zeit dafür fehlte, brachte er nicht ein Wort davon über die Lippen.

Der Weg nach draußen kam ihm endlos vor und gleichzeitig viel zu kurz. Ein Teufel öffnete ihnen die Tür und blieb dann wachsam stehen, um sie zu beobachten. Dass sein Freund sehr wohl ein Gefangener seiner eigenen Leute war, wurde Jay wieder bewusst, als der Teufel Umkius anfauchte, als dieser einen Huf nach draußen vor die Höhle setzte.

Doch dieses Mal ließ sich Umkius das nicht gefallen. Er drehte sich zu seinem Artgenossen um und erwiderte etwas in scharfem Tonfall. Danach verstummte der andere Teufel und sein Freund konnte ungehindert ein paar Schritte nach vorne machen.

Sie sahen sich an, während Umkius nun Feuerbälle in seinen Händen beschwor und sie ein Stück vor ihnen auf den Boden warf, sodass die Flammen in den Himmel schießen konnten.

»Ich werde dich vermissen, Umkius«, sagte Jay rasch. »Du warst der beste Freund, den ich jemals hatte. Ich wünschte …«

Der Flammenkreis war jetzt geschlossen und nahm ein eisiges Blau an. Jay erkannte, dass es zu spät war. Dass er niemals die Zeit haben würde, alles zu sagen, was nötig gewesen wäre.

»Leb wohl, Jay, mein Freund«, flüsterte Umkius. »Ich …«

Doch was auch immer er sagen wollte, würde für immer ungesagt bleiben, denn in diesem Moment nahte ein schwarzer Schatten heran, riss ihn zu Boden, drängte sich an Jay vorbei, der ins Taumeln geriet, und dann sprang er durch den Höllenkreis zur Erde.

»Nein!«, schrie Jay.

Entsetzt erkannte er, dass dies ein Höllenhund gewesen sein musste, ein wilder Höllenhund, der nun die Erde heimsuchte, dann ruderte er mit den Armen und bekam plötzlich von hinten einen Stoß, als der andere Teufel ihn aus dem Weg drängte, um zu Umkius zu gelangen.

Sein Freund lag auf dem Boden – war er bewusstlos oder tot? – und rührte sich nicht.

Jay wollte zu ihm gehen, ihm helfen, doch der Stoß trieb ihn auf den Höllenkreis zu, der flackerte und sich langsam schloss. Nur zwei Schritte trennten ihn vom Rand des Plateaus dahinter.

Und dann fiel er.

25

Sie starrte voller Widerwillen in Ulpirris Gesicht. Natürlich war ausgerechnet er derjenige, dem auffiel, dass sie sich seltsam verhielt. Qrok verließ sich voll und ganz auf seine Nase und bekam so nur verdächtige Gerüche und Gefühle mit, während ihre Eltern mit ihren eigenen Problemen beschäftigt waren.

»Also?«, fragte er.

Er drängte sich ins Zimmer, wobei er seinen professionellen Blick über das Chaos schweifen ließ, das sie mit ihren Notizen auf dem Bett und dem Schreibtisch verursacht hatten. Natürlich entdeckte er prompt die ausgedruckte und markierte Karte. Wenige Schritte später hielt er sie in der Hand und studierte sie intensiv.

»Was ist bei der Gabrielskirche in Dillux City?« Er musterte sie mit diesem Leibwächterblick, den sie seit Kindertagen von ihm kannte. »Niliana?«

»Das geht dich nichts an.«

»Oh, doch, das tut es. Du verhältst dich merkwürdig und das nicht erst, seit du von Jays Tod erfahren hast. Warum hast du ihm heute Morgen plötzlich vertraut? Und warum hat Jay darauf gedrängt, telefonieren zu müssen? Er schien entsetzt zu sein, als wir ihn vertröstet haben. Und kurz darauf sind er und sein Kumpel ausgebrochen. Wieso? Warum haben sie das riskiert, statt darauf zu warten, dass du, Entrissa und eure Musenfreunde ihn rausholt? Das hätte doch mit Sicherheit nicht lange gedauert. Was Musenbündnisse betrifft, seid ihr schließlich rigoros. Sie sind euch wichtiger als alles andere. Also, Niliana, was verheimlichst du mir?«

Plötzlich war sie müde. Die letzten Tage hatten sie körperlich wie emotional an ihre Grenzen gebracht. Sie wusste nicht länger, wem sie vertrauen konnte. Sogar ihre eigenen Eindrücke, Gefühle und Entscheidungen hatten sie in die Irre geführt. Letzten Endes lief alles darauf hinaus, wie lange sie den Elfen schon kannte und ob sie ihm vertraute.

»Jays Mutter wurde von seinem Vater entführt«, verriet sie ihm nach einem längeren Schweigen. »Wir versuchen, sie zu finden und zu retten, bevor das Ultimatum Donnerstagmorgen um neun Uhr abläuft. Nur deswegen hat Jay mich überhaupt entführt. Sein Vater hat ihn erpresst und gedroht, dass ihr etwas passiert, wenn Jay nicht tut, was er will.«

Ulpirri beobachtete sie nachdenklich. Sie wusste nicht, ob er ihr glaubte oder nicht. War es ein Fehler gewesen, ihm zu vertrauen? Trotz all der Jahre, die er nun schon auf sie und ihre beiden Brüder aufpasste, konnte sie ihn manchmal nicht einschätzen.

Doch wenn sie ihn ansah, dann sah sie nicht nur den Mann, der schuld an Jays und Umkius' Tod war, sondern auch den lachenden Magier, der seine Kräfte dazu benutzt hatte, um ihren Wunsch, zu fliegen wie die Engel, zu erfüllen. Er hatte so lange auf sie aufgepasst und sich um sie gesorgt, das konnte sie nicht vergessen, auch wenn sie noch weit davon entfernt war, ihm – oder sich selbst – zu verzeihen.

»Okay, was wissen wir?«, riss Ulpirri sie aus ihren Grübeleien.

»Du glaubst mir?«

»Natürlich glaube ich dir! Das passt zu dem, was ich mir gedacht habe. Nichts in Jays Lebenslauf schien mir seine plötzliche Schwerverbrecherkarriere zu begründen. Und kriminelle Vererbung, ich bitte dich, an diesen Quatsch glaube ich nicht! Etwas Gravierendes musste passiert sein, anders konnte ich es mir nicht erklären, dass er sich zu häufig wie ein Unschuldiger verhielt. Meine letzten Zweifel, dass Jay mich ausgetrickst und getäuscht haben könnte, habe ich verloren, als er unter dem Einfluss des Wahrheitsserums seine *Verbrechen* ausgeplaudert hat. Ein Häschen ist gefährlicher als er!«

»Aber warum hast du meinem Vater dann geholfen, ihn zu verhaften, und versucht, seinen Ausbruch zu verhindern?«, fragte sie fassungslos.

»Weil dein Vater immer noch mein Boss ist und ich als Mitglied der Polizei geschworen habe, Verbrechen aufzuklären. Und manchmal bedeutet das auch, die Hintergründe eines Verbrechens zu untersuchen und den wahren Schuldigen zu finden«, erklärte er ruhig. »Und nun erzähl mir bitte alles, was du über die Entführung weißt und welche Rolle diese Karte spielt.«

Eine halbe Stunde später hatte sie ihm das Video und die E-Mail von Jays Vater gezeigt, sowie die Schritte erklärt, die Jez, Crup und sie unternommen hatten, um das Suchgebiet einzugrenzen. Als sie ihm ihre Berechnung des Suchradius anhand der Entfernung, die Jays Vater zurückgelegt haben konnte, erläuterte, nickte er anerkennend.

»Gute Überlegung. Du hättest natürlich noch bedenken müssen, wie wahrscheinlich es ist, dass er das Fluchtfahrzeug wechselt, zum Beispiel zu einem Helikopter oder Flugzeug, oder dass er auch anrufen und die Entführung von Jays Mutter und den Videodreh in Auftrag hätte geben können und selbst gar nicht dabei gewesen sein muss. Oder hast du ihn im Video gesehen oder gehört? Aber da Herkules in diesem Gebiet operiert, ist es sehr plausibel, dass Ms. Fischer irgendwo in Dillux City oder Tressina City gefangen gehalten wird.«

Sie kam sich unerwartet dumm vor, als er sie auf ihre Fehler hinwies.

»Ich werde weitere Nachforschungen anstellen.« Ulpirris Finger flogen über die Tasten, dann hatte er sich selbst die Mail und das Video geschickt. »Morgen früh hast du eine Liste aller bekannten Immobilien von Jays Vater, die infrage kommen könnten. Vorsichtshalber werde ich eure Schlussfolgerungen noch einmal überprüfen, nicht dass wir doch am falschen Ort suchen. Wenn es um ein Menschenleben geht, werde ich kein Risiko eingehen. Und ich werde die Telefonnummer von Jays Vater raussuchen, worum mich deine Mutter gebeten hat. Zum Glück weiß ich jetzt, warum sie mir das aufgetragen hat. Im ersten Moment hatte ich Angst, sie wollte sie erfahren, um ihn zur Trauerfeier einzuladen.«

Und mit diesen wenigen Worten zerstörte der Elf Nilianas zarten Optimismus und erinnerte sie daran, was hier auf dem Spiel stand. Jay und Umkius waren bereits tot, seine Mutter durfte nicht ebenfalls sterben.

»Versuch zu schlafen, Niliana. Du wirst deine Energie morgen brauchen. Gute Nacht!« Ulpirri nickte ihr noch einmal zu und verließ ihr Zimmer.

Seufzend räumte sie die Notizen vom Bett und ging dann schlafen. Oder versuchte es zumindest, denn der Schlaf wollte nicht kommen. Ständig hatte sie Jay vor Augen und hörte die zarte Stimme des Glühwürmchens fragen, wofür sie sich entscheiden wolle. Ihr schlechtes Gewissen und die Sorge, dass sie es nicht schaffen würden, obwohl Ulpirri sie jetzt mit seiner Erfahrung und seinen beachtlichen Fähigkeiten als Polizist und Magier unterstützte, ließen ihr keine Ruhe.

Irgendwann musste sie dennoch eingeschlafen sein, doch viel zu früh war sie wieder wach und fühlte sich wie gerädert. Als es halb sieben war, beschloss sie aufzustehen, schnell unter die Dusche zu steigen und zu frühstücken, bevor Cruz und Jez zurückkehrten.

Doch als sie eine halbe Stunde später am Frühstückstisch saß und unter den besorgten Blicken ihrer Mutter versuchte, ein belegtes Brötchen herunterzuwürgen, erkannte sie, dass sie absolut keinen Hunger hatte.

»Ich gehe ein bisschen in den Garten. Ich brauche frische Luft«, erklärte sie, als ihre Mutter sie aufhalten wollte.

»Soll ich es dir einpacken, für später?«

Niliana ignorierte sie und das Klingeln des Telefons und ging durch die Hintertür in den Garten, wo sie einige Minuten lang tief Luft holte. Ihre Brust fühlte sich wie eingeschnürt an, als ein Blick auf ihre Armbanduhr sie daran erinnerte, dass das Ultimatum für Priscilla in weniger als sechsundzwanzig Stunden ablief.

»Hab etwas Vertrauen!«, hörte sie irgendwann ein sanftes Stimmchen an ihrem Ohr.

Aus dem Augenwinkel bemerkte sie ein kleines Licht neben ihr, das sie ohne den Schatten der Bäume, unter denen sie stand, wohl übersehen hätte.

»Vertrauen?«, wiederholte sie. In wen oder was sollte sie Vertrauen haben? In die Göttin? Dieses Vertrauen hatte sie seit dem unerwünschten Bündnis verloren.

»Ja, Niliana. Alles wird gut, wenn du daran glaubst.«

Die Worte des Lichtwesens kamen ihr wie Hohn vor. Nichts wurde gut! Jay war tot! Umkius war tot! Und wenn sie nicht einen Weg fanden, um sie rechtzeitig aus der Gewalt einer Gangsterbande zu befreien, dann wusste sie nicht, ob Jays Mutter jemals wieder die Luft der Freiheit schnuppern würde!

Sie wandte sich ohne ein Wort von dem Glühwürmchen ab und trat ins Sonnenlicht. Bis zur Tür waren es nur wenige Schritte und dann würde sie endlich wieder ihre Ruhe haben. Doch die nächsten Worte des göttlichen Boten ließen sie innehalten und sich erneut umdrehen.

»Und? Hast du inzwischen eine Antwort auf die Frage, die ich dir gestern gestellt habe?«

»Ist das dein Ernst? Verhöhnst du mich? Denkst du, ich weiß nicht, dass ich einen Fehler gemacht habe? Wie konntet ihr nur? Wie konntet ihr das nur tun? Ich dachte, die Schöpferin löst den Bund wieder auf! Nicht dass sie ihn umbringt!«

Ihre Fingernägel drückten sich schmerzhaft in die Innenseiten ihrer Hände, als sie sie zu Fäusten ballte. Zwar würde sie nie ein Glühwürmchen schlagen, aber das bedeutete nicht, dass sie es sich in diesem Moment nicht brennend wünschte. Denn anders als ihre Göttin war das Wesen da und somit eine willkommene Zielscheibe für Nilianas verzweifelten Zorn.

»Niliana, sie hat noch nichts getan«, antwortete das Lichtwesen und leuchtete auf.

Sie musste die Tränen wegblinzeln, als es jetzt unerträglich hell wurde und mit der Morgensonne um die Wette strahlte. Sie sah nichts, lediglich Lichtflecken und einen Schleier mit dunklen Punkten.

Konnte das wahr sein? Hatte sie noch eine Chance, ihren egoistischen Wunsch zurückzunehmen? Doch wie sollte das gehen?

»Ich brauche deine Antwort, Niliana«, flüsterte das Glühwürmchen schließlich und dem Tonfall nach stellte es diese Bitte nicht zum ersten Mal.

»Wenn du es wirklich wissen willst, wenn ich wählen soll zwischen meiner Freiheit und Jay, dann wähle ich Jay. Es ist mir gleich, wie das Musenbündnis zustande gekommen ist. Ich möchte nur, dass es Jay gut geht, dass er lebt. Ohne ihn leben zu müssen und zu wissen, dass es allein meine Schuld ist, das ertrage ich nicht.«

Während sie sich die Tränen wegwischte und weiter gegen das langsam abnehmende Licht des Glühwürmchens blinzelte, spürte sie plötzlich tief in sich, dass sie nicht länger allein waren, dass irgendjemand hinter ihr stand und ihr Gespräch – oder besser gesagt, ihre Seite davon – belauscht hatte.

Doch als sie sich umdrehte und zur Tür sah, konnte sie nicht glauben, was sie erblickte. Das Licht musste ihre Augen dermaßen geblendet haben, dass sie ihr einen Streich spielten. Oder es musste ein Geist sein, den die Schöpferin geschickt hatte.

Denn vor ihr stand niemand anderer als Jay.

26

Vielleicht war es gut, dass er fiel. Nicht nur, weil es dann schnell gehen würde.

Schneller, als wenn er zwei Schritte gemacht, sich gebückt hätte und durch das Portal getreten wäre.

So stürzte er nach vorn, durch den immer kleiner werdenden Höllenkreis hindurch, und der Schwung trug ihn durch die Flammen.

Als er mit einem Ächzen auf dem Boden aufkam und eine Staubwolke emporschleuderte, die ihn zum Husten brachte, begriff er endlich, was geschehen war. Er war wieder auf der Erde!

Zum Glück war er durch den Höllenkreis gefallen und nicht über den Abgrund dahinter. Rasch warf er einen Blick nach Hölle zurück, doch ihm blieb nur noch ein kurzer Moment, bevor sich der Flammenkreis zusammenzog und erlosch.

Es war vorbei. Endgültig vorbei. Doch noch schlimmer als die Tatsache, dass er sich nicht hatte verabschieden können, war die Erkenntnis, dass er nicht wusste, ob Umkius überhaupt noch lebte. Hatte der Höllenhund ihn getötet?

Angst ließ ihn einen langen Augenblick auf die Stelle starren, an der das Portal gewesen war, bevor er sich langsam umdrehte und aufrappelte. Sein Blick fiel auf eine ihm nur zu vertraute Hütte. Umkius hatte ihn zu sich nach Hause gebracht.

Ein Zuhause, das der junge Teufel selbst nie wieder aufsuchen würde. Wo er sich nach Feierabend nie wieder mit Jay treffen und mit ihm über die Arbeit, Musik oder Mädchen reden würde. Sein bester Freund war für immer fort und sein Haus hatte etwas von dem Willkommen und der Sicherheit verloren, die es sonst immer in Jay geweckt hatte.

Sicherheit … Er war hier alles andere, nur nicht in Sicherheit!

Jays Herz raste panisch, als er sich an den wilden Höllenhund erinnerte, der vor ihm durch das Portal gekommen war. Wo war er hin? Durchsuchte der Dämon die Hütte? Streifte er durch die Felder hinter ihm? Oder war er bereits fort?

Schnuppernd versuchte er, eine Spur des Höllenhundes auszumachen, doch obwohl er Schwefel in der Luft wahrnahm, wenn auch nur schwach, konnte er mit bloßem Auge keine Spur des dämonischen Wesens entdecken. Sollte er tatsächlich verschwunden sein? Oder lauerte er irgendwo und wartete darauf, dass Jay einen Fehler machte?

Beunruhigt lauschte er, doch bis auf das Morgenkonzert der Singvögel um ihn herum nahm er nichts wahr. Kein leises Tapsen, Rascheln oder Scharren, kein drohendes Knurren oder aggressives Gebell. Doch das sollte nichts heißen. Die gefährlichsten Gegner näherten sich lautlos.

Und jetzt? Was sollte er nun tun?

Er traute sich nicht in die Hütte. Dort gab es zu viele Ecken und Winkel, in denen er in der Falle säße, falls die Bestie ihn angriff. Doch hierbleiben konnte er auch nicht. Niemand würde seine Schreie hören, falls das Monster ihn doch noch attackierte.

Und seine Mutter würde er durch Abwarten auch nicht retten können.

Das gab den Ausschlag und er joggte los. Wie lange war er auf

Hölle gewesen? Es war früher Morgen. Doch war es Mittwoch oder bereits Donnerstag? Hatte er sich einen oder zwei Tage auf dem anderen Planeten aufgehalten?

Sein Zeitgefühl ließ ihn im Stich und wurde durch ein Gefühl der Dringlichkeit ersetzt. Bald brannten seine Unterschenkel und sein Atem pfiff, als er auf Tressina City zuhielt. Zurück ins Getto konnte er nicht, das war klar. Dort sorgte jeder nur für sich selbst oder für seine eigene Familie und nachdem sein Vermieter ihn rausgeworfen hatte, hatte er noch nicht einmal einen Unterschlupf, um seine Kräfte zu sammeln und Pläne zu schmieden.

Stattdessen rannte er in Richtung Musenviertel und zu Niliana, zu der einzigen Person, die ihm jetzt vielleicht noch helfen würde. Es war verrückt, dass sie seine einzige Hoffnung war und die seiner Mutter.

Bald erreichte er den Stadtrand, doch das *Quartier des Muses* befand sich auf der anderen Seite von Tressina City. Er musste die U-Bahn nehmen und hoffen, dass um diese frühe Stunde noch kein Kontrolleur unterwegs war, denn dank seines Gefängnisaufenthalts und des Abstechers nach Hölle hatte er noch nicht einmal Geld oder ein Handy.

Er hatte gar nichts. Doch davon ließ sich ein Gettojunge wie er nicht aufhalten. Straßenratten – wie die Kids aus wohlhabenderen Familien sie immer genannt hatten – waren Kämpfer und ließen sich von nichts und niemandem unterkriegen!

Wie er an sein Ziel kam, wusste er. Doch nicht, was er dort tun sollte. Würde er überhaupt zu Niliana gelangen? Oder würden die Beamten der Musenpolizei ihn sofort festnehmen, sobald sie ihn sahen?

Während der Fahrt grübelte er, doch eine Lösung fiel ihm nicht ein.

Als er an der Haltestelle des Musenviertels ausstieg und die

Beamten der Musenpolizei sah, die die Menschen und Elfen abwiesen und wieder nach Hause schickten, erkannte er, dass er sich nicht hätte überlegen müssen, wie er sich am besten im Schutz der Masse hereinschlich.

Es wurde niemand hereingelassen. Das Musenviertel war abgesperrt – für alle, ohne Ausnahme, sowohl für Touristen als auch für Angestellte der Musen.

Frechheit siegt, dachte Jay und stolzierte nach einem kurzen Seufzer selbstbewusst und mit erhobenem Kopf auf die Beamten zu. Vermutlich war er dank der Strapazen der letzten beiden Tage mehr als nur leicht derangiert und der Geruch von Hölle haftete sicher auch noch an ihm, auch wenn sein eigener Geruchssinn inzwischen dagegen abgestumpft war, doch er ließ sich nicht von den jetzt niesenden Trollen einschüchtern oder aufhalten.

»Mein Name ist Jay Fischer, ich bin der Bündnispartner von Niliana Whitecomb-Noir«, erklärte er den Menschen und Elfen und wollte an ihnen vorbeigehen, als wäre dies sein gutes Recht.

»Verzeihung, wer sind Sie?«, fragte jemand. Die Elfe warf einen Blick auf ihren Handcomputer, während sie mit dem Finger über den Bildschirm fuhr.

Jay wiederholte es geduldig und wartete darauf, dass die Beamtin es eingegeben hatte. Sie schüttelte den Kopf, probierte es erneut und sah ihn dann an.

»Entschuldigung, aber Sie stehen nicht auf der Liste der Berechtigten.«

»Das ist gut möglich. Unser Bündnis ist noch recht frisch. Wir kamen noch nicht dazu, alle Formalitäten zu erledigen. Aber wenn Sie beim Gouverneur anrufen möchten, ich bin mir sicher, dass eine Bürgschaft von Niliana oder ihrer Mutter Entrissa schnell all Ihre Bedenken zerstreuen wird. Und anschließend kümmern wir uns dann um den Eintrag auf die Liste.«

Er lächelte sie gewinnend an und anscheinend besaß er trotz seines ramponierten Äußeren doch noch einen Rest an Charme, denn sie tat, was er vorgeschlagen hatte, während er sich bemühte, nicht in Panik zu verfallen. Doch die Trolle, erkannte er einen Augenblick später, hätten seine Furcht eh nicht gerochen, denn der Höllengestank schien ihre Nasen so sehr gereizt zu haben, dass sie immer noch schniefend, niesend und gegen Übelkeit ankämpfend auf dem Boden saßen, während ihre menschlichen und elfischen Kollegen versuchten, die Quelle des olfaktorischen Angriffs auszumachen, ihn aber noch nicht gefunden hatten.

Die Elfe telefonierte, meldete sich mit Namen, Rang und Position und fragte dann: »Entschuldigen Sie, ich habe hier einen jungen Mann namens Jay Fischer, der behauptet, der Bündnispartner von Niliana Whitecomb-Noir zu sein. Stimmt das? Ja, ich warte.«

Sie schwieg und wartete einige Sekunden, die Jay jedoch wie Ewigkeiten vorkamen. Lange würden sich die Polizisten nicht mehr von dem merkwürdigen Verhalten der Trolle und ihrer Suche ablenken lassen. Es erschien ihm beinahe schon wie ein kleines Wunder, dass die elfische Beamtin ihn nicht erkannt und auch nicht bei seinem oder Nilianas Namen gestutzt hatte.

Jay begann zu schwitzen. Er hatte keine Ahnung, was gleich geschehen würde. Wenn er Glück hatte, sprach die Beamtin gerade mit Niliana. Auch Entrissa würde wahrscheinlich für ihn bürgen.

Doch wenn er Pech hatte, telefonierte die Elfe mit dem Gouverneur selbst oder seinen beiden Sicherheitsleuten. Und er wusste nicht, was er dann tun sollte.

Verdammt, er hatte keine Zeit, um verhaftet zu werden! Seine Mutter brauchte ihn!

»Sie können passieren.«

Im ersten Moment begriff er nicht, dass er gemeint war. Doch als er die Elfe ansah, winkte sie ihn lächelnd vorwärts, was sie doch bestimmt nicht gemacht hätte, wenn sie ihn gleich verhaften wollte.

Oder?

Angespannt ging er an ihr vorbei, immer darauf gefasst, dass sie ihn gleich zurückrufen würde oder jemand die Waffe auf ihn richtete, um ihn zu verhaften. Doch nichts geschah.

Kurz darauf stand er außerhalb der U-Bahn-Station und atmete tief aus.

Dummerweise fehlte ihm jede Idee, wie er von hier zu Nilianas Elternhaus gelangte, da er beim letzten Mal mit dem Auto gekommen war, und fragen konnte er auch niemanden. Also lief er entschlossen los und tat so, als wüsste er, wo es langging. Die Hauptstraße runter konnte doch eigentlich nicht verkehrt sein.

Er war völlig überrascht, als ihm auf der Straße ein Pick-up-Truck entgegenkam, mit quietschenden Reifen wendete und neben ihm hielt. Die Beifahrertür, die vom Fahrer aufgestoßen wurde, hätte ihn fast getroffen und umgerissen.

»Steig ein, ich …«, Qrok presste sich die Hand auf Mund und Nase und Jay beobachtete, wie der Troll bedenklich grün anlief, die Fahrertür aufriss und sich auf die Straße übergab. Anders als die Trolle an der U-Bahn tat Qrok Jay nicht im Geringsten leid und so stieg er ein. Wenn der Gouverneur den Troll geschickt hätte, dann mit Sicherheit nicht ohne eine Polizeieskorte.

»Wir können«, meinte er fröhlich, als er saß, sich angeschnallt und die Tür hinter sich zugeschlagen hatte.

»Junge, du stinkst, als hättest du in einem Krötensumpf übernachtet!« Qrok lenkte den Wagen etwas unsicher, anscheinend hatte sich sein Magen noch nicht ganz beruhigt. Zu Jays Belustigung hatte er sich doch tatsächlich mit einer Wäscheklammer die Nase zugeklemmt. Er hatte nicht gewusst, dass Trolle diese als Notfallabwehr gegen üblen Geruch immer bei sich trugen.

»Kein Krötensumpf, sondern Hölle, Höllenhunde und Teufel.«

Jays Erklärung nahm der Troll kommentarlos hin und drückte fest aufs Gas. Er konnte es wohl kaum erwarten, seinen Fahrgast so schnell wie möglich wieder loszuwerden, denn er brachte Jay in Rekordzeit zur Gouverneursvilla und war aus dem Truck gesprungen, sobald der Wagen vor dem Haus zum Stehen gekommen war. Zwei Sekunden später war von ihm nichts mehr zu sehen.

Unschlüssig, was er jetzt tun sollte, ging Jay auf die Haustür zu, doch bevor er klingeln konnte, wurde ihm bereits die Tür aufgerissen und Entrissa strahlte ihn an.

»Jay!«, rief sie und erdrückte ihn fast mit ihrer Umarmung. »Niliana wird sich ja so freuen, dich zu sehen!«

Das glaubte Jay weniger, dennoch klopfte sein Herz jetzt etwas schneller beim Gedanken an sein Kätzchen. Auch wenn sie weder sein noch ein Kätzchen war.

Ihre Mutter zog ihn durch den Flur sowie die Küche und dann standen sie vor einer Tür zum Garten. Im Licht der Morgensonne konnte er Niliana in einem geblümten Sommerkleid sehen, ihre weißblonden Haare leuchteten wie gesponnenes Gold und der Anblick ließ Jays Herz schneller klopfen.

Er hörte kaum, wie Entrissa »Geh zu ihr!« sagte und ihm die Tür öffnete. Seine Füße trugen ihn wie von selbst nach draußen, auf Niliana zu.

Sie sprach mit jemandem, doch er konnte bis auf ein Glühwürmchen niemanden entdecken. Sprach sie mit ihm?

Aber er wunderte sich nicht lange über ihr seltsames Verhalten, denn was er hörte, nahm ihn völlig gefangen.

»Wenn du es wirklich wissen willst, wenn ich wählen soll zwischen meiner Freiheit und Jay, dann wähle ich Jay. Es ist mir gleich, wie das Musenbündnis zustande gekommen ist. Ich möchte nur, dass es Jay gut geht, dass er lebt. Ohne ihn leben zu müssen und zu wissen, dass es allein meine Schuld ist, das ertrage ich nicht.«

Hieß das, dass sie genauso für ihn empfand wie er für sie? Dass sie das Musenbündnis nicht länger auflösen wollte?

Er starrte sie sprachlos an, bis sie ihn bemerkte, sich zu ihm umdrehte und ihn schweigend musterte. Auch sie schien kein Wort über die Lippen bringen zu können, denn sie öffnete lediglich leicht den Mund, ohne dass ein Ton zu hören war.

»Kann das möglich sein?«, flüsterte sie schließlich. »Bist du es wirklich? Oder bist du ein Geist? Ulpirri hat dich sterben sehen.«

Und plötzlich fühlte er sich, als hätte sie ihm einen Eimer Eiswasser über den Kopf gegossen. Jay erkannte endlich, dass ihm seine eigenen Gefühle einen Streich gespielt hatten, dass das, was er gehört hatte, keinesfalls ein unbeabsichtigtes Liebesgeständnis gewesen war, sondern ein Ausdruck ihrer Schuld, weil sie dachte, dass er ihretwegen gestorben war.

Sie wollte das Musenbündnis nicht oder nicht wirklich, ihr war nur die Alternative – sein Tod und ihre eingebildete Schuld – schlimmer erschienen.

In ihm starb etwas und Traurigkeit machte sich in ihm breit. Wie hatte er nur so dumm sein können?

Er schluckte schwer, bevor er antwortete: »Ich bin es wirklich. Ich bin nicht tot.«

»Aber wie?«

Sie trat jetzt näher und musterte ihn von Kopf bis Fuß, bevor sie zaghaft die rechte Hand ausstreckte und seinen Arm berührte. Erst dann schien sie glauben zu können, dass er die

Wahrheit gesagt hatte, dass er tatsächlich vor ihr stand, und ein Lächeln erhellte ihr Gesicht.

Sie bemerkte nicht, dass er sich dafür ganz elend fühlte, und fragte staunend ein weiteres Mal: »Aber wie hast du das überlebt? Und was ist mit Umkius?«

»Er hat ein Portal nach Hölle beschworen, durch das wir gefallen sind. Anschließend war er geschwächt, wir waren bei seiner Familie, die ihn aufgepäppelt hat, und heute Morgen hat er einen neuen Höllenkreis geöffnet und ich bin nach meiner Rückkehr hierhergekommen.«

Tonlos beendete er seine Erklärung und nun endlich schien sie zu erkennen, dass etwas nicht stimmte.

»Und wo ist Umkius jetzt?«

»Zuhause.«

»In der Hütte? Hm, vielleicht war das keine schlechte Idee angesichts der vielen Höllenhunde im Viertel. Das heißt, wir treffen ihn nachher? Gut, denn ich habe euch einiges zu …«

»Nein«, unterbrach er sie. »Du verstehst es nicht. Er ist zuhause, auf Hölle. Und er kommt nie wieder zurück.«

Für einen langen Augenblick starrte sie ihn fassungslos an, dann veränderte sich ihr Gesichtsausdruck und im nächsten Moment umarmte sie ihn fest. Es fühlte sich gut an, mehr als gut, und ihre Wärme füllte das schmerzende Loch in seinem Herzen ein wenig, auch wenn er sich ins Bewusstsein rufen musste, dass es für sie etwas anderes bedeutete als für ihn. Doch als er die Umarmung erwiderte und die Augen schloss, konnte er sich für eine Weile vorstellen, dass ihr Herz auch einen Takt schneller schlug, dass sein Geruch ihr ebenfalls den Verstand raubte und dass sie den Wunsch unterdrücken musste, ihn zärtlich zu streicheln oder zu küssen.

»Wonach riechst du bloß? Ist das Schwefel?«

Und zack! Sofort spürte er den Boden der Tatsachen wieder

unter sich. Widerstrebend öffnete er die Augen und löste sich aus der Umarmung. Danach trat er zwei Schritte zurück.

»Hast du Hunger, Jay?«, rief Entrissa ihm zu, die sie anscheinend aus der Küche beobachtet hatte. Sie strahlte ihn wieder an. Kein Wunder, wenn sie ihn für tot gehalten hatten.

Die Frage ließ seinen Magen knurren und er nickte, während er Nilianas Blick auswich. Die Küchentür stand offen und so ging er auf sie zu und betrat das Haus. Erst in diesem Moment schien Entrissa zu bemerken, wie er aussah.

»Möchtest du dich vor dem Essen umziehen? Oben im Gästezimmer hängt Wechselkleidung für dich im Schrank.«

Das würde ihm Zeit verschaffen, seine Gefühle wieder unter Kontrolle zu bekommen, deshalb nickte er dankbar.

»Lia, könntest du ihn bitte nach oben führen?«

»Danke, Entrissa, aber das ist nicht nötig. Ich finde den Weg schon allein«, sagte er rasch.

Zwei Minuten später fiel die Tür des Gästezimmers hinter ihm ins Schloss und er machte die Augen zu und lehnte sich dagegen. Er fühlte sich unendlich müde und hoffnungslos.

Was machte er hier eigentlich? Er gehörte nicht hierher und die Verbindung, die er zwischen sich und Niliana gespürt hatte, existierte nur in seinen Vorstellungen. Er fiel ihr zur Last und ihre Familie sorgte sich nur um ihn, weil er durch eine Laune einer Göttin zum Dieb ihrer Magie geworden war. Es wäre besser, wenn er so schnell wie möglich wieder aus ihrem Leben verschwand und ins Getto zurückkehrte, wo er hingehörte.

Doch der Gedanke an seine Mutter hielt ihn auf. Sein gebrochenes Herz wollte am liebsten fliehen, doch er schluckte den Schmerz herunter. Nilianas Familie besaß die Mittel, um seine Mutter zu befreien, und er war nicht zu stolz, notfalls um Hilfe zu betteln, wenn das sie rettete. Ein paar Stunden würde er es noch in Nilianas Gesellschaft aushalten müssen.

Er ging zum Schrank und entdeckte darin die erwähnte Kleidung. Anscheinend hatte Entrissa ihm eine komplette Garderobe besorgt, denn das Möbelstück war bis zum Bersten gefüllt mit legerer Sommerkleidung, Anzügen, Hemden und Smokings für festliche Anlässe, Unterwäsche und einem halben Dutzend Paar Schuhe.

Er zog willkürlich ein blaues T-Shirt, eine kurze Hose und Unterwäsche heraus und ging dann nach oben, wo er sich ein Bad einließ. Kurz darauf versuchte er sich die Spuren von Hölle von der Haut zu schrubben und aus den Haaren zu waschen. Das Badewasser war im Handumdrehen schmutzig, daher ließ er es ablaufen und füllte die Wanne erneut. Erst danach ging es ihm etwas besser.

Während er sich abtrocknete und anzog, versuchte er, nicht daran zu denken, dass er gleich Niliana wiedersehen würde. Doch sein verräterisches Herz schlug trotzdem schneller, obwohl er ihm immer wieder sagte, dass sie nicht in ihn verliebt war.

Als er die Tür öffnete, entdeckte er zu seinem Schreck Nilianas Vater am Ende des Gangs, der gerade die Treppe heruntergehen wollte und ihn so zum Glück nicht sah. Wusste der Gouverneur, dass er noch lebte und wieder zurück war?

Unschlüssig blieb er stehen und wartete eine Minute, bevor er auf Zehenspitzen hinterherschlich, damit er es hörte, falls der andere Mann zurückkam. Nun kam er sich tatsächlich wie ein Einbrecher vor. Und das Gefühl verschwand auch nicht, als sich kurz vor ihm eine Tür öffnete, der Elf heraustrat und ihn verdutzt anstarrte.

Bei einer anderen Gelegenheit hätte er Ulpirris Gesichtsausdruck bestimmt urkomisch gefunden, doch im Augenblick fand er gar nichts witzig. Entsetzt legte er den Zeigefinger auf den Mund, als der Elf seinen öffnete und etwas sagen wollte.

Zum Glück reagierte der Magier blitzschnell, warf einen Blick den Flur hinab und packte dann Jay, als er nähergekommen war, um ihn in den Raum zu ziehen. Dann schloss er die Tür.

»Du lebst?«, fragte er, als ob das nicht offensichtlich gewesen wäre. Und Jay musste erneut eine kurze Zusammenfassung des vergangenen Tages abgeben, die auch beim zweiten Mal nicht weniger wehtat. Er vermisste Umkius.

»Okay, wir sollten dem Gouverneur besser nicht verraten, dass du von den Totgeglaubten zurückgekehrt bist«, meinte der Elf schließlich. »Warte, ich ruf Qrok an. Er soll den Boss aus dem Haus lotsen.«

Jay hörte weg, während die beiden telefonierten. Fünf Minuten später klingelte das Handy des Elfen, das verabredete Zeichen, dass die Luft rein war.

»Die Jungen werden sich riesig freuen, dass es euch gut geht«, sagte Ulpirri auf dem Weg nach unten.

Auch er schien nicht zu bemerken, dass sich Jay bei der Erwähnung seines Freundes verkrampfte. Er hatte keine Ahnung, ob es dem Teufel gut ging oder was geschehen war. Doch das erinnerte ihn an etwas.

»Ein Höllenhund ist mit mir durch das Portal gekommen. Wohin er verschwunden ist, konnte ich nicht sehen. Ich fürchte, es läuft jetzt eine wilde Bestie irgendwo herum. Sie müssen sie suchen lassen, damit niemandem etwas passiert!«

Der Elf nickte ernst und griff erneut zu seinem Smartphone. »Geh schon mal vor!«, bat er. »Du weißt ja, wo die Küche ist.«

Doch als Jay im Erdgeschoss ankam und sich der Küche näherte, hörte er plötzlich eine unbekannte Stimme. Während er besorgt lauschte, ob es nicht doch der Gouverneur war, schlich er langsam vorwärts.

Als er in das Zimmer spähte, entdeckte er jedoch stattdessen einen jungen Mann, der mit Niliana und Entrissa am Küchentisch saß. Er hatte vertraulich den Kopf mit Niliana zusammengesteckt, während er ihr etwas erzählte, das sie kichern und ihn breit lächeln ließ. Er sah aus, als fühlte er sich dort nicht nur zuhause, sondern genoss auch sichtlich ihre Nähe.

Als er jedoch darüber hinaus auch noch einen Arm um Nilianas Schultern legte, hatte Jay endgültig die Nase voll. Seine Eifersucht hatte den Siedepunkt erreicht, wäre er ein Feuermagier oder ein Drache gewesen, hätte man jetzt bestimmt Flammen aus seinem Mund stieben sehen. So jedoch wirkte der Bastard, der seine Partnerin angrub, völlig ahnungslos, als Jay die Küche stürmte und auf ihn zuhielt.

Dass Entrissa den Kopf zu ihm drehte und ihm ein Lächeln schenkte, bemerkte Jay nur am Rande. Seine Aufmerksamkeit konzentrierte sich völlig auf das Pärchen vor ihm. Er wollte schon seinen Rivalen packen, vom Stuhl reißen und schütteln, als er bemerkte, wie Niliana den Typen anlächelte.

Sie mochte ihn!

Und wenn die beiden zusammen gewesen waren, bevor Jay sie entführt hatte und es zum Musenbündnis zwischen ihnen gekommen war?

Plötzlich begriff er, dass er kurz davor gewesen war, sich zum Idioten zu machen. Und nicht nur das, er hätte sich auch beinahe mit ihrem Freund geprügelt und sich wie ein eifersüchtiger Stalker aufgeführt. Niliana und er waren nicht zusammen und er hatte ihr gesagt, dass er keinerlei Ansprüche erhob. Das sollte er besser auch beherzigen.

Und deshalb zwang er sich zu einem kleinen Lächeln, als Niliana sie beide einander nun vorstellte.

»Crup, das ist Jay. Jay, das ist mein Freund Crupio.«

Freund. Dass sich ein einziges Wort wie ein Messerstich anfühlen konnte, hatte er nicht geahnt.

Er starrte den jungen Mann nur an, während ihm innerlich

eiskalt war. Bewegungslos verfolgte er, wie der andere lächelnd seine Hand ausstreckte – Warum lächelte er freundlich? War das ein Trick? – und sie ihm entgegenhielt. Die männliche Muse – erst jetzt machte es Klick in Jays Kopf, als er die goldenen Augen sah –, wartete darauf, dass er die Geste erwiderte und sie schüttelte, doch Jay konnte sich nicht rühren. Nicht eine Hand breit. Er war wie versteinert.

Das Lächeln seines ahnungslosen Rivalen – Oder wusste er über das Musenbündnis Bescheid und dachte lediglich, dass Jay bedeutungslos für ihre Liebe war? – verblasste und er ließ die Hand wieder sinken.

»Jay? Geht es dir gut?«

Niliana sah ihn besorgt an, aber er ertrug ihr falsches Mitgefühl nicht.

»Schon okay«, krächzte er.

»Tut mir leid. Das war eine dumme Frage.« Sie biss sich auf die Lippe.

»Setz dich und iss etwas.«

Entrissa lächelte ihn an, drängte ihn zu einem Hocker an der Theke und schob ihm einen Teller mit belegten Broten und geschälten Karotten zu. Automatisch griff er danach und schob sich eine Scheibe in den Mund. Erst danach erkannte er, was er sich gegriffen hatte, und kaute. Das entband ihn glücklicherweise von der Verpflichtung, sich zu unterhalten, und er konnte auf den Teller starren, ohne dass es jemandem auffiel.

»Es ist kurz nach acht. Wo bleibt Jez nur?«

Dieser Crupio musste sich wirklich wie zuhause bei Nilianas Familie fühlen, wenn er schon andere Leute dorthin einlud!

Das Essen und die Gläser Wasser, die er in seine ausgetrocknete Kehle hineinschüttete, stillten nicht nur seinen Durst und füllten seinen leeren Magen, sondern gaben ihm auch neue Energie, denn er sah wütend auf den jungen Musenmann vor ihm und fühlte, wie der Anblick ihn seine Erschöpfung vergessen ließ und in ihm den Wunsch weckte, sich mit seinem Gegner zu prügeln, bis dieser um Gnade winselte.

Doch die unerwartete Ankunft eines weiteren jungen Mannes ließ ihn innehalten, bevor er mehr tun konnte, als eine Hand zur Faust zu ballen.

»He, Leute«, sagte der schlaksige Musenjunge mit einem sorglosen Lächeln, als er in die Küche schlenderte. Sein Blick fiel sofort auf Jay und er hob die Augenbrauen, als er anscheinend begriff.

»Du bist Jay, oder? Mein Name ist Vannjez, aber alle nennen mich Jez. Ich bin wie Crup ein früherer Klassenkamerad von Lia.«

Und natürlich war auch Jez ein gut aussehender Typ und mit Niliana eng befreundet, wenn er sie mit einem Kosenamen anredete! Die Eifersucht wollte sich wieder in ihm regen, als …

»Du bist eine von den Musen, mit denen Niliana Samstag unterwegs war!«, platzte er heraus, als er jetzt nicht nur Jez, sondern auch seinen Rivalen erkannte. Er hatte sie sich nur flüchtig angesehen, da sie als Entführungsopfer nicht infrage gekommen waren.

»Genau«, erwiderte Jez unbekümmert, während sich Crups Augen misstrauisch verengten. Vermutlich war ihm die Entführung anders als seinem sorglosen Freund nicht entfallen.

»Haben sie dich endlich freigelassen, Mann?«, fragte Jez, klopfte ihm kameradschaftlich auf die Schulter und stellte sich dann neben ihn. »Das ist cool. Dann können wir ja gemeinsam Kriegsrat abhalten.«

Kriegsrat?

»Wir warten noch auf Ulpirri«, erklärte Niliana überraschend und sein Blick richtete sich unwillkürlich auf sie und ließ sie nicht mehr los. Sie war wie immer wunderschön.

»Du hast ihm davon erzählt?«, fragte Crup überrascht.

»Ja.«

»Aber ich dachte, du wolltest deinen Vater da raushalten?«

»Ulpirri hat geschworen, ihm nichts zu verraten. Aber er hat es herausgefunden und da er aufgrund seiner Erfahrung am besten so etwas planen kann, bin ich froh, dass ich ihn in das Geheimnis eingeweiht habe.«

Welches Geheimnis?

»Worum geht es hier überhaupt?«, wollte er wissen, als im selben Moment der Elf die Küche betrat und sie ernst betrachtete.

»Wir organisieren die Rettung deiner Mutter«, erklärte er und Jay war sprachlos, als sie reihum nickten, sogar dieser Crup, dem er am liebsten immer noch an die Gurgel gegangen wäre.

War das ihr Ernst? Er hatte gehofft, Niliana überreden zu können, ihm zu helfen, doch hiermit hatte er nicht gerechnet. Sollte er wirklich so viel Unterstützung haben und es ihm gelingen, seine Mutter zu befreien?

27

Sie musterte Jay verstohlen und konnte es immer noch nicht glauben, dass er vor ihr in der Küche saß und sich mit ihren Freunden unterhielt. Selbst als sie ihn umarmt hatte, hatte es sich noch irreal angefühlt, wie ein Traum, obwohl sie ihn berühren konnte und auch alle anderen ihn sahen.

Er sah müde aus. Voller Kummer. Umkius' Verlust musste ihn mehr schmerzen, als er zugeben wollte. Und sie machte sich Sorgen, was er ihr sonst noch verschwieg. So wie er mechanisch ein Brot nach dem anderen vom Teller nahm und es kaute und ein Glas Wasser nach dem anderen leerte, hatte sie den Verdacht, dass er in den letzten vierundzwanzig Stunden gehungert und gedurstet hatte.

Würde Umkius tatsächlich freiwillig auf Hölle bleiben, wenn Jays Mutter in Gefahr schwebte?

Ihr Verdacht, dass er ein Geheimnis vor ihr hatte, wurde zur Gewissheit. Was auf dem anderen Planeten vorgefallen war, wusste sie nicht. Nichts Gutes vermutlich.

Da ihre Mutter noch hatte telefonieren wollen, hatten sie den Beginn ihres Krisenstabs um wenige Minuten verschoben und Ulpirri nutzte die Zeit, um seine Karte auf dem Tisch auszubreiten. Sie war nicht mit ihrer gestern angefertigten und markierten Karte identisch, sondern zeigte eine Vergrößerung des Gabrielsviertels in Dillux City, auf der der Elf einige Gebäude rot und andere blau markiert hatte.

Was bedeuteten die Farben?

Grübelnd richtete sie ihre Aufmerksamkeit nun auf ihr aktuelles Problem. Ein Blick auf die Uhr an der Wand zeigte, dass sie nicht ewig Zeit hatten.

»Sollen wir anfangen?«

Jez und Ulpirri nickten sofort, während Crup einen Blick in Richtung Wohnzimmer warf. Von dort hörte sie nur das leise Gemurmel ihrer Mutter, konnte aber trotz ihrer Gabe nicht ausmachen, was sie sagte. Sie musste sich am anderen Ende des Raums aufhalten.

Abgelenkt ließ sie zu, dass Jez das Wort ergriff und Jay erklärte, was sie bereits herausgefunden hatten. Er hatte ihren zurückgekehrten Partner sofort akzeptiert, nur in Crups Blick erkannte sie noch etwas Misstrauen. Trotz seiner Unterstützung bei der Rettungsmission und der Demo am Vortag schien er nicht zu wissen, was er von Jay halten sollte. Und auch Jay machte keinerlei Anstalten, seine Ablehnung dem Maler gegenüber zu verbergen. Wenn sie nicht gewusst hätte, dass die beiden sich nie zuvor begegnet waren und sich auch nicht über gemeinsame Bekannte kennen konnten, hätte sie sie für Feinde gehalten.

Lächerlich! Jetzt sah sie schon überall Gegner. Die letzten Tage hatten ihr mehr zugesetzt, als sie gedacht hatte.

»Also, nachdem Jez dich auf den aktuellen Stand gebracht hat …«, begann Ulpirri und brach dann überraschend ab. Ihre Mutter war zurückgekehrt.

»Schlechte Neuigkeiten«, erklärte sie besorgt. »Ich habe gerade mit der Bank telefoniert. Es ist zwar kein großes Problem, an die zwei Millionen zu kommen – es gibt ein paar Aktienfonds, die ich auflösen kann, sogar ohne dass mein Mann etwas davon erfährt –, aber der Finanzberater meinte, dass es schwer wird, so viel Bargeld in so kurzer Zeit aufzutreiben. Sie haben aktuell nicht so viel im Safe.«

Ihr Magen krampfte sich zusammen und unwillkürlich sah sie Jay an, der ihre Mutter anstarrte und schwer schluckte, bevor er den Kopf hängen ließ. Er schien die Hoffnung verloren zu haben und sie ertappte sich dabei, dass sie über den Tisch griff und seine geballte Rechte in ihre Hände nahm.

Die Blicke der anderen richteten sich wie Laserstrahlen auf sie und ihre Hände. Plötzlich wurde ihr bewusst, wie das aussehen musste. Als wären sie tatsächlich ein Paar. Sie war kurz davor, ihre Hände zurückzuziehen, als Jay seine Linke auf ihre legte und sie behutsam drückte.

Wärme breitete sich in ihren Wangen aus. Sie hielt Händchen mit Jay! Vor aller Augen!

Um die Aufmerksamkeit von sich abzulenken, wandte sie sich an ihre Mutter: »Dann gibt es keine Chance, dass sie die Summe bis morgen früh in bar auftreiben können?«

»Sie versuchen es, Schatz«, antwortete sie. »Er will mit den Zentralen hier in der Stadt und in Dillux City telefonieren, damit sie ausreichend Bargeld zu uns ins Musenviertel schaffen. Aber das kann Stunden dauern. Erst muss das von den Bankdirektoren abgesegnet werden, sie müssen einen Geldtransport organisieren und dann ist immer noch nicht klar, wie viel wir bekommen. Wenn wir Glück haben, dann haben wir das Geld heute Abend …«

Und wenn nicht? Niliana traute sich nicht, das zu fragen.

Verrückt! Da besaßen sie die Summe und dann scheiterte es an etwas wie der Menge an Bargeld, das die Bank vorrätig hatte!

»Das heißt, wir brauchen einen Ausweichplan, falls es mit

der Geldübergabe nicht klappt«, schloss Ulpirri. »Das habe ich mir schon gedacht und was vorbereitet.«

Er schob jedem von ihnen einen Ausdruck der vergrößerten Karte zu. »Das ist das Gabrielsviertel in Dillux City und wie ihr sehen könnt, kommen mehrere Gebäude infrage.«

»Was bedeuten die roten und die blauen Markierungen?«, fragte Jez, während Jay ihre Hände nach wie vor nicht loslassen mochte und sie sich den Ausdruck neben sich daher nicht näher ans Gesicht halten konnte.

»Die roten sind die Primärziele, die Orte mit hoher Wahrscheinlichkeit, dass sie dort festgehalten wird. Es sind alles Gebäude im Besitz der Verbrecherorganisation Hartley & Sons, die anhand unseres bisherigen Wissens infrage kommen.«

Mit einem mulmigen Gefühl starrte sie auf das Blatt Papier. Jez war nicht so zurückhaltend. »Scheiße!«

Ulpirri hatte acht rot markierte Gebäude in der Nähe der Kirche und der U-Bahn gefunden. Sechs Bürogebäude und zwei Werkstätten.

»Aber wie sollen wir herausfinden, in welchem davon sie ist?«

Crups Miene spiegelte ihre eigene Verzweiflung wider. Jay hingegen stierte regungslos auf die Karte, bevor er ihre Hände losließ und auf ein rot markiertes Gebäude zeigte.

»Hier habe ich mich vor zwei Wochen mit ihm getroffen«, erklärte er.

»Das könnte bedeuten, dass sie sich dort nicht befindet«, meinte Ulpirri nachdenklich. »Wenn er glaubt, dass du einen Rettungsversuch starten könntest, dann würde er sie in einem Gebäude unterbringen, das du nicht kennst.« Er verzog das Gesicht. »Immer vorausgesetzt, dass sie deine Mutter noch immer am selben Ort gefangen halten wie gestern.«

»Dann ist unsere ganze Arbeit umsonst«, stellte Niliana beklommen fest. Wie sollten sie Jays Mutter jetzt noch finden? Sie konnte inzwischen überall sein.

»Nicht unbedingt. Es kommt drauf an, ob Herkules von Jays Gefängnisaufenthalt und seinem mutmaßlichen Tod weiß. Da wir noch keine neue Pressemitteilung bezüglich des Pflanzenangriffs herausgegeben haben, kann er noch nicht wissen, wer mit den beiden seit dem Angriff vermissten Insassen aus dem Untersuchungsgefängnis gemeint ist.«

»Wenn er mich für tot hält, dann hat er keinen Grund, meine Mutter weiter gefangen zu halten. Doch ich weiß nicht, was er dann tun würde. Weshalb sollte er sie freilassen, bevor er absolut sicher ist, dass ich meinen Tod nicht vorgetäuscht habe? Im Gegenteil, wenn er das denkt, wird er sie vermutlich für meine Tat in irgendeiner Form bestrafen.«

Jays raues Flüstern erzeugte bei Niliana eine Gänsehaut am ganzen Körper. Erschrocken sah sie ihn an und erkannte die absolute Verzweiflung in seinem Blick.

»Woher soll er das wissen?«

»Ich vermute, dass er Spitzel bei der Musenpolizei hat. Vielleicht haben es auch seine Magier herausgefunden. Ich bezweifle, dass Spürhund der Einzige ist, den er in seinen Diensten hat.«

»Das wäre … nicht gut«, sagte Ulpirri. Er wirkte grimmig. »Doch in diesem Fall ist das belanglos. Ich habe noch keine offizielle Aussage darüber gemacht, was ich gesehen habe. Bislang haben wir euren mutmaßlichen Tod noch nicht weitergegeben. Meine Kollegen sind immer noch damit beschäftigt, ihre Ermittlungen zum unerklärlichen Pflanzenangriff und zu eurem Verschwinden fortzuführen, die Gefängnissicherheit zu verbessern und die Krater im Boden zu untersuchen. Diese könntet ihr theoretisch für die Flucht genutzt haben. Nein, ich denke, er hält dich für quicklebendig.«

Erleichtert schenkte sie Jay ein Lächeln, doch als er sie ansah, war da etwas in seinem Blick, ein Feuer, das ihr Herz plötzlich rasen ließ. Verwirrt wich sie ihm aus und starrte auf die Karte.

Was war nur los mit ihr? War das Angst, was sie fühlte? Doch warum sollte sie sich vor ihm fürchten? Nicht einmal nach dem Erwachen aus ihrer Betäubung hatte ihr Herz dermaßen unruhig geschlagen.

Nein, dies war keine Furcht. Es war etwas anderes. Nur was?

»Und was bedeutet das für uns? Was machen wir jetzt? Wie können wir herausfinden, in welchem der rot markierten Gebäude Jays Mutter gefangen gehalten wird?«, fragte Jez, doch seine Stimme klang merkwürdigerweise seltsam fern, während sie Jays schnellen, leisen Atem überdeutlich wahrnahm.

»Sie könnte sich auch in einem der blauen Gebäude befinden.«

»Mist! Das sind noch mal elf Gebäude!«

Während Crup und Jez mit Ulpirri sprachen, konnte sie sich nicht überwinden, der Unterhaltung zu folgen. Besorgt musterte sie Jay, seine beinahe schon fiebrig glänzenden Augen, die sie anstarrten, sein blasses Gesicht. War er krank?

Panik überkam sie. In ihrer Angst malte sie sich Dutzende dämonische Erreger aus, denen er auf Hölle ausgesetzt gewesen sein konnte. Und wenn diese nun für Menschen gefährlich waren? Sie krank machten? Oder sie töteten?

Bitte, große Schöpferin, er darf nicht sterben!

Sie hatte ihn doch gerade erst zurückbekommen! Das durfte nicht sein!

Ängstlich ließ sie den Blick nicht von ihm ab, lauschte auf die kleinste Veränderung seines Atems, um es zu erkennen, falls sich sein Zustand verschlimmerte. Ihre Zunge fühlte sich wie gelähmt an, bis Jay sie überraschend anlächelte.

Unterdessen bekam sie am Rande mit, wie Ulpirri etwas über

die sekundären Ziele erzählte, ihre Freunde Fragen stellten und ihre Mutter etwas einwarf.

»Okay, dann fahren wir jetzt los!«

Das riss sie aus ihrer Betäubung und sie sah den Elfen überrascht an, der die Karten einsammelte. Sie spürte, wie Crup neben ihr aufstand und an ihr vorbeiging.

»Ich warte hier«, sagte ihre Mutter. »Falls Benjamin anruft und sich wundert. Oder die Jungen sich Sorgen machen. Und vielleicht meldet sich ja auch die Bank mit Neuigkeiten. Möglicherweise ist es dann nicht nötig, eine riskante Befreiungsaktion zu planen.«

Sie wirkte besorgt und Ulpirri schenkte ihr ein beruhigendes Lächeln.

»Das hoffe ich auch«, sagte er und schaffte es, zuversichtlich zu klingen. »Doch wir sollten trotzdem vorbereitet sein. Zieht euch etwas anderes an, am besten etwas Sportliches, Enganliegendes, in dem ihr euch gut bewegen könnt, dazu festes Schuhwerk, falls ihr fliehen, klettern oder kämpfen müsst. Aber davon gehe ich erst einmal nicht aus. Unsere Erkundungsmission wird uns hoffentlich verraten, in welchem Gebäude sich Herkules und seine Männer aufhalten. Falls die Geldübergabe dennoch scheitert, haben meine Kollegen und ich dann die Möglichkeit, es zu stürmen und Priscilla zu befreien.«

»Dann auf nach Dillux City!«

Jez schien Feuer und Flamme zu sein und selbst Crupio nickte sichtbar entschlossen.

»Keine Angst, wir schaffen das«, sagte er leise zu ihr und legte ihr kurz den Arm um die Schultern.

Wenn sie nicht noch immer Jay angesehen hätte, dann wären ihr wohl das Blitzen in seinen Augen und der zusammengekniffene Mund entgangen.

Was war los mit ihm? *Hasste* er Crup etwa?

Aber nein, sie musste sich irren. Doch warum schien er dann so zornig auf ihren Freund zu sein?

Oh!

Sie errötete, als sie begriff, dass Jay eifersüchtig war. Völlig verwirrt unterbrach sie den Blickkontakt und stand verspätet auf, als Jez sich zu ihnen umdrehte und rief: »Kommt ihr? Oder seid ihr an den Stühlen festgewachsen?«

Die anderen hatten unbemerkt schon die Küche verlassen, nur Jay und sie – und ihre Mutter – waren noch da.

»Warte, ich habe etwas für dich.« Ihre Mutter rannte ins Wohnzimmer und kam Augenblicke später zurück. In ihrer Hand hielt sie Nilianas Herzkette. »Ich habe die Kette für dich reparieren lassen. Bitte trag sie. Ich fühle mich besser, wenn ich weiß, dass sie dich beschützt.«

Niliana starrte auf den herzförmigen Kristall, der alles in Gang gesetzt hatte, und wusste nicht, was sie bei seinem Anblick denken und fühlen sollte. Zögerlich nahm sie die Kette aus der Hand ihrer Mutter, sah sie einen langen Moment an, bevor sie sie sich um den Hals legte. Es war ein seltsames Gefühl, sie auf ihrer Haut zu spüren. Irgendwie fühlte sie sich anders an. Bedeutungsvoller. Schwerer. Und es lag mit Sicherheit nicht am neuen Verschluss.

»Das mache ich. Danke, Mom.«

»Bitte passt auf euch auf«, bat diese nun leise und umarmte sie rasch. »Auch wenn das nur eine Erkundungsmission ist, geht bitte keine Risiken ein.«

»Versprochen, Mom«, sagte sie und zwang sich zu einem Lächeln, während sie aus dem Augenwinkel beobachtete, wie Jay aufstand und ihr folgte. Auch er wurde von ihrer Mutter umarmt, als gehörte er zu ihrer Familie.

Während Jay im Gästezimmer verschwand, um sich umzuziehen, ging sie in ihr Zimmer, schlüpfte in ihre Trainingskleidung und steckte dann etwas Geld, ihr Handy, ihren Funkenstab und verschiedene kleine Werkzeuge in eine Gürteltasche, bevor sie ein paar Minuten damit zubrachte, sich für das richtige Paar Schuhe zu entscheiden. Sie musste länger gebraucht haben als gedacht, denn als sie in die Garage kam, waren neben Ulpirri und Jay auch Jez und Crup schon wieder da und sahen aus, als hätten sie sich Kleidung von Ulpirri geliehen statt nach Hause zu laufen und sich dort umzuziehen. Zusammen stiegen sie in einen unauffälligen, gepanzerten Mercedes, den sonst immer ihr Vater benutzte, wenn er das Viertel verließ und keine Polizeieskorte dabei hatte.

Während sie sich auf den Weg nach Dillux City machten, hing sie ihren Gedanken nach. Da sie die Kleinste war, saß sie in der Mitte der Rückbank, Jay zu ihrer Linken und Crup zu ihrer Rechten, während Jez aufgrund seiner langen Beine vorne auf dem Beifahrersitz Platz genommen hatte. Normalerweise hätten ihre Brüder neben ihr gesessen und sie hätte reichlich Luft zu beiden Seiten gehabt, doch nun saß sie beinahe eingequetscht neben den beiden Männern.

Sie spürte, wie sich die Härchen auf ihren blanken Armen aufrichteten, als Jay sie beim Herausfahren aus der Einfahrt streifte. In jeder Kurve wurde sie entweder an Crup oder an Jay gedrückt. Doch es war nicht dasselbe.

Wenn sie Crup berührte, war es nicht mehr als das. Eine zufällige, unbeabsichtigte Berührung. Doch wenn sie Jay streifte, spürte sie seine Wärme, die feinen Haare auf seinen Armen, die sie beinahe sanft zu streicheln schienen, sie hörte seinen Atem, der kurz schärfer wurde, und merkte, wie sich ihr Herzschlag als Reaktion beschleunigte.

Sie war sich seiner Nähe bewusst, wie nie zuvor bei einem Mann. Doch sie war auch noch nie einem Verehrer so nahe gewesen. Hin und wieder war sie jungen Dichtern und Schriftstellern auf der Uni vorgestellt worden, die sie bewundernd oder anzüglich gemustert hatten, was ihr stets unangenehm gewesen war.

Doch Jays Blick war keins von beidem gewesen, sondern lediglich intensiv. Als hätte er ihr bis in die Seele blicken wollen – und können. Sie fühlte sich eigenartig nackt, verletzlich. Vielleicht raste deshalb ihr Herz, als würde sie einen Marathon laufen.

Auf der Fahrt schwieg sie und versuchte sich vergeblich auf die Fotos zu konzentrieren, die Ulpirri ihnen gereicht hatte. Er wollte, dass sie sich die engsten Vertrauten von Jays Vater einprägten, damit sie in der Nähe der rot markierten Gebäude lauern und beobachten konnten, ob sie dort auftauchten. Ulpirri vermutete, dass Herkules nur einem von ihnen eine so wichtige Aufgabe übertragen hatte, wie über seine wertvolle Gefangene zu wachen.

Jez war höchst interessiert an allem, was ihr Leibwächter ihnen erzählte, und verwickelte ihn in eine Unterhaltung, sodass es nicht auffiel, dass sie während der vierzigminütigen Fahrt schwieg.

Dann waren sie endlich da und suchten einen Parkplatz. Als sie das Parkhaus hochfuhren, wurde sie erneut an Jay gedrückt. Doch dieses Mal fiel ihre Hand auf seinen Oberschenkel, direkt dort wo seine kurze Sporthose endete und seine nackte Haut begann.

Ihr stockte der Atem und sie spürte, wie ihre Wangen sich vor Verlegenheit röteten. Die Berührung fühlte sich sehr intim an, obwohl sie beide vollständig angezogen waren und lediglich nebeneinandersaßen.

Bevor sie ihre Hand wegziehen konnte, legte sich Jays über ihre. Seine Finger glitten zwischen ihre und umschlangen sie, während er sie dort auf seiner nackten Haut festhielt.

Sie sah von ihren verflochtenen Fingern nach oben, in sein Gesicht, und bemerkte, dass er sie beinahe zärtlich anlächelte.

Konnte das wirklich wahr sein? Oder spielten ihr ihre Sinne einen Streich? Konnte sich Jay in sie verliebt haben?

Viel zu schnell hielt der Wagen und Ulpirri drehte sich zu ihnen um, anscheinend ohne zu bemerken, was direkt vor seiner Nase geschah.

»Wir sollten uns aufteilen, damit wir mehr Ziele observieren können. Ich schlage vor, ihr geht in Zweierteams, während ich allein operiere. Alle halbe Stunde erstattet ihr mir Bericht. Fotografiert die Bilder am besten, damit ihr sie auf euren Handys habt und sie später mit möglichen Verdächtigen vergleichen könnt. Habt ihr eure Handys dabei?«

Ihre Freunde nickten und ihr Bodyguard reichte ihnen seine Visitenkarte. »Speichert die Nummer ein, dann müsst ihr sie nachher nicht extra eintippen. Das geht nicht nur schneller, sondern ist auch wichtig, falls ihr die Visitenkarte durch irgendeinen dummen Zufall verlieren solltet.« Er warf Jez, der spöttisch schnaubte, einen scharfen Blick zu.

»Das ist alles schon vorgekommen«, fuhr er ernst fort. »Seid nicht zu selbstsicher. Fehler macht jeder, selbst ich als erfahrener Agent mache welche. Seid euch dessen bewusst. Überlegt euch immer einen Plan B, falls etwas schiefgehen sollte. Am besten dazu noch einen Plan C und D. Doch da *ihr vorsichtig sein werdet*, damit Nilianas und eure Eltern mir nicht den Kopf abreißen, solltet ihr hoffentlich nicht in die Situation kommen, wo ihr einen Plan B benötigt. Ich hoffe, da sind wir uns alle einig?«

Ulpirri sah sie scharf an und gab sich erst zufrieden, als jeder von ihnen genickt hatte. Dann verteilte er die Karten, auf die er jetzt ein Kreuz machte.

»Team 1 positioniert sich hier.«

»Das bin ich!«

Jez riss ihm die Karte beinahe aus den Händen. Er musterte sie gründlich, schien sich alles einprägen zu wollen und machte dann zur Sicherheit auch noch ein Foto davon.

»Wer ist dein Partner?«

»Crup«, sagte Jay sofort. »Ich gehe mit Niliana.«

Wieder klopfte ihr Herz ein wenig schneller bei der Aussicht, die nächsten Stunden in seiner Gesellschaft zu verbringen. Doch sie protestierte nicht. Sie *wollte* mit ihm auf diese Mission gehen. Sie wollte ihm helfen.

Und mit ihm reden.

»Soll ich nicht lieber …?«, begann Crup, bemerkte dann aber, dass sie den Kopf schüttelte. »In Ordnung.«

»Ihr kennt die Gesichter und habt sie abfotografiert? Okay, dann seid ihr Team 2.«

Ulpirri reichte ihnen ebenfalls eine Karte mit einem X. Jay nahm sie an sich und nickte.

»Dann los. Kurzer Zwischenstand um zehn Uhr. Gebt mir Bescheid, ob ihr einen Beobachtungsposten gefunden habt, der nicht auffällig ist. Ein Café ist immer gut oder ein anderer Platz, wo man sich ungestört länger aufhalten und alles beobachten kann.«

Inzwischen schwirrte ihr von Ulpirris vielen Anweisungen der Kopf. Zum Glück hatte sie das Beobachten und schnelle Einschätzen von fremden Leuten schon häufiger mit ihm und Qrok geübt, sonst wäre sie jetzt wohl überfordert gewesen.

Doch beim Aussteigen aus dem Auto fiel ihr etwas ein.

»Hast du ein Handy dabei?«, wandte sie sich an Jay.

»Nein. Ich komme direkt von Hölle und vorher aus dem Gefängnis. Dort sind Handys jeweils unüblich.«

Verdammt!

»Nicht schon wieder!«

Ulpirris Blick war genervt, als sie ihn ansah. Natürlich wusste er sofort, worum es ging. »Ich dachte, ihr jungen Leute könnt ohne Smartphone nicht leben. Aber du bist dann wohl die Ausnahme.«

»Haha! Keine Sorge, dieses Mal habe ich meins dabei. Aber Jay hat keins. Und ich bräuchte auch Geld für ihn«, erinnerte sie ihn, als er ihr sein Ersatzhandy reichte. Den Code zum Entsperren kannte sie schon vom letzten Mal.

Okay, von den letzten hundert Mal.

Er reichte Jay fünfzig Dollar, während sie rasch das Handy entsperrte und wie vorgeschlagen die Bilder der Verdächtigen sowie ihre Karte für Jay abfotografierte. Dann erklärte sie ihm, wo er alles fand, speicherte schnell noch Ulpirris Nummer ein – ihre eigene stand schon unter den Kontakten – und reichte ihm dann das Smartphone.

»Danke«, sagte Jay und wich dann Ulpirris Blick aus, als sei es ihm unangenehm, dass er sich ein Smartphone und Geld von dem Elf leihen musste.

Sie gingen noch im Parkhaus getrennte Wege, um nicht zu sehr aufzufallen. Niliana spürte, wie die Erinnerungen an ihre Trainingseinheiten sich meldeten, als sie Jay durch die Straßen zu ihrem vereinbarten Beobachtungsposten führte. Unterwegs entdeckte sie ein Geschäft, das Sonnenhüte und Käppis verkaufte, und hielt an.

»Was wollen wir hier?«, fragte Jay, der nun zum ersten Mal sprach, seit sie sich auf den Weg gemacht hatten.

»Unter dem Schirm sieht man nicht, wohin sich deine Blicke bewegen«, erklärte sie knapp und wählte eine rote Sportcap für ihn und einen Strohhut mit breiter Krempe für sich selbst aus. Sie bezahlte und zog ihn dann weiter.

Dass sie seine Hand hielt, bemerkte sie erst nach mehreren Schritten, so natürlich war es ihr erschienen.

War das ihr Training, das ihr zuflüsterte, dass sie ein Pärchen spielen sollten, um weniger aufzufallen? Oder warum hatte sie das getan?

Sie wusste es nicht. Doch ganz gleich, was der Grund gewesen war, es fühlte sich überraschend gut an, Hand in Hand mit ihm durch das Gabrielsviertel zu schlendern.

Sie kamen an der gleichnamigen Kirche vorbei und hatten fast ihr Ziel erreicht, als Jay unerwartet stehen blieb, ihre Hand losließ und sie dann zu sich umdrehte.

Irritiert starrte sie ihn an, als er gegen jede Regel die Mütze abnahm, zu Boden fallen ließ – und sie küsste, als hinge sein Leben davon ab.

28

Dass Nilianas Freunde ihm halfen, war eine echte Überraschung für ihn gewesen. Zwar hatte er auf Nilianas Hilfe gehofft und vielleicht auch auf Entrissas, aber dass sie entschlossen waren, das geforderte Lösegeld gegen alle Widerstände aufzutreiben, und dass selbst der Elf und ihre beiden Freunde sich an der Suche nach seiner Mutter beteiligten, das war mehr, als er zu träumen gewagt hätte.

Er fühlte sprachlose Dankbarkeit in sich, als sie nach Dillux City fuhren. Doch zum Glück erwarteten sie nicht, dass er eigene Ideen beisteuerte, was gut war, denn wären sie darauf angewiesen gewesen, hätte seine Mutter wohl keine Chance gehabt.

Müdigkeit und das Gefühl, vom Blitz getroffen zu werden, wechselten sich in rascher Folge während der Autofahrt ab. Immer wenn sich Niliana gegen ihn lehnte, war er wieder hellwach. Er war sich ihrer Nähe und ihres angenehmen Geruchs bewusst und musste sich beherrschen, um nicht den Arm um sie zu legen und sie näher an sich heranzuziehen, weg von Crup.

Doch er tat es nicht, sondern studierte stattdessen die Fotos, die Ulpirri herumreichte. Er erkannte Walze, Eisenbiss, Spürhund und noch drei weitere namenlose Männer, die er bei seinem ersten Treffen mit seinem Vater gesehen hatte. Daher musste er sie auch nicht lange studieren, ihre Gesichter hatten sich bereits in sein Gedächtnis eingebrannt und rangierten dort im Bereich Todfeinde.

Während er die Fotos Niliana gab, beobachtete er sie. Sie war ungewöhnlich schweigsam, wie er, doch sie musste nichts sagen, damit er erkannte, wie ernst und beunruhigt sie war. Sie kaute dann auf ihrer Unterlippe herum, was süß aussah.

Sie näherten sich ihrem Ziel und als Ulpirri die gepanzerte Limousine in das Parkhaus eines Kinos steuerte und Nilianas Hand auf seinem Bein landete, musste er ein Stöhnen unterdrücken, weil er plötzlich von Kopf bis Fuß in Flammen stand.

Ihre Hand zuckte und ein rascher Blick nach rechts verriet ihm, dass sich ihre Wangen gerötet hatten. Verlegen wollte sie ihm ihre Hand und ihre kostbare Wärme wieder entziehen, die er mehr brauchte als Luft zum Atmen. Schnell legte er seine eigene Rechte vorsichtig auf ihre zierliche Hand und hielt sie fest. Wie von selbst schoben sich seine Finger zwischen ihre, es fühlte sich so natürlich an, wie einen Fuß vor den anderen zu setzen.

Nie zuvor hatte sich etwas so richtig angefühlt und voller neu entdeckter Zärtlichkeit sah er das Mädchen an, das sein Herz geraubt hatte und nun seinen Blick staunend erwiderte. Er wollte ihr zuflüstern: *»Hier, nimm! Behalte es! Hüte es! Es ist dein!«*. Doch das kam ihm reichlich kitschig vor und so ließ er es bleiben.

Viel zu schnell wurde ihre traute Zweisamkeit unterbrochen, als der Elf parkte und dann seinen Plan erklärte. Gerade noch so konnte er verhindern, dass er in Jez' Team eingeteilt wurde und Crup mit Niliana auf die Mission ging. Der andere Mann schenkte ihm einen finsteren Blick, der ihn wohl warnen sollte, sich zu benehmen, doch Jay kümmerte es nicht, was Crup wollte. Nur Niliana zählte und von ihr kam keine Zurückweisung. Der kurze Moment der Scham, als er das Geld und das Smartphone, was sicher eins der neuesten und teuersten Modelle war, welches er sich im Leben nicht würde leisten können, von Ulpirri und Niliana entgegennahm, war nach ein paar Sekunden verflogen und seitdem versuchte er sich gedanklich wieder auf ihre Mission einzustellen. Es war seltsam, mit ihr durch das Viertel zu schlendern. Ständig musste er sich daran erinnern, dass dies kein Stadtbummel mit seiner Freundin war, und ganz bewusst versuchte er nicht noch einmal ihre Hand zu ergreifen, sondern konzentrierte sich auf die Umgebung, auf die Geschäfte neben der viel befahrenen Straße und die Bürogebäude auf der anderen Seite. Unablässig huschte sein Blick von einer Person zur nächsten, immer auf der Suche nach einem bekannten Gesicht. Bislang hatte er keins entdeckt, doch sie hatten ihren Beobachtungsposten auch noch nicht erreicht.

Als sie jedoch unerwartet stehen blieb und im Mützen-Ständer eines Geschäfts stöberte, verharrte er irritiert, bis sie ihm erklärte, was sie damit bezweckte. Kurz darauf saß die neue Cap auf seinem Kopf, obwohl er sie angesichts der Wolken am Himmel, hinter denen die Sonne immer wieder verschwand, nicht gebraucht hätte.

Nilianas Hand schob sich nun überraschend in seine und er hielt sie fest, während sich ein Lächeln auf seinem Gesicht ausbreitete, egal wie häufig er sich daran erinnerte, dass sie auf einer Mission waren und dass dies lediglich der Tarnung diente.

Es war verrückt, aber er fühlte sich sicherer, während er das Käppi trug, auch wenn die Tarnung mehr als einem oberflächlichen Blick wohl nicht standhalten würde. Vielleicht lag es auch an ihrer Berührung, die ihn von innen heraus wärmte und die Welt in Ordnung erscheinen ließ.

Doch dies war das Revier der Verbrecherbande seines Vaters und auch wenn die ahnungslosen Passanten, die Büroangestellten und Handwerker, das vermutlich nicht ahnten, so fühlte er sich dennoch, als müsste er den Boden nach Tretminen oder Fallen absuchen.

Jeder Schritt brachte sie ihrem Ziel näher und Jays Herz klopfte in einem unruhigen Rhythmus. Die Anspannung hatte Wurzeln in ihm geschlagen, wie hartnäckiges Unkraut, und wollte sich nicht so einfach wieder vertreiben lassen. Die Karte bog sich in seiner Hand, weil er so fest zudrückte, und er faltete sie und steckte sie in seine Hosentasche, da es jetzt nur noch ein Steinwurf bis zum X war. Sie mussten einen guten Beobachtungsposten finden, vielleicht bei dem Café auf der anderen Straßenseite? Oder …

Verdammter Mist! Hatte er ihn gesehen?

Unerwartet kam ihnen Walze entgegen, das Gesicht immer noch leicht gerötet von dem Juckpulverangriff gestern Morgen, in einer Hand eine Plastiktüte mit dem Logo einer großen Supermarktkette und in der anderen eine Papiertasche von einem Sandwichgeschäft. Der Stellvertreter seines Vaters würde ihn garantiert erkennen, Käppi hin oder her, und vermutlich auch Niliana. Und mit Sicherheit trug der Dicke auch eine Waffe, die man auf den ersten Blick nicht sehen konnte.

Was sollte er jetzt tun?

Rasend schnell schossen ihm die Gedanken durch den Kopf, während sein Feind auf sie zulief und gerade ihren Zielpunkt passierte. Es waren nicht mehr viele Menschen zwischen ihnen und Niliana war ahnungslos. Entweder hatte sie ihn nicht bemerkt oder nicht wiedererkannt – immerhin war er für sie nur der Fahrer gewesen und hatte das Gesicht fast die ganze Zeit von ihr abgewandt gehabt.

Ihm fiel nur eine Möglichkeit ein, wie er auf die Schnelle verhindern konnte, dass Walze sie beide bemerkte. Er blieb stehen, ließ ihre Hand los und drehte sie dann zu sich herum.

Sie sah zu ihm auf. Ihr goldener Blick wirkte überrascht, ihr

Mund leicht geöffnet, als wollte sie ihn etwas fragen, während er sich ihr näherte. Doch kurz bevor sie sich berührten, zögerte er. Er hatte vergessen, dass er eine Schirmmütze auf hatte, dass er seinen Plan nicht mit ihr durchführen konnte, weil er mit ihr entweder Nilianas Sonnenhut vom Kopf stoßen oder ihre Stirn rammen würde.

So ging das nicht!

Rasch riss er sich die Cap vom Kopf und ließ sie achtlos zu Boden fallen, bevor er entschlossen Luft holte und sie küsste.

Sie schmeckte süß, warm und wie das Beste, das je seine Lippen berührt hatte. Er wollte in dem Kuss versinken, in ihr versinken, als sein ganzer Körper kribbelte und wohlig erschauderte. Sie ließ ihn die Welt um sich herum vergessen und ihm war, als hörte der Rest auf zu existieren, als würden sie gemeinsam eine neue Welt erschaffen, in der Wärme, Licht, Fantasie und Glück herrschten.

Es fühlte sich richtig an, als hätte er sein Leben lang nur auf diesen einen Moment, auf diesen Kuss, *auf sie* gewartet und wäre jetzt endlich angekommen. Das Gefühl war unbeschreiblich, er hatte noch nie zuvor so etwas empfunden und es kam ihm vor, als würde die Energie zwischen ihnen sich in reine Magie verwandeln und sie schweben lassen.

Dann jedoch schob sich Walze an ihnen vorbei, rammte ihm achtlos den Ellenbogen in die Seite und riss Jay aus seiner Blase der Glückseligkeit. Er hatte völlig vergessen, warum er Niliana geküsst hatte. Und nicht nur das, er hatte vergessen, warum sie überhaupt hier waren, dass seine Mutter darauf zählte, dass er seinen Fehler wiedergutmachte.

Er hätte sie nicht küssen dürfen. Das wurde ihm jetzt klar, als er einen Schritt zurückwich, in die Knie ging und die Cap aufhob, über die Walze anscheinend gelaufen war, denn auf ihr prangte ein staubiger Schuhabdruck, den er wegklopfte.

Unterdessen hatte Niliana die Augen geöffnet und sah ihn verwirrt an. Er hatte sie völlig überrumpelt und wusste nicht, wie sie jetzt reagieren würde. Doch dafür hatten sie keine Zeit.

»Wir müssen Walze folgen«, erklärte er, setzte die Mütze wieder auf und drehte sich dann um, damit sie ihm nicht erzählen konnte, dass sie bereits einen Freund hatte und dass ihr der Kuss nicht ebenfalls die Welt bedeutet hatte. Das würde er nicht ertragen können. Und noch weniger in diesem Moment.

Er huschte ihm hinterher und zwang sich, nach vorne zu schauen, auf Walzes breiten Rücken und rundlichen Schädel, damit er ihn nicht aus den Augen verlor. Ob sie ihm folgte, wusste er nicht. Das machte ihm Sorgen, die er versuchte zu ignorieren.

Walze war ihre beste Spur, um seine Mutter zu finden! Er durfte ihnen nicht entwischen!

Dass er unwillkürlich den Atem angehalten hatte, bemerkte er erst, als er wieder tief durchatmete, nachdem sie schweigend an seiner Seite auftauchte. Doch jetzt schob sie nicht länger ihre Hand in seine oder ging dicht neben ihm. Stattdessen blieb sie auf Abstand, als wäre sie am liebsten ganz woanders, nur nicht in seiner Nähe, und lediglich die Verpflichtung, ihre Mission zu Ende zu führen, hielt sie noch zusammen.

Die Erkenntnis, dass er sie mit seinem Überfall endgültig verloren hatte, tat weh. Doch er biss die Zähne zusammen und ging weiter.

Walze hatte noch nicht bemerkt, dass sie ihm folgten, denn er schlenderte leicht schnaufend weiter die Straße entlang, bog in eine Seitenstraße ein, in der weit weniger Leute unterwegs waren, und Jay ließ den Abstand etwas größer werden. Walze bewegte sich immer noch in Sichtweite vor ihnen und verschwand dann in einer schmalen Gasse zwischen zwei Häusern.

Schnell huschte Jay zum Eingang der Gasse und spähte um

die Ecke. Walze unterhielt sich gerade mit einem Raucher vor dem Eingang zu einem Keller. Dann lachten sie über etwas, der Raucher drückte die Kippe aus und beide gingen hinein, während Jay beinahe vor Anspannung explodiert wäre.

Was wollte Walze hier? Sofern er sich richtig erinnerte, gehörte das Gebäude weder zu den roten noch zu den blauen, sondern lag abseits von allen ihnen vertrauten Standorten von Herkules und seinen Leuten. Konnte dies das Versteck sein, in dem sie seine Mutter untergebracht hatten? Niemand würde auf die Idee kommen, hier nach ihr zu suchen, weil sie nichts von dem Haus wussten.

Oder war Walze in einer ganz anderer Sache unterwegs?

Es half nichts. Durch Rumstehen und Grübeln würde er das nicht herausfinden. Er musste ihnen hinterher.

»Warte hier!«, raunte er Niliana zu, als er sah, dass die Tür hinter den beiden Männern langsam zufiel. Dann huschte er los, näherte sich leise der Tür und bekam sie gerade noch zu fassen, bevor sie sich schließen konnte. Jay seufzte erleichtert, denn jetzt bemerkte er, dass die Stahltür mit einem Codeschloss inklusive einem biometrischen Fingerabdruckscanner gesichert war. Diese Sicherheitsmaßnahmen hätten sie nicht so einfach überwinden können.

Doch wofür brauchte dieses unscheinbare Gebäude so ein aufwendiges Schloss? Was versteckten Hartley & Sons hier? Illegale Geschäfte? Waffen? Drogen? Oder möglicherweise Gefangene?

Plötzlich klopfte Jays Herz vor Aufregung ein wenig schneller. Er wartete einen Moment, bevor er vorsichtig den Griff herunterdrückte und die Tür einen Spalt öffnete. Als er von drinnen nichts hörte, zog er sie weiter auf und schlich hinein. Er wollte gerade die Tür schließen, als Niliana durch den Spalt schoss und ihm den Schreck seines Lebens verpasste.

»Was machst du hier?«, zischte er leise.

War sie des Wahnsinns?

»Ich komme mit!«

Beinahe wütend funkelte sie ihn an und drängelte sich an ihm vorbei, während er mit der Türklinke in der Hand dastand und ihr verdattert hinterhersah. Er hatte keine Ahnung, wie er sie überreden sollte, draußen zu warten, wo sie in Sicherheit wäre. Unwillkürlich zog er die Tür ins Schloss und verfluchte sich, als er bemerkte, wie sich der Alarm scharf schaltete. Ohne den Code würden sie auf diesem Weg nicht mehr herauskommen. Es gab nur noch eine Richtung für sie beide: vorwärts.

Niliana hatte ihr Smartphone in der Hand und tippte schnell etwas ein, vermutlich gab sie dem Elfen Bescheid, wo sie waren, bevor sie es wegsteckte und sich wieder auf den Gang vor ihnen konzentrierte. Die Türen links und rechts von ihnen waren verschlossen, ebenfalls mit Codeschlössern gesichert, und sie konnten Walze und seinen Kumpan auch nicht länger hören oder sehen.

Jay beschleunigte seine Schritte und lauschte angespannt. Irgendwo mussten die beiden doch sein!

Am Ende des Gangs, der ihm für das Gebäude überraschend lang erschien, entdeckte er in einer Nische eine alte eiserne Wendeltreppe, die weiter nach unten führte. Er blieb stehen und spitzte die Ohren. Von fern hörte er Gemurmel. Dies musste der richtige Weg sein.

Als er auf die Stufen trat, verursachte er ein dumpfes Geräusch und die Stufe vibrierte unter ihm. Die Treppe lautlos herunterzugehen, war anscheinend unmöglich. Dennoch versuchte er, so leise wie möglich hinunterzuschleichen, während Niliana erneut eine Nachricht an den Elfen schickte.

Doch das Gefühl der Sicherheit war trügerisch. Im zweiten Untergeschoss gingen gleich zwei Gänge von der Nische ab, einer führte den Weg zurück, den sie gekommen waren. Der andere lief in Richtung Straße und war kürzer, aber von ihm gingen zwei weitere Korridore ab und Jay konnte nur mutmaßen, welchen Weg Walze und der andere Mann genommen hatten.

»Da lang!«, wisperte Niliana und schob sich an ihm vorbei in den ersten Gang. Sie wirkte, als würde sie aufmerksam in der Stille lauschen. Konnte sie die Männer tatsächlich hören?

Sie zögerte nie auch nur für eine Sekunde, als sie ihn durch das unterirdische Labyrinth aus Gängen lotste. Längst mussten sie das Areal des Gebäudes über ihnen verlassen haben und sich unter dem Nachbargebäude oder sogar noch ein Stück weiter bewegen. Hin und wieder sah er Treppen, die nach oben führten, oder angelehnte Türen zu Lagerräumen, laborartigen Einrichtungen und anderen Räumen, in denen Menschen oder Trolle schufteten.

Herkules' Leute mussten die alten Tunnel unter den Gebäuden, die bestimmt noch aus den Zeiten der Prohibition oder von einem inzwischen stillgelegten U-Bahnhof stammten, für ihre illegalen Aktivitäten ausgebaut haben, denn zwischen dem verwitterten Mauerwerk entdeckte er immer wieder Abschnitte aus neueren Materialien. Mehr als einmal huschte Niliana in einen Raum oder eine Nische und presste sich dort an die Wand, während er ihr eilig folgte, denn obwohl die Menschen und anderen Wesen dort oben sicher nichts von den Geheimgängen unter ihren Füßen ahnten, so wurden sie von Herkules' Leuten doch gut genutzt.

Sie hatten verdammtes Glück gehabt, dass ihnen Walze über den Weg gelaufen war. Auch wenn sie stundenlang dort oben ihre Ziele beobachtet hätten, so wäre ihnen das, was unbemerkt unter der Erde vor sich ging, doch vermutlich entgangen.

Die Stimmen wurden leiser, als die Gruppe Ganoven, vor denen sie sich dieses Mal verborgen hatten, sich wieder entfernte.

Langsam machte er sich Sorgen. Jedes Mal, wenn sie sich verstecken mussten, konnten Walze und sein Kumpel einfach weitergehen und ihren Vorsprung vergrößern. Bald hätten sie sie in diesem Labyrinth abgehängt.

»Komm!«, flüsterte Niliana, die die Wartezeit damit zugebracht hatte, erneut eine Nachricht zu tippen.

Er hoffte, dass sie den Elfen auf den neuesten Stand gebracht hatte, denn sie konnten dringend Hilfe gebrauchen. Doch wie sollte sie Ulpirri hier unten finden? Es war ein Wunder, dass sie überhaupt Empfang gehabt hatte, so tief, wie sie unter der Erde waren, denn der Gang schien weiter nach unten zu führen.

Gerade hatten sie wieder einen Lüftungsschacht passiert, als er Walzes Stimme hörte. Er wechselte einen raschen Blick mit Niliana, bevor sie zu der Tür schlichen, aus der sie die Stimmen vernahmen.

»Denkst du, der Junge wird das Geld rechtzeitig auftreiben?«, fragte Walze seinen Kumpel gerade. »Viel Zeit hat er ja nicht mehr.«

»Ich setze hundert Dollar dagegen. Der Welpe bringt's nicht. Den kratzen sie doch in der ersten Woche irgendwo von der Straße.«

Die Stimme des Rauchers klang verächtlich. Jay hörte das leise Rascheln von Geldscheinen, die den Besitzer wechselten.

»Und was ist mit euch beiden?«, erkundigte sich Walze dann zu Jays Schreck. Wer war da noch?

»Seh ich aus wie ein verdammter Tourist? Zock jemand anderen ab, wenn's dich juckt. Schieb lieber eins von den Sandwiches rüber, die ich riechen kann. Oder willst du die alle selbst fressen?«

»Vergiss den Fraß«, sagte ein anderer Mann. »Wir holen uns was Richtiges bei Luigi. Ich steh nicht hier rum und ziehe mir dieses verwelkte Gemüse auf Käse rein. Los jetzt, beweg deinen

Arsch. Und du, pass lieber auf, dass sie nicht abhaut! Sonst kannst du deine Wetten vergessen, Walze.«

Dass sie nicht abhaut? Bedeutete das …?

Wie elektrisiert starrte er Niliana an, während sein Herzschlag einmal aussetzte. Konnte Walze sie direkt zu seiner Mutter geführt haben? Er konnte ihr Glück kaum fassen und so kam es für ihn auch völlig überraschend, dass Niliana ihn jetzt von der Tür wegschubste und dahinter an die Wand presste.

Was …?

Im nächsten Moment ging die Tür auf und er begriff, dass sie gerade verhindert hatte, dass die beiden Männer sie entdeckten. Die Tür verharrte wenige Zoll vor seiner Nase und er drehte schnell den Kopf und zog die Luft ein, aus Angst, hinter ihr eingequetscht zu werden. Zum Glück handelte es sich um eine Tür, die automatisch zurückschwang, sodass die beiden von der Wachablösung schwatzend den Gang hinuntergingen und sie nicht bemerkten.

Regungslos und schweigend verharrten sie mehrere Minuten, bis sie sicher waren, dass die beiden außer Sicht und Hörweite waren.

»Was jetzt?«

»Jetzt müssen wir sie befreien!«, sagte Niliana energisch. Sie sah sich um, schickte noch einmal eine Nachricht und versuchte dann in die Räume neben der Zelle zu spähen, die anders als die oberirdischen nicht mit teurer Sicherheitstechnik gegen Eindringlinge geschützt waren. Er hatte keine Ahnung, was sie vorhatte.

»Warte! Wir brauchen einen Plan!«, flüsterte er. Wie sollten sie Walze und seinen Kumpel überwältigen?

Doch Niliana schien das nicht zu kümmern. Sie hatte einen Raum entdeckt, der nicht abgeschlossen war, und lächelte triumphierend. Rasch lief sie hinein und kam ein paar Sekunden später mit einem Deckel aus Holz – anscheinend gehörte er zu einer Kiste – zurück.

»Hier! Damit kannst du Walze niederschlagen. Ich übernehme den anderen.«

Sprachlos nahm er den Holzdeckel an sich und schluckte. Er sollte was?

Panik überkam ihn, als Niliana jetzt den ihm nur allzu vertrauten Funkenstab aus ihrer Tasche nahm und die Klinke herunterdrücken wollte. Doch das Schicksal hatte ihm noch einmal eine Schonfrist gegeben, denn sie ging nicht auf. Anscheinend hatten die beiden drinnen unbemerkt abgeschlossen, nachdem die Tür ins Schloss gefallen war.

Sie fluchte leise, griff erneut in ihre Tasche und holte dann zwei lange, dünne Metallstäbe hervor.

Dietriche!

Staunend verfolgte er, wie sie das Schloss knackte, und ertappte sich bei dem verrückten Gedanken, dass seine Verlobte mit ihren Einbruchsfähigkeiten seinem Vater bestimmt gefallen hätte.

Doch dann flüsterte sie »Bereit?« und riss ihn aus seinen Gedanken. Jetzt kam es darauf an! Nur nicht darüber nachdenken!

Sie zog die Tür auf und er stürmte los. Walze wirkte völlig verdutzt, als er mit der Holzplatte auf ihn zueilte. Er öffnete die Augen und den Mund weit, Jay holte Luft, hob die Arme – und knallte ihm den Deckel vor den Kopf. Der Dicke stöhnte und begann zu taumeln.

Und jetzt?

Jay riskierte einen raschen Blick zu Niliana, die im Gegensatz zu ihm zu wissen schien, was sie tat. Denn sie versetzte ihrem Gegner als Allererstes einen gewaltigen Tritt in die Weichteile, der ihn stöhnend in die Knie gehen und zusammenklappen ließ. Dann nahm sie ihren Funkenstab und verpasste ihm eine Ladung in den Hals, sodass der große Mann vor Qual nicht wusste, an welche schmerzende Stelle er sich zuerst greifen sollte. Niliana kniff die Augen zusammen und Jay erinnerte der Blick an den einer angriffslustigen Katze kurz vor dem Sprung. Er sollte recht behalten, denn im nächsten Moment presste sie den Knopf an ihrer Waffe erneut, Funken stiegen mit einem leichten und vertrauten Knistern auf und dann rammte sie den Stab mit Schwung gegen die Brust des Mannes, direkt über sein Herz, und verabreichte dessen Körper einen erneuten Schock, sodass Jay Angst um ihren Widersacher bekam, der jetzt mit einem unnatürlich grauen Gesicht und verzerrter Miene seitlich zu Boden stürzte.

Wollte sie ihn etwa umbringen?

Völlig schockiert hatte Jay vergessen, dass er selbst einen Gegner hatte, was sich jetzt rächte, denn Walze war anscheinend robuster, als er gedacht hatte. Er hatte sich bereits von dem Schlag gegen den Kopf erholt und knallte ihm jetzt seine Faust an die Schläfe.

Jay sah Sterne, ließ die Holzplatte fallen und taumelte. Der Raum schien sich plötzlich um ihn zu drehen. Oder hatte er sich gedreht? Und bevor er wusste, was passiert war, stürzte er zu Boden, während Dunkelheit sich am Rand seines Gesichtsfeldes ausbreitete.

Ein gepeinigtes Stöhnen erklang, dieses Mal klang es vertraut, denn es war sein eigenes. Verzweifelt bemühte er sich, nicht das Bewusstsein zu verlieren. Stattdessen konzentrierte er sich auf Walze, der jetzt mit zornig zusammengekniffenen Augen und geballten Fäusten auf ihn zukam und ihn anstarrte.

»Ich gebe zu, damit hast du mich überrascht, Junge«, schnaufte Walze, während er Jay einen fiesen Tritt in die Seite verpasste. »Aber das reicht nicht, um mich zu überwältigen oder deine Mutter zu befreien.«

Jays gesamter Körper wurde von der Wucht des Tritts erschüttert und von der Aufprallstelle breiteten sich die Schmerzen wie die Flammen eines Waldbrandes während eines heißen und regenlosen Sommers in seinen Gliedern aus. Der Atem entwich ihm und er hatte das Gefühl, keine Luft mehr zu bekommen, als hätte Walze ihm den Brustkorb eingetreten oder zumindest ein paar Rippen gebrochen. Schwarze Flecken tanzten vor seinen Augen und hätten ihn beinahe die weiße Flagge hissen lassen.

Doch Herkules' Stellvertreter war noch nicht fertig mit ihm. Der Dicke holte erneut mit der Faust aus, gerade als sich Jays Sicht ein bisschen klärte, und trotz der Schmerzen rollte er so schnell er konnte herum und von seinem Gegner weg. Walze verfehlte ihn, der Schwung trug ihn vorwärts und brachte ihn ins Taumeln. Reaktionsschnell streckte Jay das Bein aus und Walze stolperte über ihn.

Zu spät versuchte er noch, die Hände hochzunehmen, dann stieß er sich bereits den Kopf an der Wand. Hart. Er ging zu Boden und rührte sich nicht mehr.

Jay rappelte sich auf und sah zu Niliana hinüber, aber sie hatte ihren Gegenspieler bereits überwältigt, holte nun etwas aus ihrer Gürteltasche und fesselte ihn dann mit Kabelbindern an Händen und Füßen. Wie sie das hinbekommen hatte und welches Werkzeug sie sonst noch in ihrer unglaublichen Wundertüte versteckt hatte, konnte er sich noch nicht einmal vorstellen – und er sah gerne Actionfilme.

»Lebt er noch?«, fragte sie ihn.

Er hörte auf, sie anzustarren, und beugte sich rasch zu Walze hinab, um seinen Puls zu überprüfen. Dann nickte er erleichtert.

»Gut.«

Nun hatte Jay die Gelegenheit, sich in dem Raum umzusehen, der bis auf ein Sofa, einen Tisch mit zwei Stühlen und einen Fernseher leer war. Seine Mutter musste hinter der anderen Tür gefangen sein.

»Abgeschlossen«, stellte er fest.

Dieses Mal konnte er es kaum erwarten, als Niliana ihre kriminelle Magie wirkte und ihn daran erinnerte, dass es gerade mal ein paar Tage her war, dass er sie entführt und von ihr erwartet hatte, dass sie ihre Magie und ihre sonstigen Fähigkeiten einsetzte, um ihm bei einem Einbruch ins Museum der Moderne zu helfen. Er hatte ein paar wertvolle Gemälde stehlen wollen, damit er den großen Coup dazu benutzen konnte, um mit der Beute Herkules' geforderte Summe zu bezahlen, ihn und seine Leute zu beeindrucken, sodass er in der Organisation möglichst schnell aufzusteigen und Insiderinformationen fürs FBI sammeln konnte. Wie ignorant er gewesen war! Nicht nur, dass er naiverweise geglaubt hatte, dass er problemlos ein erfolgreicher Krimineller werden, dabei seine eigenen Regeln befolgen und keine schweren Verbrechen begehen könnte, damit das FBI bereit wäre, seine Mutter und ihn ins Zeugenschutzprogramm aufzunehmen. Nein, er hatte auch nicht gewusst, wie die Musenmagie mit ihren unterschiedlichen Spezialgebieten wirklich funktionierte. Er hatte ebenfalls nicht geahnt, dass der Einsatz der von ihm so leichtsinnig eingeforderten Musenkräfte ihn und Niliana für immer aneinanderbinden würde, falls sie überhaupt in der Lage gewesen wäre, ihm mit ihrer Magie als Muse der Literatur zu helfen. Sich eine beliebige Muse zufällig auszusuchen, ohne zu wissen, welche Kräfte sie besaß und ob sie bereits gebunden war oder nicht – dieser Gedanke allein ließ ihn erkennen, wie stümperhaft er an seinen ganzen Plan, den er für so durchdacht gehalten hatte, herangegangen war.

Er schüttelte den Kopf über seine eigene Dummheit, während er Niliana weiter beobachtete. Wer hätte gedacht, dass sie ihm tatsächlich einmal freiwillig helfen würde irgendwo einzubrechen? Er jedenfalls nicht.

Sie warf ihm einen Blick zu, drückte die Klinke herunter und trat dann von der Tür weg. Beklommen ging er vorwärts. Was würde ihn da drinnen erwarten?

»Mom!«, schrie er und rannte los.

Der Raum war ihm vom Video vertraut und so richtete sich sein Blick sogleich auf seine Mutter. Sie war an die Lehnen eines Stuhls gefesselt, der Kopf hing ihr herab – er konnte nicht erkennen, ob sie lediglich bewusstlos oder tot war, doch sein Verstand befürchtete das Schlimmste, als sie nicht reagierte. Er ging vor ihr in die Knie und hob vorsichtig ihren Kopf an. Sie wirkte erschöpft und hatte die Augen geschlossen und sein Herz krampfte sich bei dem Anblick zusammen.

All dies war nur seine Schuld!

»Mom! Bitte wach auf!«, flüsterte er und Tränen traten ihm in die Augen.

Als ihre Augenlider flatterten, schluchzte er auf.

»Jay? Bist du es wirklich?«

»Ja, ich bin's. Es wird alles wieder gut, Mom!«

Mit zitternden Händen versuchte er, ihre Fesseln zu lösen, bis Niliana neben ihn trat und ihn sanft beiseiteschob. Rasch hatte sie die Fesseln auf seiner Seite gelöst und wollte um den Stuhl herumgehen, als seine Mutter sie anscheinend zum ersten Mal bemerkte.

»Jay, wer ist deine Freundin?«

»Das ist Niliana. Sie ist …«

Ja, was? Sein Entführungsopfer? Seine Verlobte wider Willen? Das Mädchen, in das er sich unsterblich verliebt hatte?

»Es ist kompliziert«, beendete er seinen Satz stattdessen und seufzte.

Dann war seine Mutter endlich frei und er wollte sie auf die

Beine ziehen. Doch sie plumpste auf den Stuhl zurück, das Gesicht vor Schmerzen verzogen.

»Reib ihre Hände und Arme!«, befahl Niliana. »Ich kümmere mich um ihre Beine. Wir müssen versuchen, wieder Gefühl in sie zu bekommen, damit wir fliehen können. Es wird nicht lange dauern, bis sie bemerken, dass etwas nicht stimmt.«

Sie hatte recht! Jede Sekunde schien ihm wie eine Ewigkeit vorzukommen, als er sich um seine Mutter kümmerte, die leise weinte und übermüdet wirkte. Er wusste nicht, wie lange sie an den Stuhl gefesselt gewesen war, doch er hoffte nicht, seitdem sie sie am Vortag entführt und das Video gedreht hatten. Das wäre Folter!

Niliana rieb ihre Beine und Füße und stand schließlich auf. »Können Sie gehen, Ms. Fischer?«, wollte sie wissen.

Zitternd kam seine Mutter hoch und atmete tief durch. Ihr Blick schärfte sich und Jay erinnerte sich, dass sie nach dem Tod seines Adoptivvaters auch diesen Blick draufgehabt hatte. Lediglich eiserner Wille hielt sie aufrecht.

Er stützte und geleitete sie in den Vorraum und von dort zur Tür. Walze und der Raucher schienen noch bewusstlos zu sein, doch er sah bereits die Hand des Stellvertreters zucken. Ihnen blieb nicht mehr viel Zeit!

»Geht's?«, fragte er besorgt.

»Lass uns gehen«, bat sie leise.

Entschlossen öffnete er die Tür und trat hindurch. Doch dann blieb er stehen. Er hatte keine Ahnung, wie sie von hier zurück an die Oberfläche kommen sollten. Und selbst wenn sie den Weg zurück und eine offene Tür nach draußen fanden, sie würden es niemals unentdeckt schaffen, zumal seine Mutter sich auf ihn stützen musste und nicht rennen konnte.

Was sollten sie tun?

Die Tür fiel hinter ihnen ins Schloss und dann fluchte Niliana leise. »Sie kommen!«

Sie wandte sich in die Richtung, in die die Wachablösung gegangen war, fort von den Stimmen, die er noch nicht hören konnte. Doch an der nächsten Kreuzung blieb sie wieder stehen und sah sich unsicher um. Auch sie schien nicht zu wissen, wohin sie sich wenden sollten.

Verzweiflung überkam ihn und er schloss die Augen. Sollte das alles umsonst gewesen sein? Sollte es ihnen nur gelingen, ihre Mutter zu befreien, damit ihre Entführer sie danach ebenfalls gefangen nehmen konnten?

Nein. Diesen Gedanken verbot er sich. Die Angst schob er mit Macht beiseite. Seine Mutter brauchte ihn jetzt, es war seine Pflicht, sich zu konzentrieren. Und er hatte Niliana an seiner Seite.

Auch wenn Niliana ihm erzählt hatte, dass ihre Magie so nicht funktionierte, sondern nur auf Literatur angewendet werden konnte, so wusste er es instinktiv besser. Er hatte die Magie gespürt, die Inspiration, die aus seiner Not entstanden war und die die Basis für seinen ersten Thriller gelegt hatte. Er musste sie lediglich wieder auf ihre Situation anwenden, sich vorstellen, sie wären die Figuren seines neuesten Thrillers, bei dem es ein Happy End geben sollte. Wie würde es ihnen gelingen?

Er öffnete sich den Stimmen bedingungslos und verdrängte alles andere. Aus ihren Erlebnissen würde ein Roman entstehen, er hörte sie bereits wispern … und dann wusste er es.

Nur am Rande nahm er wahr, dass Niliana und seine Mutter mit ihm sprachen, als er Geschichte schrieb und sie in die Freiheit führte.

29

Niliana wunderte sich, dass sie äußerlich so ruhig bleiben konnte, während tief in ihr ein Sturm der Emotionen tobte. Ihre Bewegungen liefen beinahe automatisch ab: Dem Verbrecher hinterherschleichen, den Jay Walze genannt hatte, lauschen, verstecken, Nachricht schreiben, weiterlaufen, Türen aufbrechen, ihren Gegner überwältigen und betäuben, die Gefangene befreien, fliehen. Das jahrelange Training machte sich jetzt bezahlt, denn gedanklich war sie die meiste Zeit ganz woanders.

Bei ihrem Kuss.

Ihrem ersten Kuss. Den Jay ihr geraubt hatte.

Und danach hatte er sie stehen gelassen, als wäre nichts gewesen, um dem dicken Ganoven hinterherzulaufen, ohne auch nur ein einziges Wort über die Geschehnisse zu verlieren oder ihr auch nur einen zärtlichen Blick zu schenken.

Sie war völlig durcheinander und wusste nicht, ob sie ihn anschreien, ihn schlagen oder ihn erneut küssen wollte.

Hing die Sonne noch am Himmel? Drehte sich die Erde noch um ihre Achse? Für sie schien die Welt auf einmal anders zu rotieren, auch wenn sie so tun musste, als wäre alles normal, damit Jay nicht bemerkte, wie sehr er ihr den Boden unter den Füßen weggerissen hatte.

Verzweifelt hielt sie an der Gabelung inne und lauschte, ob sie aus einer Richtung etwas empfangen konnte, das ihr verriet, dass der Ausgang nahe war. Vogelzwitschern, Kirchenglocken, egal was! Es musste doch einen Weg nach draußen geben!

Sie drehte sich zu Jay und seiner Mutter um, die ihr gefolgt waren, und erkannte, dass beide denselben Ausdruck des Gehetztseins auf ihren Gesichtern trugen, was die Ähnlichkeit zwischen ihnen noch verstärkte. Jay kam ganz klar nach seiner Mutter und nicht nach seinem Vater, sowohl äußerlich als auch charakterlich. Vermutlich hätte sie darüber froh sein sollen, doch wäre er ein Arschloch gewesen, dann hätte sie angesichts ihres Wunschs, ihm eine reinzuhauen, nicht so ein schlechtes Gewissen haben müssen und es einfach tun können.

Spielte er mit ihr? Hatte er wirklich Gefühle für sie entwickelt, so wie sie im Wagen gedacht hatte? Oder lag es nur an der Extremsituation, in der sie sich befanden? War sie einfach nur ein Mädchen für ihn, das sich zur rechten Zeit am rechten Ort befunden hatte?

Sie wusste es nicht und die Zweifel, dieses Hin und Her und Auf und Ab ihrer Gedanken und Emotionen machte sie wahnsinnig.

»Jay, ich …«

Sie brach ab, als sie seinen leeren Blick sah. Im ersten Moment hielt sie seine Abwesenheit für Schock, doch das war es nicht, denn als sie die Hand nach ihm ausstreckte, fühlte sie ein Knistern, bevor sie einen Schlag bekam. Sein ganzer Körper schien vor Magie zu brodeln und wenn sie nicht bei vielen anderen Musen gesehen hätte, wie sie sich in den Zustand der Leere versetzten, um die Inspiration zu erreichen, dann hätte sie ihn jetzt fassungslos und ängstlich angestarrt.

»Was ist mit ihm?«

Priscilla hatte ihn losgelassen. Selbst sie konnte die Magie spüren, denn sie rieb sich den Arm, mit dem sie ihren Sohn berührt hatte. Niliana hakte sich schnell bei ihr unter, als Jay losging.

»Wir müssen ihm folgen«, sagte sie und drängte die ältere Frau in den Korridor. Dringlichkeit beherrschte sie jetzt. Sie hörte die Stimmen immer näher kommen.

Sie eilten weiter. Geradeaus, rechts, dann links und dann wieder eine ganze Strecke geradeaus. Sie hatte schon längst die Orientierung in diesem unterirdischen Labyrinth aus Gängen, großen Hallen und kleinen Räumen verloren und jede Abzweigung erschien ihr wie die anderen und nicht wie der Weg in die Freiheit. Sie konnte nichts wahrnehmen, das ihr geholfen hätte, die richtige Richtung herauszufinden. Ihr verstärktes Gehör ließ sie im Stich. Doch Jay führte sie mit traumwandlerischer Sicherheit, als wüsste er ganz genau, wohin sie gehen mussten, um wieder nach oben und unter freien Himmel zu gelangen. Hin und wieder hielt er vor Türen aus Holz oder Stahl, die sich nicht von den anderen im Gang unterschieden. Manche davon hatten Codeschlösser, andere Fingerabdruckscanner und wieder andere wirkten so harmlos wie eine gewöhnliche Zimmertür. Für Jay machte es keinen Unterschied. Er ging auf sie zu, drückte die Klinke herunter oder zog am Knauf, als erwartete er, dass der Weg frei war. Als ließen sich die Helden seiner Geschichte nicht von lästigen Hindernissen wie verschlossenen Türen aufhalten. Und das Verrückte war, die Realität gehorchte ihm und der Magie der Schöpferin, die ihn leitete.

Unter seiner Berührung klickten Türen, Alarmanlagen deaktivierten sich, Scanner verdunkelten sich, als sie unerklärlicherweise von der Stromzufuhr abgeschnitten wurden, imaginäre Schlüssel drehten sich hörbar in ihren Schlössern und jede einzelne der Türen öffnete sich. Alles, was er tat, schien von der Schöpferin inspiriert zu sein.

Doch nicht nur die Leichtigkeit und Sicherheit, mit der er sich durch das weitläufige, unterirdische Geheimversteck bewegte, war beeindruckend. Er schien auch ganz genau zu wissen, wo sich Mitglieder der Bande seines Vaters aufhielten, bevor sie sie mit ihren geschärften Sinnen entdecken konnte. Dreimal ließ er sie und Priscilla innehalten und kurz vor einer Kreuzung oder Tür schweigend warten, während nur wenige Schritte von ihnen entfernt die Ganoven vorbeigingen, ohne von den Eindringlingen in ihrem Reich zu ahnen.

Niliana empfand ehrfürchtiges Staunen. Ihre Hoffnung, dass sie es schaffen würden, wuchs, als sie kurz darauf eine Treppe erreichten, die sie ein Stockwerk höher führte. Wieder öffnete Jay die gesicherte Tür mühelos, die Hallen und Gänge dahinter waren leer, und schon bald strömte ein frischer Wind in die unterirdischen Räume und Gänge.

Niliana hoffte, dass sie bald draußen waren, denn Priscilla stützte sich immer noch auf sie, als bräuchte sie nach all den Schrecken des letzten Tages einen Halt.

»Ich höre ihn!«, flüsterte Priscilla ein paar Sekunden später voller Furcht, als die Stimmen lauter wurden.

Niliana warf einen Blick zurück, sie konnte nicht anders. Erst danach drängte sie sie die Treppe hinauf, die Jay bereits erklommen hatte.

Als sie den Absatz erreicht hatten, staunte sie, denn Jay stand mit einem geistesabwesenden Lächeln vor vier Männern, die ihn nach einem Moment des verblüfften Starrens angriffen. Doch die Ganoven waren keine herausragenden Kämpfer und Jay schien zu wissen, was sie tun würden, bevor sie es selbst ahnten.

Er murmelte etwas, das sie nicht verstand, und der erste Gegner stolperte über seine eigenen Füße, fiel dabei so unglücklich, dass er sich den Kopf an der Wand anschlug und bewusstlos liegen blieb. Der Zweite hatte eine Pistole, die er mit zitternden

Händen hob, doch Jay sagte lediglich »Nein« und der Mann ließ sie fallen, bevor er selbst stocksteif stehen blieb und sich nicht mehr in der Kampf einmischte.

Nilianas Magen flatterte vor Nervosität wie die Flügel eines Kolibris. Doch sie hätte keine Angst um Jay haben müssen. Der dritte und der vierte Kriminelle stürzten gleichzeitig mit gehobenen Fäusten und vor Zorn verzerrten Gesichtern vor, als wollten sie Jays Visage zu Brei schlagen, doch Jay wich ihnen mit zwei grazilen Schritten zur Seite aus, drehte sich blitzschnell um die eigene Achse – seine außergewöhnlichen Reflexe hatte sie ja schon beim Juckpulverangriff ihrer Brüder bewundern dürfen – und verpasste seinen Widersachern jeweils zwei so harte Schläge, dass sie bewusstlos zu Boden sackten, wahrscheinlich bevor sie begriffen hatten, was passiert war.

»Oh, Jay!«, flüsterte seine Mutter, als ihr Sohn seine Gegner ausschaltete und dann ruhig an den drei regungslosen Gestalten am Boden und dem zweiten Mann, der sich immer noch eifrig bemühte, eine Steinstatue nachzumachen, vorbeiging. Niliana folgte ihm mit Priscilla ungläubig, als sie endlich das ganze Ausmaß seiner Kontrolle über die Situation begriff.

Es war seine Geschichte. Er schrieb sie weder mit einem Bleistift oder Kugelschreiber auf Papier, noch tippte er sie mit seinen Fingern auf einer Tastatur oder diktierte sie in ein Aufnahmegerät.

Er selbst war der Stift, die Umgebung um sie herum das Papier, das er nach Belieben füllte. Er kontrollierte die Geschichte und die Figuren, so als wäre die Realität nur Fiktion.

Dabei leuchteten seine Augen golden und Niliana hatte das Gefühl, die Göttin würde aus ihnen herausschauen und sie gütig anlächeln. Ehrfurcht erfüllte sie. Sie fühlte sich klein und konnte das Wunder nicht begreifen, obwohl sie selbst Zeuge davon wurde.

Am Ende des Gangs konnten sie jetzt Tageslicht sehen und ihre Schritte wurden unwillkürlich länger und schneller. Gleich hatten sie es geschafft!

»Halt!«, brüllte hinter ihnen eine Stimme voller Zorn.

Niliana und Priscilla wirbelten herum.

Jays Vater stand dort, wie ein gereizter Stier mit gesenktem Kopf, und hatte eine Hand zur Faust geballt, die andere griff zur Waffe an seiner Seite, während hinter ihm seine Männer zu ihm aufschlossen und darauf warteten, dass er ihnen einen Befehl gab.

Ihr Blick wanderte zwischen ihnen und dem Ausgang hin und her, vor dem sich jetzt ebenfalls Herkules' Leute zu versammeln begannen, um ihnen den Weg zu versperren. Es waren nur wenige Schritte, aber es hätten Lichtjahre sein können, so fern war auf einmal die Sicherheit.

Jay und die Göttin, die seinen Körper übernommen hatte und nun die Ereignisse nach Belieben lenkte, waren stehen geblieben und hatten sich halb zu ihnen umgedreht, sodass er zwar seine Mutter und sie im Blick hatte, nicht aber seinen Vater, der jetzt das Wort ergriff.

»Es ist erstaunlich, wie berechenbar du bist, Junge. Und wie naiv! Wir haben euren Fortschritt die ganze Zeit verfolgt, dank der Überwachungskameras, die hier überall installiert sind. Als könnte hier jeder beliebige Streuner mühelos herein- und herausspazieren, wie es ihm gefällt! Hast du wirklich gedacht, dass es Zufall gewesen ist, dass du Walze oben auf den Straßen gesehen hast und ihm direkt zu deiner Mutter folgen konntest? Nein, er hat auf dich gewartet. Als würde ich meinen Stellvertreter schicken, um Einkäufe zu erledigen und Gefangene zu bewachen! Doch er war eines der wenigen Gesichter, die du erkennen würdest, und ich wusste, dass du dem Köder nicht widerstehen könntest und direkt in meine Falle tappen würdest!«

Herkules klang höchst zufrieden mit sich und seiner eigenen Gerissenheit, dazu ein wenig schadenfroh, denn er lachte nun, während Jay schwieg und leicht den Kopf senkte, während seine Augen – wie Niliana zu ihrer Beruhigung feststellte – immer noch golden glühten. Doch Herkules, der sie nicht sehen konnte, hielt die Geste anscheinend für Resignation. Er schnaubte verächtlich.

»Dachtest du wirklich, ich wäre darauf angewiesen, dass ein unerfahrener Junge wie du mir eine Million beschafft? Oder zwei? Wenn du das glaubst, hast du nichts verstanden, gar nichts. Ich habe es dir nachgesehen, weil deine Mutter dich zu einem weichen Straßenkehrer erzogen hat, weil du noch keine Ahnung vom Leben hast. Du hättest das schon noch gelernt, zumindest dachte ich, dass du im Ansatz lernfähig bist.« Herkules schwieg einen Moment, vermutlich, um Jay die Chance zu geben, zu antworten, denn als dieser nicht reagierte, blaffte er ihn gereizt an: »Sieh mich an, wenn ich mit dir rede!«

Jay drehte sich langsam zu seinem Vater herum und hob den Blick, um ihm ins Gesicht zu schauen. Raunen kam auf, als die Männer um Herkules herum seine ungewöhnlichen Augen bemerkten, die jetzt noch heller leuchteten als zuvor und beinahe schon Funken zu sprühen schienen.

»Was ist das?«

»Seht nur! Seine Augen!«

Herkules' Männer flüsterten beunruhigt. Er starrte Jay an und wirkte zum ersten Mal irritiert.

»Ist das ein Trick? Oder hast du bei den Musen etwa noch etwas anderes mitgehen lassen als dumme, beeinflussbare Kinder? Sieh ihn dir an, Priscilla! Dein heiß geliebter Sprössling ist ein Junkie!« Herkules grinste. »Ich habe mir dein Gesicht vorgestellt, wenn du erfahren würdest, dass ich Jay zu meinem Ebenbild geformt habe, und du erkennst, dass du deinen unschuldigen Jungen für immer verloren hast. Aber das hier, das ist beinahe noch besser. Die Angst und der Schmerz in deinem Blick! Zu köstlich!«

Niliana warf einen schnellen Blick zu Jay und war überrascht, als sie dessen Augen blitzen sah und für einen Moment ihr ursprüngliches Blau hervorschien.

»Jay ist mein Sohn, nicht deiner und das wird auch immer so bleiben«, erwiderte Priscilla leise, aber fest.

»Das glaubst du nicht wirklich, du Schlampe.« Herkules lachte, aber in diesem Lachen schwang ein unechter Ton mit. »Jay existiert nur durch mich. Ich habe ihn erschaffen, sonst niemand. Ob es dir passt oder nicht, er ist mein Ableger. Auch wenn du ihn verweichlicht und ihm jede Chance genommen hast, ein richtiger Mann zu sein.«

»Ein richtiger Mann – du meinst ein verkommenes Subjekt so wie du«, sagte Priscilla in erstaunlich ruhigem Ton.

»Du kannst dir einreden, was du willst, aber ich bin sein Vater und werde es immer sein, egal wie viele Ersatzdaddys du für ihn anschleppst.« Wieder lachte er etwas unnatürlich, und Niliana fragte sich, was in dem Mann wirklich vorging.

»Mein Vater – mein einziger Vater – ist tot«, sagte Jay mit leicht rauer Stimme. »Mein Vater war ein guter Mann, der meine Mutter und mich geliebt hat. Du wirst einen anderen Namen für deinen kleinen Gewerbebetrieb brauchen. Das *Sons* in *Hartley & Sons* wirst du wohl streichen müssen. Ich existiere für dich nicht mehr ab diesem Moment, genau wie du für mich nicht mehr existierst.«

Eine plötzliche Stille entstand, Niliana hörte nicht einmal mehr den Atem der zwei Dutzend Zuschauer um sie herum, als würden Herkules' Leute darauf warten, wie ihr Boss auf diese Ansage reagierte.

Dessen Gesicht wurde rot vor Zorn und verzerrte sich zu

einer Grimasse, die dann aber wieder in ein Lachen überging, das zwischen Verachtung und einem gewissen Wahnsinn lag.

»Bravo, kleiner Jay. Jetzt fühlst du dich wahrscheinlich richtig groß und heldenhaft. Du denkst, du hast es mir so richtig gegeben und dabei noch einen kreativen Einfall gehabt. Und dabei liegst du so falsch, so absolut daneben, wie man es von dir nur erwarten kann. Weißt du, was ich am liebsten getan hätte, gleich nach deiner Geburt? Ich hätte dich am liebsten vor ihren Augen ertränkt, so klein, rot und hässlich, wie du warst. Ein widerlicher kleiner Balg, ich konnte nicht glauben, dass du ein Teil von mir sein solltest. Ja, ich wollte dich packen und ersäufen. Und dann hätte ich gelacht, mich an ihrem Schmerz ergötzt und wäre in dem Wissen gegangen, dass diese Hure ihr Leben lang leiden würde – die gerechte Strafe für ihren Verrat an mir! Leider hat sie dich ja durchgefüttert und mit ihrer Kümmerei verdorben. Du bist ein genauso wertloser Schwächling und illoyaler Versager wie deine Mutter. Eher vernichte ich mein Unternehmen, als es einem Balg wie *dir* in den Hintern zu schieben!«

Durch Jays Körper schien ein Zittern zu laufen, das er anscheinend nicht kontrollieren konnte. Nilianas Herz zog sich schmerzhaft zusammen, als würde es dieselben Qualen erleiden wie Jay gerade. Sie konnte nicht glauben, wie viel Hass, Rachedurst und Abscheu in Herkules' Worten lagen. Wie Gift schienen sie alles zu verderben und Jays letzte Hoffnung, dass seinem Vater etwas an ihm lag, abzutöten. Seine Augen waren weit aufgerissen, der Blick starr auf Herkules gerichtet. Gold und Blau wechselten in rascher Folge, bis Jay einen erstickten Schrei ausstieß, der so voller Schmerz war, dass es ihr das Herz brach.

»Wenn du nicht so ein widerlicher Bastard wärst, hätte ich Mitleid mit dir«, stieß Priscilla aus. »Ich bin froh, dass du nie erfahren wirst, wie Jay wirklich ist. Und ich bin froh, dass wirklich gar nichts von dir in ihm ist. Wirklich gar nichts.«

»Halt endlich dein Maul!«, knurrte Herkules.

Tränen perlten aus Jays blauen Augen und liefen über seine Wangen.

Niliana streckte die Hand nach Jay aus, um ihn zu trösten. Eine Welle von Zärtlichkeit durchflutete sie, als sie sich vorstellte, wie verlassen und verraten er sich fühlen musste. Doch er war nicht allein, das würde er nie mehr sein, solange das Band zwischen ihnen existierte. Und das wollte sie Jay deutlich zeigen. Sie nahm seine linke Hand in ihre und streichelte sie sanft, bis Jay aufblickte und sie ansah.

Kurz glaubte sie, Dankbarkeit in seinem Blick zu sehen, dann wich diese dem Schreck. Entsetzen breitete sich auf seinen Zügen aus, als er den Kopf Richtung Herkules und seinen Männern drehte. Unwillkürlich wandte sie sich ebenfalls um, gerade rechtzeitig, um zu sehen, wie Herkules mit regungsloser Miene die Pistole auf sie richtete.

Als er die Waffe hob, durchfloss Niliana fast so etwas wie ein warnender Stromschlag. Hier ging es nicht mehr um Vernunft und Argumente. Jetzt regierten nur noch die Wut, die Rachsucht und der Hass, und sie wusste, wie gefährlich solche Emotionen waren. Wie festgefroren starrte Niliana auf den Pistolenlauf, der auf ihr Gesicht gerichtet war. Gleich würde sie sterben. Sie hatte noch nicht einmal Angst. Warum hatte sie keine Angst?

Es war so surreal. Als hätte die Göttin ihr Gefühl für Realität zerstört. Als könnte sie nicht wirklich sterben, weil dies nur eine Geschichte war. Eine Geschichte, in der die Guten glücklich weiterlebten und die Bösen bestraft wurden. Sie musste deswegen keine Furcht empfinden.

Und dann erinnerte sie sich mit Schrecken, dass Jays Augen voller Tränen blau gewesen waren und nicht golden, und ihr Puls begann zu rasen. Die Schöpferin war verschwunden, als wäre das Band zwischen ihr und Jay gerissen.

»Du Bastard!«, kreischte Priscilla.

Gleichzeitig ließ Niliana Jays Hand los und trat einen Schritt von ihm zurück. Das würde sie nicht retten, das wusste sie. Sie schloss die Augen, als Herkules den Abzug drückte, nicht bereit, ihrem eigenen Tod ins Gesicht zu sehen und ihrem Mörder die Befriedigung zu geben, ihre Angst erkennen zu lassen.

Überdeutlich nahm sie das Klicken wahr, den Knall, als sich die Ladung entzündete, und Jays lautes »NEIN!«.

Und dann spürte sie den Schlag gegen ihre Brust, der so gewaltig war, dass sie zurück und zu Boden geschleudert wurde. Sie spürte den harten Aufprall in jedem ihrer Knochen. Priscilla schrie und Herkules lachte, doch Niliana vernahm beides wie aus weiter Ferne. Sie fühlte jedoch überdeutlich Jays warme Präsenz, als er zu ihr stürzte, neben ihr auf die Knie fiel und ihre Hand ergriff.

Dankbar drehte sie den Kopf zur Seite. Alles fühlte sich taub an, vom Schock und vom Sturz, doch das war vergessen, als sich ihre Blicke begegneten und er sie anlächelte.

Sie erkannte die Liebe und Zärtlichkeit in seinem goldenen Blick und jeglicher Zorn, den sie auf ihn verspürt hatte, die Unsicherheit, Zweifel, das ganze Gefühlswirrwarr, all das verschwand, als hätte es sich in Luft aufgelöst.

Moment mal! *Goldener* Blick?

Doch nun flackerte das Gold und wich langsam dem Blau. Es kam ihr so vor, als hätte die Lebensgefahr, in der sie schwebte, die Inspiration kurzzeitig zurückgebracht, als hätte ihre Berührung ihn aus seinem Schmerz gerissen und einen Rest der Magie der Schöpferin in ihm aktiviert, um ein weiteres Mal die Realität nach seinem Willen zu formen und sie zu retten.

Ungläubig starrte sie an sich herab, auf der Suche nach Blut oder einer erkennbaren Verletzung. Ihr Mund klappte auf, als wäre sie die Figur in einem Film, als sie die Kugel bemerkte, die in ihrem Herzkristall steckte, der ihr das Leben gerettet hatte. Als hätte ihre Mutter es geahnt, dass sie ihre Kette benötigen würde, als hätte die Inspiration oder die Schöpferin selbst ihr diesen Gedanken zugeschrien und keine Ruhe gegeben, bis sie Niliana dazu gebracht hatte, ihren Glücksbringer anzulegen.

Dann knallte es erneut und eiskalter Schock breitete sich in ihr aus, als sie bemerkte, wie sich Jays blaue Augen erschrocken weiteten. Der Griff seiner Hand, die immer noch ihre hielt, erschlaffte. Sein Mund öffnete sich zu einem stummen Schrei, dann ächzte er, als er in sich zusammensackte und neben ihr auf dem Boden aufschlug.

»JAY!«

Sie wusste nicht, ob es Priscilla oder sie selbst gewesen war, die geschrien hatte. Doch es war eindeutig Herkules' Stimme, die voller Zufriedenheit meinte: »Nicht du entscheidest, wann Schluss ist, Priscilla. *Jetzt* sind wir fertig miteinander. Lasst uns gehen, bevor die Bullen da sind.«

Jetzt erst nahm sie die Sirenen im Hintergrund wahr, die immer näher kamen. Sie hörte die Übeltäter in alle Richtungen davonrennen, wie Ratten, die sich in die Löcher und Ritzen verkrochen, um zu entkommen. Es kam ihr vor, als würden all ihre Bewegungen in Zeitlupe ablaufen, während sie langsam die Hand nach Jay ausstreckte, sie an der Schulter auf das Shirt legte, das merkwürdig rot war, und erneut Schritte sowie ein wütendes Bellen hörte und kurz darauf der bekannte Ruf ertönte.

»Waffen fallen lassen! Polizei!«

Nie zuvor hatte sich das Gebrüll der Männer und Frauen aus der Truppe so lieblich in ihren Ohren angehört. Sie wusste nicht, woher sie kamen, ob es Ulpirri anhand ihrer Nachrichten und ihres GPS-Signals gelungen war, ihnen Hilfe zu schicken, doch sie waren da. Sie waren gekommen, um sie zu retten.

So wie Jay sie gerettet hatte.

Ein magischer Schutzschild hatte sich direkt vor ihnen aufgebaut. Jemand versuchte sie zu beschützen, ohne zu ahnen, dass es dafür zu spät war. Die Beamten stürmten an ihnen vorbei und den geflohenen Gangstern hinterher, während sie das Schluchzen nicht länger zurückhalten konnte und Priscilla neben ihnen leise weinte.

»Kätzchen, ich liebe dich«, flüsterte Jay, bevor er die Augen schloss.

Dann war Brutus bei ihnen – Wo kam er her? Sie hatte ihn doch durchs Portal nach Hölle segeln sehen? – und winselte, als er neben Jay stehen blieb und ihm über das Gesicht leckte. Sie hörte Ulpirri, Jez und Crup aus der Ferne besorgt ihren Namen rufen, als wären sie den Polizisten in den Gang gefolgt und auf dem Weg zu ihr. Doch sie drehte den Kopf nicht zu ihnen herum, sie richtete ihr verstärktes Gehör nicht in die Ferne, sondern all ihre Sinne nur auf den Mann neben ihr.

Und etwas in ihr zerbrach.

»Nein! Jay!«

30

Am liebsten hätte sie diesen Tag gestrichen, ihn vom Antlitz der Erde getilgt, aus jedem Kalender gerissen und aus dem Gedächtnis aller Erdenbewohner gelöscht. Sie hatte gedacht, sie würde sich an die letzten Tage als die schlimmsten ihres Lebens erinnern, doch sie alle verblassten neben diesem schrecklichen Mittwoch, neben dem Tag, als sie die Liebe kennengelernt, ein Wunder gesehen und beides wieder verloren hatte.

Das war nicht gerecht.

Wie hatte die Göttin Jay im Stich lassen können? Und das, nachdem sie ihn fast in Sicherheit geführt hatte? Hätte sie nicht noch eine oder zwei Minuten damit warten können, ihn wieder zu verlassen?

Blicklos starrte sie aus dem Fenster in die Dunkelheit der Nacht. Sie hatte keine Tränen mehr, nicht nach all den Stunden, die sie geweint, geschluchzt und erzählt hatte, was geschehen war. Sie hatte auch keine Wörter mehr, sie kamen ihr einfach nicht mehr über die Lippen, sondern zerfielen ihr nur noch auf der Zunge. Stattdessen klammerte sie sich an die Herzkette, die ihr das Leben gerettet hatte und ihre erste Verbindung zu Jay hergestellt und das Bündnis zwischen ihnen aktiviert hatte, als könnte sie mit dieser Geste Kontakt zu Jay aufnehmen.

Schock, so nannten es die Mediziner. Und ihre Eltern und ihre Brüder hatten ihr versichert, dass sie da sein, dass alles wieder gut werden würde. Sie hatte zugelassen, dass sie sie in ihre Arme zogen, doch die Berührung war nicht zu ihr durchgedrungen, so wie es auch alles andere nicht geschafft hatte.

»Es tut mir leid. Ich habe mich in Jay getäuscht«, hatte sich ihr Vater entschuldigt. Er hatte noch nicht einmal Ulpirri angeschrien, wie er es hatte zulassen können, dass sie sich in diese Gefahr begab. Stattdessen hatte er gar nichts gesagt und nur zugehört und zum ersten Mal schien er zu verstehen, was sie ihm sagen wollten. Dass Jay kein schlechter Kerl war, dass er längst hinter seine Fassade, hinter seine Akte hätte sehen sollen, um zu erkennen, wie er wirklich war.

Noch hatte sie ihm nicht vergeben, doch sie wusste, irgendwann würde sie das. Es waren Vorurteile gewesen, die Sorge um sie und ihre Geschwister und auch die kleinliche Befürchtung, was andere über sie denken mochten, wenn sie Jay in ihre Familie aufnahmen. Ihr Vater war nicht perfekt, aber er liebte sie, er hatte sich entschuldigt und seinen Fehler eingestanden.

Sie wandte sich vom Fenster ab und drehte sich um. Ihr Blick fiel auf das Bett und die Gestalt darin, die aussah, als würde sie lediglich friedlich schlafen und nicht im Koma liegen.

Jay.

Ihre Eltern hatten nicht versucht, sie von ihm fernzuhalten, sondern ihr Essen, Getränke und Kleidung zum Wechseln ins Krankenhaus gebracht. Dank ihnen hatte Jay jetzt ein privates Einzelzimmer in der besten Klinik von Dillux City. Die erfahrensten Heiler hatten sich nach dem Eintreffen im Krankenhaus um ihn gekümmert, inzwischen waren sogar dank ihrer Bemühungen noch nicht einmal Narben von der mittels Zauberkraft vollständig geheilten Schusswunde vorhanden.

Dennoch wachte Jay nicht auf. Die Ärzte und Heiler konnten es sich nicht erklären. Medizinisch war mit ihm alles in Ordnung, er hätte im Laufe des Nachmittags oder Abends aufwachen müssen. Doch es war, als wäre sein Geist ganz weit weg.

Als hätte *sie* ihn mit sich gerissen, als sie wieder in ihre Sphäre zurückgekehrt war.

Ihre Mutter lächelte sie jetzt traurig an, während sie auf den freien Platz neben sich auf dem Besuchersofa klopfte, auf dem vorhin noch Hafius und Ben gesessen hatten. Doch Niliana schüttelte nur den Kopf und blieb neben dem Bett stehen.

Ihre Brüder hatten sich riesig gefreut, als sie gehört hatten, dass Jay und Umkius lebten. Noch nicht einmal die Tatsache, dass Jay angeschossen worden war und im Koma lag, hatte ihren kindlichen Optimismus trüben können.

Ben hatte nach seiner Ankunft eine Hand auf Jays Stirn gelegt, gelächelt und ihr versichert, dass alles wieder gut werden würde, doch sie war nicht sicher, ob aus ihm ihr kleiner Bruder oder der Nachwuchs-Heiler gesprochen hatte.

Jetzt brachten ihr Vater, Ulpirri und Qrok sie gerade fort, ins Hotel nebenan, damit die beiden schlafen konnten. Es war seitdem still und leer im Zimmer geworden.

Doch in diesem Moment wurde die Tür aufgerissen und jemand blaffte wütend: »Ich will endlich meinen Sohn sehen, Sie Hornochse!« Und dann wurde Jays Mutter im Rollstuhl hineingeschoben.

Ihre Mutter hatte ihr erzählt, dass die Heiler sie ebenfalls untersucht und in einen künstlichen Schlaf versetzt hatten, damit sie sich erholen konnte von den Strapazen der letzten anderthalb Tage, doch das schien Priscilla ihnen übel zu nehmen.

Jays Mutter wirkte besorgt, als sie ihren Sohn bewusstlos im Bett liegen sah. Ganz vorsichtig nahm sie seine Hand, während der Pfleger, der sie hergebracht hatte, das Zimmer wieder verließ. Erst danach bemerkte Priscilla wohl, dass sie nicht alleine war.

»Alina, nicht wahr?«, fragte sie.

»Niliana«, verbesserte ihre Mutter sie. »Und ich bin ihre Mutter Entrissa. Ich freue mich, Sie endlich kennenzulernen.«

»Priscilla.«

Mehr sagte sie nicht, sondern starrte nur stumm Jay an. Stille kehrte wieder im Zimmer ein, die erst durchbrochen wurde, als Nilianas Vater und Ulpirri zurückkehrten.

»Sie!«, fauchte Priscilla empört, als sie ihn erkannte. »Was zur Hölle tun *Sie* hier? Haben Sie sein Leben noch nicht genug zerstört?«

Völlig überrumpelt hob ihr Vater abwehrend die Hände, als Jays Mutter sich am Bett hochzog und ihn wütend anfunkelte.

»Es tut mir leid. In Ordnung? Ich dachte, er wäre ein Krimineller, der grundlos meine Tochter entführt hat.«

Sie starrte ihn schweigend an und wirkte verwirrt.

»Wovon sprechen Sie, Priscilla?«, fragte Niliana, die ahnte, dass die Frau keine Ahnung hatte, wovon ihr Vater überhaupt redete.

»Na, von der Förderung, die er ihm und den anderen begabten Kids von der Musik-AG vor neun Jahren versprochen und dann den anderen Schulen gegeben hat! Von den Lügen und den falschen Versprechungen, die er gemacht und mit denen er bei meinem Sohn Hoffnungen und Träume geweckt hat. *So begabt ist er, ein kleines Genie!* Alles nur eine Lüge! Und dann haben Sie Ihr Versprechen gebrochen und sich noch nicht einmal entschuldigt, als seine Schule nicht die Musenförderung bekam. Aber sie waren ja nur Gettokids für Sie, nicht wahr? Keine normalen Kinder, sondern nur Abschaum. Nicht mehr als Straßenratten! Bei denen muss man sich nicht entschuldigen!«

Ihr Vater schien unter Schock zu stehen, als hätte er unerwartet einen Geist gesehen. Entsetzt starrte er sie an und schien nicht zu wissen, was er sagen sollte, während Jays Mutter verächtlich schnaubte und ihm die kalte Schulter zeigte. »Verschwinden Sie von hier!« Doch nicht einmal darauf reagierte ihr Vater.

»Ich erinnere mich an den Vorfall«, flüsterte er nach mehreren Minuten des Schweigens. »An mein Versprechen, das ich nicht halten konnte. Jay war auf der Schule und ist einer der Musiker gewesen? Das wusste ich nicht.«

»Wovon redet ihr hier gerade?«, fragte Niliana und sah zwischen ihrem Vater und Jays Mutter hin und her.

Seufzend sah ihr Vater sie an. »Kurz nachdem ich in die Politik gegangen war und mich für das Gouverneursamt habe aufstellen lassen, ging es um das Thema Nachwuchsförderung. Ich war damals jung und idealistisch. Ich dachte, ich könnte mit meiner Politik etwas bewegen. Im Auftrag für das Komitee, das die Fördergelder der Musen für verschiedene Kunstzweige an Schulen vergibt, habe ich Schulen im Bezirk Tressina besucht. Und darunter war auch eine Schule im Getto von Tressina City, deren Musikklasse mich wirklich beeindruckt hat. Sie waren genial. Lediglich ein passionierter Musiklehrer hat sie in seiner Freizeit unterrichtet, er hat auf seine Kosten Notenblätter kopiert, sie hatten noch nicht einmal ein ordentliches Musikzimmer, sondern übten in einem freien Klassenzimmer auf Musikinstrumenten, die irgendein Wohltäter gespendet hatte …«

»Mein Mann«, unterbrach ihn Priscilla kühl und musterte ihn teils angewidert und teils voller Trauer. »Mein Mann hatte der Schule die Instrumente gespendet, bevor er gestorben ist.«

Ihr Vater warf ihr einen entschuldigenden Blick zu. »Das wusste ich nicht. Es tut mir leid.« Er atmete tief durch. »Auf jeden Fall versprach ich diesen Kids, dass sie die Musikförderung erhalten würden, denn sie waren trotz der widrigen Umstände, unter denen sie üben mussten, die begabtesten und musikbegeistertsten Schüler, denen ich im gesamten Bezirk begegnet war. Also stellte ich sie dem Komitee als meine Favoriten vor. Und sie schmetterten meinen Vorschlag ab.«

»Warum? Wenn sie so begabt waren, wie du sagst, dann hätten sie die Förderung verdient gehabt! Keine Muse hätte ihnen die Unterstützung verweigert, nur weil sie aus dem Getto kommen!« Nilianas Mutter wirkte sichtlich betroffen.

»Das taten sie auch nicht. Sie wussten nämlich nichts davon«, sagte ihr Vater ernst. »Doch das Komitee besteht nicht nur aus Musen und was ich nicht wusste, war, dass die anderen Talentscouts, größtenteils Menschen, meinen Beitrag über die Kids aus der Präsentation geschnitten hatten. Es kam zur Abstimmung über die Kandidaten und zwei andere Schulen erhielten die Musikförderung. Ich erfuhr erst davon, als die Abstimmung schon gelaufen war. Und als ich dann gefragt habe, warum denn meine Favoriten nicht berücksichtigt worden waren, wusste niemand, von wem ich rede. Bis ich die Schuldigen gefunden hatte, war es zu spät. Die Gelder waren verteilt. Die Talentscouts wurden zwar entlassen, aber es hieß vom Rest des Komitees nur, ich sollte der Schule vorschlagen, sich im nächsten Jahr wieder zu bewerben. Aber der Lehrer schlug mir nur wütend die Tür vor der Nase zu, als ich mit diesem Rat zu ihm kam. Er wollte mir nicht einmal zuhören.«

»Sie hätten sich öffentlich entschuldigen sollen!« Jays Mutter klang nach wie vor ungnädig, und Niliana glaubte langsam, das Ausmaß der Konflikte und Missverständnisse zu begreifen.

»Und was hätte ich sagen sollen? Das Komitee wollte den Skandal nicht an die große Glocke hängen. Ja, vielleicht hätte ich mich entschuldigen sollen. Doch ich hatte mich nicht falsch verhalten, das waren die anderen. Ich muss gestehen, ich kam nicht auf die Idee. Es tut mir leid.«

Priscilla hielt den Blick stur auf ihre Hand gerichtet, in der die schlaffe Hand ihres Sohnes lag. Ihre Miene verlor etwas von ihrer Ablehnung, wirkte aber noch immer zornig. Mit dem Daumen strich sie immer wieder über die Haut an seinem Handrücken.

»Er war so enttäuscht. Danach hat er aufgehört zu spielen und nur noch vor sich hingebrütet. Einzig und allein Umkius konnte ihn da rausreißen, ich habe es nicht geschafft. Jay hat Sie gehasst, Sie und Ihre Musenfreunde. Anschließend wollte er nichts mehr mit Ihnen zu tun haben. Als ich in den Nachrichten gehört habe, dass er ein Musenmädchen entführt hat und dass es sich als Ihre Tochter herausgestellt hat, hat mich das nicht überrascht. Er würde so etwas nur tun, wenn ihn jemand, so wie mein Ex, dazu zwingt, und dann hätte er sich jemanden ausgesucht, der es seiner Meinung nach verdient hat. Er ist ein guter Junge.«

Daraufhin sagte ihr Vater gar nichts mehr. Niliana starrte Jay an. Sie hatte das Gefühl, dass sie ihn durch die Erzählung seiner Mutter etwas besser verstand. Und wenn sie ihm die Entführung nicht schon verziehen hätte, spätestens jetzt hätte sie es getan. Von ihrem Zorn war nichts mehr übrig geblieben.

Sie harrte die ganze Nacht neben Jays Bett aus und hoffte, dass sie ihm das sagen konnte. Dass sie ihm erzählen konnte, wie sie fühlte. Seine Mutter war irgendwann in ihrem Rollstuhl eingeschlafen und von ihren Eltern zurück in ihr Zimmer gebracht worden, bevor auch sie nach Mitternacht gegangen waren, um etwas zu schlafen. Nur Ulpirri war geblieben, doch er schlief jetzt auf dem Feldbett, das Qrok und er vor ein paar Stunden in das Privatzimmer geschleppt hatten. Kein Wunder, dass er während seiner Wache eingeschlafen war, nachdem er sich die

Nacht zuvor mit den Recherchen zu Herkules' möglichen Verstecken um die Ohren geschlagen hatte.

Die Sonne war bereits vor ein paar Minuten aufgegangen, als ein Glühwürmchen durch das geöffnete Fenster geflogen kam und auf Jays Brust landete. Irgendwie spürte sie, dass es dasselbe Glühwürmchen war, das ihr die Schöpferin geschickt hatte, auch ohne dass es etwas sagte.

Sie atmete keuchend ein und im selben Moment flatterten Jays Augenlider, als hätte er das winzige Gewicht auf seiner Brust gespürt und das Lichtwesen nahm einen warmen goldenen Schein an, bevor es sich erhob und über ihren Köpfen herumflog.

»Niliana«, flüsterte er rau.

»Warte!«

Rasch schenkte sie ihm ein Glas Wasser ein und hielt es ihm vorsichtig an die Lippen. Er trank gierig.

»Besser?«

»Ja. Danke. Was ist passiert?«

»Du bist angeschossen worden, hast mir eine Liebeserklärung gemacht und bist dann ins Koma gefallen!« Sie wurde kurz laut, als sich ihre Erleichterung in Zorn verwandelte. Doch dann erinnerte sie sich an Ulpirri.

»Entschuldige«, flüsterte er.

»Nein, wage es nicht, dich dafür zu entschuldigen!«

»Ich meinte das Koma und dass du dir Sorgen gemacht hast.«

»Oh.«

Er lächelte sie an und ein verschmitztes Funkeln lag in seinen Augen. »Was dachtest du denn? Dass ich meine Worte zurücknehme? Nein. Doch ich fürchte, ich muss mein Versprechen brechen. Ich werde dich nicht in Ruhe lassen und mich Crup kampflos geschlagen geben. Ich werde um dich und deine Liebe kämpfen.«

Seine Worte ließen ihr Herz schneller schlagen. »Darüber bin ich froh. Denn ich habe mich auch in dich verliebt«, gestand sie ihm. »Doch was hat Crup damit zu tun?«

»Ist er nicht dein Freund?«

Sein verwirrter Blick war süß und sie lachte erleichtert, als sie begriff, dass er tatsächlich eifersüchtig gewesen war. »Crup zieht Männer vor«, erklärte sie ihm grinsend. »Er ist also keine Gefahr für dich.«

Jay setzte sich auf und lehnte sich zu ihr. »Wohl eher ich für ihn«, knurrte er leise, bevor er sie sanft küsste.

Danach starrten sie sich einen langen Moment in die Augen, bevor sie sich erinnerte und ihm einen Stoß gegen die Schulter verpasste.

»He!«

»Aber das mit der Liebeserklärung musst du noch einmal üben! Mich dabei Kätzchen zu nennen!«

Doch ihre Empörung verflog, als er sie ansah und »Ich liebe dich, Niliana«, sagte. Dieses Mal war es perfekt, es flogen auch keine Kugeln umher, die sie wieder auseinanderreißen und ihr Glück zerstören konnten.

Sie sprachen stundenlang und küssten sich immer wieder, bis irgendwann ihre chaotischen Familien zurückkehrten, Ulpirri erwachte und sie alle gemeinsam auf Jays Zimmer frühstückten. Ein Heiler untersuchte ihn und erklärte ihnen, dass sie ihn noch ein paar Stunden dabehalten würden, zur Beobachtung, doch dass sie ihn vermutlich abends entlassen konnten, wenn sich sein Zustand nicht mehr veränderte.

Während Jay anschließend döste, reichte ihr Vater ihr ein paar Zettel. »Hier. Das haben die Rettungskräfte im Wrack des Cabrios gefunden. Ich wollte sie dir bereits gestern zurückgeben und hatte es vergessen. Sie ist wirklich wunderschön, ich hoffe, du schreibst sie zu Ende.«

Perplex nahm sie die zerknitterten Blätter entgegen und erkannte, dass sich ihr Vater geirrt hatte. Dies war nicht ihre Handschrift. Wie kamen sie in den Wagen?

Doch als sie anfing zu lesen, begriff sie. Das war die Geschichte, an der Jay Dienstagmorgen geschrieben hatte, als sie ihm hatte zur Flucht verhelfen wollen. Die Geschichte, aus der sie ihn herausgerissen hatte. Die Worte berührten sie, erschufen eine fantastische Welt und Charaktere, die sie lachen und weinen ließen.

Sie hatte am Anfang gedacht, dass Jay sie kreativ nicht ergänzen würde, dann war es ihr irgendwann gleichgültig gewesen. Letzte Nacht hatte sie sich gefreut, von seiner musikalischen Begabung zu erfahren, doch es hatte keinen Unterschied gemacht, weil sie selbst keine Begabung auf diesem Gebiet hatte.

Doch nun erkannte sie, dass sie sich geirrt hatte. Dass sie doch viel mehr mit Jay gemeinsam hatte, als sie je vermutet hatte. Dass die Schöpferin ihren Bündnispartner und Seelengefährten treffsicher gewählt hatte.

Jay ergänzte sie perfekt.

»Danke«, flüsterte sie leise an die Göttin gerichtet und hob den Blick nach oben, während sie die kaputte Herzkette ablegte, die sie nicht mehr benötigte, weil Jay und sie so viel mehr verband als nur ein Stück Kristall. Niliana sah, dass das goldene Glühwürmchen noch immer über ihren Köpfen schwebte, und lächelte.

Epilog

»Alles Gute zum Jahrestag, meine kleine Wildkatze!«

Er küsste sie auf die Nasenspitze, als sie von der Arbeit an ihrem neuesten Roman aufsah. Sie seufzte zufrieden, bevor sie ihm spielerisch ihre Krallen zeigte und scheinbar verstimmt das Gesicht verzog. »Du weißt, wie sehr ich den Spitznamen Kätzchen hasse. Und *kleine Wildkatze* ist definitiv nicht besser!«

»Wie wäre es denn mit *Mausi? Bärchen?* Oder *meine kleine Biene?*«

»Aber sicher doch … nenn mich so, wenn du möchtest, dass ich dich aus unserem Ehebett aufs Sofa verbanne.«

Jay lachte glücklich, als sich bei diesem Satz Wärme in ihm ausbreitete und bis in jede Ritze seines Verstandes und seiner Seele zu dringen schien. Noch immer konnte er es nicht fassen, dass sie seit einem Monat tatsächlich verheiratet waren. Nach ihrem holprigen Beziehungsstart vor einem Jahr hätte er nicht im Traum gedacht, dass das Musenmädchen, das er eher zufällig entführt hatte, sich als die beste Entscheidung seines Lebens herausstellen sollte. Inzwischen kam es ihm vor wie Bestimmung, dass sie sich kennen und lieben gelernt hatten. Oder besser gesagt: wie Schicksal, als hätte die Musengöttin, deren Präsenz er auch ein Jahr nach ihrem Eingreifen im unterirdischen

Labyrinth in manchen Momenten noch wie ein Echo in sich spüren konnte, dafür gesorgt, dass sich ihre Lebenspfade kreuzten.

»Du denkst wieder an die Schöpferin, oder?« Niliana lächelte ihn voller Liebe in ihren goldenen Augen an.

»Wie kommst du darauf?«

»Die goldenen Funken in deinen Augen leuchten stärker als sonst.«

Jay fühlte sich ertappt und spürte, wie seine Wangen heiß wurden. Die goldenen Funken in seinen ansonsten blauen Augen, die sich zeigten, wenn er schrieb oder musizierte, waren seine Achillesferse. Er verdankte sie der Musengöttin und sie waren ein unbestreitbarer Beweis für seinen zuvor atheistischen Verstand, dass Götter tatsächlich existierten. Natürlich liebte es Niliana, sie bei jeder Gelegenheit zu erwähnen und ihn an seinen früheren Irrglauben zu erinnern – besonders kurz nachdem er sie als Kätzchen bezeichnet oder mit einem anderen Spitznamen belegt hatte.

Er ignorierte die Röte in seinem Gesicht und umfasste wieder das liebevoll eingepackte Geschenk, das er immer noch in seiner Linken hinter seinem Körper verborgen hielt. Nun zog er es hervor und überreichte es seiner Liebsten.

»Für mich?« Nilianas Augen weiteten sich vor Überraschung und Freude. Sie wurden noch ein wenig größer, als sie die Schleife entfernt, das Geschenkpapier geöffnet und den Deckel der Schachtel emporgeklappt hatte. Seine Meisterin der Worte – und seit diesem Frühjahr auch aufstrebende Nachwuchsautorin – war sprachlos, als sie den goldenen Kugelschreiber betrachtete und vorsichtig über die schwarzen Lettern strich. *Niliana Whitecomb-Noir* stand dort in kühnen Buchstaben, passend zu ihrem unerschrockenen Wesen.

»Ich dachte, du könntest einen schönen Signierstift gut gebrauchen, wenn du wieder eine Lesung oder Signierstunde hast. Wenn deine Fans schon jetzt die Fortsetzung kaum erwarten können und eine Verfilmung fordern, dann kommt der nächste öffentliche Auftritt schneller, als wir beide denken.«

Sie sah ihn an, Tränen glänzten in ihren wunderschönen goldenen Augen, bevor sie aufsprang, dabei den Korbstuhl umwarf, der unbeachtet auf die Veranda ihres Schreibhäuschens fiel, sich in seine Arme warf und ihn küsste.

»Ich liebe dich, Jay Whitecomb-Noir. Du bist der beste kreative Partner und Ehemann, den ich mir vorstellen kann.« Mit einem zärtlichen Lächeln strich sie ihm über die Wange. »Aber was ist mit dir? Mit deinen Träumen? Wo ist der Signierstift, auf dem dein Name steht? Ich möchte nicht, dass sich nur meine Träume erfüllen und du hinter ihnen zurückstehen musst.«

Und dafür liebte er sie noch mehr. Erneut lächelte er und strich ihr eine Haarsträhne aus dem Gesicht.

»Du weißt, dass ich das nicht brauche, Lia«, erwiderte er ernst. »Weder den Signierstift noch meinen Namen auf einem Buchcover. Ja, ich liebe es, zusammen mit dir zu schreiben und in meinen Geschichten und Welten zu versinken. Vielleicht werde ich eines Tages auch eines meiner Manuskripte veröffentlichen und vermutlich dann als Fantasyromane schreibender Ehemann der Bestsellerautorin Niliana Whitecomb-Noir bekannt werden. Der Gedanke gefällt mir. Ich möchte an deiner Seite sein und dir den Rücken stärken, wenn du der Welt beweist, was Musen alles können und wie verkehrt es ist, euch als Elite zu bezeichnen und euch gleichzeitig zu ignorieren. Ich möchte, dass die Welt sieht, was ich schon lange weiß. Nicht du gehörst zu mir, sondern ich gehöre zu dir. Du bist meine Muse, im wahrsten Sinne des Wortes. Du inspirierst mich, du machst mich zu einem besseren Menschen. Ich brauche kein Leben im Rampenlicht, keine Berühmtheit als Autor oder als Musiker, um glücklich zu sein. Alles, was ich zu meinem Glück brauche, habe ich nämlich schon.«

Und dann küsste er sie erneut für einen sehr langen Augenblick. Danach richtete er ihr den Stuhl auf, ging von der Veranda, die sie erst im Frühjahr an die Hütte angebaut hatten, hinein in die Küche, um den Eistee aus dem Kühlschrank zu holen. Kurz überkam ihn Wehmut, als er an Umkius dachte. Wie häufig hatte er mit seinem besten Freund an diesem Tisch gesessen, sich mit ihm über alles Mögliche und ihre Träume unterhalten? Bereits seit fast einem Jahr hatte er den Teufel nicht mehr gesehen und noch immer rechnete er täglich damit, dass sich jeden Moment ein Höllenkreis hinter der Hütte öffnen, Umkius hindurchschreiten würde und alles wie früher wäre. Er vermisste ihn und hoffte, dass es Umkius auf Hölle gut ging. Er war froh, dass seine Mutter Niliana und ihm die Hütte überlassen und zur Hochzeit offiziell übertragen hatte. Hier fühlte er sich seinem Freund näher und auch Niliana hatte diesen Ort für sich entdeckt. Seitdem Brutus im letzten Sommer mit ihm zusammen von Hölle zurückgekehrt war, verband sie nicht länger negative Gefühle mit der Hütte. Ab diesem Tag war sie zu ihrem Rückzugsort geworden, wenn das Chaos der Gouverneursvilla, ihrem Zuhause mit den allzeit tobenden Jungen und ihren ständig plappernden Müttern, die zu ihrer aller Überraschung beste Freundinnen geworden waren, ihnen zu viel wurde und sie einen ruhigen Ort für ihre Inspiration benötigten.

Er lächelte, als er die Kühlschranktür schloss und über den Flur und das Wohnzimmer zurück zur überdachten Veranda ging. Als sein Blick die Gitarre auf dem Sofa streifte, hörte er die ersten zaghaften Töne einer neuen Melodie, doch heute war noch nicht der Tag, um sie mit der Welt zu teilen. Irgendwann, wenn er das Gefühl hatte, die richtigen Worte dazu gefunden zu haben, würde er sie mit seiner Lia teilen und vielleicht würde er sie auch eines Tages benachteiligten Kids vorspielen, wenn er sein Musikstudium, das diesen Herbst beginnen würde, abgeschlossen hatte und Lehrer geworden war. Aber all das lag noch in weiter Ferne. Jetzt konzentrierte er sich lieber aufs Hier und Jetzt und auf die gemeinsame Schreibzeit mit seinem Kätzchen.

Niliana war bereits wieder in ihrer neuen Geschichte versunken, die Fortsetzung zu ihrem erfolgreichen Debütroman hatte sie bereits seit ein paar Tagen beendet, doch trotz aller kreativen Euphorie bemerkte sie sein Herannahen und lächelte dankbar, als er ihr Glas mit Eistee füllte, bevor er die Karaffe zwischen ihnen auf den Tisch stellte und sich ihr gegenüber an seinen eigenen Laptop setzte.

Er öffnete den Ordner, in dem Ideen zu Liebesgedichten, fantastischen Welten und Wesen, Krimis und Romanen auf ihn warteten. Die Ideen schienen in ihrer Nähe nie zu versiegen und er kam kaum mit dem Schreiben hinterher. Doch am häufigsten führte sie ihn in eine neue Fantasywelt. Nur heute nicht. Sein Krimi über den jungen Mann und den Gangsterboss, der ihn drangsalierte, war fast fertig. Nach der Verurteilung seines Vaters zu einer lebenslangen Haftstrafe hatte er das Projekt vor ein paar Monaten endlich weitergeführt, jetzt, nachdem die Geschichte nicht mehr wie ein Stein auf seinem Herzen lastete, und er wusste, dass sie mit einem Happ End für den Helden und seine neu entdeckte Liebe gipfeln würde.

Die Worte erfüllten ihn, umschmeichelten ihn und schwebten scheinbar zwischen ihnen, während die Stimmen mal ihm und mal Niliana etwas ins Ohr zu flüstern schienen. Das Herz in seiner Brust fühlte sich an, als würde es sich vor lauter Glück, dass er diesen Moment, diese Inspiration und diese Perfektion mit ihr teilen durfte, ausdehnen und die ganze Welt umfassen wollen. Die Minuten und Stunden verstrichen fast unbemerkt und erst als er das Wörtchen »Ende« unter dem letzten Kapitel getippt hatte, sah er wieder vom Bildschirm auf.

Seufzend lehnte er sich in seinem Stuhl zurück und ließ den Blick über die Wiesen und Felder schweifen. Es war kurz vor Sonnenuntergang an einem wunderschönen Sommertag und so stiegen jetzt die Glühwürmchen empor und verbreiteten ihren warmen Lichtschein.

Ihr besonderes Glühwürmchen war nur noch ein einziges Mal aufgetaucht, am Tag ihrer Hochzeit, doch er glaubte, im rot leuchtenden Schwarm jetzt eines golden funkeln zu sehen, das ihn an ihren Boten des Glücks erinnerte.

Lächelnd griff er nach Lias Hand, die aufhörte, auf ihre Tastatur einzuhämmern, ihn liebevoll ansah und ihre Finger mit seinen verflocht.

»Ich liebe dich«, sagten sie gleichzeitig und der Moment war einfach perfekt.

Aus einiger Entfernung beobachtete ein Glühwürmchen voller Zufriedenheit das glückliche junge Paar vor der Holzhütte. Auch wenn die beiden einen holprigen Start gehabt hatten und sie etwas hatte nachhelfen müssen, bevor die zwei erkannt hatten, dass sie zusammengehörten, war alles so ausgegangen, wie sie es sich vorgestellt hatte.

Die beiden waren glücklich, zufrieden – und kreativ. Ja, das spielte für sie als Göttin der Musen natürlich auch eine Rolle. Viele neue Ideen und Geschichten waren durch die Liebe der beiden geboren worden und sie liebte jede einzelne von ihnen wie ihre Kinder.

Die Sterblichen ahnten nicht, was sie für sie waren oder dass sie ihnen näher war und größeren Anteil an ihrem Leben nahm, als sie je vermutet hätten. In ihrer liebsten Form, als Glühwürmchen getarnt, konnte sie sie ungestört beobachten und kennenlernen.

Und ihnen einen Schubs in die richtige Richtung geben.

So wie ihn jetzt eine junge männliche Muse brauchte. Sie freute sich schon auf seine Ideen, die in Kürze geboren werden sollten.

Und daher machte sie sich auf den Weg zum *Quartier des Muses*. Es wurde Zeit für etwas himmlische Musik.

ENTDECKE
NEUE WELTEN
MIT PIPER FANTASY
Mach mit und gestalte deine
eigene Welt!
PIPER
www.piper-fantasy.de